지은이

존 가드너 John Gardner

1933년에 뉴욕주 바타비아에서 태어났으며, 워싱턴 대학을 졸업하고 아이오와 대학에서 석사와 박사 학위를 받았다. 소설, 시, 비평, 중세 문학 등 다양한 분야에서 활약한 작가로, 대표작으로는 고대 영어로 쓰인 최초의 대서사시 『베오울프』를 괴물 그렌델의 시점에서 새로 쓴 『그렌델』과 1976년에 전미비평가협회상을 수상한 『10월의 빛』 등이 있다. 소설 창작 강사로도 유명했던 그는, 오벌린 대학, 샌프란시스코 주립 대학, 노스웨스턴 대학, 서던 일리노이 대학, 베닝턴 대학, 뉴욕 주립 대학 빙엄턴 캠퍼스 등에서 가르치기도 했다. 1982년에 오토바이 사고로 세상을 뜨기 전에 완성된 『소설의 기술』은 그가 살아생전 가르쳤던 '소설의 기술'을 집대성한 작품으로, 지금까지도 영미권에서 가장 널리 읽히는 소설작법서 가운데 한 권으로 남아 있다.

옮긴이

황유원

서강대학교 종교학과와 철학과를 졸업했으며 동국대학교 대학원 인도철학과 박사과정을 수료했다. 2013년 〈문학동네〉 신인상으로 등단해 시인이자 번역가로 활동하고 있다. 시집 『세상의 모든 최대화』로 제34회 김수영 문학상을 수상했으며, 옮긴 책으로 『밥 딜런: 시가 된 노래들 1961-2012』(공역), 『예언자』 등이 있다.

KB097814

소설의 기술

THE ART OF FICTION:
NOTES ON CRAFT FOR YOUNG WRITERS
by John Gardner

This Korean edition was published by GYOYUDANG Publishers in 2018 by arrangement with The Estate of John Gardner c/o Georges Borchardt, Inc., New York, NY through KCC(Korea Copyright Center Inc.), Seoul.

이 책은 (주)한국저작권센터(KCC)를 통한 저작권자와의 독점계약으로 (주)교유당에서 출간되었습니다. 저작권법에 의해 한국 내에서 보호를 받는 저작물이므로 무단전재와 무단복제를 금합니다.

소설의 기술

The Art

젊은 작가들을 위한 창작 노트　　존 가드너 지음 황유원 옮김

# of Fiction

교유서가

『소설의 기술』은 이렇게 하면 좋은 소설을 쓸 수 있습니다, 라고 알려주는 책은 아니다. "작가가 된다는 게 무슨 의미인지를 이해하고 실제로 작가가" 되는 데 대한, 문예창작 선생으로서 말해야만 한다고 생각한 점들을 매우 진지하고 고집스럽게 풀어놓은 책이다. 그래서 더 귀기울이게 되고, 읽으면 읽을수록 "어딘가에 도달한다"라는 기분을 느끼게 된다. 내가 아는 한 세상에는 소설을 잘 쓰는 특별한 비결도 기술도 없다. 진짜 법칙도 보편적인 방법도. 그런데도 이상하다. 이 책을 읽고 나면 소설쓰기에 관해 "뭔가를 알아냈다는 느낌onto something"에 당신도 사로잡히게 될 게 분명하다. 글쓰기에 관한 좋은 책들은 많아도 늘 손닿는 데 두고 거듭거듭 읽고 싶은 책은 드물다.

존 가드너는 이 책을 "진지한 작가 지망생들에게 소설의 기술을 가르치기 위해" 썼다고 했지만, 『소설의 기술』은 작가 지망생뿐만 아니라 소설쓰기를 가르치고 있는 사람들을 위한 책이기도 하다는 개인적 사실을 덧붙이고 싶다. 수년 전 대학에서 문예창작 강의를 시작하게 되었을 때, 대체 학생들에게 소설쓰기를 어떻게 가르쳐야 할지 고민이 컸다. 맨 처음에 찾아 읽었던 책이 이 『소설의 기술』이었던 데는 이유가 있었다. 레이먼드 카버의 소설 선생이 바로 존 가드너였으니까. 가난하고 글 쓸 공간이 없던 수강생 카버에게 선생은 자신의 작업실 열쇠를 건네주었고 그 '선물'이 전환점이 되어 진지하게 글쓰기를 시도할 수 있었다고 「존 가드너: 교사로서의 작가」라는 산문에서 카버는 말했다. 또한 존 가드너의 통렬한 비평과 아낌없는 격려 덕분에 스스로를 "세상에서 가장 운 좋은 사람"이라고 여기게 되었다고.

이 책은 소설의 기술craft에 관한 것이며 모든 좋은 소설이 어떻게 순간순간 매혹적일 수 있는지, 그 비밀을 보여주는 책이기도 하다.

조경란(소설가)

나의 모든 문예 창작론 학생들과
나의 모든 동료 문예 창작론 강사들에게—

차례

2부

'소설의 절차'에 관하여

이 책은 진지한 작가 지망생들에게 소설의 기술을 가르치기 위해 쓰인 것이다. 나는 이 책을 교재로 사용하는 작가 지망생이, 만일 자신이 원한다면 이 책을 통해 성공적인 작가가 될 수 있을 거라는 사실을 처음부터 믿어 의심치 않는다. 내가 알아온 이들 중 작가가 되고자 했던 대부분의 사람들이 이 책을 통해 작가가 된다는 게 무슨 의미인지를 이해하고서 *실제*로 작가가 되었기 때문이다. 필요한 것이라고는 작가 지망생 자신이 무엇이 되고 싶어하는지, 그리고 그것을 위해서는 무엇을 해야만 하는지를 명확히 아는 게 전부다. 만일 어떤 이가 각고의 노력을 기울였음에도 불구하고 자신이 반드시 해야만 하는 일을 도저히 해낼 수 없다면 이 책은 그가 작가가 되기 위해 세상에 태어난 게 아니라 다른 어떤 고귀한 목적을 위해 태어났음을 깨닫게 해주는 데 도움이 될 것이다. 글쓰기에 대한 책들은 성공적인 작가가 되는 것이 얼마나 어려운 일인지에 대해 역설하곤 하는데 진실은 그렇지 않다. 비록 글을 잘 쓰는 능력이 주식 시장을 예측한다거나 농구를 잘하는 능력과 마찬가지로 부분적으로는 타고나는 것이긴 하지만, 글쓰기 능력이란 대개 진심에서 우러나온 글쓰기에 대한 사랑에 힘입은 훌륭한 가르침의 산물이기 때문이다. 글쓰기를 배우는 것이 시간은 물론 엄청난 인내를 요하는 일임에는 틀림이 없으나 세상의 일반적인 기준에 부합하는 글을 쓰게 되기까지는 딱히 어려울 게 없다. 솔직히 말해 우리가 드러그스토어drugstore나 슈퍼마켓, 심지어 소도시의 공공 도서관에서 흔히 보는 책들은 전혀 잘 쓴 책들이 아니다. 똑똑한 침팬지 한 마리에게 썩 괜찮은 문예 창작론 강사를 하나 붙여줬더라면, 그리고 그 침팬지에게 죽치고 앉아 타자기를 두들겨대는 데 탁월한 취미가 있었더라면 침팬지는 그보다 훨씬 흥미롭고 우아한 책들을 잔뜩 써낼 수 있었으리라. 성인이 하는 대부분의 행위들이란 한마디로 말해 몹시 열등하다. 인간들에게 지각이란 게 있었더라면 그들은 운전을 더 잘했을 테고, 귀를 더 잘 씻었을 테고, 더 잘 먹었을 테고, 심지어 하모니카도 더 잘 불었을 테지. 인간이란 끔찍한 존재니까 기계가 인간을 대체해야 한다는 둥의 말을 하려는 건 아니다. 인간은 멋지고 기특한 생물이니까. 또한 효율성이 전부인 것만도 아니니까. 하지만 책을 출간하고자 하는 진지한 젊은 작가에게 시중의 전문적인 글쟁이들 대다수가 별 볼 일 없는 자들임을 안다는 건 분명 위안이 되는 일이다.

이 책의 가르침이 모든 종류의 작가들, 그러니까 보모용 책이나 스릴러, 포르노, 싸구려 SF 작가들을 위한 것은 아니다. 대부분의 진지한 소설들에 적용되는 사항들이 대개 정크픽션 junk fiction에도 적용된다는 것 또한 틀린 말은 아니지만. (모두 가 정크픽션을 쓸 수 있는 것은 아니다. 그것은 진정한 정크 마인드junk mind를 요하는 일이기 때문이다. 대부분의 문예 창 작 강사들은 때로 본의 아니게 포르노 작가를 낳는 데 이바지 하고 만 경험이 있다. 세상에서 가장 우아한 테크닉들은 정크 마인드와 만나면서 우아한 정크 테크닉이 되어버린다.) 내가 이 책에서 말하는 것들은 정예 집단, 즉 진지한 문학 예술가들 을 위한 것이다. 그게 다른 이들에게는 무슨 소용이 되든 말든 간에 말이다.

이 책의 가르침은 다소 중복되기도 하는 두 부분을 통해 이루어진다. 1부에서는 소설에 대한 일반 이론, 소설이 무엇 인지―소설이 하는 일이 무엇이며 그것이 어떻게 작동되는 지―에 대해 기존 작법서들에서 일반적으로 다루고 있는 것보 다 훨씬 더 상세히 다루고 있다. 소설이 '노리는 게' 무엇인지, 그것이 하나의 사고 체계로서 어떻게 작동하는지, 다시 말해 소설의 기술이란 *무엇인지*를 명확히 이해하는 것이 좋은 글을 쓰기 위한 첫번째 단계다. 2부에서는 구체적인 테크닉과 관련 된 문제들을 다루고 있으며 글쓰기와 관련된 연습문제를 제공 한다.

당연한 말이겠으나, 이 책의 어떤 부분도 완전하진 못하다. 나는 지난 수년간 문예 창작 강사로서 반드시 말해야만 한다 고 생각하게 된 모든 것들을 이 책에 담았다. 근본적으로 매 우 중요하다고 생각했던 어떤 것들은, 이제는 말할 필요가 없는 것들임을 알게 되었기에 이 책에서 제외되었다. 예를 들어 보자. 숙련된 작가라면 내러티브 스타일과 시점을 가지고 장난을 칠 것이다. 가령 그는 옛 독일인 이야기꾼tale-teller의 어조tone를 모방할 수도 있고("세기가 바뀔 무렵 어느어느 지방에 누구누구가 살았다") 큰 권위를 나타내는 그러한 어조를 스토리에 사용하면서도 종국에는 그 화자가 신뢰할 수 없는 사람임을 보여줄 수도 있다. 이 책에 제시된 원칙들을 완벽히 숙지한 작가라면 어조와 스타일의 기묘하리만치 아이러니한 사용법이 내러티브에 어떤 영향을 끼치고 마는지에 대해 전혀 신경쓸 필요가 없을 것이다. 그게 어떤 기술이 됐든 그 몸통을 단단히 붙들라. 그러면 그 기술의 잔가지들을 장악하게 될 테니.

지금 대학에서 유행하고 있는 다양한 형태의 비관습적 소설unconventional fiction들에 대해서는 이 책에서 크게 관심을 두지 않고 있음을 덧붙여야겠다. 메타픽션이란 본성상 관습적 소설conventional fiction에 대한 유사─소설적fiction-like 평론이며 소위 해체주의 소설deconstructive fiction은 관습적인 방법들을 따르는 까닭에(로버트 쿠버Robert Coover의 「노아의 형제Noah's Brother」를 생각해보라), 나는 젊은 작가들이 근본에서 너무 멀어지는 것보다는 관습적 소설의 복잡다단한 특성들을 모두 제대로 이해하는 편이 더 중요하다고 여긴다.

이 책, 그리고 책 마지막에 있는 연습문제들은 내가 문예 창작을 가르쳐온 여러 대학들, 가장 최근에는 뉴욕주립대 빙엄턴SUNY-Binghamton, 그리고 브레드 로프 작가 콘퍼런스Bread Loaf Writer's Conference, 또 내 친구들이 문예 창작을 가르쳐온 대학들에서 수년간 사용되어왔다. 어둠의 경로에서 "검은 책The Black

Book"으로 불려온 이 책은 작가와 강사 들, 대다수는 내가 모르는 사람들인 내 친구의 친구들 사이에서 널리 사용되어왔다. 나는 주기적으로 이 책의 효율성에 대한 의견을 들었고 이 책을 사용한 다른 이들의 조언에 따라 본문과 연습문제를 계속해서 수정해왔다. 내가 이제야 이 책을 출간하는 것은 이 책이 마침내 완벽에 도달한 것으로 여겨져서가 아니라—어쩌면 그 모든 수정들로 인해 이 책은 혼란에 대한 찬가가 되었는지도 모를 일이다—이 책이 지금 상태로도 충분히 훌륭하며, 내가 아는 한 이 분야에서 가장 도움이 될 만한 책이라는 확신이 들었기 때문이다.

몇몇 초창기 판본에는 문예 창작을 어떻게 가르쳐야 하는지—강의실 안팎에서 연습문제를 어떻게 사용해야 하는지, 학생들에게 얼마만큼을 요구해야 하는지, 워크숍의 적절한 성격은 어떠해야 하는지—에 대한 프롤로그 성격의 글이 있었다. 내가 그 논의를 중요하게 여겼던 것은 "문예 창작이란 실은 가르칠 수 있는 것이 아니다"라는 널리 퍼진 잘못된 생각, 심지어 문예 창작 강사들에게서조차 종종 들려온 이러한 견해들 때문이었다. 결국 나는 그 장을 빼버렸는데, 소설 작법만을 다루고 있는 이 책에서 다룰 영역은 아니라고 생각되었기 때문이다. 본론에서 다소 벗어나는 이야기들, 즉 작가 워크숍의 적절한 운영부터 글을 쓸 때 연필로 써야 하는지 펜으로 써야 하는지, 아니면 타자기로 써야 하는지에 이르는 문제들에 대한 내 의견(낭독회나 강의 후 가장 많이 받는 질문들에 대한 대답)이 궁금한 사람들은 나의 다른 책인 『장편소설가 되기On Becoming a Novelist』에서 그 답을 얻을 수 있을 것이다.

소설의 기술

1부

문예 미학 이론에 관하여

1장

미학 법칙과 예술의 비밀

작가 지망생이 보통 원하는 것은 소설을 쓸 때 해야 할 것과 하지 말아야 할 것 들에 관한 일련의 규칙이다. 앞으로 보게 되겠지만, 몇몇 일반적 원칙들(소설을 쓸 때 생각해야 할 것들)이 세워질 수 있으며 몇몇 아주 일반적인 주의 사항들(조심해야 할 것들)이 제시될 수는 있다. 하지만 대체적으로 봤을 때 '미학적으로 절대적인 것들aesthetic absolutes'을 찾으려는 행위는 작가의 에너지를 엉뚱한 곳에 쏟게 하고 만다. 소설에서 어떤 것은 절대 불가능하고 어떤 것은 늘 반드시 해야만 하는 것이라고 설득당하기 시작할 때 그는 미학적 관절염의 발병 초기에 이른 것이다. 그 병에 걸리면 결국 규칙에 지나치게 얽매여 경직이 일어나고 직관력은 위축되고 만다. 모든 진정한 예술 작품은—또한 예술에 대한 모든 시도는 (비슷하다고 여겨지는 것들은 하나의 기준을 따라야 하므로)—비록 전적으로는 아닐지라도, 기본적으로는 그 자체의 법칙으로 평가받아야 마땅하다. 만일 그 작품에 법칙이 없다거나 그 법칙에 일관성이 없다면 그것은 그러한 이유로―보통―실패하고 만다.

신뢰할 만한 '미학적으로 보편적인 것들aesthetic universals'이랄 것이 분명 존재한다. 그러나 그것은 너무도 난해한 추상의 영역에 속하는 것이어서 작가들에게는 거의 어떤 길잡이도 제시해주지 못한다. 우리가 미학적으로 절대적인 것들이라고 알고 있는 대부분의 것들은 어려운 상황에 부닥치면 곧 상대적인 것임이 드러난다. 그것들은 법칙이지만 제대로 맞아떨어지지 않는다. 가령 소설이 불러일으킨 모든 기대감은 명시적으로든 암시적으로든 소설 내에서 반드시 충족되어야만 한다는 잘 알려진 격언, 즉 독자의 마음속에 떠오르는 모든 타당한 질문들은 작품 내에서 그게 아무리 미묘한 방식이라 할지라도 반드시 해결되어야만 한다는 이 견해에 대해 한번 생각해보자. 가령 우리가 주어진 스토리 속 보안관이 철학 박사 학위 소유자라는 말을 들었다고 해보자. 그러면 철학이 그가 일을 처리하는 데 어떤 식으로든 도움을 주리라는 기대감이 생겨날 것이다. 만일 이후에 철학이 스토리에서 두 번 다시 언급되지 않는다면, 그리고 그것을 아무리 신중하고 면밀히 따져보아도 철학이 가진 어떤 중요한 관련성도 드러나지 않는다면 우리는 불만을 느끼고 짜증을 낼 것이다. 그럴 때 우리는 그 스토리가 싱겁게 끝난다고 말한다. 작가가 작품을 대충 썼다고 비꼬면서 말이다. 우리는 최악의 경우를 상정하여 그가 돈을 위해 그걸 썼거나 독자들을 바보 취급한다거나, 그의 조악한 솜씨가 의도적이며 악의마저 품고 있다고 의심할 수도―사실상 그는 추방당해야 마땅하다고 여길 수도—있다. 만일 그가 굉장히 심각한 척을 한다면—그가 미스터리 소설이 아닌, 누가 봐도 예술로 인정될 무언가를 쓰는 자라면—그는 사기꾼, 허세쟁이, 자기기만에 빠진 견습생이라는 비난을 받을 것이다. 지금 우리는 포크너William Faulkner가 『압살롬, 압살롬!Absalom, Absalom!』에서 집을 묘사하면서 어떤 구절에서는 그것이 나무로 지어졌다고 했다가 또다른 구절에서는 돌로 지어졌다고 한 그런 피상적인 실수를 말하는 게 아니다. 이러한 종류의 실수, 즉 실언에 대해 이해심 많은 독자들은 본인들이 알아서 교정을 한다. 자칭 예술 작품에서 발견되는 불쾌한 실수들은, 어떤 아이디어나 사건이 결과를 뒤집어놓을 것처럼 등장했다가 잊히고 말거나 그것이 무엇인지조차 인지되지 않을 때와 마찬가지로 작가가 저지른 논리상의 중대한 실책이다. 따라서 작품은 그것이 야기한 모든 질문들에 답해야 하며 작품의 모든 요소들은 맡은 바 책임을 다해야 한다는 점이 분명해진다. 하지만 정말 그러한가?

원칙이 유용하다는 사실을 누구도 부정하진 않을 것이다. 특히 위의 예들에서나 체호프가 『갈매기The Seagull』1막에서 우리에게 보란 듯이 장전된 권총을 보여주는 경우처럼 누가 봐도 명백한 경우에 적용되는 원칙에 대해서는 말이다. 작가 자신이 새 작품을 완성했다고 믿을 때마다 그가 그 작품을 이러한 일반 원칙에 비추어 검토해봐야 한다는 사실 또한 누구도 부정하지 않을 것이다. 그러나 이른바 미학적 원칙이라는 것이 전혀 절대적이지 않다는 사실에는 변함이 없다. 유사 이래로 위대한 작가들이 그것을 참을 수 없어 했다는 사실에서도 알 수 있듯이 말이다.

호메로스의 『일리아스』를 읽은 모든 독자들은 아킬레스가 브리세이스를 정말로 사랑하는지, 아니면 아가멤논과 마찬가지로 그녀를 전리품으로 생각할 뿐인지 묻고 싶어진다. 이는 중요한 문제인데, 그것이 아킬레스라는 캐릭터에 대한 우리의 판단에 절대적인 영향력을 행사하기 때문이다. 만일 그가 브리세이스를 사랑하는 동시에 그녀를 (당연히 그러하듯이) 자신에게 정당히 주어지는 상으로 여긴다면 우리는 그가 친구들을 죽게 할 것임에도 불구하고 전쟁에서 철수하는 데 대한 합당한 동기를 이해하게 된다. 만일 그가 그녀를 사랑하지 않는다면 우리에게 그는 비열하고 악의적인 사람, 그리스인이란 걸 감안하더라도 자신의 명예에 지나치게 예민하게 구는 부루퉁한 아이로 보일 가능성이 크다. 평단의 호의와 자신의 주인공에 대한 호메로스의 높은 평가는 우리로 하여금 아킬레스가—비록 『일리아스』 제24권에서 잘 드러나듯, 그가 타인에 의해 인정되는 명예의 가치를 지나치게 강조하는 자임에도 불구하고—브리세이스를 사랑한다고 믿게 만든다. 하지만 딱 한 번, 그것도 아킬레스의 친구인 파트로클로스라는 조연의 입과 관점을 빌려 말하는 매우 짧은 경우를 제외하면 호메로스는 우리의 이런 질문에 대한 어떠한 대답도 거절한다. 이 모든 문제들이 그에게는 서사시의 품격을 떨어뜨리는 일, 그저 차 마시며 떠드는 한담에 불과한 것으로 여겨지기라도 했던 것처럼. 어쩌면 몇몇 학자들이 주장했듯이, 그리스의 영웅들은 여자에 대해 크게 신경쓰는 것을 남자답지 못한 일로 여겼는지도 모른다. 아니면 반대로 호메로스는 자신의 주인공의 관대한 마음을 우리가 의심한다는 사실에 충격을 받을지도 모를 일이다. 그러니까 깊은 정의감의 소유자이며, 모든 걸 아우르는 제우스의 질서(『오디세이아』에서 다루어진 주제) 속에 사랑이 자리한다는 그리스인 특유의 확신을 가진 그는 어쩌면 아킬레스의 사랑은 두말할 것도 없이 당연한 것이라고 생각했는지도 모른다. 그러나 이유야 어찌됐든 호메로스는 우리에게 파트로클로스의 생각만을 알려줄 뿐—혹은 거짓말을 해야 할 것만 같은 상황에 처한 그가 그렇게 생각한다고 주장할 뿐—자신은 그 어떤 실마리도 제공하지 않는다.

보다 현대적인 또다른 예를 들어보자. 셰익스피어의 『햄릿』에서 우리는 자연스레 질문을 던지게 된다. 사지死地로 보내졌을 때, 보통은 우유부단하던 왕자가 적들로 하여금 그들 꾀에 그들이 넘어가게 만든 일—이 사건은 무대 밖에서 벌어지며 적어도 현존하는 텍스트에서는 어떠한 설명도 들을 수가 없다—이 어떻게 가능했는지 말이다. 만일 우리가 간청하면 셰익스피어는 아마도 우리가 '캐릭터에게 주어진 고정관념을 배반하기fox out-foxed•'가 문학의 오래된 모티프라는 것 정도는 알 거라 생각한다고 말할 것이다(그는 마음만 먹으면 따분한 디테일들을 꾸며낼 수 있다). 또한 작품 전체에서 중요한 것은 전반적으로 드러나는 햄릿의 우유부단함이 아니라(유능한 왕자라면 누구든 적의 아첨하는 부하 둘쯤은 얼마든지 쓰러뜨릴 수 있다) 그가 특정한 형이상학적 딜레마에 맞닥뜨렸을 때 드러내 보이는 자기파괴적 열망, 그러니까 불확실한 세상의 상

• 똑똑함으로 상징되는 여우가 사실은 바보로 밝혀지는 이야기의 모티프를 뜻한다.
(이하 각주는 모두 옮긴이 주)

위법을 지키기 위해 범법 행위를 저지르는 일, 즉 유령의 말만 믿고서 계부인 왕을 살해하고 마는 것이라고 말할 것이다. (물론 나는 단순화해서 말하고 있다. 합리주의자인 호레이쇼에게 증거는 아주 명백하다. 그러나 호레이쇼는 햄릿이 아니다. 모든 셰익스피어 희곡 작품의 중심에는 모든 위대한 문학들과 마찬가지로 캐릭터가 있다. 그리고 햄릿의 두려움과 분노, 우유부단한 성격은 왜 햄릿이 유독 그때만은 단호히 행동한 것인지에 대한 의문을 낳는다. 셰익스피어는 이것에 대답해주지 않는다.) 하지만 내가 셰익스피어의 입을 빌려 한 대답은 아마도 진실이 아닐 것이다. 진실은, 깊이 생각해볼 것도 없이, 아마도 셰익스피어가 번뜩이는 직감으로 그 모든 질문들이 부질없고 요점에서 벗어난 것임을 알아챘다는 것이리라. 그리하여 음악계의 백상아리인 모차르트와 마찬가지로, 그는 플롯의 논리나 심리적 일관성 따위의 사소한 문제들—우리가 책을 정독할 때 생겨나긴 하지만, 극적 사건들이 휘몰아치는 와중에는 생겨나기 어려운 문제들—때문에 잠시라도 속도가 늦춰지는 것을 거부하며 곧장 문제의 핵심을 물어채버렸다. 셰익스피어의 직감이 그에게 "햄릿과 클로디어스 사이의 문제로 돌아가라" 말하면 그는 별안간 번개 같은 속도로 자신이 쓰던 그 부분으로 돌아갔을 것이다.

　사소한 문제들에 신경쓰고 싶어하지 않는 것은 위대한 문학에서 흔히 있는 일로, 비극과 반대되는 희극의 경우에도 마찬가지로 나타난다. 가령 『트리스트럼 섄디Tristram Shandy』*의 첫 장에서는 뻔한 것들에 대한 세세한 설명이 끝도 없이 이어진다. 이것이 우리가 논의를 시작한 일반적 원칙—작품은 어떤 식으로든 그것이 불러일으킨 질문에 대답을 해야 한다는 원칙—이 무가치함을 증명하는 건 아니다. 그러나 호메로스, 셰익스피어 그리고 다른 작가들의 예는 미학 법칙이 때로는 잠시 보류될 수도 있음을 보여준다. 흔히 인정되는 미학 법칙을 보류하는 일에는 당연히 위험이 따른다. 그래서 안전한 길을 택하고자 하는 강사는 학생들에게 "셰익스피어가 그러는 건 괜찮지만 초보자들이 그러는 건 금물입니다"라고 말할 것이다. 이러한 해결책의 문제점은 그것이 기술을 움츠러들게 하는 방식으로, 기술을 좀더 다루기 쉬운 무언가로, 그것이 더이상 기술조차 아니게 만들어버리는 방식으로 소설의 기술을 가르치려 한다는 점이다.

예술은 감정, 직감intuition, 취향에 크게 의존한다. 추상 화가에게 노란색을 여기저기 칠하되 저기는 칠하지 말라고, 그리고 나중에 그에게 그때 노란색이 아니라 갈색이나 보라색 혹은 연두색을 칠했어야 했다고 말해주는 건 어떤 법칙이 아닌 감정이다. 작곡가로 하여금 뜻밖에 조성key을 바꾸게 하는 것도 감정이고, 작가의 문장에 리듬을 부여하고 그가 쓰는 에피소드들에 기복이 반복되게 하는 것, 교차되는 각 요소들의 비율을 정함으로써 대화가 서술이나 내러티브의 요약 혹은 어떤 물리적 행동으로 전환되기 딱 이전까지만 진행되도록 하는

• 아일랜드 출생의 영국 작가 로렌스 스턴(Laurence Sterne, 1713~1768)의 소설로, 원제는 '신사 트리스트럼 샌디의 생애와 견해The Life and Opinions of Tristram Shandy, Gentleman'다. 매우 파격적이고 자유분방한 스타일을 선보이는 실험적 소설의 전형으로, 근대와 현대 소설의 선구적 역할을 한 작품이다. 이 소설의 도입부에서는 트리스트럼 샌디가 직접 화자로 등장해 자신의 탄생 경위에 대한 온갖 자질구레하고 정신없는 이야기들을 펼쳐놓는다.

것도 감정이다. 위대한 작가는 이런 것들에 대한 본능instinct을 타고난다. 위대한 코미디언이 그러하듯, 그에게는 절대적으로 확실한 타이밍의 감각이 있다. 그리고 그의 본능은 자신이 직조하는 옷감의 모든 실, 심지어 상징적 구조의 어두컴컴한 술장식에까지 손길을 뻗친다. 그는 언제 어디서 기습적인 사건을 터뜨려야 하는지를 안다. 모든 가장 위대한 글들의 특징인 깜짝 놀랄 만한 상상력의 도약 말이다.

물론 그렇다고 해서 냉정한 지성이 작가에게 쓸모없다는 말은 아니다. 상상Fancy이 보내오는 것을 작가는 판단Judgement에 따라 처리해야 한다. 그는 자신의 소설이 의미하는 바와 의미하고자 하는 바를 마치 평론가와도 같이 냉정하게, 철저하고도 신중히 생각해봐야 한다. 그는 자신의 방정식을 완성해야 하고, 자신이 한 말의 가장 미묘한 함의까지도 생각해야 하며, 자신의 캐릭터들과 사건의 진실뿐만 아니라 자신의 소설의 형식의 진실에도 도달해야 한다. 단정함이 너무 과해지면 작품이 지나치게 꾸미고 공들인 것처럼 보이고 항문기적 강박 관념에 사로잡힌 것, 부자연스러운 것으로 보이기 시작한다는 것을 명심하면서 말이다. 그렇다고 해서 난잡함이 적절한 대안이라는 것도 아님을 명심하면서. 그는 수학자처럼 빈틈없이 생각해야 한다. 하지만 그는 또한 더 훌륭한 것을 얻기 위해 언제 정확성을 희생해야 하는지, 어떻게 단순화하며 지름길을 택할지, 어떻게 중요한 것은 계속 전면에 두고 덜 중요한 것은 배경에 둘지를 직감적으로 알아야만 한다.

따라서 창작자가 알아야 할 중요한 첫번째 법칙이자 마지막 법칙은, 비록 쉽게 출간될 수 있는 평범한 소설—모조 소설imitation fiction—을 위한 법칙은 있을지언정 진짜 소설을 위한 법칙 같은 건 없다는 것이다. 진지한 시각 예술이나 음악의 창작에 그러한 법칙이 존재하지 않는 것과 마찬가지로 말이다. 목수들이 부리는 재주처럼 배우고 가르칠 수 있는 테크닉들이—수도 없을 만큼—있다. 모든 진지한 작가들이 매우 체계적인 방식으로든 아니든 머지않아 잠시나마 숙고해봐야만 할 도덕적이고 미학적인 고려 사항들도 있다. 또한 실패한 소설에 거듭 등장하며 그것들이 소설이 의도한 효과를 어떻게 갉아먹는지에 대한 분석을 통해 밝혀지는 흔한 실수들—부적절한 표현, 바보 같은 일처리—도 있다. 한마디로 모든 진지한 작가들이 생각해봐야 할 정말 많은 사항이 있다. 그러나 법칙 같은 건 없다. 하나만 말해보라, 그러면 곧장 어떤 문학가가 그 법칙을 깨뜨리되 여전히 우리를 설득할 수 있을 새로운 작품을 들고 올 것이다. 창작이란, 결국 예술에서 가장 중요한 일이며 터무니없는 것을 용인되게 만들면서 모든 예술가들이 느끼는 가장 큰 기쁨들 중 하나인 것이다. 화가가 선명하게 충돌하는 색들을 조화롭게 만들거나 극도의 리얼리즘 작가가 유령을—설득력 있게—등장시킬 때 그러하듯 말이다.

이 말이 누구도 진정 소설이 무엇인지 알지 못한다거나 소설의 한계들이 무엇인지 알지 못한다는 뜻은 아니다. 단지 어떤 작품이든 그것이 가진 가치 혹은 '지구력staying power'이란, 결국 그 작품을 창작한 예술가의 개성과 기질—그의 직감, 예술과 세상에 대한 그의 지식, 그의 정통함mastery—과 관련되어 있다는 사실을 이해하자는 것이다. 정통함은 힘이 세다. 실망스러운 말처럼 들리겠지만 초보 작가들에게 필요한 것은 일련

소설의 기술

의 규칙들이 아닌 정통함—그중에서도 소위 규칙들을 어기는 기술에 정통하는 일이다. 진정한 권위를 가진 예술가—호메로스나 단테, 셰익스피어, 라신, 도스토옙스키 혹은 멜빌 같은 이들—가 말할 때, 우리는 그가 하는 말이 처음에는 좀 이상하게 들릴지라도 그것에 귀를 기울인다. (나이가 충분히 들었거나 세상 경험을 할 만큼 한 이들은 어쨌거나 그 말에 귀를 기울인다. 그럼으로써 어떤 것들이 지루하고 유치하고 단세포적인지, 그리고 어떤 것들은 그렇지 않은지를 알기 위해 말이다. 잘 읽기 위해서도 모종의 정통함이 요구된다.)

깊이 생각해보면 우리는 위대한 작가의 권위가 두 요소로 이루어져 있음을 알게 된다. 첫번째 요소는 작가의 분별 있는 사람 됨됨이^{sane humanness} 정도로 말할 수 있다. 즉 세상일의 감식자로서의 그에 대한 신뢰성과 그의 개성과 기질—지혜, 너그러움, 연민, 의지력—이 지닌 복잡다단한 특성들의 총합에 근거한 안정감 말이다. 우리는 이에 대해 마치 친구들의 가장 훌륭한 모습을 봤을 때와 마찬가지로 "그래, 당신이 옳아, 바로 그런 거지!"라며 즉각적인 승인과 존경으로 응대한다. 두번째 요소—어쩌면 나는 이걸 힘^{force}이라고 불러야 할지도 모르겠다—는 스스로의 미학적 판단과 본능에 대한 작가의 (맹목적인 확신이 아닌) 전적인 신뢰, 즉 부분적으로는 그의 지성과 감성—자신을 둘러싼 세상을 지각하고 이해하는 능력—에 근거하고 부분적으로는 장인으로서의 경험에 근거하는 믿음이다. 이는 곧 (자신의 엄격한 기준에 따라) 무엇은 성공하고 무엇은 실패할지를 아는, 오랜 연습을 통해 길러진 능력이다.

그러니까 작가 지망생에게 도움이 되는 방식으로 말하자

면, 정통한 수준에 이르기 위해서는 수많은 책들을 탐독해야 하며, 신중하게 글을 쓰되 꾸준히, 자신이 무엇을 쓰고 있는지를 사려 깊게 평가하고 또 평가하면서 써야 한다는 말이다. 콘서트 피아니스트와 마찬가지로, 작가에게는 연습이 곧 문제의 핵심이기 때문이다. 이따금씩 문학 애호가가 괜찮은 이야기를 써낼 수도 있기는 하다. 하지만 진정한 작가란 피아니스트의 경우와 마찬가지로 테크닉이 몸에 완전히 배어버린 자다. 보통 이를 위해서는 대학에서 소설과 시 강의를 들어야 하는 것으로 생각한다. 몇몇 중요한 소설가들은 정반대되는 말을 했는데, 가령 헤밍웨이는 소설가가 기술을 익히는 방법은 멀리 떠나서 쓰는 것이라고 말했다고 한다. 헤밍웨이가 셔우드 앤더슨Sherwood Anderson과 거트루드 스타인Gertrude Stein이라는 최고의 두 선생에게로 공짜 '교습'을 받으러 떠났다가 그들 곁에서 살아버렸다는 사실을 기억해두길.

어떤 작가들은 거의 교육을 받지 않았으며, 잭 런던과 같은 작가들은 거의 스스로의 힘으로 작가가 됐다는 것도 사실이다. 배 위에서, 벌목 캠프나 금광 캠프, 농장이나 공장의 근무 교대 시간에 책을 읽는 것으로 교육을 대신한 자들이 있다. 대학 교육이 예술가의 작품에 여러 면으로 악영향을 끼치는 것은 사실이다. 화가들은 미학자들이나 미술사 교수들에 대해 딱히 좋은 말을 하지 않는다. 또한 아무리 진지하고 '학구적인' 작가들이라 할지언정 '영문학 교수'를 애정 어린 존경의 눈초리로 쳐다보는 일은 드물다. 게다가 대학에서의 삶이 정말 좋은 소설을 위한 소재를 만들어낸 적은 거의 단 한 번도 없다는 것 또한 사실이다. 그곳에서의 삶은 사소한 일들과 평범한

소설의 기술

일들, 연속극 같은 일들로 넘쳐난다. 하지만 한번 생각해보라.

무식쟁이들ignoramuses—교육을 계속 멀리해온 작가—이 위대한 예술을 탄생시킨 적은 없다. 읽을 만한 책을 단 한 권도 읽어보지 못했다는 것의 큰 문제는 그가 자신의 주장과 반대되는 주장을 절대 이해하지 못한다는 점, 자신의 주장이 낡았다는 걸 깨닫지 못한다는 점(사실 모든 주장은 낡은 것이다), 그리고 자신이 적으로 내몬 사람의 존엄성과 가치를 절대 깨닫지 못한다는 점에 있다. 존 스타인벡이 『분노의 포도』에서 저지른 잘못을 보라. 이 책은 미국 역사상 가장 위대한 책들의 반열에 오를 수도 있었다. 하지만 스타인벡은 오클라호마의 촌뜨기들과 그들이 일을 찾아 캘리포니아로 이주하면서 느꼈던 끝없는 서러움에 대해서는 모르는 게 없었던 반면, 그들을 고용하고 착취했던 캘리포니아의 농장주들에 대해서는 전혀 아는 것이 없었다. 그는 농장주들이 왜 그렇게 행동했는지 그 이유를 알지 못했으며 딱히 관심도 없었다. 그리하여 스타인벡은 결과적으로 위대하고 빈틈없는 소설을 쓰는 대신 한 무리의 선이 지독하고도 믿기 어려운 악에 대항하는 실망스러운 멜로드라마를 쓰고 만 것이다. 객관성, 공정함, 그리고 정당한 평가에 대한 체계적인 추구는 대학 생활의 가장 큰 장점들로 내세워지는 것들이다. 그리고 심지어—이는 두말할 것도 없이 사실인데—어떤 교수들이 존 스타인벡이 그랬던 것만큼이나 단순화의 죄를 범하고 있다고는 해도 이러한 가치들이 이야기된다는 것만큼은 분명한 사실이며, 그것은 분명 주의깊은 학생에게 모종의 영향을 끼칠 것이다. 게다가 토론 방식에 맞닥뜨리지 않고서도 클 수 있는 학생은 어느 대학에도 없다.

그리고 이것이 의미하는 바는, 적어도 좋은 대학에 다니는 학생이라면 자신의 의견과 다른 의견들을 조심스럽고도 편견 없는 마음으로 경청하는 법을 배워야 한다는 것이다. 내 경험상 이는 다른 곳에서는 드문 일이다. 대부분의 토론 모임에서 사람들은 죄다 한쪽 편에 선 채 자신들의 주장을 펼친다. 소도시의 신문들을 보라. 무엇이 진실인지에 대해 모두가 한목소리를 내는 곳에서, 묵살당한 쪽을 위해서는 누구도 지지의 목소리를 내지 않는 곳에서 진실은 딱히 존중받지 못한다. 일반적으로 대학교수들이 얼마나 형편없든지 간에, 모든 훌륭한 교수들은 진실에 헌신하는 사람이며 어떤 대학에서라도 그런 사람들을 한두 명쯤은 찾을 수 있다.

하지만 단지 공정한 논쟁을 해본 경험이 없기 때문에 무식쟁이들이 나쁜 작가가 되는 것은 아니다. 모든 위대한 글은, 어떤 의미에서 위대한 글을 흉내낸 것이라고도 할 수 있다. 소설가는 소설을 쓰면서―그 소설이 얼마나 혁신적이든지 간에―하나의 명확하고도 거대한 효과를 얻기 위해 노력하는데, 이 효과란 우리가 좋은 소설들에서 흔히 얻곤 하는 그런 효과와 다른 것이 아니다. 테크닉이 얼마나 기괴하든, 소설의 방식이 어떻든 간에 우린 소설을 다 읽었을 때 "바로 *이런 게 소설이지!*" 하고 말한다. 우리는 『안나 카레니나』나 『화산 아래서 Under the Volcano』•를 읽고서, 또한 묘한 방식으로 구성된 『모비딕』을 읽고서 그렇게 말한다. 만일 우리가 사뮈엘 베케트의 『와트』나 『말론, 죽다』를 읽고서, 이탈로 칼비노의 『나무 위의

• 영국 소설가 말콤 라우리(Malcolm Lowry, 1909~1957)의 작품으로, 멕시코 콰우나확의 영국 영사인 알코올 중독자 조프리 퍼민의 최후의 하루를 그리고 있다.

　　　　　　　　　　　　소설의 기술

남작The Baron in the Trees』이나 아베 코보의 『불타버린 지도The Ruined Map』를 읽고도 그렇게 말한다면 그건 그 작품들이 우리에게 겉으로는 낯설어도 친숙한 효과를 내는 면이 있기 때문이다. 몹시 드문 일이겠지만, 작가가 자신이 읽고 감동했던 책들이 도달했던 효과보다 훨씬 더 큰 효과를 발생시키는 일이 일어날 수도 있다. 인간이란 침팬지와 마찬가지로 본보기가 없으면 별로 할 줄 아는 게 없는 존재다. 누군가가 혼자서 셰익스피어를 읽고서 그를 사랑하게 될 수는 있겠지만—무식쟁이는 심지어 이런 일을 할 리도 없을 것이다—반 강제로 『오셀로』『햄릿』『리어 왕』을 한 줄 한 줄 지도받는 일을 대체할 수 있는 건 이 세상에 없다. 이것이 대학에서 셰익스피어 강의가 하는 일이다. 그리고 심지어 강사가 머리가 좀 안 좋고 감성이 떨어진다 할지라도 대학에서는 분명 도움이 될 비평서와 논문, 살아남은 책과 신간 들 중 가장 좋은 책을 발견할 수가 있다. 대학에서의 선별적인 과정이 없다면 우리는 도무지 갈피를 잡을 수 없게 될 것이다. 결국 셰익스피어가 실은 무신론자였다는 둥, 혹은 공산주의자였다는 둥, 아니면 그건 그저 프랜시스 베이컨이 사용했던 필명에 불과한 것이었다는 둥 떠들어대는 괴상한 책들이나 읽게 될 뿐이다. 대학 밖에서 호메로스나 베르길리우스, 초서Chaucer나 단테와 같은 위대한 대가들—제대로 이해하기만 하면 우리 문명이 이룩한 것들 중 최고의 본보기가 되어줄 이들—을 이해한다는 것은 사실상 불가능한 일이다. 아무리 뛰어난 재능을 지닌 작가라도 문학에서 가능한 최고의 효과들에 익숙하지 않으면 사실상 그는 그보다 덜한 수준의 효과들을 찾게 되기 마련이다.

전혀 교육을 받지 못한 사람보다는 독학이라도 한 사람이 더 나은 위치에 있다는 것만은 분명한 사실이다. 하지만 그의 작품은 분명 한계를 지닐 것이다. 만일 독학한 작가의 작품을 잘 살펴본다면—우린 지금 허먼 멜빌처럼 제한적이긴 하나 엄격하고도 고전적인 교육에서 시작한 작가를 말하고 있는 게 아니다—우리는 즉각 그들의 작품이 오점투성이라는 걸 알게 될 것이고, 따라서 그들의 지식이 미숙하다는 사실을 알게 될 것이다. 잘못이야 용서할 수 있겠지만 그 잘못이 작품을 산만하게 하고 기대에 못 미치게 한다는 사실만큼은 어쩔 수가 없다. 가령 오래도록 부정되어온 대단찮은 생각들에 대해 순진할 정도로 들뜬 채 장황한 논의를 펼친다거나, 오래된 신화에 대한 특이하고도 기발한 해석들—비록 그 자체로는 흥미로우나 그 신화들이 실제로 무엇을 말하고 의미하는지와 비교해봤을 때 곤혹스러워지는 해석들—을 내놓는 경우가 그러하다. 가령 우리가 인색하고 고집 센 부인으로 나오는 페넬로페의 이야기를 읽는다고 해보자. 그 글 자체는 대단히 훌륭할 수도 있다. 그러나 호메로스가 페넬로페를 충실하고도 완벽한 부인, 자신의 남편만큼이나 용감하고 약삭빠르며 헌신적인 사람으로 묘사했다는 걸 떠올리면 호메로스의 원작이 새 작품을 너무나도 압도하는 나머지 우리는 거의 넌더리를 치며 새로운 작가의 작품을 외면하게 된다. 물론 대학 졸업자들에게서 오점투성이의 지식을 얻을 수도 있고 대학교수들에게서 좀 맛이 간 것 같은 의견을 들을 수도 있다. 독학자의 것과도 같은 지식이나 의견 말이다. 대학의 바보들이 거두는 성공은 신의 거대한 미스터리들 중 하나이리라. 하지만 대학을 나온 사람도 독학자만큼이나 오점투성이의 지식을 가질 수 있다는 게 내 말의 요점은 아니다. 대학은 기회를 제공하는 것 이상의 일은 할 수가 없다. 다른 어디서도 얻을 수 없는 기회들, 즉 넘쳐나는 책들, 적어도 몇 개의 일급 강의들, 교수들, 동료 학생들, 강연회, 토론회, 독서회, 너무 낮을 가리지만 않는다면 누구든지 참여해 대화를 나눌 수 있는 당대 최고의 소설가와 시인, 음악가, 화가, 정치가, 과학자 들과의 각종 모임들을 제공하는 것 말고는 말이다. 대학들이 멍청함으로 충만하다고는 해도, 그건 문학에 대한 정직한 이해가 의식적인 훈련이 되어버린 그런 대학 세계 내의 문제일 뿐이다. 소설을 분석하는 법—갑자기 상징을 접했을 때 그것을 어떻게 분석할 것인지, 문학작품에서 주제를 어떻게 파악할 것인지, 작가가 소설의 디테일들을 선택하고 구성한 방식을 어떻게 설명할 것인지—을 배우지 않고도 정말 잘 쓸 수 있을 거란 생각은 하지 않는 게 좋다.

보통 화가들이 미술사가나 미학자 들에 대해 딱히 좋은 말을 하지 않는다거나 작가들—심지어 최고의 교육을 받은 작가들—이 종종 영문학 교수들을 못 견뎌 한다고 해서 크게 슬퍼할 필요는 없다. 평론가—그러니까 영문학 교수—가 하는 일은 이미 쓰인 것에 대한 분석이다. 자신이 읽은 것을 체계화하고 자신이 발견한 것들을 학생들에게 최대한 도움이 되는 방식으로 제시하는 것이 그의 일이다. 자신의 직업에 충실한 사람이라면 그는 다소 냉정하고 객관적으로 이 일을 할 것이다. 특정 작품에 감동해서 그 작품을 학생들에게 알려줄 수는 있다. 하지만 비록 그의 두 뺨에 눈물이 흐른다 하더라도 그의 목적은 작품의 구조와 의미를 명명백백히 밝혀내는 일이다. 이는 예술가의 관점에서 봤을 때 두 종류의 재난으로 이어질 수 있다. 첫째, 교수―그리고 그 방면의 종사자들 모두―는 최고의 문학 작품이 아니라 자신만의 의견을 펼치기에 가장 용이한 작품을 고르는 경향이 있다. 앤서니 트롤럽•의 소설들은 거의 어떤 모호한 암시나 난해한 상징도 사용하지 않기 때문에 가르치기가 어렵다. 교수는 강의실 앞에 서서 뻔한 얘기나 떠들어대면서 뭔가 재미있는 이야기가 없을지나 궁리할 수 있을 뿐이다. 반면에, 별로 유명하진 않지만 독창적인 작가의 작품에 나타난 암시와 상징에 대한 이야기로 학생들을 계속해서 현혹하거나 학생들 서로가 서로를 현혹하게끔 부추길 수도 있다. 미묘하고도 교활한 방식을 통해 기준은 왜곡된 길로 빠져버린다. 미학적 판단으로서의 '훌륭함'은 '까다로움', '아카데믹함', '모호함'을 의미하기에 이른다.

이러한 기준의 왜곡은 두번째 재난으로 이어진다. 즉 문학 프로그램으로 인한 젊은 작가들의 시간 낭비. 젊은 작가는 호메로스의 『일리아스』에서 존 파울즈John Fowles의 『다니엘 마틴Daniel Martin』에 이르는 중요한 책들에 집중하는 대신, 독서 시간을 하찮은 것들―낡은 것이든 새로운 것이든―로 가득 채우게 된다. 그 프로그램이 의무적으로 영국과 미국 문학의 역사적 발달을 다루어야 하는 것일 경우, 그것이 끼칠 손해는 좀더 복잡해질 수 있다. 누구도 토마스 오트웨이Thomas Otway나

• 앤서니 트롤럽(Anthony Trollope, 1815~1882)은 빅토리아 시대 영국의 소설가로, 대표작으로는 여섯 편의 장편소설로 구성된 연작소설 『바셋 주州 연대기The Chronicles of Barsetshire』가 있다. 당시 영국 사회의 위선을 매우 냉정하고도 사실적인 필치로 폭로한 것으로 유명하다.

조지 크래브George Crabbe 같은 작가들이 본질적으로, 또한 역사적으로 흥미를 끈다는 사실을 부정할 수는 없을 것이다. 하지만 그러한 사실은 진지한 젊은 작가들에게, 이를테면 제임스 D. 왓슨James D. Watson이 쓴 DNA의 발견에 대한 소책자만큼이나 중요치 않은 것들이다. 차라리 DNA의 발견에 대한 소책자가 좀더 의미가 있겠지.

하지만 프로그램에 참여한 학생들은 무력한 로봇이 아니다. 이상한 말이지만—작가들은 영문학 교수들에 대해 너무 자주 가혹한 말들을 해대니까—젊은 작가들, 특히 잘 쓰는 진지한 젊은 작가들은 대부분 학과에서 가장 큰 사랑을 받곤 한다. 그렇기 때문에 작가들은 대부분 필요한 강의는 듣고 쓸모없을 것 같은 강의는 피하는 특별한 시간표를 짤 수가 있다. (드라이든Dryden 대신 단테를 원하고, 조너선 에드워즈Jonathan Edwards 대신 조이스Joyce를 원하는 학생을 누가 싫어할 수 있을까?) 그리고 어찌됐건—실질적인 고려 사항들을 무시하고 나면—학생이 꼭 학위를 가지고서 대학을 졸업해야 한다는 법 같은 건 없다. 중요한 건 어쨌든 학생이 필요한 문학적 배경지식을 얻는 일이다.

한마디만 더 하고, 진지한 젊은 작가들을 위한 정규 교육의 중요성에 대한 지금 이 여담을 끝내도록 하자.

작가에게 정말로 필요한 건 문학의 트레이닝—독서와 쓰기를 모두 포함해서—이 아닌 세상에서의 경험이라는 주장은 너무나도 끊임없이 반복되어 이제 많은 이들에게 거의 복음처럼 들리기에 이르렀다. 여기서 이에 대해 전부 답할 시간은 없다. 잔지바르에서 유콘에 이르는 풍부한 경험은 깊이 있고 감동적인 소설보다는 잡동사니들을 한데 모아놓은 것을 낳을 가능성이 크고, 여러 직업을 직접 전전하며 얻은 지식은 작가에게 스무 명의 정보원—술집이나 그레이하운드버스, 파티, 푹 꺼진 공원 벤치에서 잠시 대화를 나누게 되는 이들—보다도 가치가 덜하다는 것에 대해 말이다. 자고로 소설의 가장 중요한 주제는 늘 인간의 감정과 가치 그리고 신념이었다. 소설가 니컬러스 델반코*는 말했다. 네 살이 되면 인간은 작가로서 소설을 쓰는 데 필요한 거의 모든 경험—사랑, 고통, 상실, 권태, 분노, 죄책감, 죽음에 대한 두려움—을 끝낸 것이라고. 작가가 하는 일은 그럴듯한 인간 존재들을 만들어낸 다음, 그것들에게 기본적인 상황과 사건을 부여함으로써 그것들이 자신에 대해 알게 하고 그러한 모습을 독자들에게 드러내게 하는 것이다. 이를 위해 학교를 다닐 필요는 없다. 하지만 우리가 자신들의 소설을 *보여주는* 법을 배우고 그것들을 정당하게 대하게 되는 건 어디까지나 트레이닝—위대한 책들을 공부하고 글을 쓰는 것—을 통해서다. 테크닉의 학습을 통해—카누를 타거나 벌목을 하는 일, 싸구려 식당에서 웨이터나 웨이트리스로 일하는 게 아니라—우리는 생생한 캐릭터를 만드는 가장 효과적인 방법, 감정과 감상적인 것의 차이를 구별하는 방법, 계획 단계에서 보다 나은 극적인 사건과 더 나쁜 극적인 사건을 분별하는 방법을 알게 된다. 우리의 처음 주제로 돌아가서—소설에 정통하게 해주는 것은 바로 이런 종류의 지식이다.

그것을 얻는 방법이 무엇이 됐든지 간에 정통함—규칙들의

• 니컬러스 델반코(Nicholas Delbanco, 1942~)는 영국 출신의 미국 소설가로, 대표작으로 『콩코드 백작』 등이 있다.

전체 목록의 암기가 아닌—이 작가의 목표가 되어야 한다. 그는 모든 복잡다단한 소설의 기술—그 모든 전통과 모든 테크닉의 선택지들—을 익혀야만 한다. 그것이 두뇌의 주름과 복잡한 조직을 지나 핏속에 스밀 때까지 말이다. 먼저 문학을 배운 다음 글쓰기를 배울 필요는 없다. 두 과정은 불가분의 관계에 있으니까. 모든 진짜 작가들은 멜빌이 했던 경험을 똑같이 반복한다. 그는 에이해브와 고래의 문제—냉담하고 사악한 우주에 대한 생각—에 골몰한다. 그와 동시에 그는 우연히 셰익스피어와 몇 권의 철학책을 읽게 된다. 그 책들을 읽은 덕분에 그는 소설적 탐구의 문제에 전례 없는 해결책을 떠올리게 된다. 정통함이란 벼락처럼 한순간에 떨어지는 것이 아닌 축적하는 힘으로서, 세월을 지나며 꾸준히 변화해가는 날씨와도 같은 것이다.

달리 말해, 예술에 보편적인 법칙이란 없다. 모든 진정한 예술가들은 저마다 과거의 모든 미학적 법칙들을 몽땅 녹여버린 다음 재구축하는 자들이기 때문이다. 잘 쓰기 위해서는 예술가에게—평론가가 아니라면—미학적 법칙이란 적敵이라는 명확한 인식에서 출발해야 한다. 위대한 작가에게는 그 어떤 무엇이라도 가능하다. 창조, 즉 새로운 법칙들을 저절로 탄생시키는 것이야말로 예술의 핵심이다. 그리고 문학가가 되는 법을 배우기 위해 처음부터 문학가와 다른 무언가가 되는 법을 배우는 것은 아니므로, 결론적으로 위대한 작가가 되고자 하는 젊은 작가들에게는 어떠한 고정된 법칙도, 한계도, 제약도 있을 수 없다고 말할 수 있다. 무엇이 됐든 자기에게 맞는 것이 좋은 것이다. 그는—조심스레 알게 된 자신만의 기준에 따

라―자신에게 무엇이 맞는지를 알 수 있는 감식안을 길러야
만 한다.

2장

기본기, 장르
그리고 '꿈으로서의 소설'

만일 어떤 규칙도 없다면, 혹은 어떤 규칙도 우리가 신경쓸 만한 가치가 없는 것들이라면 처음 시작하는 작가는 어디에서 시작해야 하는 것일까?

강사들은 종종 학생의 작품을 대충 한 번만 훑어보고도—작품 자체로 들어가기도 전에—그에게 우선 필요한 것은 기본 원칙들의 복습이란 걸 알아차린다. 기초 사항들, 즉 문법과 구문론, 구두법, 화법^{diction}, 문장의 다양성, 문단 구조 등등을 마스터—그것도 완벽히 마스터—하지 않고서도 잘 쓰려는 생각은 버리는 게 좋다. 물론 구두법 같은 것이 상당히 미묘한 기술인 것만은 사실이다. 하지만 그것의 미묘함이란 "정말이지, 아무것도, 모르는, 주제에" 또는 "그는 확신했다, 자신이 그녀를 단 한 번도 본 적이 없다는 것을"의 경우에서와 같이 규칙 너머에 자리하는 것이다. 지켜야 하는 법칙이 무엇이고 보류

해도 좋은 규칙은 *무엇인지*에 대해 생각하느라 단 한 순간도 망설여선 안 된다. 만일 원한다면 강사가 강의 기간 동안 (철자법 같은) 학생의 문제를 해결해줄 것이다. 하지만 이건 전혀 최선의 방식이 못 된다. 소설쓰기를 배운다는 건 너무나도 진지한 문제이기에 이를 신입생들의 작문 따위와 혼동해서는 안 된다. 강사는—만일 프로라면—이런 식으로 낭비되기엔 너무나도 소중한 존재다. 그리고 학생은 자신이 그러한 대부분의 문제들을 빠르고도 손쉽게 해결할 수 있다는 걸 알고 나면 분명 그렇게 하길 원할 것이다. 제대로 된 도움과 제대로 된 책만 있다면 훌륭한 학생들은 누구나 두 주 만에 기본 원칙들을 완전히 학습할 수 있다. 내 생각에 가장 괜찮은 책은 W. W. 와트W. W. Watt의 『미국 영어 수사법An American Rhetoric』으로, 이 책은 시중에 나온 책들 중 작문에 가장 도움이 되는 책일뿐더러 정말 흥미롭고 재미있는 책이다. 비록 학생이 때때로 강사에게 모르는 걸 물어볼 수는 있겠지만 보통은 연습을 해본 후 틀린 걸 스스로 바로잡을 수 있다. 그래도 몇 번이고 물어봐야 한다면 그건 그가 절대 작가가 될 수 없으리란 확실한 신호다.

견습 작가가 기본 원칙들을 마스터했다고 치자. 그는 어떻게 소설을 시작해야 할까? 그는 무엇에 관해 써야 하며, 자신이 잘 썼다는 걸 어떻게 알 수 있는 걸까?

이에 대한 흔한 대답, 그리고 대개 유감스러운 대답은 "당신이 아는 것에 대해 쓰라"는 것이다. 자신의 고향, 성공회 교도 어머니, 몸이 불편한 여동생에 대해 쓰려고 애쓰는 것보다 더 상상력에 제한을 가하는 것, 정신의 검열 장치와 왜곡 체계를 재빨리 작동시키는 것은 없다. 어떤 작가들에게는 이 조언이 먹힐 것이다. 하지만 그럴 경우, 보통 그것은 특이한 우연의 소산에 불과하다. 그가 자신이 아는 것에 대해 잘 쓰는 건 단지 그가 그런 종류의 소설만을 주로 읽어왔기 때문이다. 『뉴요커 New Yorker』나 『월간 애틀랜틱Atlantic Monthly』, 『하퍼즈Harper's』에 나오는 리얼리즘 소설들 말이다. 다시 말해, 그는 인생에 대한 자신의 지식을 보여준다기보다는 특정 문학 장르에 대한 자신의 지식을 보여주고 있는 것에 불과하다. 비록 이상적인 대답은 아니겠지만 이게 더 나은 대답이다. "당신이 알고 가장 좋아하는 종류의 이야기―유령 이야기, SF 작품, 당신의 유년기를 있는 그대로 다루는 이야기 같은 것들―를 쓰라."

비록 늘 한 번에 명확히 알 수 있는 건 아니지만, 우리가 시간을 들여 예술 작품을 아주 자세히 들여다볼 때 알게 되는 것은 기본적으로 예술가가 사고하는 최소 단위―그가 작품의 디테일들을 선별하고 체계화하는 주된 의식적, 무의식적 바탕―가 바로 장르란 사실이다. 이는 아마도 음악의 경우에서 가장 명확히 드러날 것이다. 작곡가는 오페라, 교향곡, 협주곡, 음시(音詩, tone poem), 컨트리 댄스 모음곡, 연작 가곡, 일련의 변주곡, 또는 의식의 흐름에 따른 작품(음시의 현대적이고도 심리적인 차용)을 작곡한다. 그가 어떤 장르를 택하든, 그리고 얼마간은 어떤 장르를 택하는지에 따라 작곡가는 전통적인 구조―소나타 형식, 푸가 형식, ABCBA의 멜로디 구조 등등―내에서 곡을 쓰거나 그 구조에 약간의 변화를 가한다. 혹은 자신이 확실한 기초라고 믿는 것을 기반으로 새로운 구조를 만들어낸다. 그는 컨트리 댄스를 교향곡에 접목하는 등 여러 장르들을 크로스오버할 수도 있고, 주제와 변주곡의 원리에 기반하여 현악 사중주곡을 구성할 수도 있다. 만일 참신한 것을 원한다면(보통 참신한 이유에서 이렇게 하는 건 드문 일이지만) 그는 영화나 연극의 동작 등과 같은 다른 예술의 구조를 차용하는 것을 시도해볼 수도 있다. 새로운 형식들이 등장할 때—그런 것들이 종종 등장하곤 한다—그것들은 둘 중 하나의 과정을 통해 나타난다. 즉 여러 장르 간의 크로스오버genre-crossing와 대중문화의 격상elevation. 가령 라벨Ravel, 거슈윈Gershwin, 스트라빈스키Stravinsky 등과 다른 많은 작곡가들은 클래식 전통과 미국 재즈를 혼합했다—이들의 경우, 장르를 크로스오버하는 동시에 대중문화 또한 격상시켰다. 다른 예술에서와 마찬가지로, 종종 음악에서 대중문화를 격상시킨다 함은 쓰레기를 재활용한다는 의미로까지 확대되어야만 한다. 일렉트로닉 뮤직은 라디오나 컴퓨터 등에서 나는 '삐' 소리나 '펑' 하는 소리에 모종의 구조—리듬과 멜로디 비슷한 무엇—를 부여한다면 음악처럼 들릴 수도 있겠다는 생각에서 비롯되었다. 다다이스트들, 스파이크 존스Spike Jones, 그리고 존 케이지John Cage가 지적했다시피, 사실 어떤 것이든—트럭 타이어가 지르는 끼이익거리는 소리, 블라인드가 내는 소음, 양들이 매애 하고 우는 소리—음악 비슷한 것으로 만들어질 수 있다.

시각 예술의 경우도 크게 다르지 않다. 어떤 문화에서든 전통이 되는 어떤 주제들—가령 중세 기독교 시대의 '그리스도의 십자가로부터의 강하降下', '성 스테파노의 순교', '어머니와 아이' 같은—이 있으며, 이는 여러 예술가들에 의해 반복된다. 주제들을 둘러싼 문화들이 변화함에 따라 전통적인 주제들을

소설의 기술

다루는 방식들 또한 변화한다. 특히 점점 더 증폭되는 대중문화의 영향에 따라 새로운 형식들이 생겨난다―문학의 삽화들이 성경의 삽화들을 대체하고, 종교적 인물들을 세속적 인간들이 패러디하고, '실물real life'이 설명을 위한 그림들을 서서히 몰아내고, 새로운 사고의 시도들(심리학, 수학)이 전통적인 정물화, 방 그림과 풍경화 들을 꿈속의 이미지와 공간적인 퍼즐로 변형해버린다. 다시 말해, 시각 예술의 변화 과정 역시 음악의 경우와 동일하다. 때로 그것은 장르 간의 크로스오버로 생겨나고―신교도인 플랑드르 화가가 세속적인 가족 초상화를 성가족 그림을 그리는 가톨릭 화가들이 사용하는 삼각형 구도 속에 담을 때처럼―때로 그것은 대중문화, 혹은 쓰레기의 격상을 통해 생겨나며―지오토*의 종탑, 마티스Matisse의 '컷아웃 작품cut-outs', 로버트 라우션버그Robert Rauschenberg의 폐기물로 만든 콜라주처럼―보통의 경우, 변화는 이 두 요인이 동시에 작용하여 생겨난다.

　문학 또한 마찬가지다. 참신함은 주로 장르 간의 기발한 크로스오버나 친숙한 소재들의 격상에서 생겨난다. 그러한 크로스오버의 한 예로 포크너의 「얼룩무늬 말들Spotted Horses」의 세 버전들 중 가장 훌륭한 버전("저 플렘That Flem"으로 시작하는 버전)을 떠올려보라. 이 작품에서 포크너는 설화체 문학yarn의 테크닉―주로 화법과 우스꽝스러운 과장, 그리고 잔인한 유

---

* 지오토 디 본도네(Giotto di Bondone, 1266?~1337)는 이탈리아 피렌체 출신의 화가로, 화면의 입체감과 엄격한 조형성을 중시한 피렌체파 회화의 창시자다. '지오토의 종탑Campanile di Giotto'은 지오토가 1334년에 피렌체의 산타 마리아 델 피오레 대성당 주임 건축가로 임명되었을 때 설계한 것으로, 그의 사후에 제자인 피사노에 의해 완공되었다.

머—과 상징적 리얼리즘 단편소설realistic-symbolic short story에서 사용되는 테크닉을 결합하였다. 이런저런 종류의 장르 간 크로스오버는 영문학 전통에서 대부분의 위대한 문학 작품들이 해왔던 것들이다. 초서는 계속해서 하나의 형식을 다른 형식과 겨루게 하는데, 이를테면 『캔터베리 이야기Canterbury Tales』의 「기사 이야기Knight's Tale」에서 그는 서사시epic와 중세 기사 이야기romance 형식에다 보다 덜 알려진 형식들을 뒤섞고 있다. 가장 위대한 중세 두운체alliterative 시인 『가웨인 경과 녹색의 기사Sir Gawain and the Green Knight』는 (유혹의 장면에서) 초기 우화시fabliau와 중세 기사 이야기적 요소를 함께 사용한다. 셰익스피어의 가장 강력한 테크닉들은 모두 장르 간 크로스오버의 결과물들이다. 극의 정서적 범위를 확장하기 위한 산문과 운문의 결합, 영국 민속극folk play과 떠들썩한 중세 기적극mystery play (또는 길드의 연극) 등에서 차용한 전통과 최신 로망Roman 전통과의 결합, 그리고 '어두운 희극'을 위한 비극 전통과 희극 전통과의 결합 등이 모두 그러한 것들이다. 밀턴Milton의 장르 간 크로스오버에 대한 애호는 학계에서 가장 흔히 다뤄지는 주제들 중 하나다. 대중적인 소재들 또는 쓰레기의 격상—독자적으로든 다른 고상한 형식들과의 결합에 의해서든—과 관련해서는 심리학적이고도 상징적인 소설과 미국 하드보일드 미스터리를 융합한 존 호크스•와 (『시간의 원점t-zero』과 『우주만화』••에서) SF, 판타지, 만화책의 언어와 이

• 존 호크스(John Hawkes, 1925~1998)는 미국의 포스트모더니즘 소설가다. 1952년에 발표한 두번째 소설인 『딱정벌레 다리The Beetle-Leg』는 그 강력하고도 초현실주의적인 작풍으로 인해 여러 비평가들로부터 20세기 미국 문학의 이정표를 제시했다는 평가를 받았다.

소설의 기술

미지, 멜로드라마적 영화, 그리고 거의 다른 모든 것들을 뒤섞어놓은 이탈로 칼비노, 또는 문화적 쓰레기 따위를 설문 조사, 호러쇼와 만화 영화, 여행기와 정신과 의사의 기록물로 뒤바꿔놓은 도널드 바셀미***를 떠올려보라. 장르 간의 크로스오버와 마찬가지로, 대중적이거나 하찮은 소재들을 격상시키는 것은 오래되고도 익숙한 혁신의 방법이다. 그것은 후기 그리스 시인들, 이를테면 아폴로니오스 로디오스^{Apollonios Rhodios}가 『아르고나우티카^{Argonautica}』에서 가장 선호했던 방법이며, 로마의 희극 시인들, 여러 위대한 중세 시인들(초서의 『캔터베리 이야기』의 「토파즈 경의 노래^{Rime of Sir Thopas}」를 생각해보라)과 르네상스 시인들이 가장 선호했던 방법이다. 가장 고상한 음악적 형식인 교향곡과 동등한 영향력과 문화적 중요성을 지녔다고 할 수 있는 현대 문학의 가장 고상한 형식들은 디포^{Defoe}, 리처드슨^{Richardson}, 필딩^{Fielding}이 잡동사니를 예술로 격상시키고 변화시키기 시작하면서부터 생겨났다. 『로빈슨 크루소^{Robinson Crusoe}』와 『몰 플랜더스^{Moll Flanders}』는 각각 단순한 난파선 내러티브와 악당의 고백으로부터 탄생했다. 또한 『파멜라^{Pamela}』와 『클래리사^{Clarissa}』는 젊은 여성들을 위한 안내서 역할을 한 인기 있는 서간문집에 캐릭터와 플롯을 더한 것이다. 『조너선 와일드』****는 교수형 안내문^{gallows broadside} 또는

•• 『우주만화Le Cosmicomics』는 쿠바 출생의 이탈리아 소설가 이탈로 칼비노(Italo Calvino, 1923~1985)의 단편소설집으로, 과학적 사실에 문학적 상상력을 자유로이 접목한 작품이다.
••• 도널드 바셀미(Donald Barthelme, 1931~1989)는 미국의 포스트모더니즘 소설가로, 특히 파편에 가까운 단편 작품에 뛰어났던 것으로 유명하다. 대표작으로는 단편소설집 『돌아오라, 칼리가리 박사Come Back, Dr. Caligari』, 장편소설 『백설공주Snow White』, 『죽은 아버지The Dead Father』 등이 있다.

곧 교수형에 처할 악한의 끔찍한 범죄와 그의 캐릭터에 관한 이야기로부터 탄생한 것이다.

고대의 작가든 현대의 작가든 '자신을 표현하기 위해' 앉아서 글을 쓴 사람은 단 한 명도 없다. 그들은 이런저런 종류의 이야기들을 쓰기 위해, 혹은 이런저런 형식들을 뒤섞어 뭔가 새로운 효과를 창출하기 위해 자리에 앉았다. 자기표현은, 그것이 가져다주는 즐거움이 뭐가 됐든 부수적으로 발생하는 것일 뿐이다. 그것은 또한 필연적으로 생겨난다. 리얼리즘 작가는 아마도 자기 숙모의 성격을 회상해봄으로써 그녀를 위한 어떤 이야기를 써보려 한다든지, 아니면 그녀의 인생을 모사해보려는 사람일 것이다. 그 이야기를 통해 그녀의 성격이 드러날 것이고 그녀에 대한 작가의 애착 또한 드러날 것인데, 이것이 곧 작가가 자신을 표현하는 방식이다. 이야기꾼fabulist—비현실적인 설화체 문학, 이야기tale, 우화fable 등의 작가—은 언뜻 봤을 때 꽤나 다른 방식으로 작업하는 것처럼 보일 수도 있는데 그 경우도 마찬가지다. 용dragon은 은행가와 사탕가게 주인과 마찬가지로 확실하고 예측 가능한 성격을 지녀야만 한다. 말하는 나무, 말하는 냉장고, 말하는 시계는 우리가 알아들을 수 있는 방식으로 말해야만 하고, 그것들이 어떤 확실한 동기에서 시작되어 사건에 영향을 미치는지를 우리가 어떻게든 인지할 수 있어야 한다. 또한 캐릭터는 책이나 인생 둘 중 하나로부터 나올 수밖에 없으므로 작가의 숙모는 우화에서

••••『조너선 와일드Jonathan Wilde』, 즉 『고인이 된 위대한 조너선 와일드의 생애The History of the Life of the Late Mr. Jonathan Wild the Great』는 영국의 소설가 헨리 필딩(1707~1754)의 소설로, 당시 유명한 범죄자였던 조너선 와일드의 생애를 통해 인간의 위대함을 비아냥거린 블랙 코미디이자 정치 풍자적 소설이다.

나 현실적인 스토리에서나 동일한 모습으로 등장할 수밖에 없다. 따라서 작가가 우화를 쓰는 과정과 현실적인 스토리를 쓰는 과정은 크게 다르지 않다. 그 유사점과 차이점 들을 더 자세히 살펴보자.

어떤 소설 작품에서건 작가의 첫번째 임무는 독자로 하여금 자신이 이야기하는 사건이 (우주의 법칙들의 사소한 변화를 가정하여) 실제 일어났거나 일어났을 수도 있겠다고 믿게 만드는 것이다. 혹은 명백히 터무니없는 거짓말에 독자가 빠져들게 만드는 것이다. 리얼리즘 작가가 사건들을 설득력 있게 만드는 방법은 바로 핍진성verisimilitude을 통해서다. 작가는 유령, 변신하는 존재, 혹은 절대 잠을 자지 않는 캐릭터를 만들어낼 때 각기 다른 접근 방식을 취한다. 그럴듯한 발언을 함으로써, 그리고 비판적 지성을 흐트러뜨리는 각종 장치들을 사용함으로써 그는 콜리지Samuel Taylor Coleridge가 "시적 신념을 야기하는, 순간적이고도 자발적인 불신의 유예the willing suspension of disbelief for the moment, which constitutes poetic faith"—문학사상 가장 꼴사나우면서도 가장 유명한 문장들 가운데 하나—라고 부른 효과를 얻게 된다. 그럼에도 설화체 문학의 작가—가령 『캘러베러스군郡의 명물 뜀뛰는 개구리The Celebrated Jumping Frog of Calaveras County』와 『베이커 씨의 큰어치 이야기Baker's Bluejay Yarn』를 쓴 마크 트웨인—는 다른 방법을 사용한다. 그는 말도 안 되는 거짓말을 하거나 캐릭터들로 하여금 화자에게 말도 안 되는 거짓말을 하게 만들면서 그 거짓말이 허위임과 동시에 굉장히 재치 있는 것임을 강조한다. 한마디로 그는 최대한 신빙성 있는 거짓말을 해대는 동시에 그 거짓말에 대한 의혹 또한 제기되도록 만든다. 그 이야기를 순 엉터리로 생각되게 할 의혹이 독자로부터 제기되는 것이든, 아니면 독자를 웃기기 위해 고지식한 시골 무지렁이가—비록 무지렁이라고는 해도—제기하게 하는 것이든 간에 말이다.

세 종류의 글쓰기 모두 디테일의 정확성에 크게 의존하고 있다는 걸 단번에 알아챌 수 있을 것이다. 핍진성에 의존하는 글의 경우, 작가는 독자로 하여금 결국 인정할 수밖에 없게 만든다. 그는 스토리 속에 실재하는 배경—클리블랜드, 샌프란시스코, 조플린, 미주리—을 등장시키고, 자신이 택한 배경에서 우리가 실제로 만날 법한 캐릭터들을 등장시킨다. 그는 거리, 상점, 날씨, 정치, 그리고 클리블랜드(혹은 그게 어디가 됐든)에서 일어나는 일들을 자세히 묘사하고 자신의 캐릭터들의 표정, 제스처, 경험을 자세히 묘사함으로써 우리로 하여금 작가가 들려주는 스토리가 틀림없는 사실일 거라고 믿게 만든다. 어쩌면 그건 트루먼 커포티의 『인 콜드 블러드In Cold Blood』•나 노먼 메일러의 『사형 집행인의 노래The Executioner's Song』••의 경우처럼 정말 사실일지도 모른다. 물론 스토리가 사실이라고 해서 작가가 캐릭터와 사건을 설득력 있게 만들어야 할 책임으로부터 벗어날 수 있는 것은 아니다. 우리는 시시각각 묻는다. "어머니가 정말 저런 말을 할까?" "어린아이가 정말 저런 생각을 하나?" 그리고 만약 소설가가 자신의 일을 훌륭히 해냈다면 우리는 "그래, 맞아" 하고 대답할 수밖에 없다.

• '일가족 살인사건과 수사 과정을 다룬 진실한 기록'이라는 부제를 달고 있는 논픽션 소설.
•• 사형 선고를 받은 살인자의 처형에 대한 호소력 있는 연구서.

반면에 그가 자신의 일을 엉망으로 해놓았다면 독자는 심지어 작가가 살면서 실제로 목격한 사건을 쓰더라도 설득되지 않을 것이다. 이럴 경우, 작가는 스토리를 전개하는 데 중요한 무언가를 깜빡했거나 빼먹는 실수를 저지른 것이다. 가령 가상의 남편과 부인이 심한 말싸움을 벌이던 도중에 부인이 갑자기 작전을 바꿔 부드럽게, 심지어 사랑스럽기까지 한 목소리로 말한다고 해보자. 그것의 이유가 될 만한 어떤 단서를 제공받지 못한다면 독자는 이러한 변화를 이해할 수도, 믿을 수도 없을 것이다. 단서는 그녀에게 근처에 아이들이 있다는 걸 상기시켜주는 어떤 사건—어쩌면 집안 다른 곳에서 들려오는 소음—일 수도 있고, 어떤 생각—어쩌면 자신의 어머니와 아버지도 이런 식으로 싸우곤 했었다는 회상—일 수도 있다. 아니면 남편에게 어떤 말을 들은 후 뒤돌아선 채 창밖을 내다보는 부인의 어떤 제스처—잠시 자신을 추스를 시간을 제공하는—일 수도 있다. 리얼리즘 작가의 작품이 우리를 설득할 때, 모든 효과들은—그것이 가장 미묘한 효과라 할지라도—명시적이거나 암시적인 원인으로부터 발생한다. 시시각각으로 단서들을 마련해야 하는 이러한 종류의 작업은 리얼리즘 소설에서뿐만 아니라 모든 소설에서 주축이 되는 일이다.

그러니까 실제로 일어날 법한 소설이 보통 현실 세계에 대한 기록, 즉 실재하거나 완전히 실재할 법한 장소와 캐릭터들—실제 도시들 혹은 이름은 바뀌었어도 실재하는 것으로 여겨지는 도시들, 실명 혹은 가명으로 등장하는 현실의 캐릭터들 등등—을 사용함으로써 신빙성을 얻을 수 있을지는 모른다. 하지만 한 줄 한 줄씩 쌓아 리얼리즘 작품을 써낸다는 건

거리나 상점을 정확한 명칭으로 부른다거나 사람과 이웃을 정확히 묘사하는 것 훨씬 이상의 일을 요구한다. 작가는 사람들의 행동 양식을 세심히 관찰해 얻은 구체적인 이미지들을 매 순간 제시해야 한다. 또한 작가는 그 매 순간들 간의 관련성, 분명한 제스처, 얼굴의 표정, 또는 주어진 장면 내에서 인간의 감정을 시시각각 변하게 하는 다양한 화법을 제시해야 한다.

이를 이야기 작가the writer of tales의 테크닉과 비교해보자. 리얼리즘 작가가 독자를 설득하려 드는 반면, 이야기 작가는 독자가 의혹을 떨쳐버리도록 매혹하고 달랜다. 즉 불신을 유예하도록 설득한다. 이자크 디네센Isak Dinesen•은 자신의 작품 중 한 편을 이렇게 시작한다. "자신의 주인인 레오니다스의 죽음 이후, 안젤리노 산타실리아는 앞으로 두 번 다신 잠들지 않으리라 다짐했다. 안젤리노가 이 다짐을 지켰노라고 화자가 독자에게 말하면 독자가 그 말을 믿겠는가? 그럼에도 불구하고 사실이 그러하다." 당연히 어떤 리얼리즘 작가도 이런 이야기는 쓸 수 없을 것이다. 누군가가 몇 주간, 몇 달간, 몇 년간 실제로 안 자고 깨어 있을 수 있다는 어떤 주장도 우리를 설득할 수는 없을 테니까. 이야기 작가는 우리의 의혹을 간단히 묵살해버린다. 자신이 이야기하려는 사건들이 믿기 힘든 종류의 것임을 인정하면서도 자신감 있고 권위 있는 화자의 어조로 우리의 불신을 유예하는 방식을 통해서 말이다. 하지만 불가

• 덴마크의 소설가인 카렌 블릭센(Karen Blixen, 1885~1962)의 별칭으로, 독일에서는 타니아 블릭센으로 불리기도 한다. 환상적 분위기의 소설을 즐겨 썼으며, 대표작으로 단편소설집 『일곱 개의 고딕 이야기Seven Gothic Tales』, 장편소설 『아웃 오브 아프리카 Out of Africa』 등이 있다. 인용되고 있는 작품은 단편소설집 『마지막 이야기Last Tales』 에 수록된 「망토The Cloack」다.

소설의 기술

능한 전제를 깔아 놓음으로써 앞으로 펼쳐지게 될 더더욱 이상한 일들—공교롭게도 이자크 디네센의 이야기 끝에는 불빛이 어둑한 작은 방에서 은화를 헤아리고 있는 가룟 유다가 등장한다—의 문을 열어놓은 후, 이야기 작가는 매순간 리얼리즘 작가가 사용하는 것과 동일한 종류의 디테일들로 자신의 이야기를 직조해나간다. 작품 첫머리에서는 자연의 법칙을 살짝 비틀되 그러한 비틂 자체는 인정한다. 이후로는 도덕적 인과관계의 자연스러운 흐름—삶에서 얻은 디테일들이 상세히 기록된 흐름—에 작가가 세심한 주의를 기울임으로써 정말 있을 법한 일로 보이게 된 문장들, 적어도 시적으로 진실한 문장들이 이어진다. 이야기가 진행됨에 따라 잠 못 드는 안젤리노는 점점 더 천천히 걷고, 점점 더 천천히 말하고, 점점 더 천천히 생각하게 된다. 때로는 한 문장이 시작해서 끝나는 동안 그의 하루가 몽땅 다 지나가기도 한다. 우리가 화자를 '믿는' 것은 이야기의 목소리가 우리를 매혹했기 때문만이 아니라, 좀 더 근본적으로는 캐릭터의 제스처, 정확히 묘사된 그의 표정, 그리고 그의 괴상함에 대한 남들의 반응 모두가 이런 이상한 상황에서 정확히 일어날 법한 것들이기 때문이다. 여기서 이미지들은 톨스토이의 『유년 시절』이나 『안나 카레니나』 속 이미지들만큼이나 확실하고도 정확히 묘사되어 있다. 그가 걷는 거리, 날씨, 도시의 소리와 냄새 들 모두가 잠 못 드는 자의 존재가 진짜임을 증명한다. 확실성을 부여하는 디테일을 사용하는 방식에서 리얼리즘 작가와 이야기 작가 간에는 명백히 큰 차이점 하나가 존재한다. 리얼리즘 작가는 독자에게 증거들을 퍼부으면서 계속해서 진짜임을 증명해야 한다. 이야기 작가는 이야기의 중요한 순간들에 생생함을 불어넣기 위해―부분적으로는 자신이 사용하는 언어의 아름다움과 재미로 우리를 설득함으로써, 그리고 확실성을 부여하는 디테일들을 보다 경제적으로 사용함으로써―사건을 단순화할 수 있다. 따라서 일단 이야기 작가가 어느 정도는 매력적인 요소들로, 또 어느 정도는 디테일로 우리에게 어떤 왕이 포악한 성미를 지니고 있다는 걸 설득하고 나면 그는 다음과 같은 단도직입적인 문장도 쓸 수가 있다. "왕은 몹시도 화가 났다. 그는 모든 이들을 집으로 보내버리고 문을 다 잠가버린 다음, 자신의 성 둘레로 꽁꽁 쇠사슬을 감아버렸다." 그럼에도 불구하고 이러한 차이는 어디까지나 정도의 차이다. 구체적인 디테일을 통한 글쓰기 없이는 리얼리즘 작가도 이야기 작가도 작품을 써나갈 수 없다.

그것은 설화체 문학도 마찬가지다. 마크 트웨인의 『베이커 씨의 큰어치 이야기』에서 발췌한 다음과 같은 경우를 생각해보라.

"내가 큰어치의 말을 처음으로 똑똑히 알아듣기 시작했을 때 이곳에서 작은 사건이 있었어. 7년 전, 이 지역에 살던 마지막 사람이 나만 남겨둔 채 떠났지. 저기 그의 집이 한 채 우뚝 솟아 있는데 그후로 계속 텅 비어 있는 집이야. 방 하나만 덩그러니 있을 뿐 다른 건 아무것도 없는 판자 지붕의 통나무집이지. 천장도 없는, 그러니까 바닥과 서까래 사이에 전혀 아무것도 없는 그런 집이라고. 글쎄, 어느 일요일 아침에 난 우리 오두막 앞 이곳에 앉아 내 고양이랑 햇볕이

나 쪼이면서 푸른 언덕이나 쳐다보고, 나뭇잎들이 너무나
도 외로이 바스락거리는 소리나 들으며 13년 동안 소식 한
번 듣지 못한 이 땅 저 먼 곳의 고향을 생각하고 있었더랬
지. 그때 큰어치가 입에 도토리를 하나 문 채 저 집에 내려
앉더니 '이봐, 내가 뭔가를 발견한 것 같아' 하고 말하지 않
겠나. 물론 그 새가 입을 떼자 도토리는 입에서 떨어져 지붕
아래로 굴러갔지만 그 녀석은 딱히 신경 쓰지 않았지. 그 녀
석은 자기가 발견한 그것에 완전히 푹 빠져 있었어. 그건 지
붕에 생긴 옹이구멍이었지. 녀석은 한쪽으로 머리를 숙이
고는 한쪽 눈은 감은 채 나머지 한쪽 눈을 구멍에다 갖다댔
지. 항아리 아래를 내려다보는 주머니쥐처럼 말이야. 그러
더니 두 눈을 크게 뜬 채 고개를 들고선 날개를 몇 번 펄럭
이더니—자네도 알다시피 그건 녀석이 만족했다는 뜻이겠
지—이렇게 말하는 거야. '구멍처럼 생겼어, 구멍 같은 위치
에 있다고—만일 내가 저게 구멍*이란* 걸 믿지 않는다면 날
욕해도 좋아!'"

우리는 베이커가 버려진 땅에 너무 오래 살아서 약간 돌아
버렸거나, 혹은 (이편이 더 정확할 텐데) 그가 남의 말을 곧잘
믿는 화자—베이커의 말을 복음처럼 전하는—에게 재미로 거
짓말을 하고 있다고 생각한다. 어찌됐건 화자를 제외한 그 누
구도 베이커의 말이 사실일 거라고는 조금도 생각하지 않는
다. 거짓말을 유쾌하게 만드는 건 베이커가 자신의 이야기를
믿음직스러운 것으로 만들기 위해 감수하는 노력이다. 지붕에
옹이구멍이 생긴 오두막은 분명 존재한다. 그 오두막은 역사

가 있으며 외형적 특징을 지니고 있다―실제로 베이커는 그 걸 손으로 가리킬 수 있다. 디테일들이 베이커가 실제로 앉아서 그걸 봤다고 우리를 설득한다. 그날은 일요일 아침이었고, 그는 자기 고양이와 함께였다. 그는 구체적인 어떤 것들을 바라봤고 그것들의 소리를 듣고 있었으며 어떤 구체적인 생각에 빠져 있었다. 큰어치는 분명 말을 했으며―도토리가 그 증거다―이어지는 디테일들―숙인 머리, 감은 한쪽 눈, "항아리 아래를 내려다보는 주머니쥐처럼" 옹이구멍에 갖다댄 나머지 한쪽 눈의 선명한 이미지―은 우리가 큰어치도 생각을 한다고 믿게끔 열심히 공을 들인다.

모든 주요 장르에서 선명한 디테일은 소설의 활력의 근원이다. 핍진성, 화자의 목소리를 통한 불신의 유예, 혹은 작가의 거짓말에 주의를 기울이게 되는 신호^{wink} 등은 아마도 내가 위에서 예로 든 작품의 *외적*^{outer} 전략일 것이다. 하지만 모든 주요 장르에서 내적 전략은 동일하다. 독자는 작가가 서술하고 있는 사건이 실제로 일어나고 있는 사건이라는 증거들을―자세한 관찰의 결과인 디테일의 형식으로―계속해서 제공받는다. 이러한 사실이 가진 테크니컬한 함의로 넘어가기 전에 간단히 몇 가지 예들을 더 살펴보자. 이것이 매우 중요한 문제이기 때문이다. 피터 테일러의 『정부^{The Fancy Woman}』의 일부분을 살펴보자. 조지는 자신이 사랑하는 정부, 혹은 창녀인 조세핀을 가족에게 소개해주기 위해 집으로 데려온다. 조세핀은 이미 취해 있고, 조지는 무슨 수를 써서든 그녀를 술에서 깨게 하려고 한다.

조세핀을 날뛰는 흰 짐승 위로 올려주던 와중에 그가 그녀의 입에서 풍기던 냄새를 맡은 것이 틀림없다. 조세핀은 그가 확실히 그랬다는 걸 알았다! 그녀가 평평한 안장에 똑바로 앉으려 애를 쓰고 있었을 때 그는 고삐를 꼭 붙들고 있었다. 그런 다음 그녀의 발목을 움켜쥐더니 그가 그녀에게 물었다. "당신 위층에서 한 잔 마신 거야?" 조세핀은 웃었고, 안장 앞으로 몸을 숙이고는 속삭였다.

"두 잔. 칵테일 두 잔."

그녀는 이제 말이 두렵진 않았으나 머리가 좀 어지러웠다.

"조지, 나 좀 내려줘," 조세핀이 힘없이 말했다. 그녀는 자기 다리 아래로 말의 살이 가볍게 떨려오는 걸 느꼈고, 말이 한쪽 뒷발굽을 구르자 겁을 먹었다.

조지가 말했다. "망할, 내가 술에서 깨게 해주지." 그는 조세핀에게 고삐를 건네고 뒤로 물러서더니 말의 옆구리를 철썩 휘갈겼다. "꽉 잡아!" 그는 소리쳤고, 그녀의 말은 잔디밭을 지나 유유히 달려가버렸다.

조세핀은 가죽끈을 꼭 붙들고 있었고, 얼굴은 거의 말갈기 속에 파묻혀 있었다. "내게 이런 짓을 하다니 죽여버리겠어," 그녀가 빠르게 숨을 몰아쉬며 거친 목소리로 말했다. 젠장! 말은 흙길을 따라 전속력으로 달리고 있었다. 그녀의 눈앞에는 누런 흙 말고는 아무것도 보이질 않았다. 말은 널빤지 세 개를 덧댄 나무다리 위로 나자빠졌고, 그녀의 반대편에서는 조지가 말을 타고 오는 소리가 들려왔다. 조세핀은 그쪽으로 고개를 돌리고는 자신의 두 눈 위로 흘러내린 머리카락 사이로 조지를 보았다. 그는 웃고 있었다. "이런 망할 자식," 그녀가 말했다.

누가 이 장면에 의심을 품을 수 있겠는가? 테일러는 우리에게 말이 "신경질적"이라고 말하고는 자세히 관찰한 디테일을 통해 그것을 증명한다. 조지는 고삐를 "꼭" 붙들고 있는데, 이는 날뛰는 말을 통제하기 위해 땅 위에 서 있는 사람이 반드시 해야만 하는 일이다. 조세핀이 진짜 말, 그것도 날뛰는 말에 타고 있다는 사실은 계속되는 믿을 만한 디테일들에 의해 증명된다. 말의 살은 그녀의 "다리 아래로" 떨려오고 있고, 작가가 조세핀이 "말이 한쪽 뒷발굽을 구르자 겁을 먹었다"라고 우리에게 말할 때, 우리는 말의 동작과 여자의 반응을 보고는 그 사실을 단번에 납득해버린다. 조세핀이 어지러워하고 있고 아마도 그녀가 말을 잘 타는 사람은 아닐 것이므로 "그녀의 얼굴은 거의 말갈기 속에 파묻혀 있었다"라는 문장이 말해주는 디테일, 그리고 "빠르게 숨을 몰아쉬며 거친 목소리로" 혼잣말을 해대는 그녀의 겁에 질린 모습, 또한 흙길을 달리는 그녀가 "누런 흙 말고는 아무것도 보이질 않았다"라고 한 것과 "널빤지 세 개를 덧댄 나무다리"라고 할 때의 디테일(그녀는 놀란 나머지 자세히 쳐다본다), 그녀가 조지가 탄 말을 보기 전에 그 소리부터 듣는다는 사실과 그녀가 조지를 보기 위해 고개를 돌린 채 "자신의 두 눈 위로 흘러내린 머리카락 사이로" 그를 본다는 사실 등은 우리에게 완전히 설득력을 지닌다. 우리는 이 장면을 유심히 살펴봄으로써 이 장면의 거의 절반 정도가 그것의 현실성을 입증하는 디테일에 바쳐지고 있다는 것을 알게 된다.

소설의 기술

이 장면을 이탈로 칼비노의 우스운 이야기인 『우주만화』의 일부분과 비교해보자. 화자인 나이 든 크프으프크Qfwfq는 석탄기 시절의 지구, 그리고 자신을 포함한 뼈 있는 유폐류有肺類 물고기들이 바다에서 육지로 올라왔던 과거를 회상하고 있다.

할아버지들을 포함한 우리 가족은 모두 해변으로 상륙해 터벅터벅 걸어다녔답니다. 그것 외에 다른 일이라고는 전혀 할 줄 모르는 자들처럼 말이에요. 종조부셨던 느'바 느'가 N'ba N'ga께서 고집을 부리지 않으셨다면 우린 벌써 수중 세계와 연락이 끊기고 말았을 테죠.

그래요, 우리에겐 물고기 종조부가 계셨죠. 제 친할머니 쪽 분으로, 정확히 말해 데본기의 실러캔스과科에 속하는 분(담수어종으로, 그런 이유에서 다른 종들의 친척이셨죠. 하지만 친척 관계에 얽힌 문제들에 대해 더는 왈가왈부하고 싶지 않군요. 어차피 누구도 그걸 다 이해할 순 없을 테니까.)이셨어요. 그래서 제가 말씀드렸다시피, 이분께선 원시 침엽수림 뿌리 사이에 있는 어느 얕은 진흙탕에 사셨어요. 그 작은 늪의 입구에서 우리 조상들이 모두 탄생했던 거죠. 그분께선 그곳에서 꼼짝도 하지 않으셨어요. 어느 계절이 됐든 우리가 할 수 있는 일이라곤 몸이 축축한 곳에 가라앉았다고 느껴질 때까지 좀더 부드러운 식물들 위로 몸을 들이밀고는 가장자리에서 잎사귀 몇 개 정도 떨어진 거리에서 아래를 내려다보는 것뿐이었어요. 그러면 어르신들이 그러하듯, 종조부가 거칠게 숨을 몰아쉬며 뿜어내는 작은 거품들이 줄지어 올라오는 모습, 아니면 종조부가 뾰족한 주둥이로 긁어낸 작은 구름 같은 모습의 진흙들을 볼 수 있었죠. 그분께서는 늘 바닥을 뒤적거리셨는데 그건 뭘 사냥하려고 그러셨다기보다는 그저 습관에 가까운 것이었어요. (윌리엄 위버William Weaver가 영역한 것을 국역함―옮긴이)

우리가 칼비노가 들려주는 이야기를 그대로 믿거나, 혹은 믿지 말아야 한다는 걸 망각하고 마는 것은 부분적으로는 나이 든 크프으프크가 지닌 목소리의 매력 때문이고, 부분적으로는 그 생생한 디테일 때문이다. 그 점―해변에서 "터벅터벅 걸어다니는" 물고기 같은 동물들, 종조부 느'바 느'가의 집에 대한 생생한 묘사(원시 침엽수림 뿌리 사이에 있는 어느 얕은 진흙탕), "몸이 축축한 곳에 가라앉았다고 느껴질 때까지 좀 더 부드러운 식물들 위로" 몸을 들이미는 물고기 같은 동물들, "잎사귀 몇 개 정도 떨어진 거리"라는 단위의 전문성과 적절함, 줄지어 올라오는 작은 거품들과 "어르신들이 그러하듯, 거칠게 숨을 몰아쉬"는 종조부의 습관, "종조부가 뾰족한 주둥이로 긁어낸 작은 구름 같은 모습의 진흙들", "그분께서는 늘 바닥을 뒤적거리셨는데 그건 뭘 사냥하려고 그러셨다기보다는 그저 습관에 가까운 것이었어요"―에 대해서는 굳이 더 설명하지 않겠다.

마지막으로 보다 더 관습적으로 서술된 진지한 이야기인 이반 부닌의 「샌프란시스코에서 온 신사The Gentleman from San Francisco」에서 그가 설득력 있는 디테일들을 어떻게 쌓아가는지를 보자. 대서양을 횡단하는 원양 여객선이 등장하는 구절이다.

소설의 기술

두번째 밤과 세번째 밤에 또다시 무도회가 열렸다. 이번에는 성난 폭풍이 휩쓸고 지나가는 바다, 장례 미사처럼 울부짖고 애도의 은빛 포말로 장식된 파도가 산더미처럼 일어나는 바다 한가운데에서였다. 악마는 지브롤터 암벽, 돌로 된 두 세상의 입구에서 배가 밤과 폭풍 속으로 사라지는 것을 보았으며, 눈雪에 가려 배의 수없이 불타오르는 눈들을 구분할 수 없었다. 악마는 절벽만큼이나 거대했으나 배는 그보다 훨씬 더 큰, 여러 층수에 많은 것들을 잔뜩 실은 거인이었다. … 눈보라가 배의 삭구索具와 눈으로 하얗게 덮인 둥근 굴뚝들을 강타했지만 배는 당당하고도 무시무시한 모습을 한 채 끄떡도 하지 않았다. 눈보라가 몰아치는 가운데, 가장 높은 갑판에서 고독 속에 아늑하고 불빛이 흐릿한 선실이 나타났다. 그곳에서는 배의 엄숙하지만 생각에 잠긴 조타수가 이교도의 우상과도 같은 모습으로 그들 모두를 굽어보고 있었다. 그는 폭풍에 숨통이 조인 세이렌의 울부짖는 신음 소리와 무시무시한 비명소리를 들었다. 하지만 그것이 가까이 있다고는 해도 실은 벽 뒤에 있고, 결국에는 그것을 이해할 수 없으리란 사실이 두려움을 사라지게 만들었다. 선실이 크고 무장된 상태라고 생각하자 그는 안심이 되었다. 이따금씩 알 수 없이 우르렁거리는 소리, 그리고 금속 투구를 쓴 채 아주 먼 곳에서 소리쳐 자신을 부르는 선박들의 희미한 목소리를 간절히 듣고 있는 한 남자의 주위에서 불타오르고 폭발하는 푸른 불꽃들의 메마른 삐걱거림으로 가득한 선실에 대한 생각이……

디테일들이 상징적─배는 현대인의 자만이 만들어낸 지옥이며 악마의 힘보다도 더욱 무시무시하다는─이라는 사실을 금방 알 수 있을 것이다. 하지만 지금 여기서 내가 강조하고 싶은 것은 단지 이것뿐이다. 즉 좋은 소설의 모든 페이지에서 그러하듯, 여기서도 우리를 이야기 속으로 빨려들게 하는 것, 우리를 믿게 만들거나 불신조차 망각하게 하는 것, 또는 (설화체 문학에서처럼) 우리가 그 거짓말을 비웃으면서도 그것을 인정하게 만드는 것은 외형적인 디테일이라는 사실 말이다.

독서를 할 때의 우리의 경험을 면밀히 검토해보면, 외형적 디테일이 중요한 것은 그것이 우리에게 일종의 꿈, 즉 마음속에 풍부하고도 생생한 연극을 만들어내기 때문임을 알 수 있다. 우리는 어떤 책 또는 특정한 스토리의 도입부 몇 마디를 읽고는 갑자기 자신이 페이지 위의 단어들이 아닌 러시아를 달리는 기차, 울고 있는 늙은 이탈리아인, 폭우에 엉망이 된 농장을 보고 있음을 알게 된다. 우리는 수동적이 아니라 능동적으로 계속 읽어─꿈꿔─나간다. 캐릭터들이 반드시 내려야만 할 결정을 염려하고, 가상의 문 뒤로 들려오는 소리에 당황해하고, 캐릭터들의 성공에 기뻐서 어쩔 줄을 몰라 하고, 그들의 실패에 한탄하면서 말이다. 위대한 소설에서 그 꿈은 우리의 마음과 영혼까지도 사로잡는다. 우리는 상상의 것들─여러 광경, 소리, 냄새─이 실재하기라도 하는 양 반응할 뿐 아니라 가공된 문제들도 진짜라도 되는 양 반응한다. 우리는 동정하고 생각하고 판단한다. 우리는 캐릭터들의 시련을 대리적으로 연기하고, 특정한 행동 양식의 실패와 성공, 특정한 태도, 의견, 주장, 신념으로부터 배움을 얻는다. 실제 인생에서 배우는 것과 마찬가지로 말이다. 따라서 우리는 다음과 같이 의심하기 시작한다. 위대한 소설의 가치는 우리를 즐겁게 해주거나 우리가 문제들에게서 벗어나게 해주고 사람과 장소 들에 대한 지식을 넓혀준다는 데 있을 뿐만 아니라 우리가 믿는 것을 알도록 도와주고 우리 안의 가장 고귀한 가치들의 힘을 북돋아주며 우리가 우리의 잘못과 한계 들에 불편함을 느끼게끔 만들어주는 데 있는 것은 아닌가 하고 말이다.

지금은 그 의심을 계속 밀어붙일 때—즉 소설의 궁극적 가치는 그것의 도덕성에 있다는 주장에 대해 자세히 논할 때—가 아니라—비록 그 주제는 반드시 다시 논해야 하는 것이기는 하지만—소설이, 장르를 막론하고 독자의 마음속에 꿈을 만들어냄으로써 작동한다는 사실이 지닌 몇 가지 기술적인 함의에 대해 언급할 때다. 우선 꿈의 효과가 강력하려면 그 꿈이 반드시 생생하고 연속적이어야 한다는 걸 알게 된다. 그것은 *생생해야*vivid 하는데, 우리가 꾸는 꿈이 무엇인지 잘 모른다면, 또한 캐릭터들이 누구며 그들이 어디에 있는지, 그들이 무엇을 하고 있으며 무엇을 하려고 하는지, 또 그 이유는 무엇인지 잘 모른다면 우리의 감정과 판단력은 분명 혼란에 빠져 사라져버리거나 차단되어버리고 말 것이기 때문이다. 또 그것은 *연속적*continuous이어야 하는데, 계속해서 흐름이 끊기는 행동은 시작부터 결론에 이르기까지 쭉 이어지는 행동보다 필연적으로 더 약한 힘을 가질 것이기 때문이다. 이러한 일반적 규칙에 예외적 상황들이 있을 수도 있다—이후에 이러한 가능성에 대해 살펴볼 것이다. 하지만 일반적 규칙이 설득력을 지니는 경우에 한해서 볼 때, 작가가 저지를 수 있는 가장 큰 실수 중 하나는 독자의 마음을 가상의 꿈fictional dream에서 한순간이라도 멀어지는 일을 허용한다거나, 그렇게 되도록 만드는 것이라고 말할 수 있다.

이 원칙을 분명히 이해하자. 작가는 우리에게 어떤 장면을 보여준다—가령 그게 두 마리 방울뱀이 사투를 벌이게 된 장면이라고 해보자. 그는 독자의 마음속에 그 장면이 생생히 떠오르도록 만든다. 즉 그는 구체적 디테일들을 최대한 많이 제공함으로써 독자들이 그 장면을 엄청나게 생생히 '꿈꿀 수 있도록' 만든다. 작가는 자신이 발휘할 수 있는 최대치의 시적 힘을 통해 보여준다—뱀들의 머리는 어떻게 빙빙 돌고 턱은 어떻게 벌어지는지, 천천히 몸을 흔들다가 어떻게 상대를 공격하는지, 어떻게 이빨을 박아 넣고, 꼬리는 어떻게 휙휙 휘두르며, 상대를 붙들기 위해 어떻게 탐색전을 벌이고 어떻게 흙먼지를 일으키는지, 두 뱀이 어떻게 쉭쉭거리고 때때로 어떻게 공격에 실패하는지, 방울뱀 두 마리가 어떻게 모터 같은 소리로 으르렁대는지를. 디테일을 통해 작가는 선명함vividness에 도달한다. 장면이 끊기지 않게 하기 위해서 그는 싸우는 뱀들의 이미지에 대한 독자의 몰입을 방해할 것들을 모조리 피하는 데—자신이 만든 이미지나 캐릭터가 보여지는 방식에—각고의 노력을 기울인다. 물론 작가가 다루는 장면에서 벗어나 다른 장면—이를테면 지프를 탄 환경 보호 운동가가 뱀들을 향해 돌진해 오는 장면—으로 넘어갈 수 없다는 건 아니다. 비록 캐릭터와 배경이 바뀌더라도 꿈은 여전히 독자의 마음속에서 영화처럼 계속 이어지고 있다. 작가가 독자를 방해—영화를 끊는다고도 할 수 있다—하는 것은 테크닉상 실수를 저지르거

　　　　　　　　　　　　소설의 기술

나 자기 멋대로 스토리에 침범해서 독자가 스토리에 대한 생각을 멈추고 (스토리를 '보기를' 멈추고) 다른 무언가를 생각하게 하도록 허용하거나 강요할 때다.

어떤 작가들—이를테면 존 바스*—은 이따금씩 꼭 가상의 꿈에 훼방을 놓거나, 심지어 독자가 소설을 읽어나가며 자연히 기대하게 된 가상의 꿈을 꿀 기회를 무산시켜버린다. 우리는 그러한 소설의 목적과 가치를 뒤에서 간략히 살펴볼 것이다. 지금으로서는 그런 작가들이 소설이 아닌 다른 무언가, 즉 *메타픽션*을 쓰고 있다고 말하는 것으로도 충분하다. 그들은 보통의 소설적 경험과 다를 바 없는 경험을 제공하는 것에서 시작하며 그러한 작업이 거둘 수 있는 효과는 보통의 소설적 효과에 대한 의도적 위반에 의존한다. 그들의 소설이 우리의 흥미를 끄는 것은 그것들이 소설이라기*보다*는—예술에 대한 예술적 코멘트라는 점에서다.

우리는 "만일 어떤 규칙도 없다면, 혹은 어떤 규칙도 우리가 신경쓸 만한 가치가 없는 것들이라면 처음 시작하는 작가는 어디에서 시작해야 하는 것일까?"라는 처음의 질문으로부터 먼길을 돌아왔다. 무엇보다 우리는 (당신은 곧장 반박할지도 모르겠지만) 규칙들이 가지는 커다란 난점에 대해 이야기했다. 작문에 대한 기본기도 없이 쓰려고 하지 말 것, '당신이 아는 것'을 쓰려 하지 말고 대신 장르를 택할 것, 독자의 마음속에 일종의 꿈을 만들어내되 그 꿈을 조금이라도 방해할 만한 요소들은 모두 기를 쓰고 피할 것—이는 아주 많은 규칙을

* 존 바스(John Barth, 1930~)는 미국의 포스트모더니즘 이론가이자 소설가로, 대표작으로 『염소 소년 자일스』, 『키메라』 등이 있다.

수반하는 생각이다.

하지만 인내심을 가지고 대답하건대, 이들 중 어떤 것들도 미학적 법칙과 관련되어 있거나 글 쓰는 방법에 대한 규칙을 제공하지는 않는다. 문학이 여러 장르로 나뉜다는 견해는 그냥 딱 봐도 알 수 있을 만큼 단순한 사실이다. 동물들을 보고는 그들에게 이름이 필요하겠다고 여긴 아담의 경우만큼이나 말이다. 글을 쓰려 한다면 글쓰기가 뭔지 아는 건 분명 도움이 된다. 그리고 세 가지 주요 장르들이 가상의 꿈이라는 하나의 공통점을 가지고 있다는 사실 또한 쉽게 알 수 있는 견해에 지나지 않는다. 우리는 지금 오직 리얼리즘 소설과 이야기, 설화체 문학—즉 소설의 가장 기본 형식들—만을 다루고 있을 뿐이라는 사실을 기억하라. 따라서 2부에서도 다루겠지만 독자가 가상의 꿈에서 멀어질 수 있는 경우들을 나열할 때, 사실 나는 전통적 소설의 효과를 얻기 위해 노력할 때 주의할 사항들을 다루고 있을 뿐이다. 나는 메타픽션을 잘 쓰기 위해서는 당연히 기본 형식들이 어떻게 작동하는지에 대해 어느 정도 알아야 한다고 전제한다.

그렇다면 다시 처음의 질문으로 돌아가보자. 작가는 어디에서 시작해야 하는가?

나는 비록 이상적이진 않지만 그래도 괜찮은 대답이 "당신이 알고 가장 좋아하는 종류의 이야기를 쓰라"라고 말했다. 즉 장르를 택하고 그 장르 안에서 쓰라는 것이다. 우리는 장르들이 아주 넘쳐나는 시대에 살고 있으므로—우리의 학생은 아마도 이자크 디네센의 소설부터 『뉴요커』에 실린 리얼리즘 소설에 이르기까지, 질문과 답으로만 이루어진 초현실적이고 플롯

도 없는 소설부터『캡틴 마블Captain Marvel』만화의 한 장면을
매우 철학적이고 극적으로 강화한 산문에 이르기까지의 거의
모든 장르를 접해봤을 것이므로—학생들에게 이러한 가르침
은 거의 아무 소용도 없을 것이다. 이러한 방식으로 시작하라.
작가 지망생은 우선 여러 장르들을 훑어보고 그것들의 종류가
얼마나 많으며 그것들이 얼마나 복잡한지를 발견해나가면서
분명 스스로 즐거워할 것이다. 그런 다음—이를 악물고—자
신이 고른 장르의 훌륭한 예시가 될 작품을 한 편 써보는 것이
다. 이러한 시도는 학생 자신에게 어떤 자유가 있으며 가능성
이 얼마나 넘쳐나는지를 상기시켜줄 수 있고, 또한 그가 독
자적인 길을 찾게 해줄 수 있는 이점이 있다.

 이러한 방식이 나에게 이상적으로 여겨지지 않는 것은—아
주 특별한 경우를 제외하고는—작가의 시간을 낭비시키기 때
문이다. 그것은 그가 현실적으로 잘하리라 기대할 수 없는 무
언가를 하도록 시킨다. 그리고 여기서 내가 '잘한다'고 하는
건 언제나 긴급한 예술가적 의미이지, 다른 대학 프로그램에
서 우리가 좀더 무심코, 좀더 예의 바른 방식으로 어떤 걸 잘
한다 못한다고 할 때의 의미가 아니다. 이게 무슨 뜻인지 설명
하겠다. 진정한 예술가들은—아무리 웃는 낯을 하고 있더라
도—강박적이고 어딘가에 사로잡혀 있는 이들이다. 그들이 어
떤 마니아적인 성향에 사로잡혀 있든, 어떤 지고한 비전에 사
로잡혀 있든 그건 우리가 지금 신경쓸 바가 아니다. 내 생각에,
예술가와 교수를 겸업해본 자라면 누구나 할 것 없이 자신이
그 두 직업에서 매우 다른 방식으로 일한다고 말할 것이다. 누
구도『길가메시』에 대한 책을 쓰려는 훌륭한 교수보다 더 신

중하거나, 더 주도면밀하게 성실하거나, 더 자신의 이상에 대한 비전에 헌신적일 수는 없다. 아마 그는 밤을 새워가며 책을 쓸 것이고, 파티에 참석하지 않을 것이고, 가족과 너무 적은 시간을 보내는 데 죄의식을 가질 것이다. 그럼에도 불구하고 일급 회계사의 작업이 운동선수가 선수권 대회에서 겨루는 것과 다르듯이, 그의 작품 또한 예술가의 작품과는 다르다. 그는 우리에게 더 쉽게 통용되는 마음의 능력들을 사용한다. 그에게는 도처에 머물 곳과 수표, 금고, 그를 안내해주고 안심시켜줄 절차에 대한 규칙 들이 있다. 그는 세상에서의 위치가 확고한 사람이다. 그는 담쟁이덩굴이 무성한 복도, 볕 잘 드는 길 쪽에 속한 사람이다. 예술가는 어떤가 하면, 전혀 그렇지가 못하다. 아무리 훌륭한 비평적 연구라 해도 소설만큼 격렬한 심리학적 전투는 못 된다. 진정한 예술가를 만드는 자질들—진정한 운동선수를 만드는 자질들과 거의 똑같은—은 습작생이 자신이 아는 한 최대한 진지한 방법으로 작업하는 데 절대 방해받지 않을 것을 중요하게 여긴다. 대학 강의에서 우리는 여러 연습들을 한다. 학기말 리포트, 퀴즈, 기말고사는 출간을 목표로 한 것들이 아니다. 우리는 괜찮은 분위기의 칵테일파티에서 좋은 음식을 조금 먹거나 좋은 대화를 조금 나누고, 그 나머지 것들은 그럭저럭 참아주며, 집에 가는 게 가장 좋은 생각인 것처럼 느껴질 때 집으로 돌아가듯이, 도스토옙스키나 포Poe에 대한 한 학기 강의를 듣는다. 예술이 진짜 예술로 느껴지는 바로 그러한 순간—우리가 가장 살아 있다고 느끼고 우리의 정신이 가장 깨어 있다고, 가장 의기양양하다고 느낄 때—의 예술은 칵테일파티보다는 상어가 한가득 든 수조에 가깝다. 모든 게 진짜배기이며, 단지 연습을 위한 건 아무것도 없다. (로버트 프로스트Robert Frost는 "나는 절대 습작은 쓰지 않는다. 하지만 때로 실패한 시들을 썼을 때, 그것들을 습작이라고 부른다"라고 말했다.) 문예 창작 강의를 듣는다는 건 글쓰기 그 자체와 같아야 한다. 강의중에 쓰는 모든 것은 적어도 잠재적으로라도 사용할 수 있거나 출간할 수 있는 것이 되어야 한다. 헨리 제임스Henry James는 말했다, "*강력한 의지, 그게 전부야!*" 누구도 그 강력한 의지를 꺾거나 시들게 해서는 안 된다.

그렇다면 이제 실질적인 무언가―단편이나 이야기, 설화체 문학, 촌극sketch보다는 규모가 작은―그리고 부차적인 것이 아니라 가장 기본이 되는 무언가―이를테면 패러디가 아닌 작품 그 자체―에서 시작해보자. 나는 더욱 큰 형식에 필수불가결한 요소들 중 하나, 즉 잘되었을 경우에는 자연히 더 큰 작품의 도화선이 될 수도 있을 그런 단순한 요소에서 이야기를 시작해나갈 것이다. 원한다면 이를 간단한 테크닉 훈련이라고 불러도 좋다. 그것이 습작이 아니라 위대한 예술 작품의 시초가 될 수도 있다는 점을 잊지 않는다는 전제하에서 말이다. 특정 장르에 맞춘 한 페이지 분량의 서술―단편소설에서 통하는 서술 방식이 설화에서는 통하지 않기 때문에―같은 것을 예로 들 수 있겠다. 또한 나는 이 간단한 연습을 통해 초보 작가가 소설의 요소들fictional elements의 *완전한 의미*를 발견하도록 하는 것을 가장 큰 목표로 삼겠다. 최상의 구절을 쓰고 난 작가는 서술에 대해 뭘 좀 알게 될 것이며, 그래서 그것에 대해 다시 생각할 필요성을 느끼지 않게 될 것이다. 소설에 반드시 필요한 부분들을 하나하나씩 작업해나가면서 필수적인 테크닉들을 몸에 배도록 만들어 점점 더 절묘한 솜씨로 사용할 수 있어야 한다. 마침내 정말로 다채롭고 복잡하고도 놀랍도록 꾸밈이 없는 상상의 세계—구체적 디테일들로 쌓아 올린 거대한 생각들—를 전혀 힘 하나 들이지 않은 듯 만들어낼 수 있을 때까지, 그리하여 우리가 그동안 위대한 예술에 깜짝 놀랐을 때만큼이나 놀라게 될 때까지 말이다.

이는 당연하게도 소설의 요소들을 오직 작가만의 방식으로 보면서도 때로는 위대한 비평가처럼 보는 법을 배워야 함을 의미한다. 즉 그것들을 아주 오래된 기본 단위이자 여전히 유효한 사고방식으로 봐야 한다는 것인데, 이는 호메로스적 사고방식으로서 내가 종종 '굳건한 철학concrete philosophy'이라고 부르는 것이다. 우리는 아직 그러한 사고방식이 의미하는 게 무엇인지 이야기할 준비는 되어 있지 않지만, 서술의 연습이 어떤 효과를 거둘지에 대해 설명하면서 그에 대한 단서를 얻어볼 수 있다.

비전문가에게 서술의 역할이란 단순히 사건이 일어나고 있는 장소를 알려주고, 캐릭터들을 주변인들과 동일시함으로써 그 캐릭터들이 어떤 사람인지 알게 해주며, 후반부에 가서 뒤집어지거나 불타오르거나 폭발할 소품들을 제공하는 정도로만 보일 것이다. 훌륭한 서술은 그보다 훨씬 더 많은 걸 한다. 즉 그것은 작가가 무의식 상태로 내려가 자신의 소설이 반드시 던져야만 하는 질문들이 무엇인지에 대한 실마리를 찾고, 운이 좋으면 그 대답들에 대한 힌트까지도 얻을 수 있는 방법들 중 하나다. 훌륭한 서술은 상징적인데, 그것은 작가가 그 안에 상징을 심어두기 때문이 아니라 제대로 된 방식으로 작업

　　　　　　　　　　　　소설의 기술

함으로써 자신에게도 여전히 커다란 의문인 상징들을 의식의 층위로 끌어올리기 때문이다. 소설이 조금씩 조금씩 진행되어 나감에 따라 그는 의식적 층위에서 상징들을 다루면서 마침내 그것들을 이해할 수 있게 된다. 달리 말해, 결국 독자의 마음을 가득 채우게 될 체계적이고 이성적인 가상의 꿈은 *작가의 마음속에 자리한 몹시도 불가사의한 꿈에서 시작된다.* 독자의 눈에 보이는 질서를 작가가 가능한 것으로 만드는 것은 글쓰기와 끝없는 퇴고 과정을 통해서다. 작가에게는 의미를 발견하는 일과 의미를 전달하는 일이 별개가 아니다. 그러니까 작가는 단지 헛간을 묘사하는 것만이 아니다. 그는 특정한 기분에 빠져 있는 누군가의 시각으로 헛간을 묘사한다. 오로지 이런 방식을 통해서만 헛간—혹은 작가의 감정 깊숙이 숨겨진 무엇과 얽혀 있을 헛간에 대한 작가의 경험—을 속여넘겨 헛간이 자신의 비밀을 누설하게 할 수 있기 때문이다.

다음의 내용을 서술에 대한 연습으로 삼을 수도 있겠다. 최근 전쟁에서 아들을 잃은 한 남자의 시각으로 헛간에 대해 서술해보라. 아들이나 전쟁 혹은 죽음은 언급하지 마라. 그것을 보고 있는 남자 또한 언급하지 마라. (내용이 한 페이지 정도는 되어야 한다.) 만일 열심히 노력한다면, 그리고 작가가 될 자질이 있다면 그가 쓴 작품은 강렬하고도 불온한 이미지, 분명 실재하는 헛간이지만 그것으로부터 아버지의 감정을 느낄 수 있는 결과를 낳을 것이다. 비록 그 감정의 정확한 정체까지 파악할 수는 없겠지만 말이다. (실제 소설에서는 당연히 그 감정이 무엇인지가 알려진다—중요한 이야기를 은밀한 암시를 통해 알려주는 행위는 일종의 무신경함frigidity이다. 그러나 감정을 알게 된다고 해서 우리가 서술에서 얻는 효과보다 덜한 효과를 얻는 것은 아니다.) 작가가 아무리 많은 *지적인* 연구를 한다 해도 자신이 어떤 디테일을 포함해야 하는지에 대한 답은 나오지 않는다. 서술이 효과적이려면 그는 어떤 판자와 지푸라기, 어떤 비둘기 거름과 밧줄, 어떤 리듬의 문장과 관점을 택해야 할지를 반드시 자신의 느낌과 직감으로 결정해야 한다. 그리고 그가 필연적으로 발견하게 될 사실들 중 하나는, 바로 그에게 떠오른 죽음과 상실의 이미지가 반드시 독자들이 기대할 법한 것들은 아니라는 것이다. 가령 수준 낮은 글쟁이의 정신은 곧장 어둠, 괴로움, 쇠퇴 등의 이미지를 향해 달려든다. 하지만 그런 것들은 전혀 작가의 마음속에 떠오르는 종류의 이미지들이 아닐 것이다. 작가의 마음속에는 '진실을 말하고자 하는' 욕망 외에는 그 어떤 것도 존재하지 않는다. 즉 구체적인 디테일을 통해 감정을 서술하려는 욕망 말이다. 작가는 자신이 무엇—묘사, 대화, 행동에 대한 상세한 이야기—을 쓰든 동일한 일을 한다. 그리하여 작가는 자신으로 하여금 생각을 하게 만드는 재료들의 일부—아직까지는 겨우 일부일 뿐인—를 모은다.

이제 독자는 아마도 나머지 부분들이 무엇인지 추측할 수 있을 것이다. 당연하게도 단편소설과 이야기 그리고 설화체 문학을 쓰는 작가들은 완전히 동일한 방식으로 생각하지 않을 뿐더러 완전히 동일한 대상들을 다루지도 않는다. 그리고 이러한 사실에 대한 고찰은, 윌리스 스티븐스Wallace Stevens가 말했듯이 "스타일의 변화는 주제의 변화다"라는 생각으로 이어진다. 소설이 해야 하는 일이 사건들의 진실을 말하는 것, 혹은 포가 어디선가 말했듯이 실재에 대한 우리의 직관의 표출이라는 것은 한때 작가와 비평가 들 사이에서 꽤나 일반적인 전제로 통했다. 이런 관점에서 봤을 때, 소설은 일종의 이해의 수단이 된다. 하지만 이러한 견해를 변호하려면 우선 해결해야 할 문제들이 있다는 걸 알 수 있다. 리얼리즘 작가는 우리에게 말한다. "정확한 모방의 과정을 통해, 내게 열세 살짜리 소녀가 정신이 아찔해질 정도로 고통스러운 사랑에 빠지는 게 어떤 것인지를 보여달라." 그리고 그는 팔짱을 끼고선 *자신이* 그걸 그냥 할 수 있다는 확신에 우쭐거린다. 하지만 의문점들이 우리를 당황하게 만든다. 이에 대한 진실을 짧고 딱 부러지는 문장들로 이야기할까, 아니면 길고 부드럽고도 우아한 문장들로 이야기할까? 단모음short vowel과 경음hard consonant을 사용하여 이야기할까, 아니면 장모음long vowel과 연음soft consonant을 사용하여 이야기할까? 우리가 내리는 선택이 중요한 것은 그것이 모든 걸 바꾸어놓을지도 모르기 때문이다. 실제로 소설이 진실과 어떤 관련을 가지기는 하는가? 복잡한 수단인 이 소설이란 것이 소설 그 자체—그것 자체의 과정—만을 목적으로 삼는다는 게 가능한 일인가?

현시점에서 할 수 있는 일반적 대답은, 그것이 진지한 작가가 자신이 신뢰하는 유일한 생각의 수단—즉 소설의 절차fictional process—을 통해 평생을 바쳐 해결하고자 하는 질문이라는 것이다. 당장은 이 대답을 그냥 이대로 내버려두되 다음의 의구심 정도만 품고 있기로 하자. 위대한 소설은 실제 인생과 거의 마찬가지로 우리를 웃거나 울게 할 수 있으며, 우리가 그럴 때, 적어도 우리가 허먼 삼촌Uncle Herman●의 농담에 웃거나 장례식에서 울 때와 거의 동일한 행동을 하고 있다는 강력한 환상을 제공한다. 소설 작품을 구성하고 끊임없이 재결합하는 요소들은 왠지 그것들의 뿌리를 우주에 두고 있는 것처럼, 아니면 적어도 인간들의 마음속에 두고 있는 것처럼 보인다. 가상의 꿈은 그것이 우리 주변에 놓인 꿈들의 선명하고도 예리한 편집 버전이라고 왠지 우리를 납득시킨다. 우리의 의심이 무엇이건 간에, 우리는 기차역에서 책을 골라 들거나 아니면 서재로 숨어들어 책을 쓴다. 그리고 세상은 활기를 띠기 시작한다—혹은 그렇다고 우리는 상상한다.

• 미국의 코믹스 출판사 '아치 코믹스'의 '아치 시리즈'에 등장하는 인물로, 늘 괴상한 발명으로 소동을 일으킨다.

3장

재미와 진실

재미 삼아 무언가를 읽는다는 말은, 그것이 호기심을 자극한다는 것을 의미한다. 사정이 이러하기에, 사람들은 모든 젊은 작가들이 무엇을 쓸지 정하려 할 때 스스로에게 가장 먼저 던지는 질문이 "재미있는 게 뭐가 있을까?"라고 생각할 것이다. 그런데 이상하게도, 그것이 가장 먼저 던지는 흔한 질문은 아니다. 사실 젊은 작가들에게 이러한 생각을 들려주면 그들은 종종 놀라곤 한다. 나쁜 가르침이란, 우리를 비난하면서 우리로 하여금 우리의 가장 즉각적이고 유치한 기쁨들—그림에서의 색깔, 음악에서의 멜로디, 소설에서의 스토리—을 넘어서거나 잊도록 조장하고는 보다 추상적이고 복합적인 데서 재미를 찾도록 가르치는 것이라고 할 수 있다. 그러한 세련된 기쁨들이 충분히 참되고 강렬할 수 있다는 것은 사실이지만, 그것들이 우리가 추구하는 첫번째 기쁨이 되면 뭔가 일이 꼬일 수 있다. 잘 읽거나 잘 쓰려면 우리는 미학적 재미에 관한 양극단의 견해들—직접적으로 재미를 주는 것들에 대한 지나친 강조(흥미진진한 플롯, 캐릭터들의 생생한 성격 묘사, 매혹적인 분위기)와, 부차적이지만 때로 더 지속적인 재미를 주는 융합적인 예술가적 비전에 대한 전적인 관심—사이에서 반드시 중용을 지켜야만 한다.

비록 모든 문학 강사들에게 해당되는 말은 아니지만, 대부분의 강사들은 우리가 단순한 오락물—유행가 노랫말, 드러그스토어에서 파는 페이퍼백 등등—에서 찾는 가치들을 최우선적으로 좇는 종류의 시나 소설에 무관심하다. 어떤 경우에 그 이유는 속물근성이겠지만, 그에 못지않은 이유는 감수성이 예민한 독자들이 너무 자주 실망스러운 경험—TV 서부극, 경찰물, 시트콤에서 정말이지 지겹도록 반복되는 대본의 유사성—을 한다는 점일 것이다. 단지 상업적이기만 할 뿐인 것들—대중문화에서 종종 이루어지는 진정한 독창성의 조잡한 모방—에 너무 질린 나머지, 우리는 스티비 원더나 랜디 뉴먼 같은 유명한 싱어송라이터들—비틀스는 말할 것도 없고—이 대다수의 피곤한 교양인들이나 진지한 자들, 그리고 '동인지little magazines'에서 맞닥뜨리는 떠들썩한 학계 인사들보다 훨씬 흥미로운, 헌신적이고 열정적인 시인일 수도 있다는 사실을 간과하고 만다. 때로는 드러그스토어에서 파는 소설이 그것보다 더 고상한 것으로 치부되는 소설보다 더 많은 걸 안겨준다는 사실 또한 말이다. 이러한 편견이나 무지의 결과는 문학 강좌들이 보통 아이작 아시모프Isaac Asimov, 사무엘 R. 들레이니Samuel R. Delaney, 월터 M. 밀러 주니어Walter M. Miller, Jr,

소설의 기술

로저 젤라즈니Roger Zelazny, 스트루가츠키 형제Strugatsky brothers
와 같은 SF 작가들, 또는 심지어 존 르 카레John le Carré, 프레
드릭 포사이드Frederick Forsyth와 같은 스릴러 작가들, 그리고 초
기 『스파이더맨』이나 『하워드 덕』 같은 만화의 창작자들보다
도 덜 매력적인 작가들—적어도 즉각적이고 감각적인 차원에
서 봤을 때, 그러나 때로는 더 깊은 차원에서 역시—을 다루게
된다는 것이다. 이론상 강사들이 스릴러와 SF, 만화책을 무시
하는 게 옳은 일일지도 모른다. 누구도 '자신이 만든 적 없는
세상에 갇혀버린' 오리 때문에 콜리지를 커리큘럼에서 밀어내
고 싶진 않을 테니까! 하지만 우리가 고등학교와 문학 강좌들
을 가득 채운 동시대의 '진지한' 작가들을 열거해보기 시작하
면 『하워드 덕』도 그리 나빠 보이지만은 않을 것이다.

　강사의 다양성 부족 또는 속물근성은 우리가 '바로 마음에
와닿는다'는 의미에서의 재미에 대해 생각해보지 못하게 되는
원인들 중 하나다. 하지만 또다른 더 근본적인 이유가 있다. 교
육사업의 목적은 학생에게 유용한 정보와 삶의 질을 높여주는
경험을 제공하는 것인데, 전자는 대개 측정이 가능한 반면, 후
자는 그렇지 않다. 또한 문학 강좌에서 배우는 삶의 질을 높여
주는 가치는 측정하기가 어렵기 때문에—게다가 교육 프로그
램에 압박을 가해야 할 위치에 있는 많은 사람들이 예술에 대
한 실질적 경험을 갖고 있지 않거나 예술에 호의적이지 않기
때문에—삶의 질을 높여주는 강좌들은 종종 유용한 정보를 다
루는 강좌들로 취급되기 마련이다. 공민학(公民學, civics), 기
하학, 혹은 기초 물리학 강좌들과 마찬가지로 동일한 '객관적
인' 수준에서 다뤄짐으로써 말이다. 그리하여 책이 기쁨, 즉

우리가 모든 진정한 예술에 요구하고 기대하는 비할 데 없이 풍부한 경험을 주기 때문에 가르쳐지는—적어도 공식적으로—대신, 다른 목적을 위해 가르쳐지는 일이 발생하게 된다. 그러니까 책은, 커리큘럼 위원회가 명시하듯이 "미국 문학의 주요 주제들을 예시"하거나 "분명히 피력된 견해를 제시함으로써 다음과 같은 커리큘럼의 목표들, 즉 (1)작가의 의도에 대해 알게 된 바를 설명하기, (2)비판적으로 읽기, (3)문학 선집에서 견해를 뒷받침하기 위해 사용된 구조상의 패턴들 발견하기 등을 위한 수단을 제공"하기 때문에 가르쳐진다. 이러한 가르침이 유해하다고 딱 꼬집어 말할 수만은 없다. 하지만 위대한 문학 작품들을 이따위로 다루는 것은 마치 돌고래와 고래, 침팬지와 고릴라를 보존하는 게 순전히 생태계의 균형을 위해서라고 주장하는 것이나 마찬가지다.

지난 수년 동안 장편소설과 단편소설, 시는 (위의 예가 보여주듯) 단지 고등학교에서만이 아니라 모든 학년을 통틀어서, 영혼을 즐겁고 활기차게 해줄 수 있는 경험으로서가 아니라 비타민 C처럼 그냥 먹어두면 좋을 것들로 가르쳐져왔다. 문학 작품을 자세히 비평적으로 분석해야 한다는 생각—30년대와 40년대의 '신비평가들New Critics'이 강조한 생각—은 뜻하지 않은 부작용, 즉 좋은 시와 소설의 주요 덕목이 교육적인 데 있다는 관념을 낳았다. 분석하는 방법을 가르치기 위해 만들어진 유명한 '신비평' 앤솔로지들—예를 들어 클린스 브룩스Cleanth Brooks와 로버트 펜 워런Robert Penn Warren의 『소설의 이해Understanding Fiction』와 『시의 이해Understanding Poetry』—을 살펴보면 우리는 저자들이 은연중에, 아마 자기도 모르게 문학 작품을 '훌륭하게' 만드는 요소로 개념에 대한 작가의 철저하고도 질서정연한 탐구, 자신의 주제가 가진 함의들의 완전한 전개development를 들고 있음을 분명히 알 수 있다. 비록 이들이 봤을 때 '해석에 반대한다'고 여겨진 부적합한 책들(이 책들 중에는 『해석에 반대한다Against Interpretation』라는 책도 있다)이 많은 강의실에서 자세한 분석을 이끌어내긴 했지만, 이 저자들이 주장하는 바는 중요한 의미에서 사실이다. 아무리 눈부시고 생생한 캐릭터가 등장하고 아무리 사건이 특이하다고 해도, 만일 그 소설이 혼란스럽고 단세포적인, 명백히 틀린 생각을 보여준다면 절대 지속적인 흥미를 이끌어낼 수 없다. 반면에 소설이나 시가 줄 수 있는 기쁨—그것들이 불러일으키는 즉각적인 흥미—을 무시한 채 그것들을 읽는 것은 독서 경험을 망쳐버릴 수 있다. 셰익스피어의 희곡에 긴장감 넘치는 사건에 휘말리는 매력적인 캐릭터들이 등장하는 건 우연이 아니다. 즉각적인 흥미를 염두에 두지 않고 소설을 쓰는 행위, 의도적으로 가능한 한 가장 재미없는 캐릭터를 고르고, 뭔가 재미있는 일이 일어날까 싶어 찾아온 불쌍한 얼뜨기를 쫓아버리려고 작정한 듯한 플롯을 택하는, 풍요롭고 다채로운 짜임새를 모두 억눌러버리는 행위—즉 소설은 즐기기에는 너무 진지한 것이라는 태도로 글을 쓰는 행위—는 그 작가가 예술의 본성이나 예술이 인류에게 가지는 가치에 대해 농부의 밭에 던져진 돌멩이만큼이나 무지하다는 의혹을 불러일으킨다.

하지만 무엇이 소설 작품에 미학적 흥미를 불어넣는 것일까? 잠시 소설의 번지르르한 사촌인 메타픽션은 논외로 하기로 하자. 여기서 하는 말의 대부분은 메타픽션에 대해 이야기할 때 철회해야만 하기 때문이다.

　세상 그 어떤 것도 본래부터 재미있지는 않다. 즉 모든 인간들에게 즉각적으로 재미있거나 똑같은 정도로 재미있는 것은 없다. 그리고 작가에게 초미의 관심사가 아니었던 것은 그 어떤 것도 독자의 흥미를 끌 수 없다. 모든 작가의 각기 다른 편견, 취향, 배경, 경험은 그들이 정말로 관심을 가질 수 있는 캐릭터, 사건, 배경의 종류를 한정하는 경향이 있다. 반드시 죽을 존재들이기에, 우리는 우리가 알고 있고 잃을지도 모르는 것(또는 이미 잃어버린 것)에 관심을 가지고, 우리가 관심을 가진 것을 위협하는 것들을 싫어하며, 우리의 안전, 그리고 우리가 사랑하는 사람들과 사랑하는 것들과 무관해 보이는 것에 무관심하기 때문이다. 따라서 어떤 두 명의 작가가 완전히 똑같은 소재에 미학적 흥미를 보이는 일은 일어나지 않는다. 만일 마크 트웨인이 헨리 제임스가 고른 캐릭터들을 떠안게 된다면 그는 교묘한 방식으로 재빨리 그들을 우물 속에 던져버릴 것이다. 그래도 모든 작가는 충분한 테크닉만 있다면 자신들이 특별히 다루는 주제에 대한 우리의 흥미를 불러일으킬 수 있다. 모든 소설은 간접적으로든 직접적으로든, 본질적으로 똑같은 것—사람과 세상에 대한 우리의 사랑, 우리의 열망과 두려움—을 다루니까. 특정한 캐릭터, 사건, 배경 들은 단지 실례, 보편적 주제의 변주에 불과하다.

　만일 그렇다면—말이 나온 김에 언급해두면 좋을 것이다—인간이 자유의지를 가지고 있다는 걸 부정하는 작가—단지 농담으로나 아이러니하게 그것을 부정하는 척하는 게 아니라 정말로 부정하는 작가—는 재미있는 것은 아무것도 쓸 수 없는 사람이다. 머지않아 분명 반복될 기괴함은 차치하고라도, 그는 애초에 캐릭터, 장소, 사건 들에 진정한 흥미를 느낄 수 없기 때문에 그것들에 진정한 흥미를 부여할 수가 없다. 자유의지가 없는—열망하는 것들을 위해 싸우거나 두려워하는 것들을 피할 능력을 모두 빼앗긴—인간은 과학적이고 감상적인 흥밋거리에 불과하게 되고 만다. 자신의 캐릭터를 무기력한 생물학적 유기체, 아무 생각 없는 사회적 구조 속의 구성단위에 불과한 존재, 혹은 기계론적 우주의 톱니바퀴로 보는 작가의 경우, 그 캐릭터들은 어떤 가치를 지녔건 간에 필연적으로 환영이 되고 말 것이다. 왜냐하면 그 캐릭터들 중 누구도 자신을 어찌할 수 없게 될 것이며, 주제의 흥미로운 탐구에 도움이 되는 가치들 간의 일반적 상호 작용은 냉소적이고 학술적인 활동이 되고 말 것이기 때문이다.

어떤 두 명의 작가도 완전히 똑같은 소재로부터 미학적 흥미를 느끼지는 않지만, 그럼에도 모든 작가가 충분한 테크닉만 있으면 자신들이 특별히 다루는 주제에 대한 우리의 흥미를 불러일으킬 수 있다고 한다면—모든 인간은 동일한 근본 경험(매정하게 말해서, 우리는 모두 태어나서 고통받다가 죽는다)을 가지므로, 우리의 연민을 불러일으키기 위해 작가가 할 일은 힘과 확신을 가지고서 자신의 캐릭터들의 경험과 우리의 경험의 유사점들을 연결해주는 것뿐이다—작가가 해야 할 첫번째 일은, 자연히 우리로 하여금 작가 자신의 캐릭터들이 보고 느끼는 것을 생생하게 보고 느끼도록 만드는 일이라는 결론이 나온다. 소설 속 세계가 아무리 이상하고 생소하다 하더라도—파리에 사는 제4세대 디자이너에게 돼지 농장이 그러한 것처럼 생소하고, 일이 없는 튜바 연주자에게 월스트리트가 그러한 것처럼 생소하다 하더라도—우리는 그곳에서 태어나기라도 한 것처럼 캐릭터들의 세상에 뛰어들어야만 한다.

이렇게 말하는 건 명백히 극단적인 입장을 취하는 것이다. 하나의 문화에 속한 사람이 상상만으로 다른 문화에 속한 사람의 경험을 받아들일 수 있는 정도에는 한계가 있다. 그리고 더욱 조심스레 주장하는데, 작가는 많은 독자(어쩌면 티베트인들)가 자신의 캐릭터들의 경험을 전혀 이해하지 못하리란 걸 미리 알고서 그 캐릭터들의 세계가 다양한 독자에게도 감각적으로 인지될 수 있도록 만들어야 한다. 어떤 작가들은 캐릭터들의 경험이 오직 그 캐릭터들과 유사한 배경을 지닌 소수의 독자에게만 이해되는 것으로도 충분하다는 고리타분한 생각을 여전히 가지고 있다. 오직 파리나 뉴욕 같은 거대한 문화의 중심지 출신의 작가들만이 그런 말을 할 입장에 있을 수 있다. 만일 와이오밍 출신의 작가가 자신의 경험을 뉴욕에 전달할 수 없다면 그의 책은 출간될 가능성이 거의 없다. 따라서 자신의 독자를 좁은 테두리 안에 한정한 작가는 그의 도시에서 태어나지 않았거나 그곳에 산 것처럼 보임으로써 자신들의 위상을 높이고 싶어 안달하는 독자들에게 오만하거나 편협하게 보이기 쉽다. 그러나 물론 선택은 작가들 각자의 몫이다.

적어도 소설에 캐릭터들이 등장하는 한 기본적인 원칙은 어떠한 경우든 변함이 없다. 즉 작가는 자신의 캐릭터들이 보고 느끼는 것을 독자도 생생히 보고 느낄 수 있게 해줘야 한다. 비록 대리적이긴 하지만, 자신의 캐릭터들이 경험하는 것을 최대한 직접적이고 강렬히 경험할 수 있게 해줘야 한다는 말

소설의 기술

이다. 작가는 어떻게 하면 이것을 가장 잘할 수 있을까?

이에 대한 대답들 중 일부는 이제 명백할 것이다. 작가는 필연적으로 객관적인 스타일과 주관적인 스타일 사이의 어딘가에 해당하는 스타일로 글을 써야만 한다. 즉 모든 걸 가능한 한 과학적으로 설명하는 광범위한 에세이스트의 스타일부터 아무것도(혹은 사실상 아무것도) 설명하지 않으면서 모든 것을 상기시키는─혹은 헨리 제임스식으로 말하면 "표현되게 rendered" 하는─시적 스타일에 이르기까지의 모든 스타일로 말이다. 에세이스트의 스타일은 본성상 느리고 수고로우며, 깊이가 있다기보다는 광범위하다. 그것은 관념적이며 힘차지 않은 대신 정확성을 기하려는 경향을 보이는데, 광범위한 서술과 시적인 서술을 비교해보더라도 그 점을 당장 알 수가 있다. 에세이스트의 스타일로는 다음 문장을 예로 들 수 있겠다. "현관에 있는 남자는 덩치가 컸으며 겉보기에 불안해 보였다. 그는 덩치가 너무 커서 몸을 약간 웅크리고 두 팔꿈치를 안으로 끌어당겨야만 했다." 시적 스타일은 더 강력한 효과를 낼 수 있다. "그는 현관을 가득 채웠다, 마치 불편한 한 마리 말과 같은 모습으로." 말할 것도 없이 두 스타일 모두 쓸모가 있다. 전자는 자신의 세계를 느리고도 완벽히 쌓아올린다. 『안나 카레니나』에서 톨스토이가 아주 적은 은유와 직유를 사용하면서 그렇게 했듯이 말이다. 후자는 섬광을 비춤으로써 자신의 상상적 세계를 환히 밝힌다. 현대 소설에서 에세이스트의 스타일은 요즈음 어느 정도 유행에 뒤떨어진 것으로 여겨지거나, 좀더 정확히는 거의 아이러니와 유머만을 위해 사용된다. 공들인 문장의 보폭은 거만함이나 권태로움의 소산으로 보이기 십상이기 때문이다. 하지만 문학적 유행이란 절대 심각하게 받아들일 필요가 없는 것이다. 스타일은 인간의 태도에서 기인하며, 가능한 인간의 태도의 전체 범위는 호메로스 시대 이후로 딱히 크게 변한 게 없다.

작가의 스타일이 객관적인 스타일과 주관적인 스타일 사이의 어디에 위치하든, 관습적인 소설에서 중요한 것은 단어로 독자의 마음속에 작동시킨 가상의 꿈의 선명함과 지속성이다. 작가의 캐릭터들은 우리 앞에 놀라울 정도로 선명하게 그 모습을 드러내야만 한다. 이 선명함이 지속적으로 이어져 그들이 행하는 어떤 일도 그 인물이 할 법하지 않은 일이라는 인상을 주지 않으며, 심지어 캐릭터의 행동이 작가 자신에게조차도 놀랍게 여겨질 때—때로 이런 일이 일어난다—도 그러하도록 말이다. 우리는, 그리고 우리 앞의 작가는 우리가 캐릭터에 대해 *아는* 것보다 더 많은 것을 이해해야만 한다. 그렇지 않으면 작가도, 작가를 따라가는 독자도 캐릭터가 자유롭게 행동할 때 그 캐릭터의 행동을 확신하지 못할 것이다. 그래서 트롤럽은 자신의 작품에서 유스테스 부인이 훔친 다이아몬드는 바로 그녀 자신의 것이었음을 자신 스스로도 놀라면서 알게 되는 것—혹은 그렇다고 우리에게 말해주는 것—이다. 그녀의 행동을 작가가 처음부터 계획했던 것은 아니지만, 시간의 경과에 따라 발전한 캐릭터에 대한 그의 심오하고 직관적인 지식이 작가에게 첫 실마리를 안겨주는 바로 그 순간, 그 행동은 실로 필연적이면서도 분명 그녀 자신에게서 나온 것으로 전개될 것이다. 이런 일은 어떻게 가능한 것일까? 어떻게 하면 작가는—그리고 그를 따라가는 독자는—전혀 존재하지 않는 어떤 성격에 대한 확실한 지식을 가질 수 있는 것일까?

소설의 캐릭터들은 존재하지 않는다는—상상의 생명체들인 경우는 제외하고라도—중요한 경험적 지식에서 시작해보자. 유스테스 부인이, 가령 트롤럽의 모드 숙모를 모델로 했을 수도 있다는 것은 사실이다. 하지만 작가는 전기를 쓸 때 외에는 실생활에서 캐릭터를 가져와서는 안 된다(또한 엄밀히 말해, 전기를 쓸 때도 그러면 안 된다). 작가가 캐릭터의 배경과 경험에 가한 모든 변화는 그것이 아무리 작은 변화라 할지라도 분명 미묘한 영향을 끼칠 것이다. 만일 나의 아버지가 부자였고 코끼리를 소유하고 있었더라면 나는 분명 지금의 나와는 다른 사람이 되어 있었을 것이다. 트롤럽의 모드 숙모는 일단 유스테스 씨와 결혼을 하고 나면 더이상 완벽한 자신으로 남아 있을 수가 없다. 미묘한 디테일들은 의식적으로 파악하기에는 너무나도 복잡한 방식으로 캐릭터의 삶을 바꿔놓는데, 물론 그럼에도 불구하고 우리가 그것들을 의식적으로 파악할 수 없는 것은 아니다. 따라서 플롯은 캐릭터를 바꿔놓을 뿐만 아니라 캐릭터를 창조한다. 우리는 우리의 행동을 통해서 우리가 정말 믿는 게 무엇인지를 발견하고, 동시에 우리 자신을 남들에게 드러낸다. 그리고 배경은 캐릭터와 플롯 둘 모두에 영향을 끼친다. 가령 요르단의 어느 무더운 날에 하는 행동을 폭풍우 속에서는 할 수가 없다. (한 인물의 낙타가 발을 헛디딘다, 혹은 향수병 때문에 꼼짝도 않는다. 그래서 암살자는 붙잡히지 않고, 대통령은 총에 맞으며, 세계는 또다시 전쟁에 빠져든다.) 우주에 있는 모든 원자들이 다른 원자들에 대해 그게 아무리 작은 영향이라 할지라도 영향을 미치듯, 시간과 공간이라는 천의 어딘가를 두 손가락으로 살짝 집어 올리면 시공간의 길이와 너비 전체가 흔들린다. 마찬가지로 소설의 모든 요소들은 다른 모든 요소들에 영향을 미치며, 따라서 캐릭터의 이름을 제인에서 신시아로 바꾸는 것은 소설의 기반을 밑바닥부터 통째로 뒤흔들어놓는 일이다.

따라서 작가의 캐릭터들이 보고 느끼는 것을 우리에게도 생생하게 보고 느끼게 해주려면—마치 우리가 캐릭터들이 속한 세상 속 인물인 양 그 속으로 끌어들이려면—작가는 단순히 캐릭터들을 창조해낸 다음 어떤 식으로든 그들에 대해 설명하고 그들을 믿을 만한 것으로 만드는 것—그들에게 어울릴 법한 오토바이와 수염, 꼭 맞는 기억과 은어를 붙여주는 일—이상의 작업을 해야만 하는 것으로 보인다. 작가는 (팽창하는 창조적 순간 속에서) 긴밀히 연결되어 있는 캐릭터, 플롯, 배경들을 동시에 그려내야만 한다. 그는 도공이 항아리를 만들듯 자신의 전체 세계를 하나의 일관성 있는 손동작으로 만들어내야만 한다. 혹은 콜리지가 말했듯, 그는 자신의 유한한 마음으로 무한한 "나 자신I AM"의 작용을 모방해야만 한다.

이제 우리는 미학적 재미의 문제를 새로운 시각에서 바라볼 수 있게 되었다. 첫째, (이것은 가장 덜 중요한 것인데) 우리는 소위 '혁신적인 소설가들', 캐릭터와 플롯에 대한 전통적 기대를 못마땅해하는 작가들에게 잠정적인 대답을 들려줄 수 있게 되었다. 이러한 작가들이 때로 주장하는 바에 의하면, 캐릭터는 전통적인 장편소설의 불필요한 짐에 불과한 것으로서 폐기되어야만 하는 것이다. 그들은 한때 쓸모 있던 장편소설—그들은 짧은 소설들에 대해서도 같은 소리를 해댈 것이다—은 이제 우리가 보기에 본성상 불필요한 것이 되어버렸다고 주장한다. 가령 장거리 여행이 어렵던 시절, 사진과 영화가 아직 발명되지 않았고 사회학적 연구가 잘 알려져 있지 않던 시절에 베네치아나 뉴올리언스에서의 삶이 어떤 것인지를 우리에게 알려주는 것은 소설가의 몫이었다. 그는 건축물, 기후, 식물들에 대해 설명해줬고 그 지역의 역사와 사회학에 대해 이야기해줬다. 한마디로 그는 우리가 그곳에 가본 것처럼 느끼게 만들어줬다. 이제 우리는 그곳에 가거나 그곳에 대한 전문 서적과 그림엽서를 구입할 수 있다. 이와 유사하게 소설가는 사람들의 태도나 행동을 그것들이 기인하는 관습과 기후와 연관 짓는 방식으로, 또는 이제는 심리학과 신경학에 의해 그 신비가 풀린 수수께끼들을 철저히 파헤치는 방식으로 캐릭터에 대해 이야기해줬다. 그들의 설명에 따르면, 소설을 세상에 일어나는 일들을 발견하고 드러내는 수단으로 보는 것은 이제는 유행에 뒤떨어진 낡은 이론에 따른 것이다. 우리는 시카고에서 자신의 아버지를 6층 아파트 창밖으로 던져버린 한 여자의 이야기를 읽는다. 우리가 "어떻게 그런 끔찍한 일이 벌어질 수 있었던 거지?" 하고 외치면 소설가는 대체 무슨 일이 벌어졌던 건지를 한 단계 한 단계씩 우리에게 보여준다. 이러한 소설 이론은 포가 결말만 있지 처음과 중간이 없는 이야기인 「아몬티야도 술통The Cask of Amontillado」을 쓴 날 막을 내렸다. 따라서 이 작품의 성공은 소설에서 핵심이 되는 것이 *에네르게이아*energeia, 즉 "캐릭터와 상황에 내재되어 있는 가능태의 현실화"라는 아리스토텔레스의 이론을 단호히 논박한다. 포는 카프카가 "어느 날 그레고르 잠자는 잠에서 깨어나 자신이 거대한 갑충으로 변해 있다는 걸 발견했다"라고 자유롭게 쓸 수 있도록 만들어주었다. 어떻게, 그리고 왜 그랬는지를 어느 누가 알겠나? 누가 신경이나 쓰는가? 자신의 소설의 소재들을 택하고 배열함으로써, 작가는 우리에게 세상의 진실이나 사건들의 경위를 알려주는 것이 아니라 자신의 이미지 또는 '예술가의 초상'—혹은 어쩌면 흥미로운 구성물에 불과한 것으로서, 우리의 연구와 흥미의 대상이 되는 것—을 보여준다.

이제는 널리 알려진 이러한 견해는 중요한 미덕을 지닌다. 이는 작가들이 새로운 방식으로 생각할 수 있게 해 소설적 경험의 폭을 확장한다. 만일 로이스 레인Lois Lane•이나 슈퍼맨이 헨리 제임스의 소설 속 한 장면으로 걸어 들어온다면 그들은 그것을 어떻게 생각하고 그것에 어떤 영향을 미칠까? 대답 따윈 중요치 않다—그건 엄밀히 말해 옳다고도 그르다고도 할 수 없는 종류의 것이다—단지 그것 자체로 흥미로울 뿐. 만일 캘리포니아주가 바닷속으로 가라앉는다면 브루클린의 일상은 어떻게 바뀔까? 다시, 만일 (소설의 정당성과 주요 관심이 캐릭터와 상황의 가능태를 발현하는 일에 있는 까닭에) 플롯이 더이상 중요하지 않다면, 소설에서 지속적인 흐름profluence—우리가 읽어나가면서 '어딘가에 도달한다'는 느낌—이란 대체 무슨 쓸모가 있겠나? 만일 오로지 '예술가의 초상'만이 중요하다면 왜 우리와 수다를 떨며 놀아주고 어쩌면 우리를 모욕하기까지 하는 예술가는 그저 우리가 끝까지 따라갈 수 있는 사건이나 만들어내는 대신, 작지만 매우 총애

• 미국의 만화 DC 코믹스의 등장인물로, 클라크 켄트의 동료 기자이자 슈퍼맨의 연인이다.

받는 영원Eternity의 모방작을 만들어내려 하는 것인가? 이 구절 들을 더 깊이 생각하면 할수록 미학적 가능성들의 문제는 더 욱 흥미로워진다. 만일 작가가 자신을 드러내는 것이 곧 자신 의 스타일―단지 단어와 구절, 문장의 리듬과 문단을 쌓아나 가는 방식(혹은 구절과 문장, 문단에 대한 개념들을 모두 없 애버리는 방식)을 선택할 때의 스타일만이 아닌, 현실이나 꿈, 즉 캐릭터와 배경적 요소들로부터 디테일을 선택할 때의 스타 일―이라면 작가가 자신의 것이 아닌 다른 작가의 소재들을 제시할 때 미학적 재미의 차원에서 어떤 일이 발생할 것인가? 이런 식으로 보르헤스는, 자신의 걸작이 세르반테스의 『돈키 호테』와 한 글자도 다르지 않은 뛰어난 현대 작가에 대해 이야 기하고, 도널드 바셀미는 자신의 단편 「파라과이Paraguay」에서 실은 파라과이가 아닌 티베트의 풍경 묘사를 차용한다(그리고 그것을 각주로 단다).

물론 이는 관습적 소설에 반대하는 자들, 메타픽션에 더욱 관심을 보이는 자들의 주장이다. 관습적 소설에 반대하는 이 러한 주장들은 모두 유효하지 않다는 것이 밝혀질 것인데, 이 에 대한 관습적 소설의 방어를 자세히 살펴보면 관습적 소설 이 지닌 재미와 '진실'이 무엇인지 명확히 아는 데 도움이 될 것이다. 일단 소설이 지닌 성격을 명확히 알고 나면 다음 장에 서 다루게 될 주제인 메타픽션이 특별히 지닌 관심사를 더 잘 이해할 수 있게 된다.

'혁신적 소설가들'의 일반적인 주장에 대한 전통주의자들의 답변은 다음과 같을 것이다. 방금 논의된 종류의 혁신적 소설 들은 본질적으로 잘못된 생각을 고수하고 있거나, 단지 진지하지 못한 것이 아니다. 그것들이 가진 재미나 가치는, 무엇이 됐건 '전통적인'—즉 '관습적인' 혹은 '보통의'—소설과의 차이를 통해 얻어지는 것이다. 관습적 소설이 제구실을 하고 가치가 있는 것으로서 존재하는 한, 혁신적 소설들은 문학적 묘기literary stunt에 불과하다. 지능이 있는 장난감이 그러하듯 그것들도 나름의 재미는 있지만, 오직 순간적인 흥미만을 끌 뿐이다. 비록 진지한 전통소설들도 (우리를 실제로 존재하지 않는 캐릭터들의 문제로 깊이 끌어들인다는 점에서) 놀이일 뿐이긴 하지만, 진지한 전통소설에서의 놀이는 단지 기술art만이 아닌 삶을 품고 있다. 놀이 삼아 동정심을 품거나, 어린 넬Little Nell(디킨스의 「골동품 가게」 등장인물―옮긴이) 또는 오필리아Ophelia를 위해 울 때, 우리는 우리가 실제 삶에서 지극히 중요하다고 알고 있는 능력들을 사용한다. 만일 소설 속에서 지어낸 소재들의 조합이 예술가의 초상을 만들어낸다면, 그 초상화의 중요성은 예술가가 어떻게 생겼는지 알려주는 데 있는 것이 아니라 그것이 예술가보다 훨씬 중요한 저 너머의 것들을 보기 위한 초점, 조리개, (강령회降靈會에서처럼) 매개체medium를 제공해준다는 데 있다. 세상에 대한 예술가의 재창조 속에서 우리는 세상을 볼 수 있게 된다. 당연한 말이지만, 두 개의 창문이 동일한 장면을 보여줄 수 없는 것과 마찬가지로 어떠한 두 작가도 완전히 같은 세계를 드러내 보일 수는 없다. 게다가 당연하게도, 예술가는 인간이고 인간은 한계를 지닌 존재이므로, 어떤 헌신적이고 진지한 예술가들은 얼룩진 창문 같을 것이고, 어떤 이들은 기포가 생긴 뒤틀린 창문 같을 것이며, 또 어떤 이들은 여전히 스테인드글라스 같을 것이다. 하지

소설의 기술

만 그들이 틀에 넣은 세상은 실제로 바깥에 존재하는 (혹은 이 곳에 존재하는—인간의 본성이 모든 곳에서 동일하다고 하는 한, 바깥이든 이곳이든 아무런 차이는 없다) 세상이다. 우리가 위대한 문학을 읽으며 느끼는 흥미 중 가장 커다란 부분은 바로 '뭔가를 알아냈다는onto something' 느낌이다. 그리고 삶의 비전이 시시하게 느껴지는 책들을 읽을 때 지루해하는 이유 중 하나는 그런 느낌을 받지 못한다는 점이다.

아리스토텔레스의 에네르게이아적 사건이라는 개념이 포의 「아몬티야도 술통」이나 카프카의 「변신」에 의해 진정으로 반박되는 것은 아니다. 비록 이 작품들이 이 이론을 새로운 방식—그리스 비극 작가들의 관습을 연구했던 아리스토텔레스 자신은 생각도 못했겠지만 스스로 큰 어려움 없이도 적응할 수 있을 방식—으로 이해하게 해주긴 하겠지만 말이다. 포와 카프카는 그 가능성이 작품이 진행되는 도중에 현실화되는 외부적 상황들로부터 출발하는 것이 아니라, 한편으로는 있는 그대로literally 다루어지며 또 한편으로는 표현주의자적 expressionistically으로 다루어지는 내적 상황들로부터 출발한다. 소포클레스의 『오이디푸스 왕』에서 주어진 최초의 상황이 테베의 역병과 (아직 왕 자신은 모르고 있는) 왕의 어두운 과거인 반면, 포의 최초의 상황은 거의 모두가 심리적 상태, 주인공의 복수에 대한 갈망—그 갈망이 과연 정당화되는지를 독자가 아는지 모르는지와는 무관하게—이며, 카프카의 최초의 상황은 표현주의자적으로 변형된 심리적 상태다. 리얼리즘 작가라면 "어느 날 그레고르 잠자는 잠에서 깨어나 자신이 갑충 같다는 사실을 알게 되었다"라고 말할 법한 것을, 표현주의자는 비유를 사실로 바꿔 서술함으로써 현실성을 고조하거나 강화한다. 고전적인 작가들이 외부 세계와 내부 세계―전자는 '상황'이고 후자는 '캐릭터'―를 명확히 구분하는 반면, 이 두 현대 작가들은 외부 실재와 내부 실재가 상호 침투하는 것으로 본다. 세상은 우리가 마음대로 느끼는 그대로이고, 따라서 캐릭터가 다루어야만 할 상황은 부분적으로 그 캐릭터 자신이다. 어느 쪽이 됐든, 이야기의 전개란 그 이야기가 가진 최초의 가능성을 실현하는 일이다.

전통적 관점에서 봤을 때, 가장 중심이 되는 두 가지 신조 tenet가 있다. 첫째는 콜리지적인 견해로서, 진정한 문학은 "무한한 '나 자신'의 유한한 마음속에서 행해지는 반복"이라는 것―마치 신이 자신의 주먹을 펼치듯, 작가는 캐릭터와 그들의 행동과 그들의 세계를 각 요소들이 다른 요소에 의존하는 방식으로 한 번에 만들어내야 한다는 생각―이다. 둘째는 이에 수반되는 견해로서, 좋은 소설을 읽어나갈 때 우리를 흥미롭게 하는 중요한 요소는 현실의 과정(스티븐 디덜러스〔제임스 조이스의 『젊은 예술가의 초상』의 주인공―옮긴이〕의 표현에 따르면 "가시적인 것의 필연적 양상")에 대한 작가의 정확한 모사, 즉 그것이 터무니없는 요소들을 포함하고 있더라도 진정으로 '사실적'이라고 받아들이는 우리의 느낌이라는 것이다. 그렇다면 우리는 당연하게도 다음과 같은 질문을 던지게 된다. 작가는 어떻게 그 많은 것들을 한꺼번에 할 수 있는가?

이에 대한 대답은 작가가 그것들을 한꺼번에 다 하기도 하고 그러지 않기도 하다는 것이다. 그는 의식적으로 한 번에

몇 가지 생각밖에는 떠올릴 수가 없다. 하지만 그가 작업해나가는 과정은 결국 그를 자신의 목표로 이끈다. 이 말을 곰곰이 곱씹어본다면 누구라도 처음에 다소 이상하다고 느낄 것이다. "그가 작업해나가는 과정은 결국 그를 자신의 목표로 이끈다"라는 말은 과정 자체에 모종의 마법, 모종의 수호신적인 의지가 스며 있기라도 하다는 것처럼 들린다. 확실히 어떤 작가들—호메로스는 절대 아니다—은 그러한 견해를 취했다. 뮤즈가 어떤 의미에서는 실존하는 존재들이라는 변명, 그리고 '서사시의 노래'와 (우리가 사용하는 의미와는 크게 다른 의미에서의) '기억'이 시인보다 위대하며 시인과는 별도로 존재하는 힘이라는 변명은 하지 않고서 말이다. 어찌된 셈인지 현대 작가들조차도 자신들의 작품이 스스로의 통제를 벗어나 영적인 힘에 의해 쓰였으며, 그 글을 나중에 다시 읽을 때면 그것이 자신에게서 나왔다는 걸 자각할 수 없다고 말하는 것을 종종 듣는다. 나는 좋은 작가들이라면 다들 이런 경험을 해봤을 거라고 상상한다. 이는 하나의 사고 체계로서 소설이 가진 놀라울 정도의 미묘함subtlety을 증명한다.

소설의 절차는 작가 특유의 사고방식, 그러니까 우리가 하는 모든 사고의 수단이 되는 상징적 절차symbolic process의 한 특수한 경우다. 이는 비유일 뿐이며 어떤 면에서는 오해를 살 수도 있는 말이 되겠지만, 우리는 소설가에게 소설의 요소들이 하는 역할이 수학자에게 수가 하는 역할과도 같다고 말할 수 있다. 비록 우리가 소설의 요소들을 다루는 것은 가장 예리한 수학자가 수를 다룰 때보다 더 직관의 영역에 속하는 일이라는 큰 차이점이 있긴 하지만 말이다. 홉스Hobbes가 말했듯,

"우리는 사물들에 대해 생각할 수 없고, 오직 사물의 이름들에 대해 생각할 수 있을 뿐이다". 다시 말해, 복잡한 줄거리를 만들어나가기 위해 우리는 추상적 개념들을 필요로 한다. 만일 야생 동물 보호에 대해 실질적인 생각을 떠올리려 한다면 우리는 우리들 바로 앞에서 죽어가는 흰 코뿔소를 죽어가는 흰 코뿔소 일반in general으로 추상화해야 하고, 죽어가는 흰 코뿔소와 죽어가는 호랑이 등의 관계(또다른 추상적 개념)를 알아야 하며, 최종적으로 '죽어가는 야생 동물'이라는 추상적 개념을 떠올려야 한다. 마찬가지로 작가는 의식적으로든 무의식적으로든 소설의 요소들을 추상화한다.

내가 소설의 요소들이라고 할 때, 그건 스토리를 쌓아나가는 데 필요한 모든 개별적인 요소들discrete particles, 하나의 이야기에서 떼어내 다른 이야기에 넣을 수 있으며 그렇게 하더라도 훼손되지 않는 요소들을 의미한다. 예를 들어, 사건의 요소들로는 납치, 달아난 연인의 추격, 살인, 정체성 상실 등의 '사건의 아이디어들event ideas'이 있고, 캐릭터를 만드는 데 사용되는 요소들로는 뚱뚱함, 그 뚱뚱함이 함의하는 각각의 것들, 또는 인색함이나 무기력이 있으며, 배경이나 분위기를 만드는 데 사용되는 요소들도 있다. 각 요소들은 떨어져 있을 때는 상대적으로 제한된 의미를 지니지만, 나란히 놓였을 때는 일종의 추상 개념들—한 차원 높은 시적 사고의 구성단위들—을 형성함으로써 보다 중요한 것이 된다. 우리가 수많은 그림과 수많은 교향곡 들에서 반복적으로 발견하듯이, 모든 예술은 그러한 근원 요소들이 무한대의 다양성을 가진 방식들로 배열되고 (복잡한 분자들이 원자들로 구성되듯이) 구

소설의 기술

성되어 만들어진다. 그림에서 나란히 놓였을 때 일반적이고
도 가변적인 기능을 갖게 되는 산(하나의 요소)과 나무(또다
른 요소)의 경우를 예로 들 수 있다. 하늘을 배경으로 윤곽을
드러내고 있는 웅장한 산은 전경에 역시 혼자 떨어진 채 놓
인 단 한 그루의 나무와 대비된다. 멀리 떨어진 쪽은 불변하는
것으로서 성스러운 함의를 지니고 있으며, 접근하기 쉬운 쪽
은 끊임없이 변화하는 것으로서 인간화되어 있다. 우리는 이
러한 요소들의 병치가 고전적인 형식으로 표현된 것을 티치아
노Titian, 푸생Poussin, 그리고 또다른 대가들의 그림에서 본다.
세잔의 후기작들 몇몇―생 빅투아르산을 그린 1902-1906년
의 그림들―에서는 전통적인 병치가 재치 있게 변형되어 있
는 것을 볼 수 있다. 나무는 신비로운 방식으로 산을 지배하고
있고, 적어도 산만큼이나 신비로워 보이는 방식(소용돌이치
는 붓 터치, 모호한 윤곽)으로 다루어지고 있다. 혹은 색과 광
란의 붓 터치로 인해 나무와 산이 너무나도 동일시된 나머지,
접근이 용이한 것과 멀리 떨어져 있는 것, 또는 인간의 감정과
이상이 녹아드는 것처럼 보이는 등의 효과를 낳고 있다.

　비록 누구도 그 수가 얼마나 되는지 알 수는 없겠지만, 존재
하는 소설의 요소들의 수는 영어의 단어 수만큼이나 한정되
어 있다. 우리가 그림의 예에서 보았던 나무와 산과 마찬가지
로, 혹은 영어의 단어들과 마찬가지로, 소설의 요소들은 각기
다른 곳에서 사용될 때 서로 또다른 의미를 지닌다. 그것들은
미끄러지고 흘러내리며 때때로 서로 겹친다. 하지만 그것들은
의미―혹은 적어도 의미의 영역들―를 지니며, 그것들의 일반
적이며 점점 더 복잡성을 띠는 병치들 또한 그러하다. 좋은 작

가들은 마치 배관공이나 지붕 수리공이 언어를 사용하기라도 하는 것처럼 그것을 능숙하고도 편안하게, 때로는 무의식적으로 사용한다. 새로운 요소들이 더 발견될 것 같지는 않다. 우리가 "문학은 고갈되었다"라고 말하는 것은 바로 이런 의미에서 그렇다는 말이고, 이는 마땅히 그래야만 한다. 작가들이 발견하는 것은 새로운 조합이다. 새로운 조합을 찾는 일은 소설의 절차의 인도를 받는 동시에, 소설의 절차와 일체를 이룬다.

아마도 소설의 절차에서의 첫번째 논리적 단계는, 작가가 내러티브의 성질을 의식하거나 직관적으로 깨닫는 일, 그리고 (철학책을 쓰겠다거나 그림을 그리겠다거나 하는 대신) 스토리를 쓰겠다는 자신의 선택으로 인해 지워진 족쇄를 인정하는 일일 것이다. 스토리는 당연히―그리고 미학적 필요에 의해―지속적 흐름을 지니는데, 이러한 요구는 인과적으로 연결된 사건들의 시퀀스sequence, 오직 둘 중 하나의 경우로 끝날 수밖에 없는 시퀀스를 통해 가장 잘 충족된다. 그 두 경우 중 하나는 '해결resolution'로서, 더이상 어떤 사건도 일어날 수 없을 때―살인자가 붙잡혀서 교수형에 처해졌을 때, 다이아몬드가 발견되어 주인에게 되돌려졌을 때, 달아난 여인이 붙잡혀 결혼을 하게 됐을 때―이고, 나머지 하나는 '논리적 소진logical exhaustion'으로서, 우리가 무한한 반복의 단계에 도달하고 말았다는 인식이다. 사건들은 계속 이어질 수도 있을 것이다. 아마 지금부터 주님의 나라가 임하시는 그날까지 말이다. 하지만 그것들은 모두 동일한 것에 대한 표현―가령 캐릭터가 공허한 의례를 반복하거나, 환경의 압박에 계속해서 잘못 대응하는 것―일 것이다. 물론 해결 쪽이 고전적이며 보통 더 만족감을 주는 결말이다. 논리적 소진은 우리를 지적으로 만족시켜주지만 보통 감정적인 만족감은 주지 않는다. 무언가가 분명히 이루어지거나 좌절되는 것을 보는 편이 왜 그것이 절대 이루어질 수도 좌절될 수도 없는지를 알게 되는 것보다 훨씬 즐겁기 때문이다. 성공과 실패는 모두 추구되는 대상에 중점을 둔다. 가치를 생각할 때와 비슷하다고 보면 되겠다. 논리적 소진은 보통 캐릭터가 행사하던 소위 자유의지가 환상에 불과했음을 드러낸다.

예술이 '즐거워야' 한다는 법칙 따위는 존재하지 않는다는 반론이 제기될지도 모르겠다. 기대감을 불러일으킨 다음 왜 그것이 충족될 수도 부정될 수도 없는지를 보여주는 이야기는, 비록 그 결론이 짜증을 유발하긴 하겠지만, 다른 어떤 이야기만큼이나 계몽적이며 매 순간 흥미로울 수도 있다. 전통주의자적 관점에서 봤을 때, 문제는 이것이다. 첫째, 캐릭터의 자유의지 행사가 환상에 불과했다는 것을 폭로하는 일은 작가의 정직성과 예술가적 책임에 대한 의혹—그것이 정당화되는 것이든 아니든 간에—을 불러일으킨다. 작가가 자신의 소설적 논의의 불가피한 결론에 우리만큼이나 놀라고 실망했을 수도 있다. 그럼에도 우리는 작가가 자신의 캐릭터와 사건 들에 애초부터 얼마나 진정으로 관심을 갖고 있었는지 궁금해하지 않을 수 없다. 이러한 결론은 그가 그것들에 관심을 가졌다기보다는 단지 그것들을 이용했을지도 모른다는 것을 의미한다. 설교자들이 논지를 납득시키기 위해 옛이야기와 별것 아닌 문제 들을 끌어들이는 것과 상당히 유사하게 말이다. 캐릭터와 사건 들에 대한 우려—그것이 옳은지 틀린지에 대한 의혹—를 불러일으킴으로써 그는 우리를 함정에 빠뜨리고, 우리를 동등하게 대하는 것이 아니라 때리고 고함쳐 가르쳐야만 하는 불쌍하고 멍청한 당나귀처럼 대한다. 둘째, 우리는 작가가 일종의 무신경함의 상태에 있는 것은 아닐지 의심한다. 앞서 지적했듯, 우리는 본성상 반드시 죽고 말 존재들이기에 우리가 아는 것과 잃을지도 모르는 것에 관심을 가지고, 우리가 관심을 가진 것을 위협하는 존재를 싫어하며, 우리의 안전, 그리고 우리가 사랑하는 사람들과 사랑하는 것들과 무관해 보이는 것에 무관심하다. 비록 우리가 소설을 읽는 것이 주로 삶을 살아가는 방법에 대한 규칙들을 발견해내거나 직접적으로 유용한 어떤 것이라도 발견해내고자 하기 때문은 전혀 아님에도 불구하고, 우리는 소설적 사건들을 만들어내려는 고투에 공감하는 마음으로 동참한다. 황당하게 끝나는 소설 한 편—얻는 것도 잃은 것도 없는, 다람쥐 쳇바퀴 같은 삶—을 읽는 것은, 시간 기록원의 시계에 맞춰 심장이 터져라 달린 후에 시간 기록원이 깜빡 잊고 시간을 재지 않았다는 사실을 알게 되는 것이나 마찬가지다. 이러한 소설이 보통 불러일으키는 감정이라고는 피로감과 절망뿐이다. 그리고 비록 그러한 감정들이 타당하며 우주의 본성에 따라 (마침내) 정당화될 수 있다고 하더라도, 그것들은 삶을 살아가는 데 있어서 우리가 다른 종류의 소설에서 익히는 감정보다 덜 유용하다. 심지어 아리스토텔레스도 소설이 *반드시* 카타르시스를 해소하는 것이어야 한다고는 주장하지 않을 것이다. 그는 오직 그런 소설이 가장 큰 만족을 준다고 말하고 있을 뿐이다. 하지만 여기에는 분명히 단순한 쾌감이나 불쾌감 이상이 개입되어 있다. 적어도 해결

소설의 기술

이 된 결말(만일 누가 물어봤더라면 아리스토텔레스는 이렇게 말했을 것이다)과 비교했을 때, 논리적 소진으로 인한 결말은 윤리적으로 혐오감을 불러일으킨다.

우리는 스토리가 당연히, 또한 미학적 필요에 의해 지속적 흐름을 가지며, 관습적인 종류의 지속적 흐름—비록 다른 종류의 흐름도 가능하겠지만—은 인과적으로 연결된 사건들의 시퀀스임을 이미 말했다. 이는 모든 관습적 내러티브가 가진 근원적인 관심사다. 지적으로, 그리고 감정적으로 빠져 있기 때문에—즉 재미를 느끼고 있기 때문에—독자는 어떤 잘못된 단계나 필연적인 단계의 누락도 없이, 연속적이고도 불가피해 보이는 단계들에 이끌려 불안정한 초기 상황으로부터 상대적으로 안정적인 결론으로 나아간다. 너무나도 당연해 보이는 사실을 논할 필요가 있다는 건 유감스러운 일이고, 난 더이상 이에 대해 긴말을 하진 않을 것이다. 독자에게 지겨우면 책을 덮어버리라거나, 작가에게 지겹지 않게 하기 위해 노력해야 한다고 가르치는 건 터무니없어 보인다. 그럼에도 불구하고, 몇몇 유행하는 작가들이 현재 따르는 소설 이론과 그것의 실천은 적어도 이 문제에 대한 우리의 몇몇 논의들을 유의미한 것으로 만든다.

모든 훌륭한 예술—인간이 만든 미학적으로 흥미롭고 지속적인 모든 작품들—의 기본적인 특징은 목적과 수단, 또는 형식과 기능의 조화에 있다. 적어도 형식의 문제만을 놓고 봤을 때, 내러티브의 필수 조건*sine qua non*은 시간이다. 우리는 소설 전체를 단 한 순간에 읽을 수 없다. 따라서 정합성을 갖추려면, 단지 우연히 스쳐 지나가는 것이 아니라 필연적으로 통일된 경험으로서 작용하려면 내러티브는 전개에 어떤 지속적 흐름을 보여주어야만 한다. 논픽션에서 논의의 논리적 진행에 해당하는 것이, 소설에서 사건의 시퀀스에 해당하는 것이라고 할 수 있다. 첫 페이지는, 비록 서술로만 이루어진 페이지라 할지라도 질문과 의혹, 그리고 기대를 불러일으킨다. 우리는 어떤 일이 어떻게 일어날지 궁금해하며 다음 페이지들로 계속해서 내달린다. 우리를 문단에서 문단으로, 장에서 장으로 이끄는 것이 바로 이 내던짐casting이다. 적어도 관습적인 소설에 있어서, 우리가 이야기가 어떻게 되든 말든 신경을 꺼버리는 순간 작가는 실패한 것이고, 우리는 책 읽기를 관둔다. 말할 것도 없겠지만, 소설이 짧으면 짧을수록 플롯이 지속적 흐름을 지녀야 할 필요성은 줄어든다. 서너 페이지의 이야기는 거의 어떤 움직임도 보여주지 않더라도 여전히 재미있을 수 있다. 물론 모든 소설이 같은 속도로 진행될 필요는 없다. 백 미터 달리기 선수는 마라톤 선수와 같은 방식으로 달리기를 시작하지 않는다. 만일 천 페이지짜리 장편소설의 도입부가 단편소설의 도입부에도 똑같이 적용될 수 있다면 그건 그 장편소설의 도입부가 잘못된 것일 가능성이 크다. (물론 이것이 확고한 규칙은 아니다. 긴 소설도 매우 급하게 시작한 다음, 점차적으로 장거리 여행에 어울리는 보폭으로 옮겨갈 수 있다. 하지만 도입부에서의 속도 조절은 곧장 그에 대한 독자의 기대로 이어진다.)

몇 페이지 이상의 어떤 내러티브든지 간에, 만일 플롯에서의 기대감을 유발한 다음 그것을 만족시켜주지 않는다면 필연적으로 실패하게 마련이다. 그렇다면 플롯 짜기—외과의사나 철학자, 또는 핵물리학자의 작업과 비교해봤을 때 아무리 유치하고 초보적으로 보일지라도—가 작가의 최우선적이고도 중요한 관심사가 되어야 한다. 그는 적어도 캐릭터가 어떤 사람이어야 하는지, 혹은 사건이 어디서 일어나야 하는지에 대한 생각 없이는 사건의 시퀀스를 생각해낼 수 없다. 그리고 실제로 그는 플롯의 요소들이 어떤 것을 함의하고 있는지 조금이라도 알지 못하고는 절대 플롯을 설계하지 못할 것이다. 플롯이 작가의 첫번째 관심사가 되어야 한다고 해서, 플롯이 반드시 작가에게 처음으로 떠오르는 것, 그의 계획을 처음으로 시작하게 하는 것이란 의미는 아니다. 아마도 작가가 처음으로 이야기에 대한 아이디어—헨리 제임스가 "싹germ"이라고 부른 것—를 떠올리게 되는 것은 사건이 아닌 흥미로운 캐릭터나 배경 또는 주제 때문일 것이다. 하지만 이야깃거리의 시초가 무엇이건 간에, 작가는 그 이야기를 효율적이고도 우아하게 표현해낼 플롯 없이는 이야기를 떠올리지 못한다. 비록 캐릭터가 위대한 소설의 정서적 핵심이긴 하지만, 그리고 단지 맹목적으로 존재할 뿐 어떤 의미도 가지지 못하는 사건은 지속적인 매력을 가질 수 없겠지만, 모든 좋은 작가의 계획의 중심이 되는 것—혹은 조만간 그렇게 되어야만 하는 것—은 바로 플롯이다.

작가는 다음의 세 가지 방법 중 하나로 플롯을 짠다. 첫째, 어떤 전통적 플롯을 차용하거나 실생활에서의 사건을 차용함으로써(그리스 비극 작가들, 셰익스피어, 도스토옙스키, 그리고 많은 고대와 현대의 작가들이 사용한 방법). 둘째, 이야기의 클라이맥스로부터 거슬러올라감으로써. 셋째, 최초의 상황에서부터 앞을 향해 더듬어나감으로써. 일반적으로 작가는 플롯을 한 번에 다 짜지 않고 그에 대해 오래도록 숙고한다. 마음속으로 여러 대안을 시험해보고, 메모를 하고, 책을 읽거나 빨래를 하는 동안에도 마음 한구석에는 아이디어를 품고 있으면서 플롯을 며칠, 몇 달, 혹은 몇 년 동안 고치고 또 고치는 것이다. 실제로 작가는 앞으로 나아가는 동시에 거꾸로 거슬러 올라가기도 하는 방식으로 작업하거나, 혹은 가능한 세 가지 방법을 모두 동시에 사용하는 방식으로 작업할 것이다. 삶에서 일어나는 일이라면 무엇이든—책을 읽다가 마주치는 흥미로운 사실(살무사는 어째서 어둠 속에서도 볼 수 있나), 대화의 일부분, 신문에서 읽은 무엇, 집주인과의 싸움—플롯의 구성을 위한 잠재적인 재료, 혹은 캐릭터나 배경, 주제—이것들 또한 플롯에 영향을 미치므로—를 위한 잠재적인 재료가 될 수 있다. 우리는 위에서 언급한 세 가지 방법 각각을 통해—그리고 예술을 생산할 가능성이 매우 적은 다른 방법들을 통해—작가가 어떻게 이야기를 구성해나가는지를 이후에 다루게 될 장('플롯 짜기')에서 자세히 검토할 것이다. 현재로서는 보다 일반적인 의견들과 단 한 종류의 플롯 짜기에 대한 추상적인 분석만으로도 충분할 것이다.

전통적인 이야기나 삶에서 가져온 어떤 사건으로 작품을 시작하는 작가는 이미 작품의 일부를 완성해놓은 것이나 다름없다. 그는 무슨 일이 일어났는지를 알고 있으며, 보통은 그 이유 또한 알고 있다. 그에게 남겨진 주된 작업은 자신이 그 이야기에서 어떤 부분을—만일 전부가 아니라면—이야기하고 싶어 하는지를 알아내는 것과 그것을 위한 가장 효율적인 방식이 무엇인지 알아내는 것, 그리고 왜 그 이야기가 그의 흥미를 끄는지 알아내는 것이다.

가령 그의 관심을 사로잡은 이야기가 트로이아의 헬레나 이야기라고 해보자. 이 신화는 거대하고 복잡하며 우리에게 여러 형식들로 전해 내려온다. 그중 어떤 것들은 (만일 상호 배타적이지 않다고 한다면) 모순되고, 어떤 버전들은 엄격하게 우화적—헬레나의 어머니인 레다가 백조로 변장한 제우스에게 강간을 당할 때, 혹은 자기들 중 한 명을 택하라고 유혹하는 세 여신 앞에 파리스가 섰을 때처럼—이며, 또다른 버전들은 현대의 리얼리즘적 스타일로 다루기에 적합하다. 이 작가는 이야기의 주요 사건들 중 거의 어떤 사건에라도 흥미가 동할 것이다. 트로이아는 부유한 국제도시였다. 고고학자들은 트로이아의 유적에서 비취를 발견했는데, 이는 특히나 트로이아의 상인들이 멀리 중국과도 교류했다는 사실을 입증한다. 반면에 헬레나가 트로이아인 연인인 파리스와 함께 남편으로부터 도망치며 떠나온 아카이오이족은 소나 염소를 치는 사람들, 침략자들—트로이아인의 관점에서 보자면 상스러운 야만인들—이었다. 자신의 민족이 모든 걸 포기하고 도처에서 친척들을 불러모으고선 그들의 별채와 거친 돌로 된 마을을 떠나 천 척의 함선과 함께 자신을 뒤쫓아왔을 때 헬레나가 얼마나 놀랐겠는가(파리스와 그의 아버지인 왕의 기분이 어떠했을지는 말할 것도 없이). 바로 그 순간, 즉 그 소식에 놀란 그녀의 모습은 훌륭한 이야깃거리가 될 것이다. 또한 아카이오이족이 유명한 속임수를 썼을 때, 그러니까 트로이아의 목마를 화해의 선물로 주고 그 안에 병사들이 잔뜩 들어 있는 줄 모르던 트로이아인들이 그것을 성벽 안으로 끌고 들어갔을 때, 헬레나는 밤중에 밖으로 빠져나가 병사들의 부인들 목소리를 흉내내어 병사들에게 속삭였다고 한다. 그들을 속여 그들로 하여금 뭔가를 누설하게 만들 수 있지 않을까 하는 마음에서 말이다. 하지만 그녀는 트로이아인들에게 자신의 의혹에 대해서는 한 마디도 꺼내지 않았다. 이 사건 역시 좋은 이야깃거리가 될 만한 기묘함을 지니고 있다.

　작가는 이 두 사건 모두를, 어쩌면 여기에 다른 사건들 또한 포함해서, 하나의 작품에서 다루겠다고 마음먹을 것이다. 하지만 각각의 사건이 하나의 내러티브적 클라이맥스$^{narrative\ climax}$를 이루고 있으므로, 그는 두 개 이상의 사건들을 각각 독립된 내러티브 구성단위$^{narrative\ unit}$, 혹은 에피소드^{episode}들로 만들어야겠다고 생각한다. 각 에피소드의 클라이맥스에 해당하는 사건을 위해 그는 전설을 차용하거나 이 극적인 사건을 (a)'의미 있고' (b)'설득력 있게' 만들기 위해 정확히 필요한 만큼의 이야기를 스스로 만들어낸다. 예를 들어, 만일 우리가 (a)자신의 친척들이 도착해서 헬레나가 놀랐다는 걸 완전히 이해하려면(만일 사건이 이런 일차적 정의에서 의의를 지니려면 더 큰 철학적 함의들은 신경쓰지 말아야 한다), 그리고 만일 우리가 (b)그녀의 친척들이 정말 그렇게 믿기 힘들 정도의 규모로 찾아왔다는 것에 설득되려면, 작가는 어떡해서든 우리에게 다음의 내용들을 분명히 보여줄 방법을 찾아야 한다. 즉 (1)아카이오이족은 얼마나 이상한 사람들이기에 이런 식의 반응을 보이는 것인지, (2)트로이아인, 특히 파리스는 어떤 사람이기에 그러한 실수를 저지르는 것인지, 그리고 (3)왜 헬레나는 자신의 친척들의 반응을 예측하지 못한 것인지. 만일 이야기가 생생하고 긴장감 넘치는 것이 되려면 작가는 자신의 논평이나 캐릭터들의 장황한 낭독연설set speech이 아니라 사건들이 벌어지는 장면들을 통해 이 모든 것을 우리에게 극적으로 보여줄 방법을 찾아야만 한다. 스토리를 효율적이고 우아하게—수학적 증명이 우아하다고 할 때의 바로 그러한 의미에서—하기 위해 작가는 꼭 필요한 만큼—더도 아니고 덜도 아닌—의 배경 지식에 해당하는 사건과 주요 캐릭터 들을 등장시켜야 하고, 이러한 소재들을 가능한 한 적은 수의 장면들—각각의 장면이 그러한 주변 환경에 리드미컬하게 어울리도록—로 나타냄으로써 속도pace가 일정하도록, 또는 (이 말이 적절하다면) 보통의 가속도로 진행될 수 있도록 해야 한다. 달리 말해, 만일 아카이오이족이 어떤 이들인지와 어째서 헬레나가 자신이 파리스와 도망친 데 대한 그들의 반응을 예측하지 못했는지를 한 장면으로—분명하고 강렬하게—보여줄 수 있다면 효율적이며 우아한 작가는 굳이 두세 개의 장면을 사용하지 않는다. 우리가 여기서 장면scene이라고 할 때, 그것은 한순간의 작은 사건으로부터 다른 순간의 작은 사건에 이르는 중단되지 않는 사건의 흐름 속에 포함된 모든 것—아침식사 자리 장면, 두 시간 후 바깥의 마차 옆에서의 장면, 사원에 있는 헬레나와 사제 간의 장면 등—을 의미한다. 한 장면 내의 사건은 그것이 하나의 배경에서 다른 배경으로 건너뛴다거나 큰 시간의 경과를 포함하지 않는다는 의미에서 '중단되지 않는unbroken' 것—비록 캐릭터들은 장면을 중단시키지 않는 한에서 (카메라가 그들을 따라가는 동안에) 한 장소에서 또다른 장소로 걷거나 차를 타고 이동할 수 있겠지만—이다. 한 장면 내의 사건이 플래시백flashback이나 배경 설명을 위한 작가의 간단한 개입을 포함하지 않는다는 의미에서 '중단되지 않는 것'일 필요는 *없다*. 달리 말해, 캐릭터의 마음이 현재의 상황에서 앞선 장면으로 이동해 간 다음, 바로 그 플래시백이 이어지는 동안 그 장면이 우리 앞에 선명히 펼쳐지더라도 그 장면은 중단되지 않은 것이다. 효율적이고 우아한 작가는 각각의 장면이 소란스럽고 복잡한 것들 없이 최대한 많은 것을 담을 수 있게 하며, 한 장면에서 다른 한 장면으로 최대한 매끄럽고 신속하게 이동한다.

장면의 리듬—템포나 속도—을 관찰하는 것 외에도, 작가는 장면을 구상할 때 강조emphasis와 작용function—그것들의 요소들과 관련하여—의 관계에 철저한 주의를 기울인다. 여기서 강조란 어느 특정한 디테일에 들이는 시간의 양을 의미하고, 작용이란 장면과 스토리 전체에서 그 디테일에 의해 수행된 작업을 의미한다. 어느 시점에서 헬레나가 커튼 뒤로 가서 잃어버린 브로치를 찾다가 우연히 어떤 대화를 엿듣게 되었다고 해보자. 헬레나가 커튼 뒤로 간 것은 상대적으로 미약하고 기계적인 작용을 지니므로, 좋은 작가는 (잃어버린 브로치를 미리 설정해둠으로써 그녀의 행동을 필연적이고 자연스러운 것으로 만든 후) 그녀를 최대한 빨리 커튼 뒤로 가게 만든다. 만일 그가 커튼의 외양이나 커튼 뒤로 가면서 그녀가 취하는 제스처를 너무 상세히 설명한다면 그 순간의 강조는 그것의 작용에 어울리지 않게 되며 내러티브상의 오점이 되고 말 것이다. 또는 헬레나가 사라진 것에 대한 작가의 소동이 우리로 하여금 실제보다 더 큰 결과를 기대하게 만들기에 귀찮은 오해를 불러일으키고 말 것이다.

작가가 사건의 시퀀스를 구상하면서 의식적으로든 직관적으로든 염두에 두고 있는 이 모든 고려 사항들은 클라이맥스(헬레나의 놀라는 모습)로 이어진다. 이야기를 성공적으로 구상해내기 위해서, 작가는 클라이맥스를 위해 논리적으로 필요한 것이 무엇인지 정확히 분석해내야 한다. 만일 그가 아카이오이족과 트로이아인 들이 어떤 사람들인지 알려주는 데 성공하더라도 어째서 헬레나가 자신의 친척들이 할 행동을 예측하지 못했는지 설명해야 한다는 걸 깨닫지 못한다면 클라이맥스는 필연성을 잃게 될 것이며 따라서 힘 또한 잃게 될 것이다. 또한 이야기의 구상이 먹혀들려면 클라이맥스를 정당하게 만드는 문제에 대한 작가의 해결책이 믿을 만하고도 적절한 것이어야 한다. 만일 헬레나가 브로치를 남편인 메넬라오스에게 던져버려서 잃어버리게 된 것이 부분적으로는 그가 술주정뱅이에다 게으른 얼간이이기 때문이고, 또 부분적으로는 자신이 본의 아니게 손님인 파리스와 그의 멋진 도시 스타일에 빠져버렸기 때문이라고 한다면 커튼 장면은 수월하게 설명될 것이다. 하지만 메넬라오스가 (비록 형인 아가멤논의 도움을 받았다고는 해도) 그렇게 거대하고 인정사정없는 부대를 조직해서 그녀를 쫓게 했다는 사실은 받아들여지기 힘들다. 따라서 플롯을 생각할 때, 작가는 캐릭터와 그에 따른 효과들까지도 생각해야만 한다.

동시에 그는 왜 그 이야기가 자신의 흥미를 끄는지도 함께 생각해야 한다. 그가 사용하는 것이 전통적인 플롯이든 실생활에서 가져온 사건이든, 아니면 자신이 만들어낸 무엇이든 간에, 어떤 작가도 자신의 이야기를 순전히 일시적인 기분 탓에 선택하거나 무작위적 요소들의 기계적인 조합으로 선택하지는 않는다. 좋은 작가에게 있을 법한 이야기를 만들어내는 것보다 쉬운 일이란 없다. 만일 그래야만 하는 상황에 처한다면 그는 이론상 타당한 이야기들—어떤 클라이맥스로 이어지는 사건들의 시퀀스, 혹은 더 긴 내러티브에서라면 여러 클라이맥스들을 보여주는 에피소드 형식의 시퀀스(헬레나가 느낀 놀라움과 무기력함은 자연스럽게 두번째 클라이맥스, 즉 트로이아의 목마 아래서의 그녀의 행동으로 이어질 것이다)—을 계속해서 뽑아낼 수가 있다. 하지만 그가 한 시간 내에 생각해낼 수 있는 플롯이 서른 개가 된다 할지라도 그의 관심을 꼭 붙들어 그로 하여금 실제로 이야기를 쓰게 만들 플롯은 겨우 하나뿐일 것이다. 다른 어떤 작가는 이게 정말 이상하다고 말할지도 모른다. 헬레나에 대해 말할 수 있는 그 많은 이야기들 중에 그토록 사소하고 심리적인 클라이맥스인 헬레나가 느끼는 놀라움을 택하다니! 작가가 그 클라이맥스적 사건에 흥미를 느낀다는 것은 그것이 자신 안의 무언가를, 탐구해볼 가치가 있다고 여겨지는 무언가를 건드렸다는 뜻이다. 우선 소설을 계획한 후 그것을 쓰는 전체 과정—캐릭터들과 배경의 디테일에 공을 들이고, 소설의 정서에 어울릴 법한 스타일을 찾아내고, 예상치 못했던 플롯상의 요구 조건들을 발견해내는 것—을 통해 작가는 처음에 시작한 이야기의 중요성을 발견하고 전달한다. 그는 자신의 첫번째 임무가 내가 앞에서 이야기의 *일차적primary* 의미라고 불렀던 것—여기서는 헬레나가 느끼는 놀라움—을 정당하게 만드는 것임을 안다. 놀라움은 우리에게 결정적인 느낌을 주는 감정으로서, 은연중의 발견이다. 하지만 모든 결정적인 느낌들이 그러하듯, 헬레나의 놀라움은 보다 큰 *이차적*secondary 의미, 즉 단지 한 인간의 감정이 아닌 보편적 인간의 감정, 가치에 대한 긍정과 인정을 나타낸다. 우리가 예술 작품의 '의미'에 대해 이야기하는 것은 보통 이처럼 더 큰 이차적 의미에서이다.

여기서 잠시 짚고 넘어갈 게 있는데, 이야기의 더 큰 '의미'는 내가 위에서 결정적인 감정이라고 부른 것에 대한 우리의 관념 또는 생각에서 올 수도 있고 그렇지 않을 수도 있다. 하지만 분명 그것은 늘 감정으로부터 온다(적어도 내가 생각할 수 있는 모든 경우에 그러하다). 고전적인 경우—지금 우리가 만드는 중인 헬레나의 이야기처럼—그것은 늘 아이러니한 결론과 함께한다. 즉 그것은 캐릭터가 우리가 알거나 얼마간 알아왔던 것을 알게 되는 순간 발생한다. 『리어왕』, 『에마 Emma』, 『미들마치Middlemarch』. 만일 작가가 자신의 일을 잘 해냈다면 *우리*는 우리의 헬레나 이야기에서 아카이오이족과 트로이아인이 어떤 이들인지를 알게 되고, 아카이오이족 공동체가 비록 처음에는 상스럽고 야만적으로 보이지만 친족 간의 군건한 책임의식, 심지어 초대된 손님들—메넬라오스의 집으로 가 처음으로 헬레나를 만났을 때의 파리스—에게까지 기꺼이 확장될 수 있는 정의와 예절 의식을 갖추고 있다는 것을 알게 된다. 그리고 트로이아인들의 공동체가 문화와 교양 면에서 훨씬 우수하고 민족 중심주의를 뛰어넘는 국제적인 발전 면에서도 뛰어남에도 불구하고, 도덕적으로 해이해졌으며 어쩌면 다른 이들에게도 비슷한 도덕적 해이를 예상하게 되었다는 것—그래서 파리스는 아카이오이족의 반응을 예상하지 못한다—을 알게 된다. 하지만 *우리가* 이것을 다 알고 있음에도 불구하고, 무언가에 의해 주의가 흐트러진—우리가 반드시 다시 살펴봐야 할 부분이다—헬레나는 아카이오이족의 군함들이 나타났다는 소식을 듣기 전까지는 이를 알지 못한다. 다른 종류의 이야기들에서는 이차적 의미 혹은 더 큰 의미가 다른 방식으로 드러날 수도 있다. 가령 우리가 가치들(이차적 의미)에 대해 긍정하게끔 만드는 것은 캐릭터의 마지막 감정이 아닌, 스토리의 전체 진행whole movement에 대한 우리의 느낌을 통해서일 수도 있다. 자연주의자naturalist적 스타일의 소설—드라이저*의 소설 같은 경우—에서 캐릭터는 무언가를 위해 격렬히 싸우지만 결국에는 압도적인 힘에 패해버려 슬픔과 절망에 빠지게 된다. 자신에게 무슨 일이 일어난 것인지도 다 알지 못한 채 말이다. 여기서 우리가 이끌어내는 보편적인 가치는 절망이 아닌 투쟁이다. 하지만 그것이 어떤 식으로 얻어지건 간에, 모든 위대한 소설의 일차적 감정(책을 읽으며 우리가 느끼는 감정, 또는 캐릭터의 감정, 또는 이 둘의 어떤 조합)은 머잖아 개별적인 의미를 여의고 인간의 삶에서 보편적으로 좋은 것—인간 개인과 사회의 행복을 증진하는 것—의 표현, 즉 가치에 대한 진술로 전환된다. 좋은 소설에서 이 보편적 진술은 너무 미묘하거나, 너무 제한적이거나, 스토리라는 방식을 제외한 어떤 방식을 통해 표현되거나 할 가능성이 크다. 즉 그것을

• 미국의 소설가인 시어도어 드라이저(Theodore Dreiser, 1871~1945)는 미국의 자연주의적 사실주의의 정점을 이루는 작가로 간주된다. 대표적으로 『아메리카의 비극』 등이 있다.

어떤 행동 법칙이나 일반 이론으로 변형하는 건 불가능할 것이다. 우리는 가치를 *이해하고*, 그것도 매우 정확히 이해하지만, 가장 날카로운 문학 평론가조차도 그것을 말로써 공식화하거나 나아가 우리에게 스토리의 '메시지'를 들려주는 데는 애를 먹을 것이다. 소설의 '철학'이 '구체적인 철학'이라는 것은 바로 이런 의미에서다. 소설의 의미(내가 이차적 의미라고 부른 것)는 소설의 기반이 되는 요소들만큼이나 근본적인 것, 혹은 실제에 기반해 있는 것이다. 그래서 아리스토텔레스는 우리에게 극적인 사건이 (마치 삶과도 같이) 형이상학을 수반할 수 있으며, 마치 철학자가 실제로부터 형이상학적 이론을 이끌어낼 수 있듯이 문학 비평가나 섬세한 독자는 소설의 사건들로부터 형이상학적 함의들을 이끌어낼 수 있다고 말한다. 하지만 소설의 의미가 저절로 형이상학적인 것이 될 수 있다고 말하는 것은, 들판의 소가 플라톤적인 이데아로 발전할 수 있다고 주장하는 것이나 마찬가지다.

아마도 여기서는 유추analogy가 도움이 될 것 같다. 정통 그리스도교에서 신도는 모든 공식적 규약들, 심지어 상황에 따라 바뀌는 윤리 규약조차도 '그리스도의 형상'으로 대체된다는 말을 듣는다. 어느 권위 있는 해석에 따르면, "나는 길이다"라는 그리스도의 말은 만일 신도가 그리스도의 인격이 신적인 힘과도 같이 '안으로 들어오는 것'을 허용함으로써 자신의 마음과 영혼을 그리스도께 바친다면 더이상 행위자가 아니게 된 그는 그후 어떤 상황에서든 올바르게 행동할 수 있게 된다는 것을 의미한다. 행위자는 바로 그리스도, 즉 잘못된 일은 할 수 없는 신격神格이다. 신도의 행위는 옳고 그름에 대한 이론에서가 아니라, 호의적 비신도인 객관적 관찰자가 '받아들여진 비유$^{\text{ingested metaphor}}$'라고 부를 법한 것, 즉 그리스도의 삶과 인격으로부터 발현된다. 그리스도의 삶과 업적에 대한 오랜 헌신적인 연구는 신도에게 말로 표현하기에는 너무나도 미묘하고 복잡한, 그럼에도 불구하고 신뢰할 수 있는 행동 규범을 주었다.

마찬가지로, 최상의 소설 또한 신뢰할 수 있지만 말로는 표현할 수 없는 규범들을 제공한다. 우리는 (『안나 카레니나』에서) 안나보다는 레빈처럼 행동해야 한다는 것을, (제인 오스틴의 장편소설에서) 처음 만나는 에마보다는 변화된 에마처럼 행동해야 한다는 것을 말없이 배우면서 선善의 비유를 받아들인다. 이런 미묘한, 대개 말로 표현할 수 없는 지식은 위대한 소설이 찾아내고자 하는 '진리'다.

우리는 현재 작업중인 소설에서 아카이오이족이 도착한 것에 대해 헬레나가 느끼는 놀라움이, 그로 인해 독자가, 어쩌면 헬레나 또한 어떤 가치를 긍정하고 인정하게 되는 은연중의 발견이어야 한다고 말했다. 우리가 아직 충분히 대답하지 못한 질문은 이것이다. 작가가 플롯을 짜는 행위는 어떻게 그를 헬레나의 발견으로 인도하며, 어떻게 작가 자신이 의미하는 바를 작가 스스로 발견하게 하는가? 자신의 클라이맥스(헬레나가 느낀 놀라움과 은연중의 깨달음)를 의미 있고 설득력 있는 것으로 만들기 위해 어떤 극적인 장면을 보여줘야 하는지를 분석한 후, 작가는 소설의 요소들—각 요소 모두 의미의 책임을 지고 있는—을 도입한다. 여느 훌륭한 거짓말쟁이들과 마찬가지로, 작가는 실제로는 일어나지 않았지만 일어났을 수도 있었을 일들에 대해 자신이 생각할 수 있는 한 가장 설득력 있는 해결책을 만들어낸다. 그는 아카이오이족이 왜 그렇게 행동했을지에 대한 다양한 가설들을 생각해본다. 이를테면 그들 모두가 트로이아의 보물에 눈이 멀었으며 그것을 얻기 위해서라면 어떠한 변명거리라도 기꺼이 이용했을 가능성, 혹은 메넬라오스의 압도적인 카리스마에 고무되어 행동했을 가능성, 혹은 헬레나의 아름다움에 자극을 받아 행동했을 (터무니없지만 전통적인) 가능성 등을 말이다. 하나씩만 따로 두고 본다면 이들 가능한 이론 중 그 어떤 것도 믿을 만한 것으로 받아들여지지 않을 것이다. 이것들이 말하는 현실(이것들이 '의미'하는 것)은 우리에게 참된 것으로 여겨지지 않기 때문이다. 그토록 많은 아카이오이족(또는 다른 어떤 무리의 일원들)이 욕망 때문에 그렇게도 강한 동기부여를 받을 수 있다는 사실—비록 몇몇은 그런 이유로 합류했을 수도 있겠지만—은 인간에 대한 우리의 경험에 비춰봤을 때 믿기 어려운 것이다. 또한 각자 할 일과 문제 들을 안고 있을 그렇게나 많은 왕들을 움직일 수 있을 정도로 매우 강력한 카리스마가 있다는 사실은 믿기 힘들다. 그리고 헬레나의 아름다움에 관해서라면 우리는 어떤 젊은 여자의 미모도 다른 젊은 여자들 모두—누군가는 분명 "미클로스, 가지 마! 애들을 생각해!"라고 말할—의 미모를 뛰어넘을 정도에 이를 수는 없을 거라고 느끼지 않을 수 없다. 반면에 아카이오이족의 체면에 관한 불문율은—특히 (수난을 겪을 때 아가멤논이 품게 된다고 말해지는) 욕망, 메넬라오스의 카리스마, 헬레나의 아름다움 등과 같은 더 미약한 동기들과 합쳐졌을 때—설득력 있는 원인이 된다. 동일한 과정을 통해, 작가는 트로이아인들이 왜 그렇게 행동하며 헬레나는 왜 예측했어야만 했던 일을 예측하지 못했는지를 발견해낸다.

이 스토리에서는 헬레나가 중심 캐릭터이기 때문에, 거짓말을 설득력 있게 만드는 데 그녀의 성격과 동기가 특별히 중요한 역할을 하게 될 것이다. 우선 쉽게 떠올릴 수 있을 하나의 선택지는 그녀를 무고한 피해자로 만드는 것이다. 보호 속에서 애지중지 키워졌고 여자들 틈에서 길러졌으며 소녀일 때 위대한 메넬라오스의 신부가 되었기 때문에, 그녀는 자신의 친척들이 얼마나 열심히 일하고 싸우며 얼마나 서로에게 광적으로 충성하는지, 그들이 얼마나 엄격한 규율을 가지고 있는지를 전혀 알지 못한다. 비록 이러한 특성들은 작가에게 꽤 도움이 되는 것들일 테지만, 그녀를 피해자로 만드는 결정은 끔찍한 결과를 낳고 말 것이다. 만일 주요 캐릭터가 자신만의 목표를 위해 투쟁하는 행위자가 아니라 다른 이들의 의지에 지배당하는 피해자라면 어떤 소설도 진정한 재미를 불러일으킬 수 없을 것이다(주요 캐릭터가 단지 다른 이들 때문에 행동하게 되는 것이 아니라 반드시 스스로 행동해야만 한다는 걸 깨닫지 못하는 건 소설 초보자들 모두가 저지르는 가장 흔한 실수다). 우리는 일이 어떻게 풀려갈지 관심을 기울이는데, 그건 바로 캐릭터 자신이 그러고 있기 때문이다(우리의 흥미는 감정이입으로부터 생겨난다). 그리고 비록 우리가 캐릭터가 아는 것보다 더 많은 걸 알고 캐릭터는 알지 못하는 위험을 예측하긴 하지만, 우리는 캐릭터의 욕망을 이해하고 어느 정도까지는 그에 공감하면서 캐릭터가 찬동하는 것(캐릭터가 가치 있게 여기는 것)에 대해 똑같이 찬동한다. 그 캐릭터의 이상이 비현실적이거나 불충분한 것으로 느껴질지라도 말이다. 따라서 우리는 에이해브 선장이 미쳤다는 걸 한눈에 알 수 있음에도 진실을 알고자 하는 그의 무시무시한 열망을 긍정하게 되고, 우리가 그만큼이나—마치 피쿼드호의 선원들처럼—그의 광적인 탐험에 사로잡혀 있음을 알게 된다. 그리고 우리는 라스콜리니코프의 이론이 틀렸다는 걸 확신하면서도 세상일의 부당함에 대한 그의 분노에 공감하고, 그가 냉소적이고 잔인한 전당포 주인을 살인할 때 그 사건의 방조자가 된다. 반면에 만일 우리가 사드 후작Marquis de Sade의 방탕한 주인공들에게 싫증을 느낀다면 그건 우리가 그들의 가치나 목표가 혐오스럽다고 느끼거나 그들의 세계관이 우리의 흥미를 끌기에는 너무 멍청하다고(위협적이라고?) 느끼기 때문이다.

그렇다면 헬레나는 우리가 그릇된 것이 아니라고 믿는 어떤 목표를 적극적으로 추구함으로써 자신의 문제를 스스로 해결해야만 한다. 그 목표가 고귀하면 고귀할수록 이야기는 더욱 흥미로워진다. 우리가 여기서 그 가능성들—제우스의 자식으로서 그녀가 가지는 더 지적이고 교양 있는 교제에 대한 바람, 그리스인들의 민족중심주의에 대한 그녀의 혐오, 더 큰 위엄과 자립에 대한 그녀의 욕망 등등—에 대해 일일이 다 설명할 필요는 없다. 작가가 헬레나의 동기를 무엇으로 선택하든 그는 그녀의 동기가 지닌 함의들, 그 동기가 트로이아인과 아카이오이족의 상이한 공동체적 가치와 지니는 관계, 그리고 그 동기의 기원들을 생각해내야만 한다. 아마도 우리는 그녀의 동기가 지닌 함의들이 무엇인지—이를테면 어쩌다 자립에 대한 그녀의 욕망이 상충되는 공동체적 가치들의 십자포화에 휩싸여버렸는지—를 오직 깨달음의 순간, 즉 클라이맥스에 가서만 완전히 알게 될 것이다. 하지만 그 순간에 이르게 되기 훨씬 이전에, 작가는 우리에게 그녀의 강력한 동기가 무엇인지를 단순히 들려주는 것이 아니라 확실히 보여주어야만 한다. 보여주기 위해서는 사건을 통해 보여주어야 하는데, 그 증거가 반드시 플롯에 나타나야만 한다. 우리는 반드시 헬레나의 이상과 트로이아인, 아카이오이족 들의 실용적인 믿음 사이의 관계를 목격해야만 하고 이 또한 플롯에 등장해야만 한다. 헬레나의 어떤 행동은 메넬라오스로부터 하나의 반응을 이끌어낼 것이며, 이야기 초반에 파리스로부터 또다른 반응을 이끌어낼 것이다. 또한 헬레나라는 캐릭터가 지닌 성격의 어떤 부분이, 혹은 초반의 그 사건이 지닌 성격의 어떤 부분이 우리로 하여금 어째서 헬레나가 메넬라오스와 아카이오이족을 과소평가하고 파리스와 트로이아인들과 함께 있으면 더 안전할 것이라는 과대평가를 내리게 되는지에 대한 단서를 제공해줘야 할 것이다. 마지막으로, 만일 헬레나의 동기가 완전히 설득력을 지니려면 우리는 그것의 기원들을 보아야만 한다. 그리고 그 또한 플롯에 등장해야 한다. 예를 들어, 그녀는 한때는 여왕이었으나 이제는 노예가 된, 자신이 어린 시절에 사랑했던 유모와 관련된 사건—헬레나의 반항적이고 자립적인 성격이 형성되는 데 기여한 사건—을 떠올릴지도 모른다. 작가는 이 모든 사건들, 이야기의 모든 중요한 요소들의 설득력 있는 증거들을 매끄럽게 진행시키며 필연적 플롯으로 잘 엮어내야만 한다.

이 일들을 다 해냈다고 해서 작가의 문젯거리가 완전히 해결된 것은 아니다. 작가가 이야기의 더 큰 요소들을 뒷받침하기 위해 생각해내는 모든 증거들은 그것들 나름의 함의를 지니며 이야기에 은근한 압력을 행사한다. 작가가 헬레나의 성격을 뒷받침하기 위해 만들어낸 늙은 노예가 자신에게 요구되는 일—헬레나에게 동기를 부여하는 것—을 해내려면 그녀는 생생하고 흥미로운 캐릭터여야만 한다. 그렇지 않으면 우리는 왜 그녀의 영향력이 그 정도로 컸는지를 이해할 수 없게 된다. 하지만 일단 생생하고 흥미로운 캐릭터가 등장하고 나면 그 캐릭터는 이후로 그냥 사라지거나 잊힐 수 없게 된다. 그 캐릭터가 죽고 나면—가령 교수형에 처해졌다고 해보자—우리는 그 캐릭터를 그리워한다. 혹은 달리 말해, 우리는 적어도 헬레나가 그 캐릭터를 기억 속에 떠올릴 것을 기대한다. 이따금씩 늙은 노예의 이름을 언급해주는 것만으로는 충분하지 않다는 걸 작가는 깨닫게 될 것이다. 비록 스토리 내에서의 역할은 끝이 났지만 그녀는 적어도 잠깐만이라도 돌아와야만 한다. 그렇다면 이런 질문이 생긴다. 그녀는 돌아와서 무슨 일을 해야만 하는가? 그냥 거기 가만히 서 있을 수는 없는 노릇이다. 그녀를 다시 데려와 어떤 단순한 행동이라도 하게 해야 할 이야기의 필요성으로 인해, 작가는 그 캐릭터가 가진 더 큰 의미를 생각해내게 된다(이 경우, 노예의 반항적인 독립성이 헬레나의 그것과는 어떻게 다른지 질문해본다면 도움이 될 것이다). 소설의 절차가 작가로 하여금 자신이 생각했던 것 이상의 말을 하게 만드는 것, 즉 발견을 하게 만드는 것은 부분적으로 이런 방식을 통해서다.

어느 지점에 이르면 작가는 구상을 멈추고 쓰기 시작한다. 자신의 계획인 뼈대에 살점을 붙여나가기 시작하는 것이다. 이 과정에서도 그는 부분적으로는 소설의 절차를 통제하는 입장에 있으면서 부분적으로는 그것의 통제를 받는 입장에 있다. 그는 글을 써나가면서 계속해서 새로운 발견들과 마주할 수밖에 없다는 사실을 깨닫게 될 것이다. 그는 한 번 펜을 놀릴 때마다 매우 설득력 있는 캐릭터와 배경 들을 창조해내야만 한다. 그는 자기 스스로를 위해 자신의 전반적인 주제 또는 목적이 무엇인지를 계속해서 더욱 확실히 밝혀내야만 한다. 그리고 그는 자신의 장르와 스타일을 선택하고 그것들을 미학적으로 정당화해야만 한다.

캐릭터는 부분적으로는 사건들을 포함한 사실들의 조합 assembly을 통해, 부분적으로는 상징적 연상association을 통해 만들어진다. 전자는 따로 설명이 필요 없다. 가령 메넬라오스는 헬레나보다 다소 나이가 많고, 유명한 전사이고, 수사학에는 별 재주가 없으며, 근엄하지만 쉽게 눈물을 흘리는 왕이라는 말들은 그야말로 사실이다. 작가는 그것들을 전설로부터 구성해 내거나 자신이 필요로 하는 만큼 차용하고 적당한 성향과 제스처를 통해 뒷받침한 다음, 메넬라오스와 상대하는 다른 캐릭터들의 행동을 통해 메넬라오스가 누구이며 어떻게 보이는지를 보여준다. 하지만 캐릭터에 대한 우리의 매우 깊은 이해는 종종 상징적 연상으로부터 발생한다. 우리는 '스모크 Smoke' 혹은 때로 '에센스Essences'라고도 불리는 게임에서 사람들을 식별하게 되는 것과 마찬가지로 소설의 캐릭터들에 대해 알게 된다.

소설의 기술

이 게임에서 해당 플레이어는 간디, 샤를 드골, 프랭크 시나트라와 같이 살아 있거나 죽은 저명인사를 떠올린 후, 다른 플레이어들에게 "나는 죽은 아시아인이야", "나는 죽은 유럽인이야", "나는 살아 있는 미국인이야", 등의 말을 한다. 플레이어들은 순서대로 "당신은 무슨 담배지?", "당신은 어떤 날씨지?", "당신은 무슨 동물이지?", "당신은 인체의 어느 부분이지?" 등의 질문들을 던지며 해당 저명인사의 이름을 추측해본다. 해당 플레이어는 그 저명인사가 즐겼을 법한 담배나 그가 좋아했을 법한 날씨를 구체적으로 대답하는 것이 아니라, 만일 그가 인간이 아닌 다른 존재로 태어났더라면 *취했을* 모습, 이를테면 구체적인 담배의 종류―담배, 시가, 파이프, 또는 더 구체적으로 버지니아 슬림, 화이트 아울, 프린스 알버트 파이프 담배―를 대답한다. 질문을 해나가면서 플레이어들은 자신들이 찾고 있는 인물이 누구인지 대략 감을 잡게 되고, 마침내 누군가가 주어진 정보에 기반해 그 사람이 누군지 알아맞혔을 때, 그 결과는 절정의 안도감을 불러올 것이다. 분명 이것은 지성으로 플레이할 수 있는 게임이 아니다. 이 게임은 비유적 직감에 의존한다. 하지만 좋은 플레이어들과 플레이하는 사람이라면 누구나 자신이 알아맞히려는 저명인사를 설명하는 비유가, 적어도 그것이 누적되었을 때는 놀랄 만큼 정확하다는 걸 알게 될 것이다.

소설에서의 상징적 연상을 통한 캐릭터 만들기는 게임에서의 그 어떤 경우보다도 정확할 수 있는데, 이는 부분적으로는 (최종 원고에서) 비유들이 세심하게 검토되기 때문이고, 부분적으로는 우리가 계속해서 좋은 플레이어와 상대하고 있기 때문이다. 파리스가 말쑥하지만 약간은 멍청한 여우 같다고 말할 때처럼, 작가는 직접적인 비유를 사용할 수도 있고 좀더 미묘한 방식들로 상징적 연상을 만들어나갈 수도 있다. 작가는 캐릭터의 본성을 비유적으로 나타내는 날씨 속에 그 캐릭터를 놓아둠으로써 우리가 메넬라오스의 우울함과 그의 배후의 우울한 날씨를 부지불식간에 연관 지어 생각하도록 만들 수 있다. 혹은 작가는 미묘한 방식을 통해 우리가 헬레나의 성격을 그녀가 사용하는 우아하게 세공된 나이프와 동일시하도록 만들 수 있다.

캐릭터들의 살을 붙여나가는 과정에서, 보통 작가가 자신이 도입하는 모든 이미지가 지닌 모든 함의를 그것들이 도입되는 순간에 생각해내는 것은 아니다. 그는 직관적으로, 느끼는대로 쓴다. 장면을 생생하게 상상하고 그것의 가장 중요한 디테일들을 적어내려가면서, 가상의 꿈을 계속 살아 있게 하고, 때로는 생각조차 사라진 열띤 '영감'의 상태 속에서 써내려 가면서, 자신의 무의식에 의지하고 자신의 직감을 믿으면서, 나중에 냉정하고 객관적인 상태에서 다시 봤을 때 그 장면이 제대로 작동하길 기대하면서 말이다. 그리하여 그는 계속해서 사건과 각각의 인물 들을 작업하며 이야기를 진행해나간다. 또한 하루의 작업을 위해 자리에 앉을 때마다 자신이 작업한 것을 거듭 읽으며 약간의 수정을 가하고, 어제 멈췄던 곳에서 다시 쓰기 시작한다. 작가들이 서로 다른 작업방식을 갖고 있긴 하지만, 이 단계에서 작가가 가진 주요 관심은 완전히 설득력 있고 효율적이며 우아한 사건에 도달하는 것일 가능성이 크다. 약간의 예외를 제외하면 그가 끌어들이는 디테일들은 바로 이러한 목적을 위한 것들이지, 그 이상은 아니다.

하지만 어느 순간에 이르면, 그러니까 아마도 초고를 끝내게 되면 작가는 또다른 방식으로 작업하기 시작한다. 그는 자신이 쓴 것을 인내심을 가지고 계속해서 거듭 읽으며 그것에 대해 숙고하기 시작한다. 자유연상을 통해 때로는 피카소나 거대한 피라미드, 때로는 메넬라오스가 다리를 저는 것—그러는 게 옳다고 여겨졌기 때문에 그가 충동적으로 도입한 디테일—의 가능한 철학적 함의를 마음껏 떠올려보면서. 자신이 지난 몇 주간 기억해오던 문장들을 이런 이상한 방식으로 읽음으로써, 그는 자신의 무의식이 전해오는 이상한 경련들tics, 어쩌면 이미지의 흥미로운 우연적 반복들을 발견한다. 작가는 자신이 "헬레나가 메넬라오스에게 던졌던 브로치"라고 서술한 구절이, 훨씬 뒤에 트로이아의 동맹군들에게 도움을 요청하며 보내는 메시지의 증표로서 서술될 때도 동일하게 사용되고 있다는 걸 알게 된다. 왜 그렇지? 그는 의아해한다. 우리의 이해 여부와는 상관없이 꿈이 의미를 지니는 것과 마찬가지로, 작가는 자신의 글 속 우연들이 의미를 지닐 수도 있다고 생각한다. 그는 여러 가능성을 시험해본다. 이를테면 자립을 향한 헬레나의 바람이 어느 정도는 자기기만일 수도 있다는 가능성을. 그는 그 생각을 점점 더 마음에 들어한다. 그는 이야기를 거듭 통독하며 더 큰 확신을 느낀다. 그는 자잘한 수정들을 가한다. 헬레나라는 캐릭터가 깊이를 더하며 활짝 피어오른다. 이에 대한 응답으로, 메넬라오스는 약간 변한다. 파리스도 마찬가지다. 천천히, 공들여서, 베토벤을 그와 동등하지만 그보다는 덜 비범하고 완고한 천재들과 구별해주는 인내심으로,

위대한 작가는 크고 바위처럼 견고한 사상으로서의 소설을 만들어낸다.

작가가 캐릭터들을 발전시키면서 일어나는 일들은 분위기나 배경을 발전시킬 때도 일어난다. 아카이오이족 도시들의 두드러진 특징인 거석과 성벽 들—일리움(트로이아)의 꽃으로 뒤덮인 보도와 끝없이 높은 탑 들과 대조되는—은 수정을 거듭할 때마다 더욱 근엄하고 더욱 놀랄 정도로 견고해진다. 메넬라오스가 지팡이로 사용하는 홀^{笏}은 신적인 힘을 띤다.

자신의 소설의 계획이 마무리 단계에 이르렀을 무렵부터는 작가도 작품이 대충 어떤 것이 될 것이며, 그 주제가 어떤 것이 될 것인지를 매우 명확히 알고 있다. 여기서 *주제*^{theme}란 '메시지'—좋은 작가들이라면 누구라도 자신의 작품에 대해 사용되길 원치 않는 말—가 아닌 대략의 주제$^{general\ subject}$를 의미한다. 저녁 토론의 주제가 '세계적인 인플레이션'이라고 할 때의 주제가 의미하는 바와 마찬가지로 말이다. 우리의 헬레나 스토리의 주제가 공동체와 개인의 가치와 관련되어 있다는 건 일찍부터 분명한 사실이었다. (플롯과 캐릭터에서 다른 선택을 한 작가는 다른 주제를 떠올렸을 수도 있다. 이를테면 그는 '삶과 예술의 대결'—부인이자 연인으로서, 살림살이를 꾸리는 주부이자 베틀을 짤 때의 열광적인 예술가로서 아카이오이족과 트로이아인 사이에 끼게 된 헬레나—혹은 육신과 영혼에 대한 스토리를 썼을 수도 있다). 공동체와 개인의 가치를 주제로 선택한 작가는 자신의 생각들을 분명하게 구체화하고 다듬는다. 혹은 그는 자신의 주제와 관련해 함의를 지닐 수 있는 스토리 내 모든 요소들을 검토해보며, 그를 통해 스토리가 나타내는 현실에 자신의 신념을 대응해봄으로써 자신이 말해야만 하는 것이 무엇인지를 분명히 알게 된다. 가령 그는 메넬라오스의 홀에 대해 생각한다. 그는 그 홀이 메넬라오스의 아버지가 남긴 유산일 수도 있으며, 따라서 그것이 무엇보다도 전통과 지속성의 상징이 될 수도 있겠다고—만일 주제가 '삶과 예술의 대결'이었다면 생겨나지 않았을 디테일—생각한다. 그리고 일단 이런 생각이 들고 나면 그는 전통에 대한 아카이오이족과 트로이아인의 견해가 같은지 다른지 생각하게 되고, 만일 다르다면 파리스에게도 적당한 상징물을 부여해야 하는 건 아닌지 생각하게 된다. 만일 그렇다면 무엇을 부여해야 하는가? 그리고 이 상징물은 정확히 무엇을 함의하는가? 아버지로부터 아들로 전해진 전통에 대한 생각—스토리의 후반부에서 파리스의 아버지인 프리아모스왕이 현저하게 두드러짐으로써 더욱 강화되는 생각—은 그를 반신반인인 헬레나의 혈통에 대한 사색으로 이끌 것이다. 헬레나의 어머니가 실제로 제우스에게 강간당했다는 사실을 작가가 믿기 어려워할 것이라고 한다면 그러한 상징적인 이중의 유산은 무엇을 의미할 것인가? 그 비유는 어떻게 타당한 것이 될 수 있나?

마지막으로 작가는 자신의 이야기에 가장 적절하다고 여겨지는 장르와 스타일을 찾아야만 한다. 여기서도 선택은 여러 함의를 지닌다. 원래대로라면 헬레나의 이야기는 당연히 서사시—사멸한 형식—다. 만일 작가가 대범하게 그 형식을 재현하려 든다면 어떤 일이 일어날까? 호메로스가 보여주었듯, 서사시는 괴상한 종류의 진지한 설화체 문학이었다. 종종 시인은 불가능한 이야기를 하면서도 그 불가능성에 대해서는 전혀 개의치 않는다. 그러면서도 그는, 설화체 이야기꾼들이 그러하 듯 우리에게 윙크를 보내며 거짓말쟁이의 노련하고도 재치 있 는 거짓말을 즐겨보라고 권유하지는 않는다. 그는 이야기 작 가가 그러하듯 애써 자신의 이야기에 시공간상의 거리를 두려 하지도 않고 어조와 분위기를 통해 우리가 불신을 유예하도록 설득하려 들지도 않는다. 인간들을 다룰 때(아킬레스에게 죽 음을 경고하는 그의 말하는 말馬들), 시인의 목소리는 진지해 진다. 그레고르 잠자가 깨어나 자신이 갑충으로 변했다는 걸 알아버렸을 때처럼, 우리는 주어진 사건을 표현주의자적 관점 에서의 진실로 읽어내야 한다. 신들을 다룰 때, 시인의 목소리 는 현대적 사고방식을 지닌 우리에게는 더욱 곤란한 방식으 로 들릴 것이다. 호메로스와 그의 관객들에게 신들은 어쨌거 나 인간들에게 무자비하게 개입하거나 실력을 행사해 그들의 삶에 영향을 끼치는 외부적인 힘일 따름이다(호메로스의 어떤 신들은 제우스처럼 전통적인 이름을 가지며, 다른 신들은 '혼 란Confusion' 같은 이름을 가진다). 신들의 방식은 전혀 알 길이 없기에, 호메로스는 그들에게 인간과 유사한 행위를 부여하 고 때로는 희극을 통해 그들을 자신의 고안물artifice을 위한 구 실로 삼는데, 그러면서도 그는 할말은 다 한다. 신적인 지혜가 어떤 다른 힘에 그 자리를 내어줄 때, 그건 *마치* 헤라가 성적 인 유혹으로 제우스를 잠재워버린 것과도 같다. 사건 자체는 희극적이며 그 결과는 어느 정도 비극적이다. 게다가 더욱 혼 란스러운 점은 이 동일한 신적 고안물들이 느끼는 슬픔은 우 리가 존중할 만한 것이지, 광대들의 우스꽝스러운 울부짖음은 전혀 아니라는 것이다. 비록 곱씹어보면 이러한 호메로스의 방법을 이해할 수 있고 고대인의 정신세계를 재구성할 수 있을 테지만, 내 생각에 우리는 그저 그렇게 생각해버려서는 안 된다고 말해야만 한다. 서사시를 재현하기 위해 현대의 작가는 반드시 아이러니, 그리고 종래의 서사시 스타일과는 다른 공정하고도 자의식적인 객관성에 헌신해야만 한다. 그는 서사시가 아니라 주로 예술적 정신에 대한 연구 혹은 예술에 대한 예술적인 코멘트 정도가 되고 말 성실한 패러디만을 쓸 수 있을 뿐이다. 아마도 이 장르의 패러디적 재현은 헬레나의 이야기를 '삶과 예술의 대결'에 대한 소설적 탐구로 다루기로 결정한 작가에게는 소용이 있을지도 모르겠다. 하지만 만일 작가의 주제가 개인과 공동체의 가치라면 서사시의 형식을 재현하는 것은 아무 보람도 없어 보인다.

만일 그가 스토리를 이야기tale로 풀어내고자 한다면 어떤 일이 일어나는가? 이야기라는 형식이 본래 지닌 위엄과 엄숙함은 분명 이러한 스토리의 내용에 적합할 것이며, 이 소재들은 한눈에 봐도 이야기의 기본 규칙들에 쉽게 적용할 수 있을 것으로 보인다. 이야기의 배경은 관습적으로 시간적으로나 공간적으로 혹은 시공간적으로 멀리 떨어진 곳이며, 한편으로는 모호함과 보편성이 합쳐진 채로, 또 한편으로는 꼼꼼할 정도로 정확한 디테일과 더불어 제시된다. 정확한 디테일을 제공하고자 하는 작가의 관심은 신빙성credence을 높인다. 모호성과 보편성이 더해진 동떨어짐remoteness은 독자들로 하여금 배경의 현실성 혹은 비현실성을 떠올리지 못하게 하는 경향이 있다. 이야기의 풍경—외로운 황야, 햇살이 내리쬐는 목초지, 황폐한 산, 어두운 숲, 적막한 해안—은 독자의 놀라움을 불러일으킬 법한 종류의 것이며, 자연적인 동시에 인위적인 특징들을 지닌 배경은 종종 세월의 오랜 때를 탄 것으로서 전통과 가치로 가득한 과거를 암시하는데, 이는 캐릭터들의 의지에도 영향을 미친다.

이야기의 캐릭터들은 설득력을 지니게끔 만들어지지만 그렇다고 해서 진짜 사람과 유사해야 한다는 뜻은 아니다. 그들은 분명 인간의 방식대로 행동하지만 초자연적인 존재일 수도 있다. 또한 그들은 모든 면에서 보통의 남자나 여자처럼 보일지라도 약간 과장된 경향을 보이며, 비범한 능력을 지니고 있을 수도 있다. 이야기 속 배경과 마찬가지로, 캐릭터들은 보통 모종의 동떨어진 느낌을 지닌다. 그들은 백작이거나 왕, 기사, 부유한 상인, 농부, 구두 수선공일 수 있다. 그들은 종종 완전히 악하거나 완전히 선하다(최상급―'가장 돈 많은 사람', '가장 아름다운 사람', '가장 늙은 사람', '가장 현명한 사람'―은 이야기에 흔히 등장한다). 비록 캐릭터들은 복잡할지라도 그들이 가진 복잡한 특징들의 디테일은 마치 시간이 흐르기라도 한 것처럼 종종 흐릿하다. 오직 중요한 측면들만이 화자의 기억 속에 남아 있으며, 아마도 고대의 구전 전통 때문일 텐데, 분명 화자는 종종 남에게서 들은 이야기를 알고 있다. 캐릭터들의 사건―이야기의 플롯―은 실제 현실의 인과율을 따를 수도 있고 그러지 않을 수도 있지만, 그러지 않을 때조차도 심리적 또는 시적 진실 덕분에 자연스러워 보인다. 달리 말해, 이야기 세계의 현실성이란 도덕적 영역에서의 현실성이다. 가능하든 가능하지 않든 간에 일어날 일은 일어난다.

이야기 장르는 여러모로 봤을 때 지금 우리가 만들고 있는 헬레나의 스토리에 적합해 보인다. 비록 이 장르가 기본적으로 지닌 고딕적 성격이 우리로 하여금 그리스의 신과 여신 들을 마녀처럼 취급하고 싶게 만들 수도 있긴 하지만, 전통적 헬레나 스토리의 초자연적 요소들은 이야기의 형식에 자연스럽게 맞아떨어진다. 스토리의 주요 캐릭터들이 지닌 전통적 효과, 즉 모두가 과장되어 있다는 점은 이 장르에 적합하다. 또한 이야기 장르가 오랜 시간과 전통을 강조한다는 사실은 작가가 미처 생각해내지 못했던 흥미로운 생각들과 전개를 자연스레 불러일으킬 것이다. 하지만 우리는 어떤 문제들은 결국 극복될 수 없음을 알게 된다. 이야기에서의 인과율은 심리적이며, 도덕적으로 표현주의자적 혹은 시적인 성격을 띤다. 헬레나를 깜짝 놀라게 하는 것은 아카이오이족—그녀 외부의 힘—이 아닌 그녀 자신만의 심리에서 발현된 필연적인 운명, 앙갚음을 위해 마침내 분출되고야 마는 억압된 진실이어야만 한다. 만일 헬레나가 '아카오이오족 중에서 가장 아름다운 여자'라는 허영심 때문에 자신의 민족을 떠났다면 헬레나 스토리의 이야기 버전에는 아마도 다음과 같은 것들이 요구될지도 모른다. 그녀는 천 척의 아카오이오 함선이 목격됐다는 말을 듣고는 두려움에 휩싸인 채 밖으로 뛰어나간다. 그리고 그녀는 그 함선들에 자신과 똑같이 생긴 무장한 여자들이 잔뜩 타고 있는 것을 본다. 이러한 가능성들은 어쩌면 흥미를 자아낼 수도 있을 것이며, 작가로 하여금 클라이맥스로부터 거꾸로 거슬러 올라가 이러한 또다른 결론이 지닌 논리적 필연성을 만들어내게 할 수도 있다. 하지만 여기서 우리는 헬레나의 스토리를 이야기로 서술할 때의 두번째 고비에 직면하게 된다.

비록 어느 정도는 작가 개인의 직감과 취향의 문제이겠으나, 새로운 결말은 우리가 아는 원래 그리스 이야기와의 큰 충돌을 피할 수 없어 보인다. 실은 이야기 장르의 전체 어조가 그리스와 트로이아에 대한 우리의 감정과 매우 날카롭게 충돌한다. 비록 둘 사이의 전쟁이 아주 오래전 먼 나라에서 벌어지긴 했지만 그것은 우리에게 시공간적으로 동떨어진 일로 느껴지지 않는다. 누군가는 상상력을 발휘하여 엘리자베스여왕과 헨리왕―어떤 헨리왕이든―이 큰 비중을 차지하지 않는 캐릭터로 등장하는 이야기를 쓸 수 있을 것이다. 나폴레옹과 조제핀에 대한 이야기를 쓸 수도 있고―칼비노가 『존재하지 않는 기사The Nonexistent Knight』(순수한 이야기가 아닌 일반적 하이브리드물)에서 그러하듯―샤를마뉴대제가 나오는 이야기를 쓸 수도 있다. 하지만 어쩐지 이야기의 분위기를 수용하기에 그리스 전통은 너무 많은 햇살과 선명한 이미지로 넘쳐나는 것 같아 보이고, 호메로스 시대와 직접 연결돼 있는 것만 같아 보인다. 가능한 유일한 해결책은, 아마도 무대와 모든 캐릭터들의 이름을 바꾸고 신비로운 함선들이 도착하는 장소를 고대 노르웨이의 해안으로 옮겨놓는 것밖에는 없을 것 같다.

스토리를 설화체 문학으로 설정하면 어떻게 될 것인지에 대해서는 자세한 설명이 필요 없을 것이다. 설화체 이야기꾼과 그가 그 이야기를 들려주는 은연중의 이유가 소개되어야 한다는 것, 그리도 진지한 스토리를 왜 그렇게 희극적으로 말할 수밖에 없는지에 대한 정당화가 마련되어야만 한다는 것을 우리는 단번에 알 수 있다. 이러한 각색이 불가능한 것은 아니다. 하지만 이 기획은 가망이 없어 보인다. 이야기꾼이 나이든 여자여서, 그녀가 스토리를 들려주는 목적이 은근히 페미니스트적이라고 해보자. 헬레나를 자신의 주인공, 매번 우스꽝스러운 방식으로 자신보다 '뛰어난' 남자들의 허를 찌르는 기민한 여자로 만듦으로써 그녀는 자유를 향해 도피한다. 이쯤에서—만일 더 이르지 않다면—이야기는 음울한 것이 되어 일반적인 하이브리드물(현실적인 스토리와 혼합된 설화체 문학)이 될 것이다. 어조상 이전 모든 내용과 모순을 일으키는 헬레나의 최후의 실패는, 아무리 미묘한 것이라 할지라도 결말에 분노 어린 혁명적 어조를 심어줄 것이다. 불행한 결말에 대한 독자의 분개는 다음과 같은 의미—혹은 이 경우에는 함축된 메시지—를 발생시킬 것이다. 즉 여자들이 아무리 투쟁한다고 해도, 아무리 똑똑하다고 해도, 그들은 계속 만연해서는 안 될 조건인 남성 우월주의에 늘 패배하고 만다는 것. 만일 이 모든 것이 너무 뻔한 방식으로 이루어진다면 스토리는 당연히 지루해지고 말 것이다. 하지만 충분히 민첩한 손길과 진정한 유머의 재능을 가진 작가라면 절묘함과 흥미로움으로 가득하며 모든 디테일이 페미니스트적 주제, 즉 남성과 여성의 상대적인 권력을 다루는 설화체 문학 하이브리드물을 써낼 수 있을 것이다.

마지막으로, 스토리는 다소 사실적으로 펼쳐질 수도 있다. 지드Gide가 자신의 중편소설「테세우스Theseus」에서 그리스 전설을 다룰 때처럼 말이다. 이 경우에 스토리의 초자연적 요소들은, 만약 완전히 억제되지 않는다면 조심스레 축소되고 말 것이며, 기정사실로 취급되어 이미 본성상 현실적인 스토리의 주요 사건을 위해 재빨리 뒤로 내쳐질 것이다. 우리가 작업해온 플롯은 본질적으로 사실적인 표현 방식에 적합한 것이므로 이에 대해서는 더이상 말할 필요가 없다.

소설의 사조thought를 바꿀 수 있을 마지막 주요 요소는 스타일이다. 진정한 설화체 문학과 이야기의 서술에서 스타일은 이미 주어진 것이다. 만일 스토리가 현실적인 장편소설로, 중편소설로, 혹은 단편소설로, 혹은 리얼리즘과 어떤 다른 장르의 혼성으로 서술된다면 작가의 스타일 선택은 매우 신중을 요하는 문제가 된다. 스타일의 선택에 따른 모든 다양한 가능성을 상세히 논할 필요는 없다(그렇게 하는 건 어차피 불가능할 것이다). 각각의 선택이 나름대로의 함의를 지닌다고 말하는 것만으로도 충분할 것이다. 작가는 자신이 어떤 시점을 사용할지, 화법의 수준을 어느 단계로 설정할지, 어떤 '목소리'를 사용할지, 심리적 거리psychic-distance의 범위를 어떻게 설정할지를 결정해야만 한다. 만일 헬레나의 일인칭 시점으로 스토리를 진행한다면 작가는 당장 헬레나 자신은 모르고 지나치는 정보들—아카이오이족과 트로이아인의 성격—을 입증해야만 하는 문제에 봉착하고 만다. 어떤 긴 소설에서든 일인칭 시점을 사용하는 것은 미개한 짓이라고, 헨리 제임스는 말했다. 제임스의 말이 좀 지나치게 느껴질 수도 있지만, 생각해볼 만한 가치가 있다. 일인칭 시점은 우리를 캐릭터의 마음속에 가두어놓고, 우리를 시종일관 한 종류의 화법에 묶어놓으며, 다양한 캐릭터들의 마음속으로 깊이 들어갈 가능성들을 배제하는 등의 일을 한다. 때로 '삼인칭 제한 시점third-person-limited point of view' 혹은 '삼인칭 주격third person subjective'으로 불리는 시점도 긴 소설에서는 동일한 문제점을 갖는다(이 시점은 '나'

가 '그녀' 또는 '헬레나'로 바뀌는 것을 제외하고는 본질적으로 일인칭 시점과 같다). 스토리가 이름 없는 화자(작가의 페르소나)에 의해 말해지는 전통적인 삼인칭 전지적 시점에서 화자는 주로 두세 명 정도의 캐릭터에게밖에는 집중할 수 없지만 어떤 캐릭터의 마음과 생각 속에라도 들어갈 수 있으므로, 작가는 매우 큰 사정거리와 자유를 갖게 된다. 작가는 자신이 원할 때 이 화자로 하여금 작가의 목소리로 말하면서 필요한 배경을 채워 넣거나 객관적인 의견을 내놓게 할 수도 있다. 하지만 장면이 강렬해서 작가의 존재가 방해가 된다면 작가는 삼인칭 제한 시점을 사용함으로써 잠시 우리의 의식에서 사라질 수 있다. 이것과 관련된 시점은 에세이스트로서의 화자essayist-narrator의 시점으로, 여기서의 화자는 그/그녀가 믿을 만하거나 믿을 만하지 않은 분명한 목소리와 분명한 의견을 지녔다는 사실을 제외하면 전통적인 전지적 화자와 매우 유사하다. 이 화자는 사실상 스토리 속의 캐릭터로서 이름을 가지거나 자신이 서술하는 사람과 사건 들과 먼 관계를 맺고 있을 수도 있고, 그저 특화particularized되었을 뿐 이름은 없는 목소리일 수도 있다. 시점의 선택은 스타일과 관련된 다른 모든 선택지들—통속적, 구어체적, 형식적 화법과 문장들의 길이와 특유의 속도 등—을 대부분 결정할 것이다. 작가가 염두에 두어야만 하는 것은 당연하게도 시점, 그리고 그로 인해 결정되는 모든 것들이 캐릭터, 사건, 아이디어에 대해 어느 정도까지 자기주장을 펼칠 것인가 하는 점이다. 통속적 화법으로 헬레나의 스토리를 말하는 것은 분명 최고조의 아이러니를 만들어낼 것이고, 이는 아마도 거의 수습이 불가능할 것이다. 구어체적 화법과 상대적으로 짧은 문장들은 격상된 캐릭터와 사건들을 인간적으로 만드는 즉각적인 효과를 발휘할 것이다. 고도로 형식적인 화법과 전통적인 전지적 화자에 수반되는 모든 것들은 이 스토리의 진지함에 당장은 적절한 것으로 보일는지 모른다. 하지만 그것은 적절한 장려함이 아닌 순전히 거만함만을 제공함으로써 역효과를 내기 십상이다. 그리고 다른 스타일적 요소들의 선택과 마찬가지로, 시점의 선택은 다른 것들보다 더 직접적으로 주제에 영향을 미칠 수 있다. 예를 들어, 스토리 속의 화자가 공동체 모두를 위한 어느 이름 없는 대변인인 '마을'의 시점—가장 유명한 예들 중 하나로는 포크너의 「에밀리에게 장미를A Rose for Emily」이 있다—은 즉각적으로 스토리의 지배적인 아이디어, 즉 공동체의 가치와 개인의 가치의 대립을 전면에 드리우는 효과를 낼 것이다.

지금까지 소설의 절차에 대해 살펴보았다. 관습적인 작가의 선택들, 즉 대상, 플롯, 캐릭터, 배경, 주제의 선택에서부터 스타일의 작은 디테일에 이르기까지의 선택들 모두가 작가가 하고 싶은 말이 무엇인지 발견하는 것을 어떻게 도와줄 수 있는지 알기에 충분할 만큼 말이다. 우리는 소설의 절차가 모든 단계에 직관적인 동시에 지성적인 것임을 보았다. 작가가 어떤 주제를 선택하는 것은 그것이 그의 관심을 끌기 때문—감정의 문제—이다. 하지만 처음에는 구상을 통해, 그런 다음 글쓰기를 통해 그 주제를 발전시켜나갈 때, 작가는 계속해서 비판적 추상 작용, 사색적 성찰 등의 지성적 능력과 직관—세상이 어떻게 돌아가는지에 대해 자신이 갖는 감感, 충동과 감정—둘 모두에 의존한다. 여기까지 왔으니 이제 우리는 관습적 소설에서의 미학적 재미와 진실에 대한 우리의 본래 질문에 대해 보다 나은 견해를 가질 수 있다.

중요한 사건에서 가장 사소한 표현 방식에 이르기까지, 잘 구성된 스토리에서 일어나는 모든 일들은 작가와 그의 작품을 읽는 세심한 독자 모두에게 미학적 재미의 문제다. 작가는 모든 요소를 세심히 선택했고 미학적 완벽함 같은 것에 다다르기 위해 수정에 수정을 거듭했으므로 우리가 맞닥뜨리는 모든 요소는 음미할 가치가 있다. 모든 캐릭터는 충분히 생생하고 각자의 기능에 맞게끔 흥미롭다. 모든 장면은 딱 충분할 정도로 길고 다채롭다. 모든 비유는 공을 들인 것이다. 어떠한 상징도 일련의 사건들로부터 조잡하게 튀지 않지만, 그럼에도 문자 그대로의 의미 때문에 은밀히 힘을 잃어 어떤 울림도 완전히 들리지 않게 되는 일은 없다. 비록 우리는 작품을 읽고 또 읽고 또 읽지만 그 바닥까지 닿는 일은 불가능해 보인다.

당연하게도 그러한 정교함—그처럼 기쁨을 보물 상자처럼 한가득 담은 스토리—을 얻기 위해서는 어느 정도의 대가가 따른다. 그처럼 아름다운 효과를 얻기 위해서는 만화책처럼 빠르거나 간단한 방식으로 효과를 내게 만들어서는 안 된다(정교함이 클수록 희생 또한 커진다). 이러한 이유로 위대한 소설을 사랑하는 독자는 만Mann의 「베니스에서의 죽음」에서처럼 느린 도입부, 『하워드 덕』밖에 읽지 않는 사람에게는 따분하게 보일 수도 있는 도입부도 기꺼이 감내하는 것이다. 그렇다고 해서 진지한 작가는 얼간이들을 쫓아내기 위해 반드시 지루하고 지적이어야 한다는 말은 분명 아니다. 만일 독자를 존중

한다면, 그리고 자신이 읽고 싶어하는 게 어떤 것일지 솔직히 생각해본다면 작가는 자신이 생각할 수 있는 가장 즉각적이고 강력하게 흥미를 끄는 캐릭터와 사건 들을 선택할 것이다. 그는 이른바 극작법dramaturgy에 힘을 쏟을 것이다. 우리가 알게 되었다시피, 어떤 두 작가도 자신들의 흥미를 끄는 캐릭터와 사건을 찾으면서 완전히 똑같은 것을 생각하진 않을 것이다. 어떤 작가들은 세상이 끝나는 스토리를 즐기고, 어떤 작가들은 멋진 티 파티 스토리를 선호한다. 하지만 만일 작가가 정말로 자신의 흥미를 끄는 것만을 쓴다면, 그리고 응당 그래야 하다시피 자신의 작품을 그저 사려 깊은 탐험으로만 생각하는 것이 아니라 오락거리로도 생각한다면 그는 적어도 한 무리의 진지하고도 헌신적인 독자들, 그리고 즉각적이고도 지속되는 재미를 얻지 못할 리 없다.

만일 작가의 작품이 완전히 성공적이라면 우리는 그게 뭘 의미하는지 크게 생각해보지도 않은 채 그 작품이 '진실하다'고 말하기 쉽다. 이제 우리는 그것이 아무리 경솔할지언정 우리의 판단은 분명 정확할 거라고 말할 수 있다. 우리는 심지어 화법의 단계의 선택과도 같이 상대적으로 사소한 결정조차도 스토리의 함의들을 놀라운 방식으로 변화시킬 수 있음을 보았다. 소설은 진실과 아무 관련이 없다고 주장하는 이들은 이 점을 중요시한다. 그들은 만일 우리가 어떤 주제에 관해서건 짧은 문장, 단모음, 경음을 사용하면 장모음, 비음鼻音 또는 유음流音을 사용했을 때와는 완전히 다른 효과를 얻는다는 점을 지적한다. 이것이 사실임을 부정할 사람은 아무도 없을 것이다. 하지만 좋은 작가는 매번 선택을 할 때 적절하게 여겨지기 때문에 그러한 선택을 한다는 걸 알아야만 한다. 소설의 요소가 적절한가 그렇지 않은가는 오로지 두 가지 기준 중 하나에 의해 결정된다. 즉 현실과 무관한 예술품으로서의 작품에 적절하거나, 우리가 그것을 현실에 대한 감각에 대항하여 시험해볼 때만 적절하다. 예술의 요소들이 그것들끼리만 어울린다는 것은 의심스러워 보인다. 알아볼 수 있는 이미지가 없는 그림의 색들은 그것들끼리만 어울린다고 말할 수 있을지도 모르겠다. 하지만 스스로를 시험하며 판단을 내리는 것은 바로 인간의 감정이다. 소설—그것이 어떤 소설이든—에 관해서 말하자면, 아주 짧은 것을 제외하고 나면 어떤 내러티브도 현실 세계와의 관련성에서 벗어날 수는 없다고 말하는 것이 타당할 것이다. 어느 정도의 길이를 넘어선 어떠한 내러티브도 사건들 사이의 인과관계 같은 지속적 흐름 없이는 (현실 세계의 논리나 희극에서의 조롱의 논리로도, 아니면 시적 논리로도) 흥미를 유지시킬 수 없기 때문이다. 작품과 현실에 대한 우리의 비교는 자동적이고 즉각적이다. 그렇다면 스타일이 주제에 적절하다고 말하는 것은, 어떤 면에서 그것이 우리로 하여금 주제를 진정으로 볼 수 있도록 도와준다고 믿는다고 하는 것이나 마찬가지다.

소설은 진실을 추구한다. 분명 그것은 시적인 진실, 도덕률로 쉽게 환언할 수 없는 보편성을 추구한다. 하지만 우리가 책을 읽으며 가지는 관심의 일부는 세상이 어떻게 돌아가는지를 배우는 데 있다. 즉 우리가 작가와 다른 모든 인간들과 공유하는 갈등은—만일 해결될 수 있다고 한다면—어떻게 해결될 수 있는지, 우리는 어떤 가치를 긍정할 수 있으며 그에 따른 일반적인 도덕적 위험은 어떤 것인지 등등의 것들 말이다. 진실과 땅콩버터 샌드위치를 구분할 줄 모르는 작가는 절대로 좋은 소설을 쓸 수가 없다. 우리는 그가 긍정하는 것을 부정하면서, 화를 내며 그의 책을 집어던진다. 또는 만일 그가 그 어떤 것도, 심지어 슬픔과 희극적인 무기력함 속에서 우리가 느끼는 동질감조차 긍정하지 않으면서 자신의 그러한 행위가 완전히 옳다고 주장한다면 우리는 반박의 표시로 그 책을 덮는다. 물론 나쁜 사람들이 좋은 책을 쓰기도 한다. 하지만 그건 글을 쓸 때의 그들이 자신의 부인이나 아이를 때릴 때의 그들보다 더 나은 인간이기 때문이다. 글을 쓸 때, 충동적이고 고약한 성질의 인간은 다시 생각해볼 시간을 갖는다. 소설의 절차는 그로 하여금 같은 날 밤 술집에서 자신이 내뱉었을 리 없는 말을 하도록 도와준다. 반면에 좋은 사람이라고 해서 꼭 좋은 책을 쓰는 것도 아니다. 착한 마음과 성실함은 소설의 절차에 대한 엄격한 추구를 대신하지 못한다.

이런 고상한 수사법들 중 그 어떤 것도 소설이 일종의 놀이라는 사실을 부정하려는 의도로 말한 것은 아니다. 작가가 자신의 생각을 작품으로 만드는 데는 여러 이유가 있는데, 이중 그것이 주는 기쁨 또한 다른 이유 못지않은 이유가 된다. 하지만 놀이도 나름의 용도와 진지함을 가진다. 소설의 적대자들이 아닌 애호가들은 때로, 과학자와 정치가는 진보를 위해 애쓰는 반면, 소설가는 익숙한 진실의 새로운 표현법을 찾아내고 시대에 뒤떨어진 진리를 다시금 시대에 맞게 변용해나가면서 우리가 언제나 알아왔던 것을 바꿔 말한다고 한다. 우리 모두에게 친숙한 인간의 감정을 다룰 때 작가가 새롭게 발견해내는 것은 아무것도 없으며 그저 그 순간의 감정을 명확히 표현할 뿐이라는 것은 사실이다. 그리고 포크너가 "영원한 진리 the eternal verities"라고 부른 것을 다룰 때 작가가 우리에게 전혀 생소한 무엇을 다루고 있지는 않다는 것은 사실이다. 왜냐하면 사람들은 지난 수천 년간 영원한 진리 주변에 있는 것으로 자신들의 삶을 명명해왔고 삶을 꾸려나가고자 분투해왔기 때문이다. 많은 훌륭한 작가들이 일단 작품을 끝내고 나면 그것에 무관심해진다는 것 또한 사실일 것이다. 교정지를 모두 확인하고 나면 그들은 그렇게나 많은 시간을 바쳤던 노동의 결과물에 눈길 한 번 주지 않으려 한다. 하지만 예술이 문명 역사상 가장 중요한 진보를 이루어냈다는 사실은 변함이 없다. 오래된 진실을 바꿔 말하고 그것들을 시대에 맞게 변용하면서, 전에는 한 번도 적용되지 않았던 방식으로 적용해나가면서, 내러티브와 시각 이미지, 또는 음악에 내재된 힘을 통해 감정을 불러일으키면서, 예술가들은 도덕적으로 요청되는 미래의 문을 조금 연다. 인간의 존엄성이라는 아주 오래된 개념이 심지어 빈민층과 노예와 이민자, 최근에는 여성에게까지 적용되게 된다. 그렇다고 해서 위대한 글쓰기가 프로파간다라는 말은 아니다. 하지만 소설의 절차는 그것에 어울리는 것들을 택하기 때문에, 그리고 소설의 절차에는 강한 공감 능력이 요구되기 때문에, 진정한 작가의 근본적인 관심—애초에 그 주제가 흥미를 끌게 된 이유—은 인간적이기 마련이다. 그는 자기 주변의 세상에서 부당함이나 오해를 보며, 그것을 자신의 스토리에서 배제하지 못한다. 작가가 글을 쓰는 것이 일차적으로 글쓰기를 사랑하기 때문이라는 것은 사실일 것이다.

즉 그는 창작이 한창일 때, 자신이 헬레나의 이야기를 통해 주목하게 하려는 진실만큼이나 헬레나의 얼굴을 그럴듯하게 설명하는 데 신경을 쏟을 것이다. 하지만 진정한 문학가는 (그것이 훌륭한 것이든 형편없는 것이든) '토이 픽션toy fiction'—연금 생활자로 하여금 자신의 우울한 존재를 잊게 해줄 TV 엔터테인먼트, 자기애적인 미학적 농담, 감정은 배제되고 생각은 저속한 것으로 여겨지는 현란한 극사실주의, 또는 향수를 자극하는 소설이나 포르노물—을 만들어내는 자들과는 전혀 다르다. 진정한 작가가 소설의 절차에서 누리는 기쁨은 신뢰할 수 있는 수단을 통해 자신이 늘 믿고 긍정할 수 있는 무언가를 발견하는 즐거움에 있다. 최후의 나팔 소리가 들려올 때, 그는 듣고, 비평하고, 적당한 심리적 거리를 계산하고 있을 것이다. 솔직히 말해서, 진정한 문학가와 '토이 픽션'을 만드는 사람은 어쩌면 시기적으로 다른 기분에 빠져 있는 동일인일지도 모른다는 사실을 부기해야 할 것 같다. 심지어 고상한 진지함이라는 주제를 다룰 때조차도 우리는 신중하지 못한 고상한 진지함을 경계해야 한다.

4장

메타픽션, 해체주의
그리고 즉흥적 창작

모든 소설—오래된 것이든 새로운 것이든—이 지금껏 우리가 검토해온 원리들을 따르는 것은 아니다. 비록 지금까지 윤곽을 그려온 이론이 7세기쯤 이후부터 지배적인 소설 이론이 되어온 것은 사실이지만 인류 대다수의 문학은 일군의 다른 원리들을 따른다. 『일리아스』에는 적어도 현대적 의미의 캐릭터—완성형의 복잡한 인간—는 등장하지 않는다. 『신곡』과 『베오울프』에는 적어도 아리스토텔레스적인 의미의 '플롯'—인과적으로 연결된 일련의 사건들—은 존재하지 않는다. 그리고 『길가메시』에서 『실낙원』—파운드의 『칸토』까지는 아니더라도—에 이르는 많은 위대한 작품들은 헨리 제임스의 방식과 마찬가지로 정제된 사건들에 의해 진행되는 것이 아니라 낭독 연설을 통해 진행된다.

　내러티브 기법의 변화는 인간이 세상을 보는—혹은 그렇게 바라봐야만 한다고 하는—방식의 변화를 반영한다. 매우 권위주의적인 시대, 즉 왕과 지도자 들이 선천적으로 일반인들보다 우월한 존재로서 존경을 받는 시대의 사람들은 소설을 가르침의 도구로 보는 경향이 있다. 권위자들이 진실이라고 알고 있는 것은 소설이라는 수단을 통해 보기 좋게 꾸며진 채 진실을 거의 접하지 못하는 이들에게 전해진다. 권위주의 시대들을 공정하게 평가하기란 어려운 일이다. 그 시대들은 민주적인 정신을 가진 이에게 자연스레 혐오감을 주며, 동시에 무대 옆에서 다시금 무대를 장악하길 바라며 언제나 무대를 지켜보고 있기 때문이다. 하지만 세계의 가장 위대한 문학들 중 일부는 그러한 시대에 탄생했으며, 우리는 우리 자신의 작품들이 어떻게 작동하며 왜 우리의 작품들 또한 끝없는 변화를 겪을 수밖에 없는 운명에 처했는지를 알기 위해서라도 그러한 문학의 작동 원리를 이해해야만 한다.

권위주의적인 문학은 알레고리적 기법을 따르는 경향이 있다. 혹은 적어도 그 지속적 흐름을 *에네르게이아*가 아닌 추상적인 논리(a에서 b로, b에서 c로의 논의의 발전)를 통해 획득한다. 이러한 유형의 작품들 중 영어로(더 정확히 말해 고대 영어로) 쓰인 가장 위대한 작품인 『베오울프』를 예로 들어보자. 내러티브는 커다란 세 개의 부를 통해 제시된다. 첫번째 부에서 그렌델이라 불리는 괴물은 또다른 부족의 영웅적 동지인 베오울프에 의해 살해되기 전까지 덴마크인들을 괴롭힌다. 두번째 부에서 괴물의 어미는 아들의 죽음에 복수하기를 바라며 덴마크인들을 공격하고, 베오울프는 그녀 또한 살해한다. 세번째 부에서 이제는 늙어버린 예이츠족의 왕 베오울프는 용과 싸우며 그것을 죽이는 와중에 자신도 죽게 된다. 두 번째 부—베오울프와 그렌델의 어머니—는 첫번째 부와 인과적으로 연결되지만 그것은 단지 우연일 뿐이다. 그리고 세번째 부—베오울프와 용—는 첫번째나 두번째 부에 전혀 인과적인 근원을 두고 있지 않다. 베오울프는 그렌델과 그의 어미를 죽였기 때문에 이제 또 용을 죽여야 하는 것이 아니다. 이미 오랜 세월이 흘렀으며, 우리가 아는 한 용은 그렌델과 그의 어미를 만난 적이 없다.

『베오울프』에서의 지속적 흐름의 원리는 추상적이지, 극적이지 않다. 서사시 속의 그렌델은 비이성의 상징으로서 모든 질서에 맞서 싸우고 혼돈을 사랑하는 존재로 간주된다. 달리 말해, 그렌델은 플라톤이 말한 영혼의 세 부분(플라톤의 『국가』를 참조할 것) 중 하나인 *이성*intellectual의 완전한 오작동을 나타낸다. 그렌델의 어미는 영혼의 세 부분 중 두번째 부분인 *기개*irascible(마치 훌륭한 경비견이나 군인처럼 잘못된 일에 항거하여 옳은 일을 위해 싸우려는 부분)의 완전한 오작동을 나타낸다. 그리고 용은 세번째 부분인 *욕망*concupiscent(음식, 부富, 안락과 같은 육체적인 것들을 다루는 부분)의 완전한 오작동을 나타낸다. 서사시의 두번째 부에서 그렌델의 어미가 등장하는 것은 인과적으로 그렌델의 죽음과 연관이 있어 보인다. 하지만 사실 이것은 저자인 시인이 선택해서 사용하고 있던 원리가 아니다. 저자가 선택한 원리였다면 용을 끌어들일 만한 인과적 방법을 찾아냈을 것이다. 인과성은 전혀 그의 흥미 대상이 아니었다. 그는 영혼의 세 부분의 관계를 보여주거나 구현할 수 있는 시를 구현하고 있었다. 최고의 부분은 베오울프를 통해서, 최악의 부분은 괴물들을 통해서 말이다. 이 서사시에 친숙한 독자들은 시인이 이 외에도 아주 많은 일들을 하고 있었다는 것을 깨달을 것이다. 하지만 이 작품의 독창적인 구조 전체는 내가 언급해온 원리, 즉 (아리스토텔레스적 의미에서의) 극화가 아닌 알레고리적 표현, 또는 구현demonstration에 의해 작동된다. 진정으로 갈등을 극화하고 인과적 사건의 고리를 세심하게 탐구하는 시인은 스토리의 끝에 다다르기 전까지는 자신의 스토리가 어떻게 끝이 날지 확신할 수 없다. 그에게 소설은 발견의 수단이다. 반면에 알레고리 작가allegorist에게 소설이란, 비록 전적으로 그러한 것은 아니겠지만, 대체로 작가가 이미 알고 있는 것을 표현하는 수단이다.

탐구가 아닌 구현을 추구한다고 해서 문학 작품이 알레고리의 형식을 띨 필요는 없다. 원인과 결과라는 요건에 따르지 않고 어떤 추상적 도식에 따라 장면에서 장면으로, 에피소드에서 에피소드로 옮겨가는 모든 내러티브들은 구현적이기 마련이다. 하나의 사회적 배경에서 또다른 배경으로 이동하는 어떤 영웅을 따라가면서 각각의 사회적 상황의 어리석음을 구현하는 관습적 피카레스크picaresque 소설은 본질적으로 『천로역정Pilgrim's Progress』만큼이나 추상적이고 교육적이다. 또한 허구의 전기 형식을 띠고 있는 소설은 모종의 추상적 도안의 요구에 따라 진행될 것이다. 가령 『데이비드 코퍼필드David Copperfield』에서 각 에피소드들은 실생활에서와 마찬가지로 임의적으로 진행되는 것처럼 보인다. 그것의 지배적인 관심사가 사랑과 결혼이라는 걸 우리가 깨닫기 전까지는 말이다. 달리 말해, 디킨스는 추상적인 중심 질문과의 관련성에 따라 사건들을 선택한다. 디킨스가 소설을 전개해나가는 방식에서는 우리가 주로 대면하고 있는 것이 탐구인지 구현인지 구별하기가 어렵다(명백히 두 가지가 모두 관련되어 있다).『두 도시 이야기A Tale of Two Cities』와 같은 디킨스의 몇몇 소설에서 우리는 설교자적 방법, 즉 탐구가 아닌 구현의 방법을 매우 강하게 감지한다. 반면에『위대한 유산Great Expectations』같은 후기 소설들에서 우리는 작가의 마음속에서 두 종류의 충동이 싸우고 있다는 걸 느낀다.

이런저런 내러티브들을 나열하는 것은 지금으로서는 별 도움이 되지 않을 것이다. 여기서 중요한 것은 소설이 권위주의와 실존주의 사이에 걸친 수 세기 동안 끊임없이 존재해왔다는 사실이다.『일리아스』같은 어떤 책들은 사실상 그 시대의 독자들에게 믿을 만한 역사서, 법률서, 심지어 경전과도 같은 역할을 했다. 또한 아폴로니오스 로디오스의『아르고나우티카』같은 부류의 책들은 오로지 전통과 용인된 그들의 문화 양식에 대한 희극적이고 아이러니한 경의만을 나타내며, 해답이 아닌 어려운 질문들만을 제공하는 것처럼 보인다. 내가 권위주의적이라고 표현한 종류의 내러티브는 때로 스토리 라인을 '공간적spatially'인 것으로, 각 요소들이 미리 정해진 '끝'이나 결말을 위해 존재하는 것으로 본다고 말해진다. 이는 클라이맥스로부터 거꾸로 거슬러오르는 방식으로 내러티브를 만드는 작가의 소설에는 거의 불가피한 일이다. 그리고 잘 짜인 스토리라면 실제로 모두가 이런 방식을 통해 만들어졌을 거라고 의심해볼 수 있다. 왜냐하면 최종 원고에서는 작가가, 얼마나 실존주의적인 방식을 통해 결말에 이르렀든지 간에, 자신의 결말을 위해 요구되는 준비 과정을 반드시 수행했을 거라고 확신할 수 있기 때문이다. 공간적으로 여겨지는 내러티브는 몇몇 현대의 독자와 비평가 들에게 도덕적으로 고통스럽게 여겨진다. 이는 그러한 독자와 비평가 들의 개인적인 변덕에 불과한 것일지도 모르지만, 실은 그러한 변덕은 현실에 모종의 근거를 두고 있다. 인간적인 확신에 대한 형이상학과 정당화되지 않은 생각들은 원자폭탄과 네이팜탄 등은 물론이고, 홀로코스트와 미국의 소이탄 공격과 상당한 연관성이 있었다. 제2차 세계대전 이후로 전 세계에서 (사뮈엘 베케트의 연극에서처럼 어디로도 이어지지 않는 사건들로) 흐름이 끊기는non-profluent 소설과 (존 파울즈의 『프랑스 중위의 여자The French Lieutenant's Woman』처럼) 끝을 맺지 않은unended 소설이 늘어났던 것은 아마도 주로 이런 이유일 것이다.

비관습적인 최근의 소설에 주목한 비평가들은 그것을 정의하기 위해 다양한 용어들을 사용했는데, 그중 대부분은 분명 서로 바꿔 쓸 수 있는 말들―'우화적 소설화fabulation', '포스트 모더니즘', '메타픽션', '해체주의 소설' 등등―이다. 현재의 비관습적인 소설에서 얻을 수 있는 재미와 진실이 어떤 종류의 것인지를 명확히 이해하기 위해 평단의 용어부터 정리하는 것이 좋겠다. 지금 우리의 논의에서 '포스트모더니즘'과 '우화적 소설화'라는 용어들은 제외하기로 하자. '포스트모더니즘'은 '모더니즘'의 모호한 안티테제로서 정립된 것일 뿐, 결국 솔 벨로Saul Bellow보다는 이탈로 칼비노에 가깝다, 라는 정도의 의미밖에는 없기 때문이다. 또한 '우화적 소설화'는 '비관습적'이라는 의미밖에는 없어 보인다. 비평가들이 일반적으로 사용하는 것과 마찬가지로 '메타픽션'이 더 정확한 용어다. 그것은 스타일과 주제 둘 다에서 소설을 탐구하는 소설을 의미한다. 이미 봤듯이 관습적 소설은 세상을 고찰하는 수단이 될 수 있으며, 인간이 고안한 모든 도구가 그러하듯 오작동할 수 있다. 결점이 있는 현미경이나 망원경처럼 그것은 진실이 아닌 것들을 믿게 만들 수 있다. 가령 제인 오스틴의 소설 같은 관습적인 러브 스토리에서 보는 결말은 (비록 제인 오스틴은 절대 의도하지 않았겠지만) 부주의한 독자로 하여금 모든 여자에게는 완벽한 남자가 존재한다고 믿게 만들 수 있다. 문학적 관습이 더욱 힘을 얻을수록, 사람들이 더욱 자주 제인 오스틴의 소설을 세심하게 또는 조잡하게 모방해서 글을 쓸수록, 관습의 효과는 더욱 왜곡될 것이라는 점은 두말할 것도 없다. 인간들은 행동 모델 없이는 거의 어떤 것도 할 수 없으며, 우리가 태초 이래로 알아온 모델의 공급책들 중 스토리텔링보다 더 큰 종류의 것은 아마 없을 것이다. 이렇게 말해보자. 가령 어떤 시대 어떤 나라의 어떤 작가―아마도 자신이 존경하는 누군가를 모방하는―가 "절대 불평하지 말고, 절대 설명하지 말라"라는 말을 인생의 모토로 여기는 영웅을 창조한다고 해보자. 이 모토에는 그것만의 독특한 느낌이 있다. 그러니까 이것은 누군가가 아이들의 화장실 벽에 걸어둘 법한 종류의 내용이다. 삶과 똑같은 상황들이 이어지는 가운데, 우리는 이 영웅이 역경 속에서도 꿋꿋함을 잃지 않고 자신의 잘못이 아닌 것들로 인해 경멸을 받으며, 만일 완전한 진실이 밝혀졌더라면 칭송받았을 일로 비웃음을 사는 것을 보게 된다. (동일한 흥미진진한 책에서) 우리는 계속해서 우리의 영웅이 차마 내리기 싫었던 명령을 내리고, 어떤 고결한 이유들로 인해 자신의 친구들과 사랑하는 이들에게는 도저히 설명할 수 없는 고통스러운 결정을 내리는 것을 본다. 이러한 외롭고 고상한 영웅이 독자에게 주는 영향은 정말이지 엄청난 것일 수 있다—하지만 이것이 꼭 건전한 것만은 아니다. 만일 이러한 영웅들이 매우 많은 수의 희곡과 장편소설에 등장한다면, 그리고 이러한 캐릭터의 매력이 일반적인 것이 되어버린다면 민주주의는 심지어 상식적인 예절과 더불어 그 기반이 약화되고 만다. 우리는 선의의 나치 장교를, 사업계의 독재자를, 혹은 도덕적 광신도를 존경하고, 그들에게 복종하고, 그들처럼 행동하라는 가르침을 받은 셈이다. 누군가를 노예의 상태로 만드는 데 세상 그 어떤 것도 소설만큼이나 강력한 힘을 지니진 못한다.

소설의 유해한 영향력을 약화하는 방법들 중 하나는 바로 메타픽션을 쓰는 일이다. 스토리의 기법들에 주의를 환기시킴으로써 독자로 하여금 독서중에 자신에게 무슨 일이 일어나고 있는지를 보여주는 스토리 말이다. 말할 것도 없겠지만, 이런 종류의 소설에서는 '생생하고도 연속적인 꿈vivid and continuous dream'의 법칙은 더이상 효력을 발휘하지 못한다. 반대로 꿈속에 개입하는 일이 꿈 자체만큼이나 중요해진다. 비록 내가 언급한 이러한 일반적 기법이 요즘 특히 인기를 얻고 있긴 하지만, 이것은 전혀 새로운 기법은 아니다. 『아르고나우티카』에서 아폴로니오스는 겉으로는 왜곡되어 보이는 서사시 전통의 오용, 혹은 예상 밖의 쌀쌀맞은 농담, 혹은 불필요해 보이는 장황한 언설들로 독자를 계속해서 흔들어 깨운다. 하지만 이 작품을 다 읽고 나면 우리는 호메로스의 서사시들이 가진 마초이

즘을 예전 같은 순수한 경의를 품고 바라볼 수 없게 되고, 전사들의 수치의 문화를 문명인의 죄의식 문화보다 훌륭한 것으로 찬양할 수 없게 된다. 우리는 스턴의 『트리스트럼 섄디』나 필딩의 『톰 존스^{Tom Jones}』에서도 가벼운 메타픽션적 테크닉이 사용되고 있음을 본다. 최근의 소설들은 그것들의 인위성에 끊임없이 주의를 환기하는 작품들—이오네스코^{Ionesco}, 베케트, 바스, 바셀미, 보르헤스, 파울즈, 칼비노, 개스^{Gass} 등등—로 넘쳐난다.

메타픽션과 해체주의 소설을 구분해보는 것도 도움이 되는 일이다. 비록 엄밀히 따지자면 후자가 전자를 포괄하는 개념이긴 하지만 말이다. 모든 메타픽션은 해체 소설이지만 모든 해체 소설이 메타픽션인 것은 아니다.

일반적인 동시대의 비평 용어들 중 '해체주의'라는 용어보다 더 빠르게 분노를 불러일으키는 것도 없다. 그리고 이는 마땅한 일인데, 이 용어를 사용하는 이들 자체가 거의 늘 극도로 혼란스러운 목소리를 내기 때문이다. 사실 그들은 혼란스러워한다기보다는 하이데거^{Martin Heidegger} 숭배로 불구가 되었다고 하는 게 옳을지도 모르겠다. 어쨌든 해체주의자의 휘황찬란한 언어 뒤에는 대체로 부인할 수 없는 사실들이 숨어 있다. 즉 언어는 어떤 가치—우리가 말하는 동안에는 인식하지 못하며, 만일 우리의 말에서 그 존재를 알아차리게 된다면 동의하지 않을 가치—를 동반한다는 사실, 그리고 예술(음악, 미술, 문학 등)은 언어라는 사실 말이다. 언어가 가치를 동반한다는 건 명백하다. 비록 내가 읽어온, 그리고 글쓰기 강의에서 가르쳐온 많은 최고의 작가들이 여성임에도 불구하고 나는 이 책에서 계속해서 작가를 '그he'라는 대명사로써 지칭하고 있다. 대다수의 언어와 마찬가지로 영어 또한 은근히 남성 우월적이다. 그것은 또한 소설가 해럴드 브로드키Harold Brodkey가 지적했듯이 은근히 그리스도교적이다. 공감을 불러일으키는 거의 모든 영어 단어들이 신플라톤주의적인 그리스도교의 흔적을 품고 있다. 심지어 '친구friend'처럼 정말 순수한 단어도 함축적 의미를 지닌다. 봉건 시대에 그것은 누군가의 지배자나 보호자를 의미했다. 앵글로색슨 시대에 그것은 '악마fiend'의 반대말을 의미했다. 물론 우리는 단어의 저의들을 전혀 떠올리지 않고도 친구에 대한 책을 읽을 수 있다. 하지만 우정이 격렬해지는 스토리에서 우리는 분명 빛 또는 따스함, 꽃 또는 정원의 이미지, 굶주림, 희생, 피 등의 이미지들과 마주치게 되리라고 거의 확신한다. 스토리의 형식 그 자체, 즉 스토리가 가진 처음과 중간과 끝의 질서는 그리스도교적인 형이상학을 암시하고 있을 가능성이 크다.

해체는 언어를 분해하는 행위, 혹은 예술 작품들의 의식되지 않는 내적 활동을 발견하기 위해 그것들을 분해하는 행위다. 이러한 시도가 문학 비평으로서 가치를 가지든 가지지 않든지 간에, 그것은 현대 (그리고 때로는 고대) 소설의 주요 기법들 중 하나이다. 해체주의 소설은 반대측의 스토리를 들려준다는 점에서, 또는 구전되어 내려와 일반적으로 승인되는 가치들에 의구심을 제기하는 기묘한 시각에서 살펴본다는 점에서 역사 수정주의와 매우 유사하다. 메타픽션이 소설의 트릭에 직접적으로 관심을 환기하는 것으로 해체를 수행하는 것에 반해, 해체주의 소설은 스토리를 다시 들려줌으로써 오래된 판본의 신뢰를 떨어뜨린다. 셰익스피어의 『햄릿』을 이러한 종류의 작품으로 볼 수 있다. 셰익스피어의 관객들이 친숙해하던 복수극에서는 유령이나 친구, 혹은 플롯의 또다른 장치가 주인공에게 범죄에 대한 복수의 부담을 지운다. 이 장르는 본성상 정의롭고 자신감에 넘치며 권위주의적이다. 복수는 주인공의 의무이며, 그 경험이 아무리 고통스러운 것일지언정 정의가 행해지는 것을 보는 것에서 우리의 기쁨이 생겨난다는 점에는 의심의 여지가 없다. 셰익스피어의 『햄릿』은 이 모든 것들을 해체해버린다. 호레이쇼의 확신에도 불구하고, 우리는 극이 진행됨에 따라 유령의 권위에 대해 점점 더 의심을 품게 된다. 그리하여 우리는 다른 사람들과 자기 자신에 대한 햄릿의 시험에 더욱더 관심을 가지게 된다. 그리고 심지어 유령 이야기가 사실이었다고 믿기로 하더라도, 우리는 햄릿이 자기 아버지의 왕위를 빼앗은 왕을 죽이는 게 옳은지에 대해 점점 더 확신할 수 없게 되어버린다. 어찌됐든 클로디어스왕은 점점 더 상투적인 악당에서 벗어나게 되고, 햄릿은 극이 진행됨에 따라 더욱더 죄책감을 느끼게 된다.

우리가 아는 가장 초창기의 문학들—아카드인의 『길가메시』, 성경의 일부, 그리고 호메로스의 서사시들—을 제외하면 모든 위대한 문학들은 어느 정도 해체적인 욕구를 지니고 있다. 이는 물론 지극히 당연한 일이다. 만일 최초의 인간이 해야 할 일이 창조라면 그다음 인간이 해야 할 일은 그것을 적어도 부분적으로나마 바로잡는 일이다. 서양 문명사를 통틀어 우리는 몇 안 되는 위대한 창조의 순간들—해체적 욕구가 상대적으로 적어 보이는 순간들—과 조우하고, 주로 기계를 분해했다가 새롭고도 잘못된 방식으로 그걸 다시 조립하는 데 할애되는 매우 길고 긴 시간들과 조우한다. 비록 베오울프의 시인이 영웅적인 대담한 행동에 대한 이교도의 오래된 전설을 해체하고 있었다고는 해도 그의 주된 욕구는 건설적^{constructive}이었던 것으로 보인다. 즉 오래된 이교도와 새로운 그리스도교의 비전 중 최고의 것들을 모조리 결합할 수 있는 신화의 창조 말이다. 단테 또한 주로 건설적이었던 작가로, 그는 새로운 진리-원칙을 수단으로 고전과 현대의 작품들을 결합하려 했다. 이 진리-원칙은 (딱 들어맞지는 않지만) 일종의 도덕정서설(道德情緖說, emotivism)이라고 부를 수 있을 만한 것이다. "베아트리체 앞에서 부끄러움 없이 말할 수 있는 것이 바로 진실이다." 그리고 그러한 순간들 중 가장 최근의 예로 누구는 제임스 조이스의 등장을 들 것이다.

메타픽션에 대한 관심과 해체주의 소설에 대한 관심은 (후자가 전자의 형식에 포함되어버리지 않을 때) 분명한 차이를 지닌다. 메타픽션의 매력은 거의 전적으로 지성적^{intellectual}이라는 데 있다. 만일 우리가 웃는다면 우리는 누군가를 비웃거나 흥미롭고 생생한 캐릭터와 함께 웃을 때처럼 진심을 담아 웃지 않는다. 재치 있는 말이나 '위트'에 웃음을 터뜨릴 때처럼 우리는 약간의 우월감을 느끼며 희미하게 웃음 짓는다. 만일 우리가 슬퍼한다면 우리는 사랑하는 사람들을 잃어버린 사람처럼 슬퍼하는 게 아니라 철학자들처럼 슬퍼한다. 우리가 주로 하는 건 바로 생각이다. 우리는 작가의 암시, 예상치 못한 장치의 사용, 규칙을 깨뜨리는 그의 뻔뻔스러움에 대해 생각한다. 해체의 다른 형식들—즉 메타픽션적인 해체 이외의 형

소설의 기술

식들—은 더 큰 정서적 힘을 얻을 수 있다. 가령 베오울프 스토리를 괴물 그렌델의 관점에서 다시 들려줌으로써, 작가는 그렌델의 비극에서 짜낼 수 있는 어떠한 정서적 효과들을 얻는 동시에, 경험 있는 독자가 서양 문명의 장대하고 오래된 형식들이 다소 조잡하고, 확실히 조작적이고 압제적이며, 아마도 맨 처음에는 시적이었을 거짓말들로 밝혀지는 것을 보면서 느끼는 일종의 슬픔도 얻을 수 있다.

이중 어떤 말도 해체소설이 메타픽션보다 낫다거나, 그 역이라거나, 또는 둘 중 하나가 관습적 소설보다 낫다거나 못하다고 주장하는 것은 아니다. 각각의 장르가, 자신들이 사랑하는 것이 보편적으로 사랑받지 못한다는 희미한 암시만으로도 살인도 불사할 열성적인 지지자들을 몇몇 가지고 있다는 사실로 볼 때, 각각 나름의 가치를 지니고 있다는 사실은 명백하다.

우리는 우리가 즐기는 것을 즐길 뿐이다. 논쟁은 무용하다. 그리고 인간들이 가장 즐기는 것들 중 하나가 곧 발견이다. 우리는 삼인칭 제한 시점이 본질적으로 어리석다는 것을 눈치채지 못한 채 몇 년간 책을 읽을 수도 있다. 그러던 어느 날, 누군가는 메타픽션에서 그 시점이 조롱당하고 그 모든 어리석음이 까발려지는 것을 보고는 기쁨의 웃음을 터뜨린다. 가령 그 메타픽션은 삼인칭 제한 시점이 작가로 하여금 가짜 서스펜스를 만들어내길 강요한다는 것을 우리에게 보여준다. 이런 사건으로 시작되는 스토리가 있다고 해보자. 알렉스 스트루가츠키라는 이름의 남자가 토요일 아침 발레 수업을 받고 있을 때 그의 정부이자 지역 경찰서장의 부인인 여자가 구경하기 위해 그곳으로 들어온다. 알렉스는 괴로워한다. 그는 그들의 불륜이 알려져서 경찰서장이 그를 쏘아버리는 일이 일어나게 되길 원치 않는다. 하지만 정부인 주느비에브 로셀이 미인이기 때문에 그는 무례를 범하고 싶어 하지도 않는다. 만일 이 스토리를 체호프가 그러하듯 현저한 전지적 작가 시점으로 시작한다면 중요한 사실들을 곧장 알 수 있으며, '알렉스는 무엇을 할 것인가?' '그의 동료 무용수들이 알아차릴 것인가?' 하는 등등의 몹시 흥미로운 부분들로 넘어갈 수 있다. 이를 전지적 작가 시점으로 쓴다면 아래와 같을 것이다.

어느 토요일 아침 알렉스 스트루가츠키가 무용 수업 시간에 발끝으로 균형을 잡으며 주위를 한번 둘러보았을 때, 그는 우연히 자신의 정부이자 지역 경찰서장의 부인인 주느비에브 로셀이 현관에 서 있는 것을 보았다. 스트루가츠키는 얼굴을 붉힌 채 겁에 질린 얼굴로 동료 무용수들—대부분 살을 빼러 그곳에 온 중년 여자들—의 얼굴을 쳐다보며 속으로 맙소사, 하고 생각했다.

작가가 중심 캐릭터의 생각에만 자신을 한정한 채 캐릭터의 마음속에 직접적으로 떠오르는 일들 외에는 일절 언급하지 않을 때 어떤 일이 일어나는지를 보라.

여느 때와 다름없는 토요일 아침, 그가 듣는 무용 수업에서는 중년의 뚱뚱한 여자들이 그의 주위에서 열심히 애를 쓰고 있었고, 선생님은 어-원, 어-투, 하는 피아노 소리에 맞춰 얼굴을 찌푸린 채 각각의 동작들 사이를 오가고 있었다. 바로 그때였다, 알렉스 스트루가츠키가 비틀거리며 발끝으로 균형을 잡으려 하다가 갑작스레 밝게 불 켜진 현관을 보고, 또 그녀까지 보게 된 것은! 그는 고개를 돌리며 뚱뚱하고 작은 얼굴들을 차례로 살폈지만 아직까지는 누구도 눈치채지 못하고 있는 것 같았다. 그녀가 저기 서 있는 걸 본다면 그들이 눈치채게 될까? 아마도 그럴 것이다. 그는 마음속으로 자신이 "안 돼요, 제발! 제발!" 하고 울부짖다가 머리에 총을 맞는 모습을 떠올렸다.

말할 것도 없이, 이러한 우스꽝스러운 히스테리를 위한 자리는―희극에―따로 있다. 하지만 이러한 시점을 사용한 그 모든 삼십대와 사십대의 작가들―영화에서 엄숙한 보이스오버voice-over를 사용한 사람들도 마찬가지다―이 얼마나 진지한지를 생각해본다면 뭔가가 이상하다. 그리고 또 이러한 방식과는 다르게, 메타픽션 작가는 이 시점을 영악하게 오용함으로써 삼인칭 제한 시점이 우리 모두를 얼마나 나르시시스트로 만들 수 있는지를 보여줄 수도 있다. 무용 수업에서 빠져나온 알렉스가 주느비에브의 차에 그녀와 함께 앉아 있다.

그는 그녀가 담뱃갑에서 천천히 담배를 꺼내는 것, 혹은 심지어 대시보드 위 성냥 쪽으로 손을 뻗어 더듬거리기까지의 오랜 망설임도 상관없다고 생각했다. 하지만 그 모든 것들에 더해진 그녀의 아치 모양 눈썹과 그녀가 누가 오는지 보기 위해 자동차 앞 유리 너머를 단 한 번도 쳐다보지 않았다는 것―그것만은 용납할 수 없었다! 그는 자신이 얼굴을 찡그리고 있다는 것을 느끼고는 동작을 멈추었다. 그러고서 그는 자신도 모르게 다시 찡그리지 않기 위해 한 손으로 입을 가렸다.

주느비에브와 알렉스 자신의 모든 세세한 제스처에 대한 이 모든 분석이 현실의 삶에서는 심한 편집증을 앓고 있는 남자의 표징이 된다. 우리의 소설에서는 작가가 이 일들을 알렉스의 머릿속에 집어넣지 않고서는 달리 무슨 일이 일어나는지 설명할 길이 없기 때문에 이런 일이 일어난다.

영리한 메타픽션 작가는 자신이 마음만 먹으면 어떤 일반적인 시점도 조롱할 수 있다고 주장할지도 모른다. 이는 그렇기도 하고 그렇지 않기도 하다. 어쩌면 어떤 인간의 행동이라도 정당한 방식으로 조롱을 당할 수 있으며, 영리한 메타픽션 작가는 우리가 도스토옙스키나 토마스 만의 아주 고상한 장치들을 비웃게 만들 수 있다는 게 사실일지도 모르겠다. 하지만 똑똑한 메타픽션 작가는 아무것이나 함부로 조롱의 대상으로 삼지 않으며, 우리가 그의 작품을 읽으면서 느끼는 재미 중 일부는 그가 지적하는 어리석음이 갖는 특별한 의미에 대한 인정에서 발생한다. 즉 그것을 한번 자세히 살펴보면 우리는 그것이 우스꽝스러울 뿐만 아니라 어떤 의미에서는 왜곡되어 있음을, 그것이 잘못된 가치들을 강요하는 것임을 알게 된다.

이론적으로는 모든 비관습적 소설이 메타픽션 혹은 해체주의 소설이라고, 혹은 둘 다라고 말할 수 있다. 하지만 우리는 우리가 읽은 것의 대부분, 혹은 무대나 스크린에서 본 것의 대부분이 그 둘 중 어느 것에도 속하지 않는다는 걸 마음으로—직감적으로—안다. 그것에는 이론이랄 게 없으며, 딱히 대단한 주장을 하지 않는다. 그것은 그저 즉흥적 창작jazzing around일 뿐이다.

내러티브가 할 수 있는 최고의 것들 중 하나가 바로 즉흥적 창작이다. 막스 형제The Marx Brothers, W. C. 필즈W. C. Fields, 버스터 키튼Buster Keaton, 옛날 토요일 아침 만화들(요즘의 천박한 것들 말고), 〈마술사The Magician〉나 〈길La Strada〉처럼 심오함을 가장한 위대한 영화들. 즉흥적 창작에 대한 미학 이론을 만든다는 것은 전혀 쓸데없는 짓이다. 하지만 어떤 바보가 그걸 하려고 한다면, 그는 자신이 적어도 다음의 기본원칙들을 피할 수 없음을 알게 될 것이다. 즉흥적 창작을 할 때, 작가는 아마도 일관되고 깊이를 지니며 균형이 잘 잡힌 캐릭터들을 창조해낼 강한 필요성을 느끼지 않을 것이다. 그러니까 그는 아마도 버스에서 울고 있는 한 늙은 유태인에서 시작해서 그를 느닷없이 열한 살짜리 소년으로 바꾸어버린 다음, 그를 또 참새로, 또 폴란드의 여왕으로 바꾸어놓을 것이다. 보통의 착한 마음씨를 지닌 모든 독자들이 요구하는 것은 그 변신이 놀랍고도 흥미로운 것이어서 어떤 식으로든 스토리가 말이 되어야 하고, 그래서 우리가 그걸 계속 읽을 수 있어야 한다는 것이다. 혹은 작가는 한 무리의 광대 캐릭터들—키스톤 캅스the Keystone Cops•처럼 몹시도 영웅적인 멍청이들, 혹은 피아노를 훔치는 막스 형제처럼 머리에 똥만 가득찬 사악하고 악마적인 음모자들—을 이용할 수도 있다. 그것이 흥미를 끄는 것인

• 무능한 경찰의 권위를 희화화한 20세기초 미국 무성영화의 주인공들.

한, 플롯에서는 원하는 어떤 일이든 일어날 수 있다. 그리고 설정은 『크레이지 캣Krazy Kat』 만화에서 매 장면이 변할 때 그러듯이 변덕스럽게 변할 것이다. 즉흥적 창작은 패러디부터 엉뚱한 생각, 심각한 유럽식 초현실주의에 이르기까지의 모든 것을 다룰 수 있을지도 모른다. 불행히도 이것이 대부분의 초보 작가들이 대부분의 시간을 할애하는 것이다. 즉 그들은 자신들이 모종의 애착을 느끼는 어떤 캐릭터—이를테면 전자기타 연주자—로 작품을 시작한 다음, 자기 방에서 기타를 치고 있는 그에 대해 서술한다. 그런 다음 "이제 무슨 일을 벌여야 하지?" 하고 자문한다. 그들에게 따분한 어떤 일들이 일어나고—기타리스트의 룸메이트가 들어온다—그들은 그걸 그대로 적는다. 룸메이트들은 마리화나를 조금 피운다. 그들은 파티에 간다. 그들은 커다랗고 하얀 늑대를 데리고 있는 한 젊은 여자를 만난다. 그리고 어쩌고저쩌고. 이 모든 것들이 말해주는 것은 바로 이것, 즉 즉흥적 창작으로 쓰는 소설은 세상에서 가장 쓰기 어려운 소설이라는 것이다. 작가가 이걸 잘 쓸 때, 세상은—표현이 뭐더라?—그의 *손아귀*•에 있다고? 아아, 하지만 결국에 세상이 보내는 커다란 찬사는 에네르게이아적 플롯 속에서 자신들의 운명을 발견하고 우리의 고개를 끄덕이게 만드는, 어느 정도는 현실을 닮아 있는 사람들에 대해 쓰는 바보스러울 만큼 악착스러운 작가의 몫이다.

메타픽션, 해체주의 소설, 그리고 즉흥적 창작은 관습적 소

• 원문은 "the world is his *oyster*?"로, 이는 셰익스피어의 희곡 『윈저의 즐거운 아낙네들』에 등장하는 피스톨(Pistol)의 대사("Why then the world's mine oyster, Which I with sword will open")에서 유래된 표현이다. 굴 안의 진주를 얻기 위해서라면 무슨 난폭한 짓이든 할 수 있다는 뜻이다.

설과 이만큼이나 많은 공통점을 가진다. 그것들은 모두 우리를 즐겁게 하며, 혹은 나보코프[Vladimir Nabokov]의 주장을 빌리자면 우리를 "매혹[charm]"한다. 그 작품이 서커스처럼 떠들썩하든, 요트처럼 고요하게 우아하든, 불쾌한 꿈이 실현된 것처럼 혼란스럽든 어떻든지 간에, 모든 좋은 소설은 순간순간이 매혹적이다. 그것은 권위를 가지며, 적어도 약간씩의 기묘함을 지니고 있다. 그것은 우리를 빨아들인다. 내가 관습적 소설이라고 불러온 것에서, 우리의 관심을 끄는 것의 근거를 설명하기란 쉬운 일이다. 비관습적인 소설에서는 그렇지가 못하다. 그것의 영혼은 미스터리로 이루어져 있다. 종종 비관습적인 소설 작품을 자세히 들여다보면, 실은 단순한 장르 간 크로스오버—가령 민담과 초기 할리우드 살인 미스터리물의 결합—의 결과물이라는 사실을 알게 된다. 하지만 아마도 우리는 작가가 생각했던 것보다 더 많은 것들을 발견하게 될 것이다. 우리가 보았다시피, 관습적 소설이 정말 훌륭한 작품이 되기 위해서는 엄청나게 세심한 구성이 요구되며, 상황은 메타픽션과 해체주의 소설에서도 별반 다르지 않다. 진행을 구성하는 능력이 전혀 어떤 역할도 하지 못하는 즉흥적 창작에는 특별한 천재성이 요구된다. 그것은 무궁무진한 상상력(가령 스탠리 엘킨•의 작품을 생각해보라)과, 마법이 충분히 먹히지 않을 때를 알아차릴 수 있는 감식안을 필요로 한다. 이 두 재능, 즉 놀라울 정도로 아이 같은 재능과 대단히 세련되고 성숙

• 스탠리 엘킨(Stanley Elkin, 1930~1995)은 미국의 소설가로, 미국의 소비지상주의, 대중문화, 남녀관계에 대한 엉뚱한 풍자소설을 썼다. 대표작으로 『조지 밀스』 등이 있다.

한 재능이 한 사람에게 나타나는 일은 거의 없다. 가끔 그 둘은 길버트와 설리번*처럼 두 사람에게서 나타나는데, 그때 그 둘은 서로 잡아 죽일 듯이 싸운다.

• '길버트Gilbert와 설리번Sullivan'은 영국 빅토리아 시대 때 함께 오페라를 만든 작가 W. S. 길버트(1836~1911)와 작곡가 아서 설리번(1842~1900)을 한데 묶어 부르는 명칭이다.

2부

'소설의 절차'에 관하여

5장

흔히 저지르는 실수들

내가 지금까지 대강의 개요를 설명해온 소설 이론—본질적으로 서구 문명의 문학에서의 전통 이론—에서 가장 중요한 단 하나의 개념을 꼽자면 그것은 바로 '생생하고 연속적인 가상의 꿈'의 개념이다. 이 개념에 따르면, 작가는 극화된 사건을 만들어냄으로써 우리에게 상황, 배경, 캐릭터, 사건을 '볼 수 있게' 하는 신호를 보낸다. 즉 작가는 에세이스트가 그러하듯 추상적인 용어로 말해주는 대신, 우리의 감각—가급적이면 시각만이 아닌 모든 감각—에 호소하는 이미지들을 제공해준다. 그래서 우리는 캐릭터들 사이에서 움직이고, 가상의 벽에 그들과 함께 기대고, 가상의 가스파초를 맛보고, 가상의 히아신스 향기를 맡는 듯한 느낌을 받는다. 나쁘거나 불만족스러운 소설에서는, 이러한 가상의 꿈은 때때로 예술가가 저지르는 실수나 그가 짜는 계책에 의한 방해를 받는다. 우리는 돌연 꿈에서 깨어나 작가나 글에 대해 생각하길 강요받는다. 그건 마치 극작가가 갑자기 무대 위로 난입해 자신의 캐릭터들을 방해하며 우리에게 그것을 다 자신이 썼음을 상기시켜주는 꼴이나 마찬가지다. 인형들과 무대 장치 또한 우리가 볼 수 있으며 어느 정도는 감정을 이입할 수 있는 것들이기 때문에 소설가는 자신의 캐릭터들을 대놓고 무대 장치 세상 속의 인형들처럼 다루어서는 안 된다는 뜻은 아니다. 심지어 로버트 루이스 스티븐슨Robert Louis Stevenson이 부르듯 가장 "객관적인objective" 소설조차도 여전히 소설이며, 여전히 극화된 것이다.

생생함과 연속성의 원칙에 대한 이해가 분명해졌다면 이제 몇 가지 테크니컬한 함의technical implication들에 대한 이야기로 넘어가보자.

작가가 독자의 상상력을 불러일으키고 이끄는 데 충분한 디테일들을 제공하지 않는다면 장면은 생생해지지 않을 것이다. 작가가 구체적인 언어 대신 추상적인 언어를 사용할 때도 마찬가지다. 만일 작가가 '뱀' 대신 '생명체'라고 말한다면, 화려한 말로 우리를 감탄시키기 위해 '요동치다thrash', '휘감다coil', '내뱉다spit', '쉭쉭거리다hiss', '온몸을 비틀다writhe' 같은 구체적인 앵글로색슨 말 대신 '적대적인 술책hostile maneuvers' 같은 라틴어 용어를 사용한다면, 사막의 모래와 바위 대신 뱀이 '살기에 부적절한 거처inhospitable abode'라고 말한다면 독자는 마음속 스크린에 어떤 그림을 떠올려야 할지 알 수 없게 될 것이다. 이 두 가지 잘못, 즉 구체적인 디테일이 요구되는 자리에 불충분한 디테일과 추상적인 말을 사용하는 것은 아마추어 글쓰기에서 흔한—실은 거의 보편적인—일이다. 또다른 잘못은 곧장 이미지로 뛰어들지 않는 것, 즉 관찰자적인 의식을 통해 이미지를 불필요하게 필터링하는 일이다. 아마추어는 이렇게 쓴다. "그녀는 뒤돌아서면서 두 마리 뱀이 바위들 사이에서 싸우고 있는 것을 알아챘다Turning, she noticed two snakes fighting in among the rocks." 이를 다음과 비교해보라. "그녀는 뒤돌아섰다. 바위들 사이에서 두 마리 뱀이 싸우고 있었다She turned. In among the rocks, two snakes were fighting." (물론 이 문장이 앞의 문장보다 낫긴 하지만 지금보다 더 나아질 수도 있다. "두 마리 뱀이 싸우고 있었다two snakes were fighting."라는 구절은 "두 마리 뱀이 획획 움직이며 서로를 마구 공격하고 있었다two snakes whipped and lashed, striking at each other."라고 말하는 것보다는 더 추상적이다. 그리고 보조 동사가 딸린 동사 "싸우고 있었다were fighting"는 그렇지 않은 동사[이를테면 "싸웠다fought"]보다 절대 더 구체적일 수 없는데, 이는 전자는 막연한 시간을 가리키는 반면, 후자는 바로 그 순간을 의미하기 때문이다.) 일반적으로 말해서—비록 소설에 절대적인 법칙 같은 것은 없지만—생생한 장면을 위해서는 "그녀는 알아챘다she noticed", "그녀는 보았다she saw" 같은 문장들은 거의 사용하지 않아야 하며, 대신 눈앞에 보이는 것을 직접적으로 제시해야만 한다.

연속성의 원칙—독자가 이미지나 장면에 대한 집중에서 절대 벗어나서는 안 된다는 생각—이 가진 테크니컬한 함의는 그리 간단히 다룰 수 있는 문제가 아니다. 초보 작가들, 특히 영어 작문의 기본 스킬이 부족한 이들이 작품에서 흔히 저지르는 실수는 서투르고 부정확한 글쓰기로 독자들의 정신을 산란하게 하는 것이다. 물론 캐릭터들은 얼마든지 서투른 말을 할 수 있다. 작가가 할 일은 그것들을 그저 정확히 모방하는 것이니까. 하지만 보통의 삼인칭 화자는 절대 실수를 저질러서는 안 된다. 만일 화자가 구문론적으로 실수를 저지른다면 독자의 마음은 싸우는 뱀들에게서 그 문장이 무슨 의미인지 곱씹어봐야 하는 문제로 곧장 옮겨간다. 독자에게는 할 말을 분명히 하는 것이 작가의 책무라고 여길 당연한 권리가 있기 때문에, 주의 산만은 지성적인 문제뿐만 아니라 정서적인 문제가 될 가능성이 크다. 좋은 소설에서는 독자가 단지 어떤 문장의 의미를 이해하기 위해 거듭 그 문장을 읽는 일은 절대 일어나지 않는다. 독자가 어떤 문장이 마음에 들었거나, 아니면 작가의 잘못이 없더라도 독자 자신이 장면이 가진 더 큰 함의를 곱씹는 데 정신이 팔렸기 때문에 문장을 두 번 읽을 수는 있다. 하지만 독자가 두 번 읽는 것이 작가의 부주의 때문이라면 그는 당연히 작가가 모든 소설에서 통용되는 기본적인 계약─작가는 독자를 상대할 때 정직해야 하고 책임감을 가져야 한다는 계약─을 위반했다고 느낄 것이다. (이것이 소위 신뢰할 수 없는 화자를 배제해야 한다는 뜻은 아님을 말해두어야겠다. 신뢰할 수 없는 화자도 소설 속 캐릭터이기 때문이다.)

서투른 글쓰기clumsy writing는 아주 훌륭한 작가들의 작품에서도 나타나긴 하지만 아마추어들의 작품에서 보다더 흔히 나타난다. 보다 빈번히 일어나는 서투른 글쓰기의 유형들을 여기에서 말해두어야 할 것 같다. 왜냐하면 이 문제는 아마추어가 상상하는 것보다 훨씬 더 심각한 종류의 것이기 때문이다. 이것들은 숙련된 독자의 정신을 딴 데로 돌려놓거나, 적어도 독자로 하여금 가상의 꿈에 집중하는 일을 어렵게 만들며, 작가의 권위를 약화시킨다. 참고 넘겨야 할 일이나 부적절한 일이 일어났을 때 민감한 독자는 잠시 몸을 움츠린다. 재미있는 이야기꾼이 코를 후빌 때 우리가 그러하듯이 말이다.

가장 명확한 유형의 서투름, 기본 스킬 구사의 진정한 실패에는 다음과 같은 실수들, 즉 수동태의 부적절하거나 과도한 사용, 비정형 동사infinite verb를 포함하는 도입 구절을 사용하는 부적절함, 화법의 변화 혹은 정신을 흩뜨리는 화법의 주기적인 사용, 문장 다양성의 결여, 문장 집중력의 결여, 불완전한 리듬, 돌발적인 라임rhyme, 불필요한 설명, 심리적 거리의 부주의한 변화 등이 포함된다. 이것들을 하나씩 차례대로 살펴보기로 하자.

"어제 당신에게 돈이 지급되었다You were paid yesterday", "독일인들은 패했다The Germans were defeated", "프로젝트는 포기되었다The project was abandoned" 등과 같은 상투적인 표현법을 제외하면 수동태는 소설에서 사실상 무용하다. 작가가 약간의 허풍을 떨며 말하는 어떤 바보를 모방한다거나 어떤 기관의 명령을 인용할 때처럼 희극적인 효과를 위해 사용할 때를 빼면 말이다. 능동태는 거의 언제나 더 직접적이고 생생하다. "네 앵무새가 날 물었어Your parrot bit me"와 (수동태 문장인) "난 네 앵무새에게 물렸어I was bitten by your parrot"를 비교해보라. (이 경우의 선택은 캐릭터의 성격 묘사에 따라 달라진다. 상대방의 심기를 건드릴까 두려워하는 소심한 영혼은 당연히 수동태를 선택할 것이다.) 관습적인 전지적 화자—톨스토이 소설에 나타나는 것처럼 객관적이며 대체로 비인격적인 목소리로서의 화자—에 의해 말해지는 스토리에서 수동태는 불쾌감을 주며 정신을 산만하게 할 확률이 크다. 말할 필요도 없겠지만, 작가는 반드시 모든 경우를 개별적으로 판단해야 하며, 정말 훌륭한 작가라면 어떤 경우라도 능수능란하게 처리해나갈 것이다. 하지만 분명히 해야 할 사실은, 작가는 수동태를 사용할 때 그 사실을 자각해야 하며, 그에 대한 타당한 이유를 분명히 지녀야만 한다는 것이다.

비정형 동사구로 시작하는 문장들은 나쁜 글에서 너무나도 흔히 나타나기 때문에, 그것들에 아무 잘못이 없다는 게 밝혀지기 전까지는 잘못된 것으로 대하는 게 현명한 일이다. 가령 "바느질을 하다가 천천히 고개를 들어올리며 마사가 말했다……Looking up slowly from her sewing, Martha said……" 또는 "왼손에 오리를 들고서 헨리는……Carrying the duck in his left hand, Henry……" 같은 구절들로 시작하는 문장들 말이다. 정말 나쁜 글에서 그러한 도입구들은 종종 시점의 전환이나 분명한 모순으로 이어진다. 이를테면 나쁜 작가는 이렇게 말한다. "고용인을 해고하고 그의 오두막에 불을 지르며 엘로이즈는 마을로 차를 몰았다Firing the hired man and burning down his shack, Eloise drove into town." (이 문장은 고용인을 해고하는 일, 그의 오두막에 불을 지르는 일, 마을로 차를 몰고 가는 행위가 모두 동시에 일어나고 있다는 걸 의미한다.) 혹은 나쁜 작가는 이렇게 말한다. "재빨리 칸막이 벽에서 돌아서면서 피그 선장은 느리고 조심스럽게 말했다Quickly turing from the bulkhead, Captain Figg spoke slowly and carefully." (이는 비논리적이다. 즉 불가능하다.) 하지만 심지어 모순이나 시점의 혼동이 개입되어 있지 않을 때라도 비정형 동사구의 너무 잦거나 부적절한 사용은 글을 나쁘게 만든다. 일반적으로 이런 일은 작가가 문장 길이에 변화를 주는 법을 생각해내지 못하기 때문에 일어난다. 작가는 자신이 쓴 끔찍한 문장을 본다. "그녀는 가터를 풀었다. 그녀는 존을 향해 돌아섰다. 그녀는 당황해하는 그를 보며 웃음 지었다.She slipped off the garter. She turned to John. She smiled at his embarrassment." 서로 서걱거리는 주어와 동사 들을 제거하려 필사적으로 노력한 끝에 그는 이 문장을 "그녀는 가터를 풀었다. 존을 향해 돌아서며 그녀는 당황해하는 그를 보고 웃음 지었다.She slipped off the garter. Turning to John, she smiled at his embarrassment"로 수정한다. 문장의 다양성이라는 목표를 이루었다는 사실은 기특해 보일 수도 있겠으나, 이보다 더 나은 방법들이 있다. 서걱거리는 주어와 동사 들을 제거하려면 복합술어compound predicate를 사용해볼 수 있다. "그녀는 가터를 풀고 존을 향해 돌아섰다.She slipped off the garter and turned to John." 혹은 수식어구qualifier와 동격구appositional phrase를 삽입할 수도 있다. "그녀는 가터를 풀었다―라기보다는 벗어던졌다. 천이 해진, 한물간 지 오래인 애절한 핑크빛의 그것, 주름 장식 너머로 살짝 들여다보이는 냉담할 정도로 음란한 회색 밴드를She slipped off— or, rather, yanked—off the garter, a frayed, mournful pink one long past its prime, gray elastic peeking out past the ruffles, indifferently obscene." (등등) 혹은 적절한 종속절subordinate clause을 찾아내는 방법도 있다. "(그녀는) 가터를 풀고서 그녀는 존을 향해 돌아섰다When she had slipped off the garter, she turned to John." 이러한 해법은 전자의 "그녀she"를 덜 강조함으로써(빠르게 지나침으로써)

소설의 기술

문장의 서걱거림을 제거한다. (다음의 두 문장 "그녀는 가터를 풀었다. 그녀는 존을 향해 돌아섰다She slipped off the garter. She turned to John."와 "(그녀는) 가터를 풀고서 그녀는 존을 향해 돌아섰다When she had slipped off the garter, she turned to John."의 리듬을 비교해보라.) 물론 그렇다고 해서 비정형 동사로 시작되는 도입구가 제자리에 놓였을 때 멋진 것이 될 수 있다는 걸 부정하려는 것은 아니다. 그것은 적절하게 사용될 때 순간적으로 사건의 속도를 느리게 하며, 사건에 깊이 숙고한 듯한 무게감을 부여하여 중요한 장면에서의 긴장감을 높여준다. 예를 들어 이는 다음과 같은 상황, 즉 "천천히 라이플의 총신을 들어올리며……Slowly raising the rifle barrel……" 또는 "숲을 응시하며, 그녀에게 아무 대답도 하지 않으며……Gazing off at the woods, giving her no answers……"와 같은 경우에 효과를 발휘한다. 무분별하게 사용될 경우, 비정형 동사로 시작되는 도입구는 사건을 간헐적인 것으로 조각내버리고 그것이 적절한 곳에 놓였다면 얻을 수도 있었을 효과를 상실하게 된다.

화법의 문제는 보통 작가의 성격이나 교육 정도의 결함을 나타낸다. 화법의 변화와 부적절한 화법의 꾸준한 사용은 실은 작가가 솜씨가 나쁘다거나, 혹은 경험이 부족하고 소심해서 미숙하다는 사실을 말해준다. 다음과 같은 문장을 쓰는 성인 작가는 거의 희망이 없거나, 아예 희망이 없어 보인다. "그녀의 두 뺨은 두텁고 부드러웠으며 건강하고 자연스러운 붉은 빛을 붙들고 있었다. 두 뺨 아래의 굵은 선들, 그녀의 아래턱 살은 그녀의 입술과의 교차점까지 이어져 그녀가 대부분의 시간을 두꺼운 입술로 얼굴을 찡그리고 있게 만들었다Her cheeks were thick and smooth and held a healthy natural red color. The heavy lines under them, her jowls, extended to the intersection of her lips and gave her a thick-lipped frown most of the time." "그녀의 두 뺨은 두텁고 부드러웠다Her cheeks were thick and smooth"는 일반적인 영어다. 하지만 "(그녀의 두 뺨은) 건강하고 자연스러운 붉은빛을 붙들고 있었다Her cheeks] held a healthy natural red color"는 고상하며 유사-시적pseudo-poetic이다. "붙들었다held"라는 단어는 어렴풋이 "두 뺨cheeks"의 의인화를 암시하고 "건강하고 자연스러운 붉은빛healthy natural red color"은 투박하고 부자연스러우며 좀 딱딱하다. 두번째 문장도 유사한 실수를 범하고 있다. "그녀의 입술과의 교차점까지 이어져extended to the intersection of her lips"라는 문장의 화법은 고상하고 형식적이어서 "대부분의 시간most of the time"이라는 구어체 표현으로 마무리되는 문장의 끝부분과 큰 충돌을 일으킨다. 꾸준히 고상한 화법—다음과 같이 계속해서 허세를 부리는 문장들—를 쓰는 작가에게는 약간의 희망이 더 있을지도 모르겠다. "그가 복도를 걸어 지나가자 오줌과 소금물의 독특한 냄새가 그를 맞이했다. 그는 비어 있는 싱크대와 샤워실을 찾아 그 구역을 조사했지만 그 어떤 것도 발견하지 못했으므로 줄을 서서 기다려야만 했다The unique smell of urine and saltwater greeted him as he stepped through the hallway. He surveyed the area for an open sink or shower stall but, finding none, had to wait in line." ("줄을 서서 기다려야만 했다Had to wait in line"라는 표현은 물론 화법이 갑작스레 평이해진 것이다.) 이 예에서 보는 글쓰기는 그릇된 방식으로 고상해진 화법이 가지는 일반적 특징들 대부분을 지니고 있다. 즉 추상적인 언어("독특한 냄새

　　　　　　　소설의 기술

unique smell"), 상투적인 의인화("냄새가 그를 맞이했다^{the smell} greeted him"), 간단한 앵글로색슨어가 더 나은 경우에도 그 대신 라틴어에서 유래한 언어를 사용한 것("돌아보았다^{looked around}" 대신 "그 구역을 조사했다^{surveyed the area}") 등등. 만일 이러한 장애를 지닌 작가가 상대적으로 쉬운 종류의 소설— 이야기에 반대되는 현실적인 스토리와 설화체 문학—에 집중한다면 이 문제는 간단히 해결될 수 있다. 그는 현실적인 스토리에서는 직접적이고 구어체적인 화법을 사용하고, 설화체 문학에서는 전형적인 촌^{backwater} 화자의 목소리—남부 시골 사람, 뉴잉글랜드의 솜씨 좋은 나이든 농부 등등—를 사용하는 등의 노력을 통해 자신이 사용하는 어휘에 나타나는 화려한 말의 흔적들을 모두 지우는 법을 터득할 수 있다. 관례상 고상하고 거의 장중하기까지 한 어조를 요구하는 진지한 이야기들을 쓰는 일은 아마도 이러한 작가들의 능력을 완전히 벗어나는 일일 것이다. 진짜 고상한 스타일과 가짜를 구분하지 못하는 사람이 고상한 스타일로 쓴다는 건 불가능하기 때문이다. 그것은 멜빌의 몇몇 구절들이 우리에게 상기시켜주듯, 어떤 작가도 기꺼운 마음으로 받아들일 수는 없을 제약이다.

그날 아침의 해안은 좀 유별났다. 모든 게 침묵 속에 고요했으며, 모든 게 잿빛이었다. 바다는 비록 거대하게 부풀어올라 물결치고 있었지만 멈춘 듯 보였고, 수면은 용광로 거푸집에 놓여 넘실거리던 식어버린 납처럼 매끈하게 윤이 나고 있었다. 하늘은 잿빛 망토 같아 보였다. 불안해하는 잿빛 운무와 뒤섞여 일족^{一族}을 이룬 불안해하는 잿빛 날짐

승들은, 폭풍 전의 목초지 위를 날아가는 제비떼처럼 바다 위로 낮게 단속적으로 스치듯 날며 지나갔다. 앞으로 다가올 더 큰 그림자를 예고하는 그림자가 사방에 깔려 있었다. (멜빌의 「베니토 세레노Benito Cereno」 중에서—옮긴이)

혹은 다음의 예에서 이자크 디네센이 이야기가 가지는 전통적인 고상한 스타일을 어떻게 사용하고 있는지를 눈여겨 살펴보라.

커다란 저택은 덴마크의 땅에 농부의 오두막집만큼이나 굳건히 뿌리내린 채 서 있었다. 그리고 그 저택은 그 땅의 사방, 변화하는 계절과 충실히 맺어진 것만큼이나 그 땅에서의 동물들의 삶, 나무와 꽃 들과 충실히 맺어져 있었다. 그것의 유일한 관심사는 더 나은 생활이었다. 라임나무의 영토 안에서 사람들이 관심을 갖고 떠들어대는 주제는 더 이상 소, 염소, 돼지가 아닌 말과 개였다. 그 땅의 사냥감인 야생 동물이 자신의 어린 초록빛 호밀을 뜯어먹거나 익어가는 밀밭에 있는 것을 보았을 때 그것들에게 주먹을 휘둘러 시골 저택에 사는 사람들에게 보내는 일이 농부에게는 주된 소일거리이자 생활의 기쁨이었다.
하늘에 적힌 글이 연속성, 세속적인 불멸을 장엄히 선포했다. 거대한 시골 저택들은 여러 세대에 걸쳐 그 땅을 지키고 있었다. 덴마크의 역사는 바로 그 저택들의 역사였기에, 그곳에 사는 가족들은 마치 자신들을 명예로이 여기듯이 과거에 경외심을 보냈다. (「슬픔의 땅Sorrow-Acre」 중에

소설의 기술

서—옮긴이)

바흐^{Bach}처럼 고상한 스타일은 누구나 소화해낼 수 있는 게 아니다. 하지만 아마추어들이 고상한 스타일을 터무니없이 모방하려는 유혹에 그렇게 자주 빠진다는 것은, 그것이 우리 안에 어떤 공감을 불러일으킨다는 사실을 말해준다. 화법에 대한 감각이 전무한 작가는 세심하고 광범위한 독서를 통해, 그리고 꾸준한 글쓰기와 자신이 받을 수 있는 최고의 비평을 통해 결국에는 자신의 문제를 극복할 수 있게 된다.

문장의 다양성은 대부분의 신입생 작문 교재에서 논의되는 것이므로 여기서 자세히 다룰 필요는 없다. 창조적인 작가들을 가장 빈번히 괴롭히는 한두 가지 문제들을 언급하는 것만으로도 충분할 것이다. 젊은 작가가 해야 할 일은 당연하게도 문장들을 연구하고 의식적으로 실험하는 일이다. 그럼으로써 그는 무엇이 문제인지를 스스로 알게 되고, 자신이 그 문제를 해결했을 때 스스로 깨닫게 되기 때문이다. 문장의 다양성이 결여되면 문장들은 모두 같은 길이가 되고, 계속해서 똑같기만 한 리듬을 가지며, 똑같은 지루한 구조를 가지게 된다. 주어-동사, 주어-동사, 주어-동사-목적어, 주어-동사의 형식으로 말이다. 기민한 작가가 실험을 시작하면서 배우게 되는 것은 문제보다 해결책이 더 나쁠 수 있다는 것이다. 비정형 동사구로 시작되는 도입부가 보통 겪게 되는 불운한 운명에 대해서는 이미 앞에서 언급했다. 다른 나쁜 해결책은 'that'절과 'which'절로 문장을 꼴사납게 늘이는 일이다. 가령 "소파에서 뛰어오르며 그는 책장에서 권총을 꽉 움켜쥐었는데, 그 책장은 안락의자 뒤에 있는 것이었다 Leaping from the couch, he seized the revolver from the bookshelf that stood behind the armchair." 혹은 "뒤돌아선 그녀는 그날 아침 아프리카에서 도착한 고릴라를 보고는 두려움에 망연자실해 비명을 질렀는데, 아프리카는 고릴라의 예전 고향이었다 She turned, shrieking, throwing up her arms in terror at the sight of the gorilla that had arrived that morning from Africa, which had formerly been its home" 같은 문장들을 보라. 이러한 문장들의 문제는 명백히 그것들이 자기 목소리와 활력을 잃기 쉽다는 것이다. 이 문제를 다음과 같은 방식으로 살펴보면 도움이 될 것 같다. 영어 문장은 의미 단위들 혹은 구문론적 요소들로 나뉘는 경향이 있다. 이를테면 다음과 같은 패턴들로 말이다.

1   2   3

주어, 동사, 목적어

또는

1   2

주어, 동사수식어

고등학교 영어 강사들이 매우 선호하는 소위 도미문(掉尾文, periodic sentence)•의 경우, 문장에서 가장 흥미롭거나 중요한 내용은 "우르릉거리며 고함치는 강을 따라온 것은 메이블의 소였다"에서처럼 가장 마지막 자리로 미루어진다. 도

• 많은 절節을 포함하고 문장 끝에 가서 비로소 문장의 뜻이 완성된다.

미문의 타고난 우월함은 얼마든지 과장될 수 있다. 하지만 용두사미격의 마무리는 그렇지 않았더라면 완벽히 훌륭했을 문장을 망쳐놓을 수도 있으며, 'that'절과 'which'절은 거의 언제나—희극적인 글을 제외하면—용두사미로 이어진다는 것 또한 사실이다. (『뉴요커』에 실리는 '극사실주의적인super-realist' 소설에서는 이러한 스타일적인 평범함이 미덕이 될 수도 있겠다.)

문장의 다양성에 대한 추구는 종종 또다른 문제, 즉 문장의 과부하와 집중력의 저하로 이어진다. 다음 문장들을 보라. "페르시아만의 검은 물은, 마치 동이 트기 전의 빛의 핑크빛 홍조가 지평선의 회색 구름을 난초와 라벤더의 색조로 바꿔 놓은 것처럼 몹시도 평화로웠다. 물위를 거의 소리 없이 지나가는 매머드 같은 하얀 배의 갑판 위로 청명하고 시원한 미풍이 불어왔다." 열정적이려는 지나치게 광적인 시도로 인해 작가는 자신의 문장을 일본 통근 열차처럼 빽빽하게 만들어 버렸다. 어쩌면 위대한 작가에게는 이러한 것들이 문제가 되지 않을 수도 있겠지만—딜런 토머스Dyaln Thomas와 로렌스 더럴Lawrence Durrell이 시도한 산문픽션•의 경우를 들 수 있겠다—그것은 정말이지 가능성이 희박한 일이다. 대체로 문장이 다음과 같이 세 개의 구문론적 요소를 가지는 경우,

• '산문픽션prose fiction'이란 캐나다의 문학이론가이자 비평가 노드롭 프라이 (1912~1991)가 『비평의 해부Anatomy of Criticism』에서 장르 이론을 개진하며 만들어낸 신조어로, 산문도 픽션도 아니지만 지속적인 리듬을 가지는 작품의 장르를 가리키는 말이다. 영국 웨일스 출신의 작가 딜런 토머스(1914~1953)가 쓴 자서전적 단편집 『강아지 예술가의 초상Portrait of the Artist as a Young Dog』, 그리고 영국 작가인 로렌스 더럴(1912~1990)이 초현실주의의 영향을 받아 쓴 장편소설 『검은 책The Black Book』 등이 이 장르에 속한다고 할 수 있다.

1　　　　3　　2
그 사람은 길을 걸어갔다

작가는 여기서 하나 혹은 두 개의 요소에 수식을 덧붙일 수 있지만, 문장이 집중력을 가지게 하려면—즉 만일 독자가 잡동사니에 지나지 않는 것이 아닌 분명한 이미지를 그려낼 수 있으려면—작가는 세 가지 구문론적 요소 모두를 디테일로 가득 채워서는 안 된다. 그러니까 가령 작가는 다음과 같이 1번 자리는 수식으로 채우고 다른 자리들을 거의 그대로 내버려둘 수가 있다.

　　　　　　　　　　　　　　　　　　　　　1
짊어진 양철 냄비들 때문에 몸이 몹시도 굽은 노인이, 그러나 일종의 광적인 쾌활함을 띤 미소를 지은 채 슬라보니아말처럼 들리는 언어로 혼자서 떠들며
　　　3　　　2
천천히 길을 걸어갔다.

혹은 2번 자리를 꾸며줄 수도 있다.

　　1
노인은 조심스레 발을 들어올리고는, 때로는 마치 춤이라도 추듯 한쪽 신발로 앞을 차면서, 또 발바닥이 아무렇게나 흐느적거리기 전에 발로 쿵 하고 바닥을 울리면서, 그

게 잘될 때는 싱긋이 웃음을 짓고 혼자서 중얼거리며 앞
으로 나아가는 건지 아닌 건지 알 수 없을 정도로
　　3　　　2
천천히 길을 걸어갔다.

혹은 작가는 1번과 2번 자리 모두를 위태로울 정도로 과하
게 꾸미는 위험을 감수할 수도 있다. 예를 들어,

　　　　　　　　　　　　　　　　　1
짊어진 양철 냄비들 때문에 몸이 몹시도 굽은 노인이, 그
러나 일종의 광적인 쾌활함을 띤 미소를 지은 채 슬라보
니아말처럼 들리는 언어로 혼자서 떠들며, 조심스레 발을
들어올리고는, 때로는 마치 춤이라도 추듯 한쪽 신발로
앞을 차면서, 또 발바닥이 아무렇게나 흐느적거리기 전에
발로 쿵 하고 바닥을 울리면서, 그게 잘될 때는 싱긋이 웃
음을 짓고 혼자서 중얼거리며 앞으로 나아가는 건지 아
닌 건지 알 수 없을 정도로
　　3　　　2
천천히 길을 걸어갔다.

만일 작가의 주된 관심이 문학적으로 묘기를 부리는 데 있
다면 (비록 이것이 소설의 진지함을 손상시킬 수 있긴 하지만
완전히 나쁘기만 한 것은 아니다) 그는 위 문장의 3번 자리에
있는 문구를 "울퉁불퉁하고 구부러진 길"로 살짝 뒤틀 수 있
다. 이런 식의 문장 놀이는 글쓰기를 즐거운 것으로 만들어주

는 주된 요인들 중 하나다. 하지만 어떤 작가라도 결국에는 멈춰야 할 순간을 알게 될 수밖에 없다.

좋은 소설의 미덕에 민감한 독자들은 미묘한 종류의 실수에도 가상의 꿈으로부터 멀어질 수 있다. 그중 하나가 불완전한 리듬이다. 몇몇 유명한 이들을 포함한 많은 작가들이 산문의 리듬을 통해 얻을 수 있는 시적 효과를 전혀 의식하지 않은 채 글을 쓰고 있다. 그들은 테이블 위에 와인을 놓고, 재떨이에 담배를 놓고, 연인들을 그려넣고, 시계를 똑딱이기 시작하게 하면서도, 그것들과 나란히 끼워넣은 강세^{stress}들을 사용해 문장들을 빠르게 해야 하는지 느리게 해야 하는지, 명랑하게 해야 하는지 엄숙하게 해야 하는지에 대해서는 아무런 생각이 없다. 나는 지금 의도적으로 리듬을 배제한 작가, 즉 리듬의 아름다움이 두드러지는 구절은 한 구절도 허락하지 않으면서 우리로 하여금 얼음 위에 발을 디딘 송아지처럼 비틀거리거나 춤추게 하지도 않는 그런 종류의 작가를 말하고 있는 게 아니다. 그런 작가들은 리얼리즘 소설에서 작가가 해야 할 중요할 일이 진짜 사람들이 말하는 방식을 흉내내는 것이라고 주장한다. 그리고 현실에서 사람들은 일반적으로 시적인 리듬으로 말하지 않기 때문에, 자신의 말의 리듬을 캐릭터들의 리듬 속에 녹여야만 하는 통제자로서의 화자는 자신의 리듬을 계속해서 드러내지 않는 게 현명한 일이라고 말이다. 여기서 현명하다는 말은 제임스 조이스, 토머스 울프, 혹은 윌리엄 포크너처럼 음유 시인 같거나 주문을 외는 듯한 작가들로부터 가능한 한 멀어지는 현명함을 의미한다. 음유 시인 같은 목소리를 택한다는 것은 자동적으로 리얼리즘으로부터 살짝 물

소설의 기술

러선다는 뜻이고, 캐주얼한 목소리에서 읊조리는 목소리로, 현실적인 스토리에서 이야기로 넘어간다는 뜻이다. 의도적으로 리듬을 사용하지 않는 작가―이를테면 존 업다이크―든 나처럼 멜로디적인 효과를 위해 캐릭터의 두 귀를 희생시키는 작가든, 투박한 리듬으로 독자를 꿈에서 달아나게 할 거라고는 생각할 수 없다. 리듬에 대해 절대 생각하지 않는 작가는 분명 그렇게 할 확률이 높다. 독자는 다음과 같이 마음대로 만든 엉망진창의 운율로 쓰인 구절에 갑자기 그만 얼어붙고 말 것이다.

    No one was looking when Tarkington's gun went off,
killing James Harris and maiming his wife.

(타킹턴의 총이 발사되어 제임스 해리스를 죽이고 그의 부인을 불구로 만들었을 때 그걸 누구도 보고 있지 않았다.)

(운율 부호에 대한 설명은 245-248쪽을 참고하라.)

    이처럼 작가는 순간의 급박함을 나타내기 위해 좀더 가벼운 리듬과 약약강격anapest 또는 강약약격dactyl의 운율이 필요한 상황에서 의도치 않게 도약률(跳躍律, sprung rhythm)*로 된 운문 형식―그러니까 차례로 이어지는 빽빽한 강세들―을 만들어낸다. 가령 그는 다음과 같이 쓸 수도 있다.

    "Stop, thief!" Bones Danks cried. "Stop! Can't some

• 강세 하나에 약음절 넷이 따르고 주로 두운頭韻, 중간운, 어구의 반복으로 리듬을 갖춘 것을 말한다.

good soul stop that man, please?"

("거기 서, 도둑놈아!" 본즈 댕크스는 외쳤다. "거기 서! 저 사람 좀 잡아줄 용감한 사람 누구 없어요?")

　말할 것도 없이, 리듬에 신경을 쓰는 작가는 주로 거기 너무 많은 신경을 기울임으로써―즉 에고가 소재들을 방해하게 함으로써―독자를 가상의 꿈에서 멀어지게 해버릴 수도 있다. 하지만 우리는 나중에 롱기누스Longinus●의 '무신경함의 원리'에 대해 살펴볼 것이므로 지금 이것에 대해 이야기할 필요는 없을 것이다.

　또 한 가지 거슬리는 것은 "굴착 장치가 폭발했을 때, 모든 게 하늘 높이 올라갔다―나 역시When the rig blew, everything went flying sky-high―me too"의 경우에서와 같은 돌발적인 라임이다. 이 경우 라임을 형성하는 두 단어 "blew"와 "too"가 강세의 위치에 오기 때문에 거슬림을 유발한다는 사실에 주목하라. 그러니까 그것들이 어조상 지나치게 강조되고 있다. 만일 작가가 두 라임들 중 하나를 강세 위치에서 빼기만 해도 라임은 대부분의 사람들이 듣기에 그렇게 거슬리지 않게 된다. "굴착 장치는 폭발해 하늘 높이 올라갔고, 모든 것들이 날아갔다―나 역시The rig blew sky-high, and everything went flying―me too." 이 버전에서 단어 "blew"는 강세 위치를 "sky-high"에 내어주고 "blew-too"의 라임은 배경 효과를 내는 정도로 격하된다. 하지만 이제 우리는 강세 위치에 새로운 라임―"sky-high"

● 고대 그리스 말기의 운현학자·수사학자·철학자. '무신경함의 원리principle of frigidity'는 그의 저작으로 알려진 『숭고에 관하여』에 등장한다.

와 "flying"(글쎄, 이 정도면 산문에서는 라임에 가깝다고 봐야 할 것이다)—이 생겨났음을 보게 되고, 이상한 사실, 즉 읽었을 때 괜찮게 들린다는 사실을 알아차린다. 만일 그 이유를 알아내기 위해 소리를 분석해본다면 아마도 다음과 같은 사실들을 알게 될 것이다. 첫째, 두 단어로 된 라임 "sky-high"의 주저하는 듯한 강세(아래의 분석을 참고하라)는 여성운feminine rhyme(무강세 음절로 끝나는 단어)•에 의해 해결이 되며, 이는 마무리pull-away 역할을 하는 "me too"라는 구절로 이어진다. 결과적으로 라임 "flying"은 첫번째 라임인 "sky-high"에 비해 가벼운 울림을 갖게 되고, 어조는 서둘러 마무리되는 느낌을 띠게 된다.

"굴착 장치는 폭발해 하늘 높이 올라갔고, 모든 것들이 날아갔다—나 역시The rig blew sky-high, and everything went flying—me too." 둘째, "me too"라는 구절은 앞서 등장한 무강세 자리의 "blew"를 미약하게나마 상기시키고, 동시에 리듬적으로는 "sky-high"를 상기시킨다. 그 결과 "sky-high—flying"의 라임은 그 효과를 살짝 잃게 된다. 이번에는 "blew"를 감추고서, 마지막으로 한 번만 더 문장을 변형해보자.

"굴착 장치가 날아갔고, 모든 게 하늘 높이 튀어올랐다—나 또한The rig went flying, and everything shot sky-high—me too." 마음속으로 "blew"를 "shot"으로 바꿔보면 우리는 즉각적으로 그것이 어울리지 않는다는 것을 알게—좀더 정확히 말해, 듣게—된다. 이는 너무 과하고 어색해서 분명 독자를 불편하게

• 여성운은 bitten과 written처럼 마지막 음절 앞에 강세가 있는 단어들로 된 운을 뜻한다.

할 종류의 라임이다. 독자는 잠시 이미지에 대한 생각을 멈추고 작가의 머리가 어떻게 된 것은 아닌지 의아해할 것이다. 반면, "shot"과 "flying—sky-high"의 라임은 괜찮아 보인다. 문장의 *안단테식* 서두(느슨한 약강격iambus)는 중반부 "flying, and everything"에 이르러 *알레그로식*으로 속도를 높이는가 싶더니, 문장은 갑자기 앞의 속도와 균형을 맞추기 위해 반복되는 빽빽한 강세들로 인해 거대하고 느린 불꽃놀이 같은 것이 되어버리고, "sky-high" 라임은 왕관 모양처럼 솟아오른다. 소설에서의 이런 식의 시적 효과는 어디까지나 허용될 수 있는 범위 내에서 독자를 방해한다. 독자는 잠시 멈췄다가, 소리가 가지는 울림의 감각을 음미하며 문장을 다시 한번 읽을 것이다. 하지만 그가 잠시 가상의 꿈으로부터 등을 돌린 것은 때로 우리가 동물 조련사의 기술—머리를 악어의 입안에 집어넣는 과장된 동작—에 감탄해서 잠시 동작을 멈출 때와 비슷한 것일 뿐이어서, 우리는 잠시 후 다시 그 광경을 지켜보기 시작한다. 테크닉에 대한 지배력에 큰 확신을 가진 작가들—*놀라운 재주*tour-de-force를 지닌 작가들—은 자신들이 소설적 환상을 깨뜨리지 않고서 과연 어디까지 가볼 수 있는지를 알기 위해 독자들에게 윙크를 하고 추파를 던지며 일종의 게임을 벌이곤 한다. 그것에 관해서는 나중에 더 이야기하기로 하자.

또다른 거슬리는 것들로는 불필요한 설명, 그리고 극화만으로도 충분한데도 설명을 덧붙이는 경우를 들 수 있다. 아마추어 소설에서 이러한 문제들은 조잡한 형태로 드러나겠지만 숙련된 작가도 기본적으로 동일한 종류의 기초적인 실수를 저지를 수 있다. 가령 아마추어 작가는 우 부인이 괴팍한 할머니라

　　　　　　　　　　소설의 기술

고 말하면서 그 이유들 중 하나로 그녀가 겪고 있는 좌골 신경통을 꼽으며 그것에 대해 설명한다. 이 모든 정보들은 대화와 행동을 통해 전해질 수도 있었고 그랬어야만 한다. 우리는 우부인이 자신의 길을 막는 고양이를 발로 차 쫓아버리는 모습, 엉덩이를 문지르며 자신의 연석緣石에 트럭을 주차한 창 씨에게 창밖으로 소리를 지르는 모습을 보아야만 한다. 우리는 그녀가 샌디에이고에 있는 아들에게 전화로 불평하는 소리를 들어야만 한다. 숙련된 작가도 똑같은 실수를 범할 수 있다. 보통—만일 늘 그런 게 아니라면—작가가 스스로의 감미로운 어조에 지나치게 취해버렸을 때 이런 일이 일어난다. 그는 다음과 같이 쓸 것이다.

제럴드 B. 크레인 탐정은 거나하게 취해 있었다. 그날 아침 주차된 트럭 안에 앉아 있던 그는 현실—또는 적어도 당신과 내가 현실이라고 부르는 것—과 자신의 섬망증이 만들어낸 환영이나 환상을 구분해낼 수 없었다. 그의 책임감, 용기, 마음의 고결함, 타고난 친절함, 이 모든 것들이 그 어느 때보다도 열렬했지만 세속적인 진실에 대한 그의 안목만은 평소의 것이 아니었다. 그리하여 그는 자신이 무언가를 봤다고 믿고 자신이 영웅적인 행동을 하도록 부름받았다고 생각하면서, 술병을 내던지고 권총을 움켜쥐고는 여자가 방금 떠나버린 집으로 뛰어들어가 다시 한 번 자신이 멍청이라는 사실을 증명했다.

어조는, 일단 작가가 마스터하기만 하면 정말이지 매력적인 것이 될 수 있다. 하지만 어떠한 똑똑한 작가도 그것에만 의지해서는 모든 악을 헤치고 나아갈 수 없다. 술 취한 탐정이 등장하는 동일한 장면을 설명 없이 극으로만 말하는 다음 버전을 위의 버전과 비교해보라.

그는 뱀이 어디서 들어왔는지 보지 못했다. 울부짖는 소리가 그의 마음을 가득 채웠고, 하늘은 흰빛으로 번쩍였으며, 마치 저승으로 가는 길이 열리기라도 한 것처럼 거기 그 뱀이 있었다. 폭은 1피트, 길이는 아마도 30피트는 되어 보이는 푸르고 황금빛이 도는 그 뱀이. 그놈은 재빠르고도 우아하게 그의 눈앞의 거리와 연석을 지나 방금 전 일레인 글래스가 서 있던 현관을 향해 움직였다. 녀석의 두 눈은 커다랗고 시커먼 색이었으며, 비늘은 보랏빛과 주홍빛으로 번쩍였다. 손도끼 같은 머리를 치켜들고 혀를 날름거리며, 녀석은 친숙한 방문자 같은 자신감을 지닌 채 인도를 지나 계단을 향해 올라갔다.

무의식적으로 비명을 지르며 크레인은 술병을 내려놓고 자기 쪽 문을 열어젖힌 채 반쯤은 뛰어오르듯이 반쯤은 넘어지듯이 트럭 밖으로 뛰쳐나와서는 이리저리 앞을 향해 내달렸다. 그는 달려가며 권총을 꺼내들었다. 현관 쪽에 있던 학생들이 계단과 현관 바닥에 있던 자신들의 물건을 급히 챙기고는 그곳에서 뛰어 물러섰다. 거대한 뱀의 꼬리가 문 사이로 사라지고 있었다. 이제 그것은 사라졌다. 그는 권총을 흔들며, 넘어질 것같이 빠른 속도로 달려가며 그것을 쫓았다.

비록 설명이 흥미를 끄는 철학적 소설들과 같은 예외적 경우들이 있기는 하지만, 설명하고자 하는 유혹은 늘 언제나 억눌러야만 한다. 훌륭한 작가는 행동과 대화를 통해 어떤 것이든 얻어낼 수가 있다. 그리고 만일 그렇게 하지 않을 어떤 강력한 이유도 없다면 아마 자신의 리뷰어와 비평가 들에게 설명의 몫을 넘겨야 할 것이다. 작가는 특히나 자신의 캐릭터들의 감정에 대해 말하는 일을 피해야 하며, 혹은 적어도 "말하지 말고 보여줘라Show, don't tell"는 오랜 속담에 함축되어 있는 '평범한 거부'를 반드시 이해하고 있어야만 한다. 물론 극을 통해 얻어지는 복잡한 생각과 비교할 때 설명은 미음 같은 것이며, 따라서 지루하기 때문이다. 가령 한 여자가 집을 떠나기로 결정했다고 해보자. 독자로서 우리는 그녀를 아침 내내 지켜보면서 그녀의 동작들, 중얼거림, 이웃과 날씨에 대한 그녀의 느낌을 연구하고 그것에 대해 생각한다. 만일 작가가 훌륭하다면 매우 강렬할 수도 있을 이런 경험을 한 후, 우리는 마침내 그녀가 문밖으로 걸어나갈 때 그녀가 왜 떠나는 것인지를 *안다.* 우리는 말로 하기에는 너무나도 미묘하게 안다. 그렇기 때문에 설명하려는 작가의 시도는—만일 그가 그러한 시도를 할 정도로 멍청하다면—우리를 따분하게 하고 책을 덮게 만드는 것이다.

심리적 거리의 부주의한 변화 역시 독자의 집중을 흐트러뜨릴 수 있다. 여기서 심리적 거리란 독자가 자신과 스토리 속 사건 사이에서 느끼는 거리감을 의미한다. 다음의 예들을 비교해보라. 첫번째 예는 커다란 심리적 거리를 의도한 것이고, 그다음부터는 심리적 거리가 계속 조금씩 줄어들어 결국 마지막 예에서 적어도 이론상으로는 제로가 된다.

1. 1985년 겨울이었다. 커다란 남자가 문밖으로 걸어 나왔다.
2. 헨리 J. 워버튼은 눈보라에 딱히 신경쓴 적이 없었다.
3. 헨리는 눈보라를 정말 싫어했다.
4. 세상에, 그가 이 망할 눈보라를 얼마나 싫어했던지.
5. 눈. 당신의 옷깃 아래, 당신의 신발 속에서 얼어붙어 당신의 비참한 영혼을 틀어막는……

심리적 거리가 클 때 우리는 멀리서 지켜보듯 그 장면을 바라본다—이 위치는 시공간상 멀리 떨어져 있으며 형식적인 서술 방식을 지닌 전통적 이야기에서의 우리의 위치다(위의 1번 예는 오직 이야기에서만 등장할 것이다). 심리적 거리가 줄어듦에 따라—말하자면 카메라가 가까워짐에 따라—우리는 일반적인 설화체 문학(2번과 3번 예)과 단편소설 또는 리얼리즘 장편소설(2번 예에서 5번 예에 이르기까지)의 영역에 가까워진다. 좋은 소설에서 심리적 거리의 변화는 세심하게 통제된다. 보통의 경우, 우리는 작가가 스토리의 초입부에서 롱 쇼트나 미디엄 쇼트를 사용하는 걸 본다. 그는 강렬한 장면들을 위해서는 더 가까이 다가가고, 장면이 전환될 때는 뒤로 물러서며, 스토리의 클라이맥스에 이르러서는 더욱더 가까이 다가간다. (물론 다양한 종류의 변주가 가능하다. 그리고 영리한 작가는 특이하고도 새로운 효과를 얻기 위해 심리적 거리를—물론 다른 어떤 소설적 장치라도—사용할 가능성이 크다. 이를테면 그는 전체 스토리 내내 하나의 심리적 거리 설정을 유지할 수가 있다. 만일 그 설정이 2번 예와 같다면 으스스하고 다소 싸늘한 느낌을 줄 것이고, 5번 예와 같다면 과도하게 흥분한 느낌을 줄 것인데, 오직 위대한 기술만이 이를 허풍이나 감상주의로 떨어지지 않게 해줄 수 있다. 요는 심리적 거리를 관습적으로 사용하든 그러지 않든 간에 반드시 통제해야만 한다는 뜻이다.) 갑작스럽고 불가해한 심리적 거리의 변화를 포함하고 있는 소설 작품은 아마추어적으로 보이며 독자들을 떠나게 만드는 경향이 있다. 이를테면 다음과 같은 문장이 그러하다. "메리 보든은 딱따구리를 정말 싫어했다. 세상에, 그녀는 생각했다, 저것들은 날 미치게 만들 거야! 그 젊은 여자는 개인적으로 그 어떤 것도 알지 못했지만, 메리는 그녀가 무엇을 좋아하는지 알았다."

지금까지 내가 논해온 종류의 서투른 글쓰기들은 독자를 꿈에서 깨어나게 할 수밖에 없으며, 그럼으로써 소설을 망쳐놓거나 심각히 훼손한다. 나는 논의의 대상을 가장 흔한 종류의 실수들, 혹은 내가 글쓰기 강사나 간혹 책과 문예지 편집자로 일하면서 경험한 것 중 가장 흔하게 발견한 것들로 제한했다. 아주 나쁜 작가들에게서는 심지어 더한 잘못도 발견된다—두세 가지가 즉각 떠오르는데, 언급해두는 게 좋을 것 같다. 즉 순서가 엉망인 사건들의 배열, 멍청할 정도로 꼴사나운 디테일들의 삽입, 악마의 짓이 아니라면 도저히 설명이 안 될 정도로 집요하게 이어지는 괴상한 모방이나 맞춤법. 이중 첫번째는 설명이 필요 없을 것이다. 나는 그저 다음과 같이 일련의 행위들을 제시하는 경우, 즉 작가가—아마도 정신이 다른 곳에 팔려 있기 때문에—사건들을 순서에 맞지 않게 그럭저럭 배열해서 독자로 하여금 다시 앞으로 돌아가 그것들을 이해해야 하도록 만드는 경우에 대해서만 간단히 언급하겠다. 달리 말해, 작가가 자신의 문장의 의미를 잠시 유예해서(거의 언제나 좋은 생각이 못 된다), 독자로 하여금 표면상의 혼란으로부터 어떤 의미가 드러나길 바라는 마음에 믿음을 가지고 조금 더 읽어보게 만드는 경우 말이다. 여기 두 가지 예가 있다. 첫 번째 예. "그는 슛을 하기 위해 뒤돌아 낮게 드리블을 치며 나아가다가, 흥분해서 코트 안으로 뛰어 들어왔다가 그의 길을 막아선 치어리더에게 갑자기 부딪히는 바람에 완전히 뻗어버렸다." 이런 문장은 가끔 독자를 속여 넘길 수 있다—비록 예리한 독자는 이를 알아채고 항의하겠지만. 이런 일이 자주 일어난다면 작가의 권위는 심각한 손상을 입게 되며 (이것이 더 중요한 문제인데) 가상의 꿈은 힘과 일관성을 잃게 된다. 완벽하게 집중된 이미지를 보이려면 우리에게 주어지는 신호들은 하나하나 차례차례 주어져 모든 게 매끄러운 논리와 완벽한 필연성에 따라 일어나야 한다. 유일한 예외는 어떤 장면에서 캐릭터의—그리고 독자의—정신적 혼란이 그 장면의 효과를 발생시키는 데 중요한 부분으로 의도된 경우뿐이다(그리고 심지어 이러한 경우에도 작가는 이 예외 사항을 반드시 정당화해야 한다). 나쁜 작가들은 이러한 예외를 난데없이 튀어나온 목소리에 대한 핑계로 삼는다. 이를테면 한 젊은이가 행복하게 휘파람을 불며 거리를 걸어가고 있고 그 외에는 아무도 없을 때, 우리는 (새로운 문단에서) 다음과 같은 문장과 맞닥뜨린다. "조심해, 분!" 이는 (새로운 문단에서) 다음 문장으로 이어진다. "분은 놀란 채 뒤돌아서서 주위를 정신없이 둘러보았

　　　　　　　　　　　소설의 기술

다." 이런 일은 소설에서 흔하며, 내가 이를 못마땅해한다고 해서 작가들이 그걸 사용하는 일을 관두게 되지는 않을 것이다. 그럼에도 불구하고 만일 독자가 꿈으로서의 소설 이론을 올바른 것으로 여긴다면 조용한 와중에 갑자기 끼어드는 일("조심해")은 실수이며, 어쨌거나 완벽하게 집중된 절대적인 명료성을 잃게 하는 행위다. 이를 다음 문장과 비교해보라. "갑자기 어디선가 누군가가 외쳤다, '조심해, 분!'" 그러나 이는 까다로운 문제이고, 모든 작가들은 명료성의 이상을 좇기 위해 어디까지 갈 수 있는 것인지에 대해 저마다의 의견을 가지고 있다. 적어도 나는 만일 작가가 이 문제에 대해 조금이라도 심각하게 *생각해봤다면*, 그리고 사건들을 *a* 다음에 *b*가 오게끔 차례대로 배열하고 사건들이 마치 도미노가 쓰러지듯 상식적이고 분명하게 이어지도록 하는 것의 이점을 제대로 이해하고 있다면 그는 자기가 좋을 대로 해도 괜찮을 거라고—그리고 그래야만 한다고—생각한다. 존 호크스가 쓴 초기 소설에서 대체 어떤 일들이 벌어지고 있는 건지 과연 누가 알겠나? 그럼에도 그보다 더 강력하고 일관성 있는 꿈을 만들어낸 작가는 많지 않다.

명청할 정도로 꼴사나운 디테일들의 삽입에 대해서는 사실 따로 할 말이 없다. 이런 일들은 심지어 프로 작가의 소설에서도 흔히 발견된다. 작가가 주인공의 모습을 자연스럽게 소개하는 고질적인 문제를 다루느라 (마치 그게 처음이기라도 한 것처럼) 애쓸 때처럼 말이다. (그녀는 우연히 거울 앞을 지나서 시계의 문자판에 자기 얼굴을 비춰보고, 우연히 한 친구가 자신의 모습이 과거와 얼마나 달라졌는지 떠드는 모습을 본다. 이렇게 쓰는 건 작가가 자신의 패배를 인정하며 에라 모르겠다, 하고 기권해버리는 것이나 마찬가지다.) 어떤 능숙한 글쓰기 강사라도 마술사가 카드를 관객의 손에서 자기 조수의 손으로 솜씨 좋게 옮겨놓듯 디테일을 슬쩍 끼워넣는 법에 대한 팁을 알려줄 수 있을 것이다. 하지만 다음과 같이 말하는 것만으로도 충분하다—혹은 내가 할 말은 이것뿐이다. 정직한 작가는 꼴사납거나 가짜 같거나 억지스러워 보이는 것들을 절대 용납하지 않으려는 마음에, 초고가 끝나고 나면 계속해서 그것을 몇 번이고 들여다본다. 미숙하게 삽입된 디테일들은 멋진 디테일로 수정되거나 삭제되어야만 한다.

내가 언급한 세번째 아마추어적인 잘못, 즉 괴상한 모방이나 맞춤법에 대해서는 말을 아끼는 편이 더 나을 것이다. 그러니까 대화에서 사용하는 "음, 어……" 같은 말들—때로 훌륭한 작가들은 이런 말을 튀지 않게, 가상의 꿈을 방해하지 않는 선에서 사용한다. 하지만 보통 아마추어들이 사용하고, 그럼으로써 독자의 머리를 쥐어뜯게 만든다—말이다. 이용할 수 있는 화자가 있는 한, 그저 단순히 "약간 말을 더듬으며 카를로스가 말했다, '모르겠어I don't know'"라는 식으로 말하는 것만으로도 대화를 우습게 만드는 일은 피할 수가 있다(그러면 "um" 또는 "d-d-d-don't" 같은 것도 쓸 필요가 없을 것이다). 그리고 또 글자를 이상하게 쓰는 경우, 이를테면 "Yeah(그래)"를 "Yea"나 "Yeh"로 쓰는 경우가 있는데, 이러면 미식축구 선수들이나 마약 밀매자들이 예수님 흉내를 내는 것 같아진다(정말이지 그러하도다"Yea verily").

이 모든 종류의 서투른 글쓰기들은 '기본기 학습'이라는 제목에나 어울릴 법한 것들이고 능숙한 독자와 작가에게는 너무나도 뻔한 문제들이기 때문에, 언뜻 보기에는 진지한 작가들을 위한 책에 실릴 만하다고 생각되지 않을 것이다. 그럼에도 실린 것은 첫째, 최고의 작가들이 늘 (혹은 심지어 종종) 제대로 교육받은 중산층 출신은 아니기 때문이며—예술을 만들어내는 그릇이 금이나 은으로 되어 있는 경우는 매우 드물다—둘째, 내가 지금까지 다루어온 종류의 서투른 실수들은 우리가 말하는 "독자를 가상의 꿈에서 멀어지게 하는 것들"이 뭘 의미하는지를 명확히 보여주는 데 도움이 되기 때문이다. 그리고 내가 하는 말들 중에서 중단되지 않는 가상의 꿈보다 더 핵심적인 개념은 존재하지 않는다.

이제 단순한 서투름보다 훨씬 더 심각한 세 가지 잘못—테크닉의 과실이 아닌 영혼의 과실—즉 감상주의와 무신경함, 매너리즘의 문제로 넘어가보자. 영혼의 과실이라고 말하긴 했지만 내가 그걸 칼뱅주의자적 의미로 사용하는 것은 아니다. 영혼의 과실은 테크닉의 과실과 마찬가지로 고쳐질 수 있다. 사실 글쓰기 강사의 가장 중요한 업무, 그리고 작가가 스스로를 위해 반드시 행해야만 하는 중요한 책무는 작가의 기본 성격에 변화를 가져다주는 일과 그가 밀턴이 말한바 "진정한 시인true Poet"으로 거듭나도록 도와주는 일이다. 그 없이는 진정한 시 또한 탄생할 수 없는 그러한 시인 말이다.

모든 종류의 감상주의는 마땅한 이유를 제공하지 않은 채 어떤 결과를 얻으려는 시도다. (나는 독자들이 소설에서의 *감정*sentiment, 즉 정서나 느낌과 *감상주의*, 즉 일반적으로 모종의 사기나 과장을 통해 얻어지는, 거짓 울림을 주는 정서나 느낌을 당연히 구분할 줄로 믿는다. 감정이 없다면 소설은 무가치하다. 반면에 감상주의는 최고의 캐릭터, 사건, 생각 들을 망쳐놓을 수 있다.) '독자의 마음속에서의 생생하고도 방해받지 않는 꿈'이라는 소설 이론에는 논리상 '소설에서의 타당한 근거는 오직 드라마, 즉 행동하는 캐릭터character in action일 수밖에 없다'라는 주장이 뒤따른다. 일단 캐릭터가 우리의 동정과 사랑을 받을 자격이 있다는 사실이 드라마적으로 성립되고 나면 작가는 강력하고도 적절한 수사법을 동원하여 캐릭터의 불행에 대한 우리의 슬픔에 첨예한 관심을 기울일 당연한 권리(혹자는 임무라고도 말할 것이다)를 지닌다. (만일 감정적인 순간이 제대로 자리를 잡았다면 평이한 서술로도 충분한 효과를 거둘 것이다. 체호프를 생각해보라.) 그 결과는 감상주의가 아닌 강력한 감정이다. 하지만 만일 작가가 우리가 거의 알지 못하는 어떤 캐릭터의 불행으로 우리의 눈물을 터뜨리려 한다거나 상투적 반응(신이나 나라에 대한 우리의 사랑, 탄압받는 자에 대한 우리의 동정, 웬만한 사람은 모두 가졌을 거라고 생각되는 아이와 동물에 대한 온정)에 기대려 한다면, 만일 작가가 우리가 거의 알지 못하지만 완전히 착하고 선한 희생자와 극도로 사악한 마음을 지닌 압제자에 대한 싸구려 멜로드라마로 우리를 울리려 한다거나, 불행한 자에 관한 상세하고도 진정한 가치가 아닌 상투적인 수사법과 숨 막히는 문장들, 극도로 드라마적superdramatic인 한 문장짜리 문단("그러다 그녀는 총을 보았다")—포르노와 스릴러 작가들, 그리고 최근 들어 부쩍 늘어난 소위 진지한 작가들이 좋아하는 문장들—으로 우리의 마음을 얻으려 한다면 그 결과는 감상주의가 된다. 그리고 진짜

　　　　　　　　　　　　　　소설의 기술

소설의 힘을 경험한 독자라면 누구도 그것으로 인해 기쁨을 얻지 못할 것이다.

위대한 소설에서 우리는 일어난 일로 인해 감동을 받는 것이지, 일어난 일에 대한 작가의 찡얼거림과 징징댐 때문에 감동을 받는 것이 아니다. 즉 위대한 소설에서 우리는 캐릭터와 사건 들 때문에 감동을 받는 것이지, 스토리를 말해주는 사람의 감정 때문에 감동을 받는 것이 아니다. 때로 톨스토이나 체호프—그리고 다른 많은 작가들을 들 수 있겠다—의 소설 같은 경우, 화자의 목소리가 의도적으로 고요하고 냉정하게 유지되는 까닭에 소설의 사건들로부터 발생하는 감정은 거의 어떠한 서술적 영향도 받지 않은 채 생겨난다. 하지만 이러한 종류의 제한이 미학적으로 필수적인 것은 아니다. 포크너의 스타일처럼 현란한 종류의 스타일도 잘만 하면 동일한 성공을 거둘 수 있다. 그 비결은 작가를 선전하는 스타일이 아니라 소재에 집중하는 스타일을 사용하는 것이다. 아이디어, 캐릭터, 사건 등이 확실히 마련되어 있다면 토마스 울프나 윌리엄 포크너의 스타일은 스토리의 감정적인 내용에 딱 들어맞는 표현을 제공할 수 있다. 그리스 비극 코러스의 형식적인 비가가 그러하듯 커다랗게 물결치는 파도와 같은 수사법은 우리의 기쁨이나 슬픔을 극도로 강렬하게 해서 그것이 세속을 초월하고 제의의 풍요로움과 보편성을 띠게까지 만들 수 있다. 반대로 현실에서 시작된 것은 우리가 책을 읽는 도중에 스타일에 의해 한때 현실이었던 것, 변형된 현실로 인식될 무언가로 고양될 수 있다. 그래서 윌리엄 포크너의 『8월의 빛』*에서 조 크리스마스가 죽는 구절은 독자에게 리얼한 동시에 인위적인 것으로 느껴지고, 사실인 동시에 찬가로 느껴지는 것이다. 온갖 웅장한 자의식들로 똘똘 뭉치고 보통 사람들이 실제로 사용하는 말들 위로 뻔뻔하게 도약하는 산문시는 우리로 하여금 죽음과 그것이 지닌 모든 의미들에 대해 공감하게 만든다. 하지만 이러한 수사법이 효과를 얻는 것은 필요한 드라마—스토리 안에 모인 삶을 모방한 근거들—가 제시되어 왔기 때문이다. 종종 그러하듯, 울프나 포크너가 행동하는 캐릭터를 중언부언하는 말로 대체하려 하는 등 작업을 다소 소홀히 할 때 독자는 당혹감을 감추지 못한다. 자주 언급되었다시피, 매너리즘적인 감상주의의 또다른 극단, 그러니까 절제가 곧 일종의 자기 연민이 되어버린 헤밍웨이의 작품에서 종종 느끼게 되는 칭얼거림과 마주하게 될 때도 우리는 동일한 방식으로 당혹감을 느끼게 될 것이다.

롱기누스가 "무신경함"이라고 말한 과실은 작가의 실수나 이기적인 침범으로 인해 소설 속에 작가가 드러날 때마다 발생한다. 그럴 때 작가는 자신의 캐릭터들에게 필요보다 관심을 덜 기울이게 되는데, 여기서 관심을 덜 기울인다는 말은 웬만한 사람이 보기에 상황이 자연스럽게 돌아가고 있지 않다는 걸 의미한다. 어떤 작가가 노인과 그 아들 사이의 피 튀기는 주먹다짐에 대해 말하고 있다고 해보자. 그리고 작가가 스토리의 초반에서 노인이 비록 표현하는 법은 알지 못해도 자신의 아들을 진정으로 사랑하며, 그리하여 이제는 중년이 되

• 『8월의 빛Light in August』은 미국의 소설가 윌리엄 포크너(1897~1962)의 장편소설이다. 미국 남부의 인종 문제를 노골적으로 다룬 작품으로, 여기서 조 크리스마스는 비록 겉모습은 백인이지만 흑인의 피가 섞여 있어 정체성의 혼란을 겪는 인물로 등장한다.

어 자신의 아버지가 자신을 싫어한다는 믿음에 여전히 시달리고 있는 아들이 어떡해서든 노인의 마음을 사랑으로 바꾸고자 한다는 걸 보여주었다고 해보자. 더 나아가, 작가가 이 오해의 스토리에 충분한 힘을 실은 까닭에, 주먹다짐이 시작되면―노인이 아들의 머리에 주먹을 날리고 놀란 아들은 그걸 막기 위해 두 팔을 치켜들며, 노인이 이번에는 다시 그의 코를 가격하려 하자 고통과 분노에 찬 아들은 노인의 귀를 때린다―책을 읽는 우리는 경악과 슬픔을 느끼게 된다. 우리는 스토리에 매료되고 놀란 채 책 속으로 빠져들고 작가는 계속해서 쓴다. "노인은 이제 아기처럼 울고 있었고 두 팔을 난폭하게―이제는 상처를 입었으므로 전혀 아무런 해도 끼치지 못한 채―휘두르고 있었다. 얼굴이 벌겋게 달아오른 채 기저귀 갈 때가 된 아기처럼 두 팔을 흔들어대며 울고 있었다." '우웩!' 하고 외치며 우리는 책을 불속에 던져버린다. 작가는 자신의 캐릭터들이 심각한 상황에 놓여 있다는 사실을 잊고 말았음에 틀림없다. 그는 자신이 상상한 장면에 충분한 온정을 쏟지 않음으로써 아기 이미지에 정신이 팔려버렸고, 잠시 이 장면의 *진정한* 흥미로움―애처로운 오해가 이러한 상황에까지 이를 수 있다는 사실―이 무엇인지를 잊거나 간과함으로써 기껏해야 사소한 흥밋거리에 불과한 더러운 기저귀라는 디테일을 덥석 물어버린다(혹은 그것에 만족한다). 이 작가에게는 진정한 예술가들이 으레 가지고 있는 그런 열정이 없다. 그에게는 진정한 작가로 하여금 (마치 진짜 사람들의 감정 속으로 깊이 들어가듯) 상상의 캐릭터들의 감정 속으로 깊이 들어가게 해주는 영혼의 고결함이 없다. 한마디로 이 작가는 무신경하다.

  엄밀히 말해서, 무신경함은 진지한 소재를 도입했다가 그것을 감당해내지 못하는—그에 합당한 집중력과 진지함으로 다루지 못하는—작가의 특징이다. 나는 이 용어가 더 나아가 무심함cold-heartedness까지 의미하는 것으로 보고 싶다. 애초에 사건의 심각함을 인지하지 못하는 작가의 무능력, 그리고 진짜 감정으로부터 등을 돌리거나 의지가 충돌할 때 거기서 겉껍데기밖에는 보지 못하는 작가, 사랑과 아름다움이나 슬픔에 대해 '홀마크 카드Hallmark card'에서 배울 수 있는 것 이상은 알지 못하는 작가를 의미하는 표현으로도 말이다. 이처럼 확대된 의미를 놓고 봤을 때, 무신경함은 동시대 문학과 예술에 나타나는 가장 두드러진 잘못들 중 하나인 것 같다. 때로는 무신경함이 작가로 하여금 더욱더 형식에 사로잡힌 만물 수선공이 되게 하고, 비평가들로 하여금 점점 더 캐릭터와 사건, 스토리상의 명시적인 아이디어에 관심을 덜 가지는 학파를 만들게 하곤 한다. 심지어 무신경함은 작가를 감상주의, 즉 자신이 정말로 느끼지 않은 감정을 위조하는 짓으로 내몰 수도 있다. 한마디로 무신경함은 문학에서 있을 수 있는 최악의 잘못들 중 하나이며 종종 다른 잘못들의 기반이 되기도 한다. 아마추어 작가가 최종 원고에 나쁜 문장이 있다는 걸 알면서도 남겨둘 때, 그 죄는 다름 아닌 무신경함이다. 그는 아직 자신의 예술, 즉 평범하고 특별한 인간 감정의 원인과 본성과 결과를 매우 자세히 다루는 세상에서 유일한 기술과 학문의 중요성을 깨닫지 못한 것이다. 숙련된 작가가 불륜에 대한 얄팍하고 시니컬한 흥미 위주의 책을 쓸 때, 그는—훨씬 더 위험한 결과를 노리며—똑같이 불미스러운 습지로 걸어들어간다.

매너리즘에 빠진 글쓰기는 때로는 무신경함의 일종으로 보이기도 하고(최악의 경우의 헤밍웨이), 때로는 감상주의의 일종으로 보이기도 한다(최악의 경우의 포크너). 하지만 이는 독립적으로 다루는 게 좋을 것 같은데, 매너리즘적인 작가는 무신경한 것도 감상주의에 빠진 것도 아닌 단지 매너리즘적인 작가일 뿐일 수도 있기 때문이다. 매너리즘적인 글쓰기는 어떤 문체론stylistics을 통해 계속해서 우리를 가상의 꿈에서 깨어나게 한다. 그리고 글을 읽다 보면 우리는 그 문체론이 스스로를 개입시키고 싶어하는, 자신이 다른 모든 작가들과는 차별화된다는 걸 증명하고 싶어하는 작가의 바람과 관련되어 있다는 걸 알게 된다. 무의식적 버릇으로서의 타성적 글쓰기와 소재(캐릭터와 사건)의 측면에서 분명히 설명될 수 있을 문체론적 장치들, 혹은 어떤 새로운 관점의 표현(우리가 거트루드 스타인, 버지니아 울프의 스타일, 더욱 최근에는 피터 매티슨Peter Matthiessen이 쓴 『머나먼 토르투가Far Tortuga』의 스타일을 모방하면서 익숙해지고 있는, 우리가 반드시 익숙해져야만 하는 난해하지만 정당한 스타일의 특별한 효과)을 위해 고안된 문체론적 장치들을 혼동해서는 안 된다. 무의식적 버릇으로서의 타성적 글쓰기는 우리가 그것에서 특유의 경직성 혹은 불안감을 느끼는 그러한 기이함과 혼동되어서도 안 된다. 그러한 기이함은 세심하면서도 다소 서투르게 문장을 쓰는 아마추어 화자의 그것에 비견할 수 있을 정도인데, 이는 셔우드 앤더슨•의 공들였으면서도 때로는 투박한 스타일에서 엿보이는 기이함과도 유사한 것이다. 그 예로서 앤더슨의 「숲 속의 죽음Death in the Woods」의 첫 두 문단을 살펴보자.

그녀는 노파였다. 그리고 내가 살던 마을 근처의 농장에서 살고 있었다. 시골과 소도시 사람들 중에 그러한 노파들을 본 적이 없는 사람은 아무도 없겠지만 어느 누구도 그들에 대해 자세히 알지는 못한다. 그런 노파는 늙고 지친 말을 타고 마을로 오거나 바구니를 든 채 걸어서 마을로 온다. 아마 팔기 위해 가져온 암탉 몇 마리와 달걀 몇 개와 함께. 그녀는 그것들을 바구니에 담아 와서는 식료품점으로 가져간다. 거기서 그것들을 교환한다. 약간의 소금에 절인 돼지고기와 콩을 조금 얻는다. 설탕 1, 2파운드와 약간의 밀가루도 얻는다.

그런 다음 그녀는 정육점으로 가서 개 먹이로 줄 고기를 조금 달라고 부탁한다. 아마 10센트나 15센트 정도 쓸 테지만, 그럴 때 다른 것도 함께 부탁한다. 그 시절에는 정육점 주인들이 간을 원하는 누구에게나 주곤 했다. 우리 가족은 늘 간을 먹었다. 한번은 내 형제들 중 하나가 장터 근처의 도축장에서 온전한 소의 간을 통째로 얻어 왔다. 우리는 정말이지 그걸 질릴 때까지 먹었다. 그건 늘 공짜였다. 그후로 간에 대해서라면 생각도 하고 싶지 않게 되었다.

시골 사람들이 이런 식으로 말할 거라고 앤더슨이 생각하

• 셔우드 앤더슨(Sherwood Anderson, 1876~1941)은 미국의 소설가로, 대표작으로 단편소설집 『와인즈버그, 오하이오Winesburg, Ohio』, 장편소설 『검은 웃음소리Dark Laughter』 등이 있다. 구어체에 기반한 간결하고 소박한 문체로 헤밍웨이, 포크너, 샐린저 등에게 큰 영향을 끼쳤다.

는 건 절대 아닐 것이며, 그가 교양 없는 남자의 글을 흉내내고 있을 거라는 생각 또한 정말이지 맥 빠지는 일이다. 하지만 우리는 앤더슨의 조심스레 경직된 작품을 읽으며 그가 자기 자신에게 주의를 환기하기 위해 글을 쓴다는 느낌은 전혀 받지 않는다. 그는 이보다 더 부드럽게 쓸 수가 *없거나*(하지만 그의 다른 소설은 그게 그렇지 않다는 걸 보여준다), 이 스타일이 소설의 의도를 나타내기 위한 것이기 때문에 이처럼 농부 같은 스타일로 글을 쓰는 것이다. 즉 이러한 스타일은 우리로 하여금 피상적인 아름다움, 여흥거리의 우아함을 찾는 일을 단념하게 만드는 대신, 그의 작품을 침착한 마음으로, 평범하고 사려 깊은 화자와 그의 스토리에 걸맞은 일종의 촌스러운 열렬함으로 읽을 것을 권장한다. 스타일은 작가의 영리함을 보여주는 것이 아니며 그의 에고를 보여주는 것은 더더욱 아니다. 스타일은 작가의 글이 가진 어조와 의도를 보여주는 것이다.

반면에 무의식적 습관tics으로서의 타성적 글쓰기는 우리가 손끝의 따끔거림을 통해 알게 되는 작가의 어떤 숨은 동기, 어쩌면 완전히 의식적인 것은 아닐지 몰라도 약간은 수상쩍어서 우리를 경계하게 만드는 그런 동기로부터 비롯된다. 가장 젠체할 때의 존 더스패서스*와 거들먹거리며 말할 때의 조지 버나드 쇼George Bernard Shaw를 떠올려보라. 무신경한 작가는 강력한 감정이 부족하고, 감상주의적인 작가는 감정을 무분별하게 사용하는 반면, 매너리즘적인 작가는 자신의 어떤 캐릭터들—사실상 전체 인류—보다도 자기 개인의 개성과 아이디어—그가 스타일을 통해 계속해서 우리 앞에 전시하는 그의 에고—를 더 중요시한다.

그렇다면 매너리즘적인 글쓰기는—감상주의와 무신경함과 마찬가지로—성격의 결함에서 생겨나는 것이다. 비평계에서는 문학적 잘못을 나쁜 성격과 관련짓는 것은 잘못이라고 보지만 글쓰기 강사에게 그러한 관련성들은 놓쳐서는 안 되는 것이며, 따라서 절대 무시할 수 없는 것이다. 어떤 남학생이 모든 여성성을 공격하는 소설을 써서 학생 모두를 당황하게 만들었다고 해보자. 이때 강사가 그 작가의 과도한 '고딕풍의 디테일' 사용, 문장의 리듬이 감상적이 되는 경향, 지나치게 외설적인 어휘들로 인해 정신이 산만해지는 효과 등에 대해서만 언급하는 것으로 자신의 비평을 제한한다면 그는 자신의 역할을 다하지 못한 것이다. 그런 소심한 비평으로는 기껏해야 수정으로 모든 기술적 결함은 제거되었지만 결국 당황스럽기는 마찬가지인 작품을 만들어낼 수 있을 뿐이다. 그를 돕는 것이 강사의 할 일이므로, 강사는 반드시 그 작가가 자신의 개성이 요구하는 바를—부분적으로는 그 소설이 (자세히 살펴보면 모든 소설이 그러하듯) 어떻게 그의 왜곡된 시선을 드러내고 있는지를 그에게 알려줌으로써—알 수 있도록 해주어야 한다.

어떤 글쓰기 강사들은 이러한 종류의 일을 꺼리며, 예술가가 아닌 사람들—글쓰기에 대해 열렬한 확신을 갖고 있지 않거나 근본적인 진리를 파헤치는 일에 가치를 두지 않는 사람

• 존 더스패서스(John Dos Passos, 1896~1970)는 미국의 소설가 겸 정치평론가로, 소위 '잃어버린 세대'의 대표 작가들 중 한 명이다. 대표작으로는 실험적인 기법으로 뉴욕을 그려낸 장편소설 『맨해튼 트랜스퍼Manhattan Transfer』, 미국의 역사와 사회를 총체적으로 그린 『미합중국 삼부작The U.S.A. Trilogy』 등이 있다.

들—은 흔히 동정적이 되는 경향이 있다. 그들의 관대한 시선으로 보기에 완벽한 사람 같은 건 없다. 하지만 진정한 예술가는 그 말을 견딜 수 없어 한다. 서커스에서 칼을 던지는 광대도 완벽해진다는 게 실제로 가능한 일임을 알고 완벽해지는 편이 더 낫다는 걸 안다. 완벽이란 당신이 노리지 않는 곳은 털끝 하나 건드리지 않은 채 당신이 노리는 곳을 정확히 가격하는 것이다. 작가에게 "심지어 호메로스조차도 때로 꾸벅꾸벅 졸았다"라고 상기시켜주는 것은 아무짝에도 도움이 되지 않는다. 가장 사소한 경우들, 이를테면 넘쳐나는 긴 전투 장면들 와중에 같은 병사를 두 번 죽이는 정도를 제외하면 호메로스는 졸지 않았다. 초서는 그의 가장 훌륭한 모든 시들에서 완벽에 근접한 무언가에 도달한다. 『페드르Phaedra』를 쓴 라신도. 『맥베스』를 쓴 셰익스피어도. 진지한 비평가들은 종종 예술에서의 기준은 늘 상대적인 것이라고 주장하지만, 모든 예술의 걸작들은 그들이 거짓말쟁이들임을 보여준다. 위대한 예술 작품—세잔과 베토벤의 후기작들을 떠올려보라—에서 진정한 실수라고 할 만한 것은 발견되지 않는다. (속물근성이나 악의가 아닌) 바로 이러한 이유로 전혀 일급은 아닌 작가들, 특히 우리 세대와 가까우며 자신들의 잘못을 어떻게해서든 미덕으로 속여넘기려는 수작을 부리는 자들이 저지르는 잘못에 주의를 기울이는 일이 중요한 것이다.

지난 세대의 작가들—지금 우리들 사이에서 가장 잘 알려진 작가들은 말할 것도 없고—을 바라보고 있노라면 매너리즘적인 스타일보다 더 확연히 드러나는 잘못은 없다. 윌리엄 포크너가 비록 최고의 인간들 중 한 명이고 대체로 멋진 작가이긴 하지만 그는 지나치게 매너리즘적인 작가였다. "신격화 apotheosis"라는 말이 한 번만 더 등장한다면 독자는 교회를 날려버리고 싶은 기분에 사로잡힐 것이다. 그의 후기작들에서 독자는 포크너가 원래는 이미 존재하는 아이디어와 감정을 전달하기 위해 도입했지만 이제는 그저 시끄러운 잡음과 소음, 화물을 몽땅 잃은 화물 열차 같은 것이 되어버린 수사법을 통해 잃어버린 성공을 다시 거머쥐려 한다는 걸 거듭 느낀다. 헤밍웨이도 더 나을 게 없었다. 비록 그의 틀에 박힌 산문이 포크너의 그것과는 정반대되는 스타일의 것이긴 했지만. (헤밍웨이의 스타일이 「킬리만자로의 눈」을 비롯한 그의 모든 훌륭한 단편소설에서 보여지듯 그저 아름답게 세공된 것이 아니라 과도하게 매너리즘적이라는 생각에 누가 의심을 표한다면 그에게 열 편이나 열다섯 편 정도의 단편을 연속으로 읽혀보라.) 제임스 조이스 또한 본인도 알고 있었듯이 엄청나게 제멋대로인 작가였다. 특히 『율리시스』에 나타나는 핵심적인 상징구들의 서정시와도 같은 반복은 미학적 기능이라는 말로는 도저히 다 설명이 불가능하다. 그것들은 조이스의 댄디즘, 작품을 예술에서 멀어지지 않게 하겠다—본인이 작품은 예술이어야 한다고 세상에 말했듯이—는 중기 시절의 결연함, 예술가로서 "바깥에 무관심하게" 앉아서 "손톱이나 다듬고 있는" 신을 모방하지는 않겠다는 결연함을 늘 어느 정도는 동반한다. 조이스는 인생의 말년에 자신의 이력이 『더블린 사람들』과 『젊은 예술가의 초상』 이후 잘못된 방향으로 흘러왔다는 생각에 엄청난 고통과 좌절을 느꼈다. 그는 세상에서 가장 잘 쓰인 단편이 톨스토이가 말년에 쓴 짧고 소박한 우화인 「사람에게는 얼

마만큼의 땅이 필요한가?How Much Land Does a Man Need?」라고
주장했다. 이 주장은 조이스가 말년에 했던 주장들과 마찬가
지로 그렇게 심각하게 받아들여지지 않는다. 조이스는 병들어
있었고, 알코올 중독이었고, 자기혐오로 가득차 있었다. 그때는
그가 인간 정신과 영혼이 이룩해낸 기념비적 작품들 중 하나
인『피네간의 경야Finnegans Wake』를 창작해낸 지 얼마 안 되었
을 때―그리고 여전히 그걸 계속 작업하고 있었을 때―였다.

물론 조이스가『피네간의 경야』에 가졌던 불만을 균형 잡힌
시각에서 바라볼 필요는 있겠지만, 그가 그런 말을 했을 때 그
건 진심이었다는 걸 놓쳐서는 안 된다. 그는 세월이 흐름에 따
라 자신의 작품뿐 아니라 모든 이의 작품에서 뭔가 잘못되어
가고 있다고 느낀 바에 대해 꽤나 진지하게 말하고 있었다. 자
신이 초기에 썼던 가장 꾸밈없는 작품들을 경이로운 마음으
로 되돌아보면서, 그리고 꾸밈없고 소박한 우화가 지닌 문학
적 기준으로서의 가능성을 점검해보자고 주장하면서 조이스
는 자신이 처음에 깨달았던 원칙들을 반복해서 말하고 있었
다. 비록 실전에서는 때로 지켜지지 않기도 했지만. 그는 오래
전에 모든 소설이 "옛날 옛날에…Once upon a time"로 시작해야
만 한다고 말했고, 묘한 수법을 사용하여 그 공식대로『젊은
예술가의 초상』를 시작했다. 그는 오래전에 주제넘게 나서지
는 않는 신과 같은 예술가에 대한 기억할 만한 은유를 남겼다.
한 마디로 그는 중요한 진실, 포크너에서 더스패서스에 이르
는 그의 초기 및 후기 신봉자들이 너무나도 자주 무시해온 진
실에 대해 말하고 있었던 것이다.

독창적이거나 놀랍도록 개성적인 글이라고 해서 모두 매너

리즘적인 것은 아니다. 체호프의 스타일만큼이나 알아차리기 쉬운 스타일도 없지만, 체호프보다 매너리즘과 거리가 먼 작가도 떠올리기 쉽지 않다. 어떤 곳에서는 지독할 정도로 타성적인 작가가 다른 곳에서는 그러지 않을 수 있다는 점 또한 분명히 해두어야 할 것 같다. 조이스의 훌륭한 작품들—이를테면「죽은 사람들The Dead」—에서는 그 어디서도 작가가 스토리에 불법적으로 침범하는 일이 일어나지 않는다. 멜빌이 쓴 위대한 구절들—「베니토 세레노Benito Cereno」나 「필경사 바틀비」 같은 명작의 구절들—그 어디서도 멜빌은 (로렌스Lawrence가 말했듯) "당나귀처럼 시끄러운 목소리로 울어대지" 않는다. 이 작품들, 그리고 이 작품들과 비슷한 다른 작품들에서 시적 효과는 미묘하고도 조심성 있게 유지된다. 「죽은 사람들」이 가진 문장의 리듬에서 생겨나는 시(오직 산문만이 이루어낼 수 있는 매우 미묘한 리듬), 정확하게 집중된 이미지(온 세상을 모두 뒤덮을 때까지 바깥을 에워싸며 떨어지는 눈의 이미지), 그리고 이전에 등장했던 구절들과 마지막 구절들의 공명—아주 희미한 속삭임—으로부터 생겨나는 시에도 불구하고 조이스가 이 작품에서 쓴 마지막 구절들의 시적인 아름다움을 느끼지 못한다는 건 있을 수 없는 일이다. 하지만 분명한 시적 효과가 반드시 스토리를 매너리즘적으로 보이게 만드는 것은 아니다. 윌리엄 개스가 자신의 최고작—이를테면「깊고 깊은 시골에서In the Heart of the Heart of the Country」—에서 보여주듯, 심지어 매우 눈에 띄는 기교라 할지라도 작가가 침범한다는 생각은 전혀 들지 않게 하면서 소설 안에 잘 자리잡을 수 있다.

그렇다면 초보 작가는 어떤 것들에서 자신의 글쓰기가 매너리즘에 빠지고 있다는 징후를 찾아낼 수 있을까? 자신의 작품에 어떤 혁신적인 요소를 도입하려 할 때, 그는 그 작품이 그걸 보다 관습적인 방식으로 썼을 경우와는 확연히 달라질 수 있도록 고심해야만 한다. 가령 그가 자신의 특정한 내러티브에 미묘하고도 새로운 리듬적 효과를 부여하고자 거의 전체 스토리에 포함된 마침표를 쉼표로 바꿨다고 해보자. 그렇다면 그는 중요한 구절들을 관습적인 구두점들을 사용하여 다시 써본 후, 새로운 방식이 결점(독자가 그것에 적응—우리가 가장 혁신적인 작품에 적응하듯이—하기 전까지는 정신을 집중하지 못한다는 의미에서)보다 이점을 많이 가지는지를 확인하기 위해 두 판본을 거듭 함께 읽어봐야 할 것이다.

만일 현란한 시적 효과—이를테면 두드러진 라임—를 도입했다면 그는 자신이 쓴 것을 읽고 또 읽은 다음, 다시 냉정해질 만큼의 시간을 둔 후에 그걸 다시 읽고 또 읽어봐야 한다. 읽어나가는 와중에 자신에게 드는 감정을 세심하게 분석하면서, 즉 새로운 장치가 제대로 작동해 소재에 새로운 흥미와 생명을 부여하는지, 아니면 힘을 잃으면서 약간 소름끼치는 기분이 들게 하는지를 이해하려 애쓰면서 말이다. 말할 필요도 없겠지만, 이러한 문제에서 비겁하게 최종 결정을 내려버려서는 안 된다. 아슬아슬한 부분이 모두 사라질 때까지, 모든게 안전하게—그리고 죽은 것으로—느껴질 때까지 수정하는건 어떤 바보라도 할 수 있는 일이다. 모든 위대한 작품들은 어떤 식으로든 예술적 풍격(風格, gusto)을 갖추게 된다. 그 비결은 예술적 풍격이 작품 자체에서 느껴지도록 하게 하는 글

쓰기에 있으며, 서술 방식이 가지는 어떤 힘―그것이 무엇이
든지 간에―은 서술 방식과 서술된 내용이 가진 조화나 개성
으로부터 생겨난다.

6장

테크닉

젊은 작가가 위대한 예술가라는 목표를 이루기 위해 개발해야 할 것은 일련의 미학적 법칙들이 아닌 예술적 정통함artistic mastery이다. 갑자기 정통해질 수 있을 거라고 기대해서는 안 되는데, 정통함의 개발에는 많은 것이 뒤따르기 때문이다. 하지만 자신의 목표를 정석대로 추구해나간다면 되든 안 되든 일단 한번 해보는 식보다는 훨씬 빠른 속도로 목표에 도달할 수 있으며, 그러한 과정의 일부를 이루는 각 단계에서 얻는 배움이 성공적일수록 더 빠른 발전을 이룰 수가 있다. 초보 작가가 글쓰기 강사에게 제출한 단편에는 늘 아마추어적이라고 할 만한 요소들이 여럿 있다. 하지만 초보 작가가 배경의 서술, 캐릭터의 묘사, 어떤 뚜렷한 목표를 지니는 간결한 대화 등과 같은 특정하고도 사소한 문제들을 해결하고 나면 작품의 질은 거의 늘 프로의 수준에 가까워진다. 만일 작가가 맹목적으로 작업한다면—만일 자신이 맞닥뜨리게 될 문제들에 대한 경고를 받지 않았다면, 그리고 당면한 주요 문제들을 처리할 수 있는 방법들에 대한 어떠한 안내도 받지 않았다면—이런 일은 일어나지 않을 것이다. 하지만 작가가 명백히 드러난 테크닉적인 문제를 해결하기 위해 오직 그 문제에만 집중할 때 그가 자신도 놀랄 정도로 훌륭한 작품을 쓰는 것은 글쓰기 강의에서 흔히 일어나는 일이다. 성공은 성공을 낳는다. 아주 사소한 것을 매우 잘 쓰게 되면 자신감을 얻기 시작한다.

초보 작가가 어떤 제한적인 문제를 해결하려 애쓸 때 최선의 결과를 낸다는 사실로부터 두 가지 중요한 교훈을 얻을 수 있다. 첫번째는 소재에 대한 작가의 상대적인 무관심함이 이점이 될 수도 있다는 사실이다(비록 이 말이 작가가 자신의 소재에 늘 무관심해야 한다는 말은 절대 아니지만). 강사가 준 과제에 임하는 작가는 자신이 곧 전달하게 될 메시지에 대한 책무를 지니지 않으며, 창조될 캐릭터가 진짜에 가까울지—이를테면 그의 어머니와 똑같이 닮았을지—그렇지 않을지에 대해서도 관심을 갖지 않는다. 과제를 하는 사람은 그저 과제의 요구 사항만을 수행한다. 그리고 우연히 말하는 나무가 등장하면 그는 재미로 그 나무가 무엇을 말하려 할지를 생각하는 데 즐거운 마음으로 골몰한다. 어쨌거나 나무는 흥미롭게 그려져야만 하는 것이다. 그렇지 않으면 과제는 지루한 것이 되고 말 테니까. 실제로 작가에게 나무가 말하는 것들은 중요한 것일 수밖에 없으며—그렇지 않았다면 작가는 나무가 하는 말을 떠올리지 않았을 것이다—작가는 곧 재미로 시작했던 일이 어쩐지 진지한 일이 되어버렸음을 알게 된다. 의식적으로든 아니든 그는 자신의 감정, 이를테면 어린 시절의 좌절감이나 어머니의 사랑에 대한 감정을, 어머니에 대해 사실적으로 이야기할 때 표현할 수 있는 것보다 더 많이 표현하게 된다. 그 과제물은 리얼리즘적인 소설이 됐든 그렇지 않은 소설이 됐든, 어쨌거나 소설로 이어진다. 회상과 상상적 투사imaginative projection를 통해 만들어진, 작가가 가진 진짜 감정의 계획적인 시뮬레이션으로 이어지는 것이다. 누군가가 실제 부모나 친구, 자기 자신에 대해 쓰려 하면 그가 가진 모든 심리적 검열 장치가 작동한다. 그래서 그 사람은 (늘 그런 것은 아니겠지만) 종종 안전하지만 실제와는 동떨어진 감정, 아니면—아무리 힘들더라도 진실을 말하고자 하는 작가의 욕망으로 인해—대담하지만 왜곡되어 있는 가짜 감정을 만들어버린다. 전자의 경우, 종종 문란한 생활을 했던 작가의 오랜 친구 알마 스파이어는 '세심하고 무척 감각적인' 사람으로 표현된다. 후자의 경우, 그녀는 단순히 난잡한 여자로 표현된다. 때로 실존 인물들이 소설 속에서 자신의 모습을 지켜내긴 하지만, 그들은 (작가가 사랑하는 자들이건 증오하는 자들이건 간에) 어디까지나 작가의 마음속에서, 혹은 글쓰기의 과정을 통해 변형된 상상의 존재로서 등장할 뿐이다. 과제물을 쓰면서 작가는 이상적인 예술가의 상태, 즉 진지한 동시에 진지하지 않은 상태에 들게 된다. 그는 과제물을 멋지게 써서 같이 강의를 듣는 친구들을 환호하게 만들고 싶을 뿐이지, 자신의 존재를 있는 그대로 써내려고 애쓰는 야심적인 젊은 소설가, 등뒤에 젊은 제임스 조이스의 유령이 무시무시한 모습으로 서 있는 그런 소설가의 어두운 심리 상태에 사로잡혀 있는 것이 아니다.

초보 작가는 과제물을 쓰면서 프로 작가가 대부분의 시간 동안 하는 작업과 똑같은 작업을 한다. 현실적인 스토리나 장편소설 속에 들어가는 것들 대부분은 작가가 간절히 원하기 때문이 아니라 그저 필요하기 때문에 들어간다. 어떤 장면이 들어가는 것은 이후에 있을 사건을 정당화하고, 어떤 동기의 근거를 마련하며, 그것 없이는 예상된 사건의 클라이맥스가 터무니없는 것이 되어버릴 캐릭터의 면모를 드러내기 때문이다. 그는 계속해서 자신이 시한폭탄을 위한 시계를 팔거나 양의 털을 깎을 필요가 없었다면 생각지도 못했을 비중 없는 캐릭터를 발전시키는 데 공을 들인다. 그는 계속해서 자신이 폭풍우를 생생하게 묘사하기 위해 모든 기지를 발휘하고 있다는 걸 알게 된다. 그가 폭풍우에 딱히 관심이 있어서가 아니라, 만일 그 작업이 허접하다면 누구도 마사가 한밤중에 전화를 거는 이야기를 믿지 않게 될 것이기 때문이다. 과제물을 멋지게 마무리짓고 나면 작가는 의식적이든 아니든 그러한 성공을 이루어낸 사고방식mind-set의 가치를 알게 된다.

초보 작가가 배우는 두번째 중요한 교훈은 소설이 구조적인 단위들structural units로 이루어져 있다는 사실이다. 소설은 단번에 써내려가는 것이 아니다. 모든 스토리는 몇몇 단위들, 즉 묘사에 해당하는 구절, 대화에 해당하는 구절, 사건(레너드가 픽업 트럭을 몰고 마을로 간다), 묘사에 해당하는 또다른 구절, 또다른 대사 등등으로 구성된다. 훌륭한 작가는 각각의 단위들을 개별적으로 다루며 차례대로 발전시켜나간다. 표도르 아저씨의 가게를 묘사하고 있을 때, 그는 곧 그곳에 들이닥칠 총기 강도단을 마음속에만 담아둘 뿐 직접적으로 떠올리진 않는다. 그는 인내심을 가지고 가게를 묘사함으로써 그곳이 활기를 띠게 하고 모든 것들에 표도르 아저씨의 감정과 성격이 (어쩌면 총기 강도단에 대한 그의 두려움까지) 담기도록 만든다. 그는 그것이 단순한 연습이라도 되는 양, 자신에게 그것을 끝낼 시간이 무한하게 주어져 있는 양 가게에 해당하는 부분을 써내려간다. 그리하여 묘사가 완벽하다고—전체 스토리에서 차지하는 역할에 비춰 봤을 때 너무 길지도 너무 짧지도 않다고—생각되면 그는 스토리의 그다음 단위로 넘어간다. 이런 식으로 생각하고, 단위별로 작업해나가고, 자신의 스토리가 자신에게 무엇을 요구하는지를 늘 유념하되 더 중요한 부분(총이 발사될 때의 나디아 숙모의 히스테리아 같은 부분)들로 서둘러 넘어가지 않음으로써 작가는 난청 지대dead spot와 모호한 부분이 없는 스토리, 우리가 미학적 흥미를 잃지 않게 되는 스토리를 만들어낸다.

그렇다면 소설적 테크닉의 체계적인 계발에 몰두하는 일이야말로 예술적 통달함에 이르는 한 방법이 되는 것이다. 여기서 테크닉이란 물론 소설의 요소들을 조작하는 방법을 의미한다. 어떤 책도 존재하는, 혹은 존재할지도 모르는 모든 테크닉—모든 작가들은 새로운 테크닉을 창안하거나 오래된 테크닉을 새로운 방식으로 사용한다—을 다룰 수는 없다. 하지만 여기서 테크닉이 동시대 소설에서 하는 역할을 개괄적으로 살펴본 다음, 반드시 알아야만 하는 몇몇 테크닉적인 문제들을 다소 임의적으로 살펴보는 것도 유용할 것이다.

동시대 소설에서 테크닉은 전반적으로 예전보다 훨씬 자의식적이다. 스토리에 주어진 기본적인 상황—덤불숲을 기어가고 있는 살인자, 할머니의 개종, 연인들의 첫 키스—속에서 동시대의 작가는 예전의 그 어떤 작가들보다도 이 상황을 다룰 수 있는 방법을 많이 알고 있을 가능성이 크다. 예전에는 작가들이 늘 하나의 기본 스타일대로 작업하는 것이 일반적이었던 반면, 지금 작가들은 한 사람의 손으로 쓰인 것이라고는 믿기 어려울 정도로 종종 단편, 장편 들마다 확연히 다른 스타일을 사용한다. 물론 그 이유는 명백하다. 그 이유들 중 하나로, 우리가 더 많은 모델을 갖게 되었다는 점을 들 수 있다. 토머스 맬러리 경Sir Thomas Malory이 대규모의 전투 장면을 쓰던 시절에는 사실상 모델이라고 할 만한 게 없었다. 그 결과, 훌륭한 혁신자였음에도 불구하고 그의 전투 장면 이야기들이 우리 현대인들에게는 지루할 정도로 유사하게 들린다. 현대의 작가들은 호메로스의 글에서부터 몽골의 무법자 전설, 프랑스 혁명과 베트남전에 이르는 방대한 모델들을 가지고 있다.

또다른 이유로는, 얼마간은 현대 철학 동향의 영향으로 인해 소설의 기술이 다른 모든 예술들이 그러하듯 점점 더 자의식적이고 자기 회의적으로 변해가고 있다는 점, 예술가들이 계속해서 자신의 작업들에 대해 스스로 질문을 던지게 되었다는 점을 들 수 있다. 체호프과 톨스토이라면 소설이 할 일은 "진실을 말하는 것"이라고 매우 자신 있게 말할 수 있었을 것이다. 우리가 보았다시피 현대의 사상은 진실을 말하는 것이 과연 가능한지에 대해 종종 회의적인 입장을 띤다. 비록 우리가 예술은 진실을 말한다고, 소설의 요소와 테크닉의 도움으로 예술가는 자신이 매우 엄밀하게 사용할 수 있는 언어를 만

소설의 기술

들어낸다고, 또한 독자는 예술가가 말하는 진실을 직감적으로 확인할 수 있다는 것에 대해 상당한 확신을 가질 수도 있겠지만, 이 전체 사안을 좀더 자세히 살펴보는 것도 도움이 될 것이다. 이 논의들에 대한 지식을 통해 테크닉의 역할을 명확히 이해할 수 있기 때문이다.

소설에서 진실을 말한다는 것은 다음 세 가지 중 하나를 의미한다. 첫째는 실제로 옳은 것을 말하는 것으로, 이는 사소한 종류의 진실이긴 해도 핍진적인 작품들의 중요한 요소가 된다. 둘째는 어조와 일관성 덕분에 거짓말처럼 느껴지지 않는 것을 말하는 것으로, 이는 좀더 중요한 종류의 진실이다. 셋째는 인간 존재에 대한 윤리적 진실을 발견하고 긍정하는 것으로, 이는 가장 지고한 예술의 진실이다. 우리가 말한 이 가장 지고한 종류의 진실은 예술가가 절대로 거저 얻는 게 아니다. 이것은 그의 출발 지점이 아닌 목표 지점이다. 비록 예술가에게도 다른 사람들과 마찬가지로 신념이 있긴 하지만, 그는 예술의 가장 두드러진 특징이 설득에 대한 급진적 개방성에 있다는 것을 깨닫는다. 예술가는 심지어 자신이 무엇보다 확신하는 신념들조차도 시험에 들게 해 그것들이 버틸 수 있는지를 확인한다. 도스토옙스키가 라스콜리니코프를 불경스러운 임무로 내보냈을 때처럼, 예술가는 자신의 실험이 어디로 이어질지를 분명 알고 있을 것이다. 하지만 진정한 예술가라면 결과를 강요하지는 않을 것이다. 그는 예술가가 잘못된 신념에 기대어 창조할 때—즉 잘못된 견해를 사실로 여길 때—혹은 진실인지 아닌지 알 수 없으며 검증될 수도 없는 이론—이를테면 교조적 마르크스주의나 죽은 자가 마침내 부활한다는 믿음—에 기대어 창조할 때, 자기 작품의 결과—훌륭하건 훌륭하지 않건—가 진정한 예술이 가지는 결과가 아닌 다른 무엇, 즉 교육학이나 프로파간다, 종교 등이 가지는 결과를 가져올 것을 정말 잘 알고 있다.

하지만 동시대 과학과 마찬가지로 모든 진지한 현대 예술이 가지는 주요 관심, 즉 하이젠베르크의 원리Heisenberg principle가 지닌 함의와 관련해서 한 가지 질문이 남는다. 즉 발견의 수단—'소설의 절차'가 됐든 '원자의 입자 충격'이 됐든—은 발견의 대상을 어디까지 바꿔놓을 수 있는가?

어떤 그룹에 그들을 연구하는 인류학자가 있다는 사실만으로도 그 그룹의 행동 양식이 변화될 수 있듯이, 또는 원자의 충격이 그것이 밝히고자 했던 패턴 자체를 바꿔놓을 수 있듯이, 예술가가 현실을 탐구하는 스타일 또한 그 탐구 대상 자체를 바꿔놓을 수 있다. 음악에서 조성적tonal으로 탐구되는 감정과 무조적atonal으로 탐구되는 감정이 다르다는 것은 누구나 아는 사실이다. 그리고 비록 이 두 경우에서 예술가들이 의식적 동력으로 삼은 감정들이 어떤 식으로든 유사점을 지니는가 하는 문제는 증명할 수 없으나, 작곡자들은 종종 먼저 음악적 형식을 선택한 다음 그것에 전념하게 된다고 말하곤 한다. 그러니까 D단조로 작업하기로 하면 동력이 되는 감정을 그 조성에 정확히 맞춘다는 것인데, 만일 '더 행복한' 느낌을 주는 G장조로 작업했더라면 그 작업은 뭔가 다른 결과를 낳았을 것이다.

몇 년 전쯤 나는 한 무리의 음향 기술자들이 트랙과 스피커 수를 늘림으로써 녹음된 음악의 '존재감presence'을 향상시킬 수 있는지를 알기 위한 실험을 했다는 이야기를 들었다. 그 결과가 '4채널 입체 음향'이었는데, 그러한 결과에 다다르던 중 이상한 일이 발생했다. 한 무리의 작곡가, 연주자, 평론가 들이 한자리에 모여 네 개의 스피커를 위해 고안된 음악, 그런 다음 여덟 개의 스피커, 그리고 더 많은 스피커를 위해 고안된 음악을 차례로 들었다. 여덟 개의 스피커로 음악을 듣던 중, 몇몇 음악가들은 자신들이 음악을 연주회장에서 듣는 것을 정확히 재현하는 것이 아닌, 완전히 새롭고 다른 무언가에 근접하고 있다는 걸 알게 되었다. 그들은 소리를 공간 속에 위치시킬 수 있게 되었다. 클라리넷은 그 방에서 특별한 지점이나 영역을 차지하고 있는 것처럼 들렸고, 트럼펫과 피아노도 각자 또다른 영역들—그 악기들이 녹음됐을 때의 자리에 대응하는 영역들이 아닌, 마치 조각상의 머리와 팔, 다리의 관계처럼 연결된 듯한 영역들—을 점하고 있는 것처럼 들렸다. 한마디로 음악은 시각적인 것, 이 세상에서 완전히 새로운 것이 되어 있었다. 여덟 개의 스피커를 위한 음악을 작곡하면서 작곡가는 전에는 누구도 해보지 못한 방식으로 음악을 이론으로 형태화—그것에 물리적인 형상을 부여—할 수 있을 것이다. 그 작곡가들 중 누가 그런 가능성을 시험해보았는지는 나도 모르겠다. 하지만 이 이야기는, 만일 이것이 사실이라면 예술가들 사이에서 잘 알려진 사실, 즉 예술은 현실의 모방(현실에 거울을 갖다 대는 일)이 아닌 새로운 현실의 창조라는 사실을 분명히 보여준다. 그러한 현실은 우리가 매일 걸으며 마주치는 현실—거리와 집, 우체부, 나무 등—과 꼭 들어맞을 수도 있고, 새로 발견된 세상의 무언가—사진에 찍힌 '빅 풋Big Foot'이나 '네스호의 괴물'—가 그러하듯 생각이나 감정을 촉발할 수도 있다. 하지만 그것은 본질적으로 그것 자체이지, 무언가 익숙한 것을 거울에 비춘 것이 아니다.

예술이 이런 방식으로 작동한다는 분명한 인식이 점차 늘어남에 따라 근래에 들어서 형식주의 예술formalist art —예술을 위한 예술—과 앞서 이야기한 메타픽션이 인기를 끌게 되었다. 전자의 일반원리는 수 세기 동안 잘 알려진 것이다. 이러한 형식을 분명히 정의한 첫번째 현대 사상가는 번역된 『빅토르 위고 작품집Works of Victor Hugo』체스터필드본의 서문을 쓴 로버트 루이스 스티븐슨일 것이다. 스티븐슨은 모든 예술이 그가 "객관objective"과 "주관subjective"이라고 부르는 양극단 사이의 연속체로서 존재한다고 지적한다. 그중 한 극단인 주관의 영역에는 위고의 소설 같은 작품들이 있다. 우리는 그것들을 읽어나가면서 우리가 소음과 연기 속에 둘러싸인 채 프랑스 군중 틈에 있다고, 우리가 책을 읽고 있는 방에서 위고가 만들어낸 상상의 파리로 이동했다고 느낀다. 또다른 극단에는 필딩의 『톰 존스』가 있는데, 거기 등장하는 주인공이 '진짜' 젊은이라는 우리의 상상은 늘 얼마 못 가 중단되고 만다. 우리가 설득되려는 순간에 필딩은 호메로스적인 직유, 혹은 삽입장interchapter, 혹은 인형 조종술puppeteering 전통 비슷한 것을 동원함으로써 우리로 하여금 다시 한번 소설을 '진짜 삶'이 아닌 대상으로 인식하기를 강요한다. 시각 예술의 예를 들면서, 스티븐슨은 초기와 중기의 터너Turner, 즉 터너가 창문을 통해 바라보듯 선명하게 그린 풍경화가 주는 효과와, 그와는 반대되는 어떤 무명 프랑스 화가(사람들은 스티븐슨이 만들어낸 사

　　　　　　　　소설의 기술

람일 거라고 의심한다), 즉 자신의 해변 풍경화에 진짜 모래를 발라서 그 그림을 보는 누구도 그것을 가족이 찾아와 피크닉을 즐길 만한 진짜 해변으로 착각하는 일이 없도록 만든 화가의 작품이 주는 효과를 비교한다.

모든 문학적 패러디 작가들은 필연적으로 객관적인 예술, 혹은 형식주의 예술의 창조자들일 수밖에 없다. 그것이 장난이든 진심이든 어떤 문학적 대상에 대해 언급하는 또다른 문학적 대상이라는 사실이 망각되는 순간, 패러디는 그 의미를 잃게 된다. 보통의 '리얼리즘적' 소설—스티븐슨이라면 주관적 소설이라고 불렀을—에서의 작가의 의도는 독자가 책의 인쇄된 페이지를 통해 재현된 장면 속으로 빠져들게 하는 것, 그래서 그가 단어나 소설적 관습들이 아닌, 이를테면 회전초 tumbleweed가 애리조나를 가로지르며 굴러가는 꿈의 이미지를 보게 하는 것이다. 형식주의 소설에서 우리는 주로 작가의 기술, 혹은 회전초와 그것을 구르게 만드는 기술 둘 다를 의식한다. 윌리엄 개스의 소설에서 동시대의 멋진 예들을 가져올 수 있을 테지만, 가서 그걸 찾는 수고를 덜기 위해 그냥 내 작품을 예로 들어보자. 나는 중편 「왕의 인디언The King's Indian」에서 여러 작가들 중에서도 에드거 앨런 포를 패러디했다. 어느 한 부분에서 나는 포의 문장들을 그대로 사용했다. "내 머리는 쭈뼛 섰으며, 피는 얼어붙었다. 그리고 나는 다시 배 안에 괸 더러운 물속으로 가라앉았다my hair stood on end, my blood congealed, and I sank again into the bilgewater." 만일 나의 노력이 성공적이라면 독자는 이러한 이미지—19세기 잡지의 예에서 가져온 것보다는 덜 사실적인 이미지—와 더불어 무대 옆에서 싱긋 웃으며 손을 흔들고 있는 포를 동시에 보게 될 것이다.

19세기 대부분의 작가들—비록 전부는 아니었지만—은 자신들이 사용하는 수단을 믿었으며 당당하게 삶을 모방한 소설들을 내놓았다. 만일 어떤 작가가 디킨스, 새커리Thackeray, 스티븐슨이 그러했듯 자신의 예술이 가진 만화나 인형 무대와도 같은 특징을 강조했다면 그건 그가 예술과 삶의 관련성을 불신해서가 아니라 그러한 관련성에 다소 무관심하거나 우리가 지금도 그러하듯 순수하게 인위적인 기술을 즐겼기 때문이다. 호메로스, 단테, 초서, "몽크Monk" 루이스Lewis, 스몰레트Smollett의 작품에 대해서도 동일한 말을 할 수 있을 것이다. 만일 대답을 강요받았더라면 아마도 그들은 예술이 삶과 직접적으로 관련되어 있다고 믿기는 하지만 자신들이 사랑하는 것은 인위적인 기술이라고 말했을 것이다. 『트리스트럼 섄디』*를 떠올려보라. 이 작품은 분명 소설과 스토리텔링 일반에 대한 패러디이자 조롱이다. 하지만 스턴이 토비 삼촌이 우리에게 살아 있는 것처럼 보이도록 의도했다는 점은 그 누구도 의심하지 않는다. 영어로 쓴 작가들 중에서 포는 19세기의 위대한 예외라고 할 수 있다. 삶과 예술의 슬픈 불균형(예술이 삶을 끝장내거나 변형한다)은 그가 가장 좋아한 주제인 동시에 그가 새로운 소설 형식을 만들어내는 원칙이었다. (그는 우리가 지금 알고 있는 형식들, 즉 탐정 스토리, 호러 스토리, 해적 스토리, 도플갱어 스토리, 그림으로서의 스토리 (「랜더의 별장Landor's Cottage」), 전체가 결말인 스토리 (「아몬티야도 술통」)의 창시

• 작품에 대한 설명은 22쪽 각주 참조. '토비 삼촌'은 트리스트럼의 아버지 월터와 함께 『트리스트럼 섄디』에서 가장 중요하게 등장하는 인물들 가운데 한 명이다.

자다.) 포가 생각한 예술과 삶의 관계는 그의 위대한 불어 번역가(보들레르─옮긴이)가 생각했던 것과 마찬가지로 순수와는 거리가 멀었다. 그는 「리지아Ligeia」에서 예술가는 이상, 즉 플라톤 철학에서의 '꿈의 기억dream memory'(상실한 리지아에 대한 화자의 기억)을 추구하는 과정에서 현실성을 살해한다는 사실을 알레고리적으로 제시한다. 「어셔가의 몰락The Fall of the House of Usher」에서 죽은 미녀의 부활─그녀는 끔찍하게 훼손된 피투성이의 모습으로 등장한다─은 화자가 오래된 중세기사 이야기를 낭독하는 것의 도움으로 이루어진다. 포는 다른 여러 심리적 우화들에서도 예술가로서의 자신의 일 대부분을 마치 마녀들이 자신들의 일을 하듯 계속해서 해낸다. 즉 그는 오래된 공식을 따름으로써 더 오래된 예술 작품들의 악마적인 힘을 빌려 예술의 효과를 만들어낸다.

20세기 작가들─포와 그의 추종자들이 이들의 길을 열어주었다─은 보통 예술이 삶과 관련을 지니는지에 대해 확신하지 못한다. 과학과 철학에 종사하는 동료들과 마찬가지로, 그들은 '스타일의 변화는 주제의 변화'라는 사실을 중요시한다. 그들은 여덟 개의 스피커가 우리를 콘서트홀의 현실로 더 가깝게 다가가게 해주는 것이 아니라 새로운 현실을 만들어내는 것임을 알고, 작가에게는 삶이 아닌 새로운 현실, 허구를 추구하는 성향이 있다는 것을 안다. 이 때문에 언어적 조각술과 '불투명한opaque 언어'가 유행하게 되었다.

우리가 이미 보았다시피, 예술에서의 신뢰할 수 없는 캐릭터에 대한 바로 이 불안한 매혹은 메타픽션, 즉 소설을 쓰는 것을 주제로 하는 소설의 인기로 이어졌다. 더 흥미로운 최근의 예―좀 덜 지루한 것들―로는 윌리엄 개스의 『윌리 마스 터의 외로운 부인Willie Master's Lonesome Wife』, 론 수케닉Ron(ald) Sukenick의 「네 이야기는 뭐야?What's Your Story?」, 존 바스의 「인 생 이야기Life Story」를 들 수 있다. 이 모든 소설들의 주요 관심 사는 테크닉이나 수단이 어디까지 예술의 유일한 메시지가 될 수 있을 것인가 하는 점이다. 최근 미국에서 가장 우아한 메 타픽션 중 하나는 존 바스의 「유령의 집에서 길을 잃다Lost in the Funhouse」로, 이는 누나와 누나의 애인인 선원과 함께 유령 의 집으로 가는 한 소년의 이야기다. 관습적 기준에 따라 쓰인 감동적이고도 아름다운 스토리 가운데, 바스는 소설의 기술을 다루는 실재적 매뉴얼 혹은 상상의 매뉴얼의 인용구들을 끼워 넣는다. 우리는 순박한 연인들을 보여주는 부분의 아름다움에 반응하여 그들에게 호의와 지지를 보내게 된다. 하지만 '효과 적인 산문을 쓰는 법'을 언급하는 부분이 계속 방해하면서 우 리는 이 감동적인 부분이 자연스러운 게 아니라 어떤 인위를 통해 성취된 것은 아닌가 하는 생각을 짜증날 정도로 계속하 게 된다. 결과적으로 우리는 바스의 의도대로 그 연인들에 대 한 우리의 순진한 반응에 의심을 품게 된다. 우리는 이 예술가 가 가지는 의혹과 문제―보통의 소설에서는 절대 생각하지 않 는 일―뿐 아니라 그가 작품에서 얻는 기쁨을 공유하고, 그 과 정에서 유령의 집과 그 연인들을 경험하면서 느꼈던 기쁨의 순수함을 잃게 된다. 소설 속 똑똑한 동생과 마찬가지로 우 리는 현실에서의 유령의 집이 주는 감각들로부터 어떤 진정한 기쁨도 느끼지 못하게 된다. 우리는 연인들이 끌려가 "사라져 버린lost" 곳으로 빠져들어버린다.

바스는 능수능란한 테크닉이란 피해야 할 것이 아니라, 가능하다면 일단 습득한 후에도 계속해서 유지해야 하는 것이라고 주장하고 있다. 화려한 테크닉이란 공중 곡예사나 동물 조련사의 작업에서만큼이나 소설 작품에서도 큰 흥분을 가져다준다. 그 누구도 거장 예술가에게 그 능력을 숨기라고 요구하지는 않을 것이다. 또다른 한편으로, 뛰어난 재주는 그 자체가 소설의 유일한 목적이 되어버릴 수 있으며, 스타일이 캐릭터와 사건, 아이디어를 압도할 때 그러하듯 소설의 더 큰 목적을 뒤엎어버릴 수도 있다. 여기서 생기는 의문은 예술가가 주제subject와 표현presentation 사이에서 균형을 잡는 일이 과연 가능한 것인가 하는 점이다. 어쩌면 「리지아」에서처럼 현실성이 살해되어야만 하는 것이야말로 예술의 본성이며, 예술이 생산해내는 것은 어떤 더 고상한 현실이 아니라, 다시 주검이 되어 쓰러지기 전 오직 한순간 동안만 분명한 생명으로 깜박였다 사라지는 마들렌 어셔와 같은 피투성이 현실인지도 모른다.

주제를 변화시키는 테크닉의 효과에 대한 지금의—비록 엄밀히 말해 새로운 것은 아니지만—환호가 낳은 한 가지 흥미로운 결과는 L. M. 로젠버그L. M. Rosenberg가 "가상의 극사실주의fictional superrealism"라고 부른 것이다. 이러한 방식으로 글을 쓰는 작가들(메리 로빈슨Mary Robinson, 로라 퍼먼Laura Furman, 앤 비티Anne Beattie 등등)의 목적은 그림에서의 포토리얼리스트photo-realist 혹은 극사실주의 조각가인 두에인 핸슨Duane Hanson의 목적, 즉 예술가에 의한 약간의 변형도 없이 현실을 그대로 가져오는 것과 동일하다. 그들은 흔히 '흥미로운 플롯'이라고 불리는 것을 집단적으로 거부한다. 한 전형적인 스토리에서, 뉴욕의 후시크 폭포에 있는 집을 상속받은 캐릭터는 그곳에 살러 가서 집을 수리하고 이웃들과 크게 중요해 보이지 않는 간단한 대화를 나눈다. 플롯의 흐름은 시간이 흐른다는 사실과 그에 따른 사소한 감정의 상승—보통 디테일의 서술에서 완전한 이미지로의 변화, 말해지지 않던 사소한 감정의 구체화를 통해 나타나는—으로 한정된다. 내러티브를 조직적인 장면들로 나누는 관습은 철저히 지양된다. 만일 어떤 통찰력이 생겨나거나 감정의 동요가 일어난다면 그 사실은 다른 사실들과 마찬가지로 단순하게 서술된다. 작가는 이미지를 선택하는 데 카메라만큼 무심하기 위해 노력하고, 감정적 효과를 담은 말은 가능한 한 억제하거나 세심하게 줄이려 한다. 로젠버그가 지적하듯, 작가는 심지어 "그녀는 외쳤다" 혹은 "그는 소리질렀다" 같은 대화 꼬리표dialogue tag조차도 허용하지 않고, 질문들—"대체 소금은 어디에 있는 거야?" 같은—조차도 "그녀는 말했다"는 식으로 처리된다. 작가들은 졸라Zola나 윌리엄 딘 하웰즈William Dean Howells의 과학적 이상, 즉 자연의 그 어떤 것도 주목할 가치가 없는 것으로 대하지 않고 그 어떤 것도 다른 무엇보다 가치 있는 것으로 대하지 않겠다는 이상을 완성하고자 한다. H. D. 레이먼드H. D. Raymond는 초현실주의 시각 예술가들에 대해 언급하면서 예전의 과학적 이상의 현대적 버전을 제시한다. "그들은 눈앞의 이념, 숭고, 도덕을 무시함으로써 현상학자의 신조를 지킬 것을 맹세한다. 그들은 눈 하나 깜박하지 않은 채 그곳에 '정말로' 있는 것을 응시하며 그들의 그런 응시를 가능하게 하는 정신적 구성체들mental constructs을 무시해버린다."

이러한 신조에 대한 오래되고도 명백한 하나의 반론이 존재한다. 즉 우리는 이 작가들(그리고 화가들)이 현실이라고 주장하는 것을 현실로 믿지 않는다. 이들의 리얼리즘은 '삶과 닮아 있지' 않은데, 그것이 우리에게 죽은 것으로 보이기 때문이다. 우리는 심지어 예술가가 부지불식간의 부정직함으로 인해 감정을 억제하는 것은 아닌지 의심해볼 수도 있다. 정면을 때리는 강한 빛과 이목구비의 분명하고도 약간은 만화 같은 강조가 특징인 필립 펄스타인Philip Pearlstein의 그림—그는 그것들을 "멍청한 그림들"이라고 불렀다—을 보면서, 그가 심지어 자신의 딸들을 그릴 때조차도 인간의 형상에 대해 부지불식간의 멸시감을 느낄 거라는 의혹을 조금도 품지 않는 사람은 아마 없을 것이다.

심지어 여덟 개의 스피커를 위한 곡을 쓰며 시각적 음악을 만들어내는 작곡가도 그저 어떤 새로운 현실의 가능성들을 따르는 것 이상의 일을 할 가능성이 크다. 그는 감정적으로 다른 시각적 음악보다 더 흥미롭다고 느껴지는 어떤 시각적 음악을 선택한다. 로빈슨, 퍼먼, 비티의 가상의 극사실주의에서 알 수 있듯이 예술가의 개성은 사실상 전적으로 억압될 수도 있다. 이들 작가의 경우, 개인적 스타일에 대한 거부는 정말이지 철두철미해서, 정밀한 검토 없이는 한 작가의 작품과 다른 작가의 작품을 구분해내는 일이 불가능하다. 물론 스타일의 억압 자체—하나의 미학적 선택이자 감정의 표현법—도 스타일이 될 수 있긴 하지만.

주제를 변화시키는 테크닉의 효과에 대한 지금의 환호와는 정반대되는 반응을 동시대의 일군의 비사실주의적인 경향들non-realistic movements —보르헤스, 바셀미와 같은 카프카적 표현주의, 초현실주의, '이리얼리즘irrealism'적인 형식주의 작가들—에서 발견할 수 있다. 이러한 움직임이 낳은 가장 표현주의적인 작품으로는 나탈리 사로트Nathalie Sarraute의 『굴성Tropisms』을 꼽을 수 있다. 사로트는 이 작품집 속 한 작품에서 젊은 여자와 진지한 노신사와의 만남에 대해 서술한다. 이들의 대화는 어색하면서도 강렬하다.

하지만 그는 그녀가 말하는 도중에 끼어들었다. "영국이라…… 아, 그래요, 영국…… 셰익스피어, 네? 네? 셰익스피어. 디킨스. 그런데, 제가 젊었을 때, 디킨스를 번역하며 즐거워했던 게, 생각나네요. 새커리. 새커리 읽어봤어요? 새…… 새…… 그렇게 발음하는 거 맞나요? 네? 새커리? 그게 맞나요? 사람들이 그렇게 발음하는 거 맞나요?"
그녀를 붙잡던 그는 이제 그녀의 몸 전체를 자신의 손으로 붙들고 있었다. 그는 그녀가 몸을 조금 흔드는 것을 바라보았다. 그녀는 우스꽝스럽게 몸부림을 치고 아이처럼 허공에 발길질을 해대면서도 행복한 미소를 머금고 있었다. "글쎄 그래요, 그런 것 같네요……"

여기서는 카프카의 어떤 작품들에서처럼 특정한 심리적 현실의 디테일이 물리적 현실로 직접 옮겨져 표현되고 있다. 테크닉이 억압되지 않고 강조되는 와중에도 현실과 현실의 표현 사이의 진정한 단절은 일어나지 않는다. 초현실주의 소설—저지 코진스키Jerzy Kosinski, 윌리엄 팔머William Palmer의 작품들과 존 호크스의 어떤 작품들―에서도 현실과 현실의 표현 사이의 진정한 단절이 일어나는 것은 아니다. 차이점이라면 거기서 모방한 현실―한두 가지 디테일이 아닌 여러 가지 디테일로 써―은 우리들 꿈속의 현실이라는 점이다. 이 소설에서 때로 전통적 소설에서 그러하듯이 사건들은 무작위로 일어나는 것처럼 보이며, 오직 감정의 일관성만이 질서를 부여하고 있을 뿐이다. 또 어떤 경우―카프카의 꿈 이야기들(「시골 의사」)에서 그러하듯―사건들의 진행은 그것만으로는 충분히 설명되지 않는 감정적 동요를 수반한다. 제시 방식은 관습적인 리얼리즘 소설에서의 제시 방식을 그대로 따르는 경향을 보이되, 주제만이 바뀌었을 뿐이다. 평론가이자 소설가인 조 데이비드 벨라미Joe David Bellamy가 말하듯,

20세기 초반의 의식에 대한 장편 또는 모더니스트의 단편에서, 우리는 캐릭터(들) *안에서* 바깥을 바라본다. 동시대의 극단적인 소설가들의 작품에서, 우리는 매우 자주 캐릭터(들) 안에서 *안을* 바라본다―혹은 내면의 환상이 바깥으로 투영되며, 외부의 '현실'은 때로는 무시무시하게, 때로는 희극적으로 전도된 채 점점 더 내면 풍경의 거울 같은 모습을 띠기 시작한다―이 둘 사이에는 아주 작은 차이만이 존재한다.

소위 부조리주의 소설에서는 또다른 변주가 일어난다. 외젠 이오네스코Eugène Ionesco의 희곡 『코뿔소Rhinoceros』에서 마을 사람들은 화자 한 명만 빼놓은 채 차례대로 코뿔소로 변하기

시작한다. 화자는 스토리의 마지막에 이르러 코뿔소로 변하기를 바라지만 그런 일은 일어나지 않는다. 그리고 아마도 그의 여자 친구일 캐릭터는 아마도 다른 사람들과 마찬가지로 코뿔소로 변해버린 후에 아마도 외로움과 죄책감 때문에 여위어가다 사라져버린다. 캐릭터들이 코뿔소로 변신하는 것은 표현주의적인 것으로 설명될 수 없는데, 변신한 몇몇은 코뿔소 같은 성격—고집스럽고 흉포하며 추론 능력이 없는—을 지닌 반면 다른 이들은 그렇지 않기 때문이다. 그렇다고 해서 스토리가 꿈으로 해석될 수 있는 것도 아니다. 오히려 변신은 인간의 모든 대응—"우리 자신의 도덕률", "우리의 철학", "우리의 대체 불가능한 가치 체계", "휴머니즘", 심지어 사랑까지—이 먹혀들지 않는 터무니없는 세계의 작동 방식을 반영한다. (이 스토리는 흔히 나치 파시즘의 수용과 관련된 것으로 해석된다.)

이보다 더 흥미로운 각양각색의 '이리얼리스트들irrealists', 즉 현실을 직접 다루려는 시도를 포기한 채 가상의 관습에 따라 작업하는 일군의 작가 중에는 도널미 바셀미가 있다. 『백설 공주Snow White』에서 『죽은 아버지The Dead Father』에 이르기까지의 그의 모든 작품들은 무엇보다도 문학적 (그리고 시각적) 테크닉의 놀라운 재주tour-de-force에 관한 연구로 읽힐 수 있다. 그는 자신의 모든 소설에서 본질적으로 부조리주의자로서의 세계관을 보여준다. 캐릭터들은 해결될 수 없는 문제들과 싸워나가며 자신들의 운명을 받아들이거나 싸움을 계속해나간다. 바셀미의 방식이 표면상으로 희극적이며 그의 스토리에서 늘 파토스가 배제된다는 사실만 제외하고 나면 우리는 그의 작품에서 얻는 정서적 효과가 자연주의자의 소설에서 얻는 것과 동일한 것, 즉 아이러니와 연민임을 알 수 있다. 그의 글을 흥미롭게 만드는 것들 중 하나는 여러 테크닉을 이해의 수단으로 부릴 줄 아는 외견상 무한해 보이는 능력이다. 물론 바셀미에게 캐릭터들은 그 무엇도 이해하지 못하는 존재들이다. 즉 우리가 이곳을 떠나 리얼리티에 도달한다는 것은 불가능한 일이다. (단편 「도시 생활City Life」은 부분적으로 극사실주의 소설에 대한 패러디다.) 하지만 자신의 실력을 유감없이 발휘할 때의 바셀미는 테크닉으로 곡예를 부리면서 감정과 삶에 대한 태도를 표현해낼 줄 안다. 그의 소설집 『도시 생활City Life』에 수록된 잘 알려진 단편인 「내 아버지가 우시는 모습들Views of My Father Weeping」을 예로 들어보자.

자신의 아버지를 이해하고 그의 죽음에 복수를 시도하는 한 아들에 관한 비현실적인 스토리를 전하기 위해, 이 작품은 문학적 패러디와 초현실주의—이 두 양식은 보통 충돌하는 것들로서, 스티븐슨의 말을 빌리자면 전자는 "객관"이고 후자는 "주관"이다—를 결합하고, 여기에 다른 양식과 스타일 들의 파편들을 더한다. 작품은 이렇게 시작된다.

한 귀족이 마차를 타고서 거리를 달리고 있었다. 그는 내 아버지를 치었다.

*

장례식이 끝난 후, 나는 걸어서 도시로 돌아왔다. 나는 아버지가 돌아가신 이유를 생각해내려 애를 쓰고 있었다. 그러다 나는 떠올렸다, 아버지는 마차에 치여 돌아가셨다는 걸.

나는 어머니께 전화를 걸어 아버지의 죽음을 알렸다. 어머니는 정말이지 잘된 일이라 생각한다고 말했다. 나도 그게 정말이지 잘된 일이라고 생각했다. 그는 흥밋거리들을 점점 잃어가고 있었다. 나는 아버지를 친 마차의 주인인 귀족을 과연 추적해서 찾아내야 할지 고민했다. 한두 명의 목격자들이 있었다고 했다.

여기서 소재들(예를 들어 "귀족")은 관습적인 이야기에서의 소재들과 동일하고, 스타일은 무미건조한 리얼리즘적 진술을 차용하고 있으며, 겉으로 드러나는 정서는 "그러다 나는 떠올렸다, 아버지는 마차에 치여 돌아가셨다는 걸"에서 볼 수 있듯이 부조리주의자의 것이다. 그러다 갑자기 초현실주의자의 이미지가 끼어든다.

침대 한가운데 앉아 있는 남자는 내 아버지와 무척 닮았다. 그는 두 뺨 아래로 눈물을 흘리며 울고 있다. 그는 무언가에 대해 화가 났음에 틀림없다. 그를 보다가 나는 뭔가가 잘못되었다는 걸 알게 된다. 그는 잠금장치가 떨어져나간 소화전처럼 분노를 쏟아내고 있다. 그가 내뱉는 헛소리가 모든 방 안을 쏜살같이 들락날락하고 있다……

있을 수 없는 죽은 아버지의 모습에 대한 묘사는 당연하게도 애매한 성격을 띤다. 아들은 한편으로는 염려와 책임감 있는 모습을 보이면서도, 또 한편으로는 아버지의 상스러움과 철없음에 짜증을 내는데("헛소리"), 이는 스토리가 진행됨에 따라 발전시켜나가야 할 양가감정이다. 두 가지 병치된 이미지, 즉 불가사의하게 그려짐으로써 아들보다 훨씬 우월한 지위를 가지는 아버지의 이미지와, 당혹스러울 만큼 유치하게 그려짐으로써 "귀족"과 정반대되는 지위를 가지는 아버지의 이미지는 뚜렷한 대조를 이룬다.

아버지는 털실뭉치를 공중으로 집어던졌다. 오렌지색 털실이 거기 걸렸다.

아버지가 핑크색 컵케이크가 놓인 쟁반을 유심히 바라본다. 그러더니 그는 엄지손가락을 각각의 컵케이크 속으로 쑤셔넣는다. 컵케이크 하나하나마다. 모든 컵케이크의 얼굴에 짙은 미소가 번졌다.

스토리는 19세기 고딕 탐정소설을 (변형을 거쳐) 패러디한 구절들, 초현실주의 소설과 다른 스타일의 소설들을 패러디한 구절들을 계속해서 번갈아가며 등장시킨다. 목격자들의 도움으로 아들은 귀족의 마차꾼인 라스 방Lars Bang이라는 이름의 남자를 추적한다. 우리는 아들이 자기 아버지를 부끄러워하는 것만큼이나 귀족적 기준에서 봤을 때의 자신의 무능함을 부끄러워한다는 걸 알게 된다. ("내 이름만큼이나 저속하고 천박하게 보이고 들리는 그 이름[라스 방]을 듣고서 나는 혐오감에 사로잡혔다……") 그리고 마침내 아들은 다른 청자들을 동반한 가운데 마차꾼(아들에 비해 품격 있는 남자)으로부터 아버지의 죽음이 본인의 멍청함 때문이었다는 이야기를 듣게 된다. 그는 취한 나머지 말들을 채찍으로 공격했던 것이다. 아들은 살해당한 아버지를 위한 정의를 쟁취하기는커녕 아버지가 저지른 수치와 죄악을 알게 되고—그리고 다른 이들 또한 알게 하고—그로 인해 자신 역시 더한 수치심과 죄책감을 느끼게 된다. 하지만 이것은 틀렸을 수도 있다(현실은 불가해하다). 방이 설명을 계속하는 가운데 조용하고 뚱하게 앉아 있던 아름다운 소녀는 갑자기 (다소 상스러운 언어를 사용하면서) 외친다. "'방은 순 망할 놈의 거짓말쟁이예요,' 그녀는 말했다." 스토리는 당연한 방식으로 끝이 난다. "기타 등등." 『죽은 아버지』에서와 마찬가지로 아들의 괴로움은 계속 이어진다.

이 스토리의 가장 놀라운 점은 다양한 스타일들이 단 하나의 효과를 위해 조직되어 있다는 것이다. (아래에서 보듯) 고딕 탐정소설, 초현실주의, 옛날식 멜로드라마 스타일이 등장한다.

어째서!……저기 내 아버지가 계셔……저기 침대에 앉아 계시다고!…… 그리고 그분은 울고 계셔!……마치 가슴이 터져버리기라도 할 것처럼!……아버지!……왜 그러신 거죠?……누가 당신에게 상처를 줬나요?……그놈의 이름을 말하세요!……아니 제가……제가요……여기요 아버지, 이 손수건 받으세요!……그리고 이 손수건을!……그리고 이 손수건을!……가서 수건 가져올게요……

또한 부조리주의 특유의 언어 중심적 희극 스타일도 등장

소설의 기술

한다.

그러고서 우리는 메스키트 덤불과 누가 버려 나뒹굴고 있는 포드 픽업트럭의 일부에 총을 휘갈겼다. 하지만 어떤 동물들도 우리의 파티에 찾아오지 않았다(인정하건대, 시끄러운 파티이긴 했다). 긴 명단에 들어 있던 동물들 중 그 어떤 동물도 찾아오지 않았다. 사슴도, 메추라기도, 토끼도, 물개도, 바다사자도, 에오세 고대 포유류^{condylarth}도……

기타 등등. 이것들을 모두 하나로 모으는 것은 바로 화자의 어조, 즉 우습고도 애처로운 번민하는 마음이다.

실력만 있다면 작가는 소설에 대한 이 모든 접근법들—표현주의, 초현실주의, 부조리주의, 이리얼리즘—로 흥미로운 작품을 만들어낼 수 있다. 그의 철학적 기반이 아무리 부실하다고 할지라도 말이다. 무언가 새로운 것을 만들어낼 때, 작가는 어쨌거나 익숙한 창작 과정으로부터 유추해낼 수밖에 없다. 그렇게 그는 바흐와 그의 선배들이 음표들로 음악을 만들었던 과정으로부터 거리에서 들려오는 소리와 전자기기 소리를 음악으로 바꿔놓는 법을 유추해내고, 전통적인 조각가나 영화 제작자가 사용한 방식과 유사한 방식으로 언어적 조형물을 만들어낸다. 로버트 루이스 스티븐슨이 말한 연속체에서의 "객관" 쪽에 위치하는 극단, 이리얼리스트들을 매혹하는 그러한 극단에는 예술가의 선택 과정만이 인간의 유일한 현실로 남아 있을 따름이다. 우리는 작품에서 작가의 정서적 경향을 발견하고 그의 눈이 (따라서 그의 마음이) 사물들과 맺는 관계를—비록 그가 맺길 바라지 않는다 하더라도—확신한다. 극사실주의자들 또한 마찬가지다. 로브그리예Robbe-Grillet가 계속해서 지적하듯, 방에 아무도 없을 때는 냉장고의 리얼리티에 도달할 수 없다. 달리 말해, 작가들은 "자신들의 바라봄을 가능하게 하는 정신적 구성체들을" 숨길 수 없다. 불확정성 원리에 관한 모든 질문들은 어떤 의미에서 '사람을 헷갈리게 만드는 것red herring'들일 뿐이다. 우리는 영어 단어를 고르듯 테크닉을 고른다. 우리가 의미하는 바를 가장 정확히 말하기 위해, 혹은 우리가 그러한 테크닉, 즉 말을 선택하면 어떤 일이 일어나는지를 보기 위해서 말이다. 아이는 아빠에게 "아빠 미워" 하고 말하고는 그의 반응을 예의주시한다. 연인은 "결혼이란 참 이상한 거야" 하고 말하고는 상대방을 힐끗 쳐다본다. 같은 방식으로 나는 소설에서 어떤 남자에게 삼백 명의 아들이 있으며 그들 모두가 빨강 머리라고 해놓고는 그로부터 내가 무슨 말을 계속 이어갈 수 있을지를 궁리한다.

이제 구체적인 사항들로 넘어가보자. 나는 테크닉의 문제와 관련해 언급할 수 있을 많은 사항들 중에서 내가 가장 기초적인 것으로 여기는 일곱 가지를 택할 것이다. 즉 모방, 어휘의 개발과 통제, 문장 다루기, 시적 리듬, 시점, 지연, 스타일을 통한 테크닉의 학습이다. 이 모든 사안들에 대한 논의는 암시적suggestive인 것일 뿐, 완전한 것은 아니다.

소설의 기술

모방

모방은 지난 수 세기 동안 테크닉을 익히는 일반적인 방식들 중 하나로 사용되어왔다. 18세기의 학생이 고전—이를테면 핀다로스풍의 찬가 또는 호라티우스풍의 송시頌詩—을 모델로 삼은 다음 그 모델을 모방하여 그리스어, 라틴어, 영어로 자신만의 독창적인 작품을 썼듯이 말이다. 이러한 시도는 여전히 유익하다. 두 종류의 모방이 특히 의미 있어 보인다. 첫번째는 현대적 주제의 제시와 분석을 위해 오래되었으며 일반적으로 익숙하지 않은 형식을 신중하게 사용하는 것. 두번째는 이보다 더 직접적인, 심지어는 한 줄 한 줄 모두 베껴 쓰는 모방으로, 이는 모방하는 자가 어떤 위대한 작가의 스타일이 지닌 비밀을 '진심으로' 깨칠 수 있게 해준다.

비록 인간의 경험이 여러 면에서 보편적인 것이기는 하지만 태도attitude란 시대에 따라 변화하는 것이다. 그리고 우리는 예전의 미학적 전제들의 집합 혹은 그것들의 형태를 관찰해봄으로써 우리의 생각과 감정을 이해해볼 수 있다. 우리가 낭만주의자들의 자연에 대한 경험에 공감하기란 여러 이유에서 불가능하다. 우선 자연 자체가 변해버렸다. 낭만주의 시대의 예술가가 "나무와 개울" 또는 "늦은 오후, 생 빅투아르산의 풍경"라는 제목의 그림을 그려낼 것임에 반해, 오늘날의 화가는 자신이 아는 세상에 대한 환멸 또는 호기심과 진지함이 뒤섞인 애착으로 인해 "폰티액Pontiac과 나무둥치" 또는 "푸른 들판의 쉐보레Chevy" 같은 제목의 그림을 그려낼 것이다. 마찬가지로 작가도 어떤 과거의 아이디어—중세의 '꿈 이야기dream vision',

상상의 항해, 나라에 바치는 찬가, 성인saint의 전설, 액자식 구성—를 모방해서 그것을 현대의 경험에 들어맞도록 변형할 수 있다. 그렇게 나는 『이아손과 메데이아Jason and Medeia』에서 아폴로니오스 로디오스의 『아르고나우티카』를 (에우리피데스 Euripides와 다른 몇몇을 더해) 모방했다. 매 장면에서 현대인에게는 이 캐릭터와 사건 들이 어떤 의미로 다가올지를 자문하면서—즉 원작의 얼마나 많은 부분이 여전히 유효할지, 우리는 얼마나 많은 부분을 어떤 이유로 변형할 수밖에 없게 될지, 그리고 (아폴로니오스와 우리가 읽어낸 경험들 중) 누가 읽어낸 것이 더 정확할지를 물어가면서—말이다. 동일한 방식으로 도널드 바셀미는 「유리산The Glass Mountain」에서 알레고리적 산에 대한 중세의 전통(주로 초서의 『영예의 집The House of Fame』)을 흉내내고, 스탠리 엘킨은 『딕 깁슨 쇼The Dick Gibson Show』에서 『캔터베리 이야기』를 모방하며, 존 바스는 『키메라 Chimera』에서 셰헤라자데를 모방하고, 제임스 조이스는 어떤 의미에서 『오디세이아』를 모방한다. 예전의 작품들과 긴밀한 관계를 가지고 작업하면서, 그리고 예전 작가들의 작업 방식을 면밀히 관찰하면서 현대작가는 자신의 소재에 대한 하나의 관점을 얻게 된다. 그는 현대적 영웅들의 화법이 예전 영웅들과 어떻게 달라야만 하는지를 알게 되고(그는 퇴폐주의 문학 decadence의 이점과 결점을 알게 된다), 왜 순수한 호메로스적 직유가 현대의 더욱 아이러니한 직유에 자리를 내줬는지를 알게 되며, 왜 전통적 알레고리가 희극적 작품을 제외하면 거의 사용되지 않게 되어버렸는지를 알게 된다.

내가 언급한 모방—바셀미 등등—은 모두 상당히 수준이

높은 것들이다. 그러니까 이것들은 기본적 모방과는 거리가 있다. 시대적으로 더 가까운 모델을 따르는 것도 똑같이 흥미로운—그리고 새로운—결과를 낳을 수 있다. 포의 많은 작품들은 모방 또는 패러디적 주석이다. 가령 그의 「괴팍한 꼬마 도깨비Imp of the Perverse」는 워싱턴 어빙Washington Irving의 스타일을 모방하면서 그의 「슬리피 할로의 전설Legend of Sleepy Hollow」에 나타난 속물성과 반지성주의를 공격한다. 비록 우리가 패러디라고 하면 대학가의 유머 잡지들이나 『매드Mad』 또는 『내셔널 램푼National Lampoon』 같은 인기 있는 기관지들을 떠올리긴 하지만, 우스운 동시에 진지한 패러디적 테크닉의 사용은 동시대 작가들에게 풍부한 광맥이 되어주었음이 입증되었다(그것은 수 세기 동안 시인들이 가장 크게 의지한 테크닉이었다). 패러디 작가는 로버트 쿠버가 엄숙하고도 새로운 목적을 위해 (『프릭송과 데스캔트Pricksongs and Descants』에 수록된) 「도보 사건A Pedestrian Accident」에서 '슬랩스틱 필름 코미디'와 '보드빌 루틴vaudeville routine'만을 차용했듯이 자신의 모델의 일반적 스타일만을 차용할 수도 있고, 사건, 캐릭터, 배경의 디테일만 바꾼 채 자신의 모델을 거의 한 줄 한 줄 모방할 수도 있다. 그 결과가 예술이 되는지의 여부는 작가의 재치에 달려 있다. 어쩌됐건 이러한 연습은 그 작가가 어떻게 자신만의 효과에 도달했는지를 보다 명확히 알게 해줄 것이다.

어휘

방대한 양의 어휘가 늘 이득이 되는 것만은 아니다. 적어도 소설의 어떤 경우에는 간단한 언어가 복잡한 언어보다 더욱 효율적일 수 있다. 복잡한 언어는 부자연스러움으로 이어지거나 작가의 불성실함 또는 작가가 제대로 교육받지 못했음을 보여주게 될 수도 있기 때문이다. 별 볼 일 없는 취향 또는 지적인 평범함을 보여주는 가장 확실한 징후들—비록 때로는 그것이 수줍음과 불안감을 암시할 뿐이지만—중 하나로는, 남들이 다 사용하는 동일한 다음절polysyllabic 단어 또는 외래어의 지속적인 사용을 들 수 있다. "세렌디피티serendipity(우연한 발견)"나 "유비쿼터스ubiquitous(어디에나 존재하는)" 따위의 유행어들, 프랑스어라는 사실이 강조된 "장르genre", "환경milieu", "앰비언스ambiance(분위기)" 등의 말들, "세계관Weltanschauung", "게슈탈트Gestalt(경험의 통일적 전체)", "질풍노도Sturm und Drang" 따위의 진부한 독일어 단어나 구절 들, "소설적 전술fictional strategy" 같은 전문 용어들 말이다. 또한 단지 유행하는 말이 아닌 자신만의 고급스러운 언어를 구사하는 작가도 독자에게 거슬림을 줄 수 있다. 작가가 리얼리스트임에도 불구하고 주로 우아한 언어적 효과만을 위해 글을 쓴다는 느낌이 들 때가 있다. 즉 작가가 말솜씨를 뽐낼 수 있을 만한 캐릭터들을 선택한다거나, 작가 자신이 듣기 좋으라고 캐릭터로 하여금 "생각하다think" 대신에 "추정하다calculate"라는 말을 사용하게 함으로써 그 캐릭터를 망친다거나, 모든 캐릭터들에게 "용렬하게 dastardly", "격식에 맞게comme il faut", "이보게my man" 등의 말을 사용할 권리를 부여하고 있다는 느낌이 들면 우리는 거기서 작가의 매너리즘과 무신경함을 느끼고는 곧장 한발 물러선다. 이 법칙은 다른 모든 법칙들과 마찬가지로 분별 있게 적용되어야만 한다. 도스토옙스키는 캐릭터들이 할 법한 말들을 우선하여 캐릭터들을 선택한다. 그리고 눈에 띨 정도의 미문도 잘만 사용하면 매우 훌륭한 것이 될 수 있다. 어렵고 이해하기 힘든 단어들을 잘 다루는 작가, 즉 자신의 어조나 캐릭터에 대한 충실함을 저버리지 않으면서도 그것들을 부드럽고 수월하게 도입할 줄 아는 작가에게 현란한 어휘는 작가가 사용하는 어조의 범위를 확장해주고 정확성을 높여주는 것은 물론이거니와 그 텍스트에 풍요로움을 더해주는 역할을 한다. 호손이나 멜빌 같은 상징주의자나 알레고리 작가에게, 현란한 어휘는 절대적 필요조건이다. 효과적인 글쓰기의 경우—일반적으로—작가는 교활한 사람이 헛소리로 시골뜨기 피해자를 속여넘기듯 상징과 알레고리적 표상을 글 속에 슬쩍 집어넣는다. 작품 안에서 너무 도드라지는 상징은 작가를 무신경한 사람으로 보이게 만들고 상상의 사건들의 정직한 제시보다는 설교에 가까운 그의 스토리를 불성실하게 보이게 만드는 불쾌한 효과를 발생시킴으로써 가상의 꿈에 대한 독자의 몰입을 방해할 수도 있다. 한마디로 독자는 그러한 작품을 읽으며 자신이 속고 있다고, 소설의 소재들로부터 자연스럽게 생겨나는 것이 아닌 하늘에서 주어진 것 같은 의견이나 세계관을 강요받고 있다고 느낀다.

나는 분명 "일반적으로"라고 말했다. 특정한 종류의 소설에서는 투박한 상징주의나 경직된 알레고리의 출현이 기쁨의 원천이 될 수도 있다. 그리고 스토리의 인위성을 떠올리게 만드는 "비듬 모양의furfuraceous", "과시하다venditate", "불을 뿜다ignivomous" 따위의 엄청나게 괴상한 어휘, 장식용 방울이나 텍스트상의 물집 같은 기능을 하는 이러한 말들 또한 재미를 줄 수 있다. 우스꽝스러운 효과를 위해서라면 웃기는 건 뭐든 해도 좋다. 그리고 초서의 「법률가 이야기Man of Law's Tale」가 지닌 매력은, 그것을 알아볼 줄 아는 사람에 한해서 이야기했을 때, 부분적으로 그것이 생각과 감정을 경직되고 완고하게 다룬다는 데서 생겨난다. 콘스탄스는 전혀 실재하는 여자로 보이지 않는다. 그녀는 원시시대 조각품이나 스테인드글라스 속 인물처럼 딱딱하게 각이 져 있다. 그녀의 스토리는 낡은 기계처럼 삐그덕대는 소리를 내며 시작되었다가 멈추는데, 우리가 그것을 즐기는 것은 바로 요즘 식으로 말해 그것의 비현실성irreality―그것이 시대에 뒤처진 문학적 관습들에 기반을 두고 있다는 사실―때문이다. 이는 초서의 「두번째 수녀 이야기Second Nun's Tale」와, 진지한 동시에 희극적인 현대의 패러디 작품에도 해당되는 얘기다. 바스의 『염소 소년 자일스Giles Goat Boy』가 가장 잘 보여주고 있듯이, 상징주의를 유별날 정도로 명백히 드러냄으로써 작가는 때로 상징이 지닌 무게를 희생하지 않고서도 만족스러운 인위적 효과를 얻을 수가 있다. 우리는 인형극이나 노Noh(일본 전통 가면극―옮긴이)를 보면서 테크닉과 그것이 지닌 의미 둘 다의 중요성을 즐기는 것과 마찬가지로, 알레고리의 투박함에 웃음 짓게 되면서도 그것을 끝까지 따라간다.

하지만 상징주의자나 알레고리 작가는 보통 더 미묘한 방식

소설의 기술

으로 작업한다. 멜빌은 「필경사 바틀비」에서 자신이 종종 그러하듯 완벽한 언어를 구사하는 화자를 사용한다. 그것이 그로 하여금 스토리의 외관을 방해하지 않고서도 이중의 의미—우화적 효과를 내는 말장난pun—를 도입할 수 있게 해주기 때문이다. 그냥 겉으로만 봤을 때, 이 작품은 평범한 업계에서 계속 일을 해나가야 하는 동시에 우주적인 절망, 사실상 광기로 밝혀지는 자신의 필경사 바틀비의 문제에 인도적으로 대처해야만 하는 딜레마로 인해 어쩔 줄을 모르게 된 한 동정심 많은 변호사에 대한 것이다. 더 깊은 층위에서 봤을 때, 변호사는 일종의 여호와와 같은 인물이며, 바틀비는 여호와를 정의에 대한 새로운 개념으로 얽어매는 애처롭고 무능한 예수 같은 인물이다. 변호사 화자의 딱딱하고 심지어 지루하기까지 한 화법은 멜빌로 하여금 표면상의 스토리를 캐릭터들의 존엄성과 그들의 애처로운 상황에 대한 전적인 존중과 함께 다루게도 하지만, 동시에 보다 깊은 의미의 징후를 드러낼 수 있게도 해준다. 멜빌은 다음과 같이 쓴다.

단조롭다고 여겨질 수도 있을 그 풍경[화자가 자신의 창문들 중 하나를 통해 바라보는 흰 벽]은 달리 말해 풍경화가가 말하는 '생생함'이 결여된 모습이었다. 하지만 사무실의 다른 편 끝에서 바라보는 풍경은, 더 나을 건 없을지라도 적어도 그와는 다른 모습을 보여주긴 했다. 그쪽 방향으로 난 창문들은 우뚝 솟은 담벼락이 훤히 바라보이는 위치에 있었는데, 그 담벼락은 세월의 때를 입은 채 영원히 이어질 것만 같은 그늘에 가린 것이었다……

언뜻 보기에 이 문장들은 한쪽 창문으로는 흰 벽이 보이고 다른 쪽 창문으로는 담벼락이 보이는 화자의 사무실 공간에 대한 단순한 묘사에 불과해 보인다. 하지만 화자의 고상한 화법은 바틀비가 그의 관심을 끌게 될 것이라는 더욱 깊은 의미를 언어적으로 암시해준다. 그의 편안한 "2층의" 방들은 죽음으로 둘러싸여 있는 것이다. 이러한 분위기는 스토리 내내 계속되면서 그것이 지닌 완전한 상징적 의미를 만들어나간다.

지금까지 나는 현란한 어휘에 대해서만 이야기했다. 초보 작가들 사이에서 흔히 보이는 문제는 그들이 사용하는 일반적 말들조차도 거의 절뚝거리는 수준을 벗어나지 못한다는 점이다. 일반적 말들 또한 잘 쓰지 않는 말들과 마찬가지로 구조상 재미를 준다. 훌륭한 작가라면 일반적인 건축학적 특징을 나타내는 "상인방lintel", "중심 기둥newel post", "내쌓기corbelling", "교대abutment" 같은 말들과 교회나 공공건물로 이어지는 계단 옆의 콘크리트나 돌로 된 "경계hems", 또는 목수나 배관공 들의 연장이나 예술가들의 재료, 그리고 자신의 캐릭터들이 작업하고 있는 가구나 도구 혹은 그 작업 과정의 모든 이름들, 그리고 (손톱을 깎을 때 쓰는) "핀치클리퍼pinch-clipper"처럼 우리가 자주 사용하면서도 보통 그 이름을 부르지 않는 흔한 가정용품의 이름들을 알고 사용할—혹은 알아서 사용할—가능성이 크다. 작가는 만일 그게 편리하다면 브랜드명 또한 알고 가끔 사용할 줄 알아야 한다. 그것이 특징 묘사에 도움이 되기 때문이다. 토요타를 모는 사람은 BMW를 모는 사람과는 다르고, 크레스트Crest로 이를 닦는 사람은 펩소던트Pepsodent로 이를 닦는 사람, 혹은 건강식품 브랜드에서 나온 가지로 만든 치

　　　　　　　　　　　　　소설의 기술

약으로 이를 닦는 사람과는 다르다. (극사실주의 소설에서는 소설 속 캐릭터들보다도 브랜드명이 더 중요하다.) 무엇보다도 작가는 자신이 알고 있는 일반적 단어와 관용구 들―그가 늘 접하며 어떻게 사용하는지도 알지만 절대 사용하지 않는 것들―의 어휘를 늘려야만 한다. 공을 들인 흔적이 있는 언어들이 아닌 상대적으로 흔한 동사, 명사, 형용사 들―"의기양양하게 걷다galumph", "느릿느릿 걷다amble", "수렁quagmire", "특종 scoop", "사마귀pustule", "곡마장hippodrome", "머리가 돈distraught", "태만한remiss"―말이다. 어휘력을 기르는 일상적인 방법은 책을 읽을 때 언어에 집중하는 것이다. 진지한 방법은 사전을 통독하면서 자신이 절대 사용하지 않았던 모든 일반적인 단어들의 리스트를 작성하는 것이다. 물론 정말로 진지한 방법은 언어를 학습하는 것―그리스어, 라틴어, 그리고 한두 개의 현대어를 배우는 것―이다. 우리가 일급 작가라고 부를 수 있을 만한 작가들 중에 적어도 두 개 이상의 언어에 능통하지 않았거나 능통하지 않은 사람은 극히 드물다. 톨스토이는 러시아어, 프랑스어, 영어에 능통했고 다른 언어들과 방언도 어느 정도 할 줄 알았으며 사십대에는 그리스어도 공부했다.

어휘력을 열심히 개발하는 작가가 당면한 위험은, 구조상 너무 다채로운 스타일을 사용함으로써 독자를 가상의 꿈으로부터 멀어지게 할지도 모른다는 것이다. 하지만 연습을 통해 균형을 이룰 수 있다. 장대높이뛰기 선수의 짧은 다리가 그러하듯, 제한된 어휘는 어느 수준 너머로 나아가는 도중에 자연스러운 장애물이 되어준다.

문장

단어 다음으로 작가의 가장 기본적인 표현 단위를 구성하는 것은 문장이다. 문장은 모든 수사적 장치들 중에서 가장 기본이 되는 전달 수단이다. 작가의 노트에는 반드시 일련의 문장 실험이 포함되어 있어야 한다. 적어도 두 페이지에 이르는 긴 문장을 써보는 일은 그 실험의 손쉽고도 도전적인 출발점이 되어줄 것이다. (이에 관한 *놀라운 재주*의 예로는 도널드 바셀미의 단편 「문장Sentence」—사실 길고 긴 문장이 아닌 하나의 단편fragment—을 꼽을 수 있다.) 작가가 곧장 익힐 수 있는 긴 문장들—내가 여기서 말하는 것은 쉼표, 세미콜론, 콜론을 마침표로 대체하더라도 어떠한 정서적 힘이나 지적 일관성도 상실되지 않는 엉터리 긴 문장이 아닌 *진짜* 문장들이다—은 여러 종류이며, 각각은 그것들만의 고유한 효과를 가진다. 문장은 어떤 욕구나 히스테리컬한 감정에 떠밀려 쓰일 수도 있다. 윌리엄 포크너의 『소리와 분노』 서문에 종종 포함된 긴 문장이 그러한 경우인데, 여기서 포크너는 잡지에서 캐디의 사진을 발견한 마을 사서가 도서관 문을 닫은 후, 온갖 생각의 나래를 펼치며 매우 떨리는 마음으로 사진을 든 채 제이슨의 가게로 급히 달려가는 모습을 긴 문장으로 서술한다. 또한 문장은 불안한 정신 상태에 빠져 있는 캐릭터—이를테면 잡지에서 여성 해방에 대한 글을 읽고는 점점 더 (꽃꽂이나 도자기 공예, 혹은 자아의 깨달음에 대한) 야간학교 강의를 듣고 싶어하는, 그러나 그래야 할지 말아야 할지 몰라 자신의 위압적인 어머니와 남편에게 그 일에 대해 말할 수도 있고 (몰래 강의를 들으면 생기게 될 돈 문제에도 불구하고) 말하지 않을 수도 있는 지적인 중년 주부—의 신경증적인 망설임을 의도적으로 반영함으로써 계속 붕 떠 있을 수도—다시 말해, 마지막 마무리 또는 한숨 돌릴 수 있을 종지부, 즉 마침표를 찍음으로써 안도감을 주는 행위를 계속해서 미룰 수도—있다. 그녀에게는 가정을 꾸리고 식료품을 살 여유밖에는 없으며, 또 늘 돌봐야 할 아이들이 있다—물론 마크(이렇게 부르기로 하자)는 목요일 밤마다 방과후 수업으로 농구를 하도록 꼬실 수 있을 테지만, 다니엘은…… 하지만 다니엘이 그녀가 없다고 그녀를 그리워하기나 할까? 매일 자기 방 TV 앞에 들러붙어서 (냄새로 추정컨대) 마리화나나 피우고 있을 그 녀석이? 하지만 너무 위험할 거야, 틀림없어, 만일 그들—해럴드와 그녀의 어머니—이 이 일에 대해 알게 되면 몹시 귀찮은 일들이 벌어질 거야, 보다 확실한 계획을 세우는 편이 낫겠어…… 또한 문장은 그것이 품은 생각의 복잡성 때문에, 혹은 그것에 담긴 이미지의 화려한 장식들 때문에, 혹은 그것이 묘사하는 단순 노동자가 '순전히 꾸준하게 일하기' 때문에, 혹은 다른 이유나 동인 때문에 마침내 끝이 나기 전까지는 계속해서 길어질 수도 있다.

짧은 문장들은 또다른 효과를 낸다. 파편적인 문장들 또한 마찬가지다. 그것들은 신랄하거나 박력 있는 효과를 낼 수 있다. 그것들은 권태를 표현할 수 있다. 그것들은 단조로운 장면을 더 단조롭게 만들 수 있다. 내가 지금 하고 있는 것처럼 별 것 아닌 이유로 사용되었을 때는 지루할 수도 있다.

영원한 문장과 매우 짧은 문장이라는 양극단 사이에 변주 variation의 세계가 자리한다. 이 세계는 모든 작가들이 결국에는 탐구해야만 할 세계다.

시적 리듬

1. Prose, like poetry, is built of rhythms and rhythmic variations.

   (산문은, 시와 마찬가지로 리듬과 리듬의 변주로 이루어져 있다.)

2. Like poetry, prose has rhythms and rhythmic variations.

   (시와 마찬가지로, 산문은 리듬과 리듬의 변주로 이루어져 있다.)

3. Rhythm and variations are as basic to prose as to poetry.

   (리듬과 변주는 시와 마찬가지로 산문에서도 기본이 되는 것이다.)

4. All prose must force rhythms, just like verse.

   (모든 산문은 운문과 마찬가지로 리듬을 가져야만 한다.)

   (245-248쪽을 참고하라.)

위의 문장들을 비교해보라. 산문을 읽을 때의 자연스러운 속도로, 운문이나 산문시를 읽을 때의 자연스러운 속도보다는 빠른 속도로 이것들을 읽어보면 우리는 2번 문장이 1번 문장보다 더 느리고 무겁게 느껴진다는 것을 알게 된다. 또한 3번 문장은 상당히 규칙적인 강세 음절들과 그것들 사이에 낀 무강세 음절들의 등장 때문에 1번이나 2번 문장보다 가볍게, 그리고 병치된 강세들이 문장의 속도를 둔화시키고 있는 4번 문장보다 훨씬 더 가볍게 읽힌다.

좋은 산문에서 리듬은 절대 주춤거리지 않고 실수로 운율을 망치지 않으며 문장의 의미를 거스르지 않는다. 다음의 치환된 문장들의 경우를 생각해보라. (편의를 위해 얼음은 문맥상 주어지는 것이며 언제든지 생략될 수 있는 것으로 생각하자.)

1. The pig thrashed and squealed, then lay helpless on the ice, panting and trembling.
   (돼지는 몸부림을 치며 꽥꽥대더니, 어쩔 수 없이 얼음 위에 드러누워 헐떡이며 몸을 떨었다.)

2. After thrashing and squealing, the pig lay helpless, panting and trembling.
   (몸부림을 치며 꽥꽥댄 후에, 돼지는 헐떡이고 몸을 떨며 어쩔 수 없이 드러누웠다.)

3. Thrashing and squealing, then panting, trembling, the pig lay helpless on the ice.

(몸부림을 치며 꽥꽥대고, 그런 다음 헐떡이고 몸을 떨면서, 돼지는 어쩔 수 없이 얼음 위에 드러누웠다.)

4. The pig thrashed and squealed, then, panting, trembling, lay helpless.
(돼지는 몸부림을 치며 꽥꽥대더니, 그런 다음 헐떡이고, 몸을 떨며, 어쩔 수 없이 드러누웠다.)

리듬적으로 봤을 때 1번 문장은 완전히 만족스러워 보이지 않는다. 마지막 구절인 "panting and trembling"은 나중에 덧붙여진 것처럼 느껴지며—우리는 앞선 구절들의 결과로 그러한 구절에 도달했다는 느낌을 받지 못한다—그것이 앞부분의 "thrashed and squealed"의 리듬과 희미하게 공명한다는 사실은 약간 어색한 느낌을 준다. 2번 문장은 더 엉망이다. "thrashing and squealing"의 울림은 이제 너무나도 분명해서, 문장이 거슬리면서도 투박한 대칭을 이루게 한다. 3번 문장은 좀 낫다. 공명하는 구절들이 문장의 같은 부분에 모여 있는 까닭에 문장이 부드럽고 시원하게 마무리되고 있다. 그리고 "panting and trembling"에서 "and"를 제거함으로써 이 부분의 리듬이 느려졌으며("panting, trembling"), 공명 또한 어느 정도 억제된다. 그럼에도 4번 문장이 더 낫다. "panting, trembling"으로 인해 속도가 떨어진 문장은 돼지와 마찬가지로 "helpless"라는 단어에서 멈춰 선다. 마침내 소리가 의미와 공명한다.

리듬이 만들어내는 소리에 계속해서 귀를 기울임으로써, 작가는 자신의 문장들이 지니는 감정을 상당히 정교하게 제어할 수 있다. 나는 나의 소설 『그렌델Grendel』에서 주인공 괴물의 감정과 성격이 그가 하는 첫마디에서 정해지길 바랐다. 한참을 골똘히 생각하고 문장을 만지작거린 후, 나는 다음과 같이 썼다.

The old ram stands looking down over rockslides, stupidly triumphant.
(늙은 숫양이 돌 비탈 아래를 내려다보며 서 있다, 멍청할 정도로 의기양양하게.)

만일 이 문장이 성공적이라면 그것이 내는 효과의 일부는 물론 단어의 선택에 기인한다. 만일 내가 "늙은 암소가 앉아 있었다⋯⋯"라고 썼더라면 효과는 달라졌을 것이다. 하지만 그 효과의 일부는 또한 강세 처리에 기인한다. 문장의 시작 부분에 병치된 강세들은 라임에 가까운 효과로 인해 더욱 강화되어 적절하게 거친 느낌을 만들어낸다. 본질적으로 듣기 거슬리는 소리를 가진 두운("stands", "stupidly")은 이러한 거친 느낌을 유지시킨다. 그리고 첫 구절 끝에 위치한 긴 음절의 망설이는 듯한 리듬

rockslides

은 다루기에 난감하고 필요 이상으로 많은 무강세 음절들

stupidly triumphant

에 부딪혀—바라건대—괴물이 세련되지 못한 생각과 어색한 걸음걸이의 소유자라는 걸 보여준다. (내 생각에 우리는 단어들을 훑어보고 이 단어들의 운율을 위와 같이 강약약격과 약강약격으로 맞추기보다는

$$\acute{} \smile \smile \acute{} \smile \smile$$

stupidly triumphant

과 같이 맞춘다. 따라서 "tri"는—운율시의 경우에서의—'라이더'로서 기능하게 되고[강강약격은 불가능하므로—옮긴이], 운문에서와 같이 매우 리드미컬한 산문을 기대하게 되는 우리의 습관을 고려할 때, 이 음절들은 어색하게 무너져내린다.)

훌륭한 작가는 귀를 통해 리듬을 만들어낸다. 일반적으로 그는 내가 여기서 논의를 위한 목적으로 언급한 도구들 paraphernalia을 필요로 하지 않는다. 그럼에도 행에 운율 분석 부호를 붙여가면서 운율을 맞춰보는 일은 분명 때로 도움이 된다. 그것은 어느 위치에 새로운 강한 박자가 들어가야 하는지, 혹은 어느 곳의 무강세 음절들을 숨겨야 하거나 추가해야 하는지를 결정하기 위한 보조 도구가 되어준다. 문장들을 이리저리 바꿔보는 일, 근본 요소들의 다양한 조합을 시험해보는 일은 결국 매우 중요한 일임이 밝혀질 것이다. 그럼으로써 문장이 더 나아질 뿐만 아니라, 리듬을 결정하는 기본 방식을 수년간 배우게 되고, 그것을 외견상 전혀 다른 종류로 보이는 문장들에도 적용할 수 있게 되기 때문이다. 내가 나쁜 문장들을 고쳐서 더 나은 것으로 만들기 위해 어떤 방법을 사용하는지, 어떤 공식을 사용하는지는 나도 모르겠다—그리고 아

소설의 기술

마 대부분의 작가들이 똑같이 말할 것이다. 하지만 나는 문장을 적는 최고의 방법에 조금이라도 더 가까이 다가가려 애를 써가면서 늘 그렇게 하고 있으며, 매년 더 능숙해지고 있다. 무강세 음절에 강세가 생겨나게 하는 변화의 종류들을 알아두는 것도 도움이 될 것 같다. 「태피는 웨일스 사람이었어Taffy Was a Welshman」라는 동요의 첫 부분을 예로 들어보자. 리듬의 측면에서 이 시는 두 가지 합당한 방식, 즉 규칙적인 운율시 또는 고전 영어 두운체 시행에서 파생된 '오래된 자생 운율old native meter'로 볼 수 있다. 전자의 경우에 시행은 육 음보가 되며, 후자의 경우에는 겨우 사 음보가 된다. 여기서 나는 이 시행을 오래된 자생 운율로 다룰 것이다. 아래의 치환들이, 홉킨스라면 운문을 "도약springing"시킨다고 했을 방식으로 무강세 음절에 강세가 생겨나게 하는 것을 보라.

Taffy Was a Welshman, Taffy was a thief.
태피는 웨일스 사람이었어, 태피는 도둑이었지.

1. Taffy Was a damn fool,
(태피는 망할 멍청이였지,)

2. Taffy shot a damn fool,
(태피가 망할 멍청이 하나를 쏘았어,)

3. Billie Jones shot a damn fool,
(빌리 존스가 망할 멍청이 하나를 쏘았어,)

$$\overgroup{3} \qquad \overgroup{3}$$

4. Billie Jones shot two damn fools,

(빌리 존스가 망할 멍청이 둘을 쏘았어,)

이 모든 즉흥적 변주들^{jazzing} 뒤에 동일한 (상상의) 드럼 비트^{drum beat}가 존재함에도 불구하고, 다양한 리듬들의 치환이 각기 다른 에너지를 발생시키고 있음에 주목하라.

소설의 기술

우리가 산문과 운문을 다루면서 표기한 운율 분석 부호들
metrical analysis marks은 언제나 대략적인 것에 불과하다. 다른 훌
륭한 독자들—혹은 또다른 날의 내 자신—은 내가 위와 같이
표시한 행들을 마땅히 다른 방식으로 읽을 수도 있을 것이다.
비록 어떤 독법은 다른 독법보다 설득력이 떨어질 거란 것만
은 분명한 사실이겠지만. 여기에서의 논의와 그 외의 논의에
서 운율을 분석하며 내가 사용하는 부호들은 다음과 같다.

ˊ=강세 음절. ˋ=약한 강세 음절(혹은 때로 운율시metrical verse
에서 강세가 없는 자리에 대신 존재하는 박자[beat]). ˘=무
강세 음절. —=무강세이지만 길거나 느린 음절. ♎=(리듬이나
다른 어떤 힘을 받아) 살짝 강세를 지닌 무강세 음절. ‖=휴지
pause 혹은 중간 휴지caesura〔중간 휴지에는 무강세 음절 또는
단음절의 직후에 생기는 휴지인 '여성 휴지feminine caesura'와
강세가 주어진 음절 또는 장음절 바로 뒤에 오는 휴지인 '남
성 휴지masculiune caesura'가 있다—옮긴이〕. ∧='연이은 강세
hovering stress'(ʌ̆로도 표기 가능). 이 강세는 병치된 두 음절이
강약격 또는 약강격의 형태이긴 하지만 강세에서 그리 큰 차
이를 보이지 않아서 두 음절이 동일한 박자를 공유하는 것처
럼 보이는 경우에 사용된다. 로버트 프로스트Robert Frost의 다
음 시행을 예로 들 수 있다.

  Whose woods these are I think I know
  (이 숲이 누구의 것인지 나는 알 것 같네)

혹은,

Whose woods these are I think I know.

　운문에서 셋 이상의 강세—병치된 경우든 하나 이상의 무강세 음절이 끼어 있는 경우든—가 하나의 박자를 공유하고 있는 것처럼 보일 때, '어구 부호phrase mark'와 강세 숫자 표시의 사용(⌣̆)은 유용하다. (리듬이 까다로운 운율시의 경우, 박자는 드럼의 기본 리듬과 같은 것으로, 변주는 솔로 재즈 연주자가 구사하는 싱커페이션 같은 것으로 생각해보라.) 연이은 음절이나 구절 같은 복잡한 것들이 필요한 것은, 영어로 된 운율시에서 보통 한 음보foot가 강세 음절 하나와 무강세 음절 둘 이상은 받을 수 없기 때문이다. 비록 때로는—특히 동요nursery rhyme나 아주 오래된 민요시folk poetry의 경우—하나 이상의 추가적인 무음절 강세—제라드 맨리 홉킨스Gerard Manley Hopkins가 '라이더(rider, 추가 사항)'라고 부른 추가 음절들—가 끼어들 수 있긴 하지만. 내가 사용하고 있는 체계에 따르면 영어의 음보는 ('라이더'와 그 외의 싱커페이션들을 무시하고 나면) 약강격(⌣/), 강약격(/⌣), 강약약격(/⌣⌣), 약약강격(⌣⌣/), 약강약격(⌣/⌣) 등의 패턴들만을 가질 수 있다. 운문의 경우에는 한 행의 음보 수가 그 행의 운율을 결정한다. 가령 방금 인용되었던 프로스트의 시행

Whose woods │ these are │ I think │ I know

는 (표시된 대로) 네 박자로 되어 있다. 기본 박자의 단위에는 일보격monometer, 이보격diameter, 삼보격trimeter, 사보격tetrameter, 오보격pentameter, 육보격hexameter, 칠보격heptameter이 있다. 이 길이를 넘어서면 행은 팔보격octameter에서처럼 여러 부분들로 나뉘게 되어, 이를테면 두 개의 합쳐진 사보격처럼 읽히게 된다. 윌리엄 개스의 몇몇 작품들이나 나의 몇몇 작품들처럼 산문이 운율을 지니는 경우는 매우 드문 일이다. 비록 운율이 자신이 존재한다는 신호를 명확하거나 미묘한 라임을 통해 전달할 수 있긴 하겠으나, 운율적으로 동일한 행들이 뒤섞여 제시되는 까닭에 보통 드러나지 않는다.

시를 '운율에 따라 읽을 줄 아는 것scansion'은 산문 작가에게 전혀 쓸데없는 재능이 아니다. 진정으로 훌륭한 산문은 훌륭한 동시대의 운문—이는 주로 자유시free verse(라임이 없고 불규칙한 운율을 지닌 시)를 의미한다—과 오직 하나의 측면에서만 차이를 가질 뿐이다. 즉 운문은 행을 나눔으로써 독서의 속도를 늦추지만 산문은 그러지 않는다는 것. 시인이자 소설가인 조이스 캐럴 오츠가 쓴 다음의 행들이 산문이 될 수 있고 운문도 될 수 있다는 점에 주목하라.

차는 서쪽을 향해 뛰어들었다, 뉴욕주의 푸른빛 도는 황혼을 향해.
그것들은 도무지 끝날 줄을 모른다, 헤드라이트 불빛 속에 꿈틀대는 뱀들,
스카프처럼 펼쳐진 눈snow, 잎맥과 포도나무 덩굴과 덩굴손,

박살난 질그릇 같은
광기의 푸른 하늘.

골웨이 키넬Galway Kinnell의 작품 같은 몇몇의 동시대 자유시
들은 산문이 감당할 수 있는 것보다 더 많은 것들을 응축해낼
수 있다. 키넬이 쓴 최고의 운문이 지닌 힘을 누구도 부정할
순 없겠지만, 휘트먼Whitman이 증명하듯 그러한 종류의 응축이
절대적 필요조건인 것은 아니다.

시점

시점에 관해 내가 이미 말한 것들을 여기서 반복할 필요는 없을 것이다. 동시대의 글쓰기에서 작가는 시점을 마음대로 가지고 놀 수 있다. 제대로 작동하기만 한다면 말이다. (존 솔트John Salt의 그림이나 조지 시걸George Segal의 조각이 전혀 다른 시대의 작품일 리 없는 것과 마찬가지로) 글이 딱 봐도 동시대적인 느낌을 전해주는 한, 작가는 독자에게 자신이 특이한 시도─모든 종류의 갑작스러운 변화들─를 할 것이라는 신호를 보낼 필요도 없다. 그것은 '동시대' 예술, 혹은 '딱 봐도 혁신적인' 예술이 본래 품고 있는 가능성이자 즐거움의 일부다. 하지만 지금 우리 시대를 포함한 모든 시대에 어떤 문학은 전통적인 기법들을 사용하고 있으며─보통 최고의 작품들이 이러한데, 대체로 작가는 걷잡을 수 없는 창작과 깊은 사유를 동시에 진행할 수 없기 때문이다─여기에는 가볍게 묵살해버릴 수 없을 어떤 올바름이 존재한다. 따라서 시점에 대해서도 어느 정도 논의해볼 필요가 있다.

작가가 아닌 사람들은 종종 일인칭 시점("그러고서 나는 항아리를 보았다"에서와 같이 "나"의 입장에서 진행되는 시점)이 가장 자연스럽다고 말하곤 한다. 이는 의심스러운 발언이다. 설화적이거나 지적인 내러티브 모두에 더 일반적인 시점은 삼인칭 시점이다("그러고서 그녀는 항아리를 보았다"). 일인칭 시점으로 말해지는 동화는 없으며, 농담 또한 마찬가지다. 일인칭 시점은 작가가 말하듯이 쓸 수 있게 해주며, 이는 미국 흑인이나 유대인, 남부나 동부 연안의 양키 이야기꾼yarnspinner과 같이 고도로 발달한 구전 문화에 기반을 둔 사람이나 흥미로운 발화 패턴을 지닌 지적인 사람에게 유리하게 작용할 수도 있다. 하지만 일인칭 시점을 사용하는 작가는 자신이 말하듯 적은 글이 얼굴 표정과 제스처 등등의 누락까지 만회해야 한다는 생각에는 미치지 못하기 십상이며, 그것은 보통 좋은 글이 아니라 나쁜 점이 덜 두드러지는 글을 낳을 뿐이다.

일단 일인칭 시점에—모종의 정통함의 기준에 맞춰서—통달하고 나면 작가는 정통함의 기준에 맞춰서 삼인칭 주격으로 쓸 것을 권장받는다. 삼인칭 주격 시점에서는 모든 '나'가 '그'나 '그녀'로 바뀌며 캐릭터들의 생각에 주안점이 맞춰지게 된다. 그래서 "그러고서 그녀는 항아리를 보았다"는 "그녀가 본 게 *항아리*였던가?" 또는 "항아리네! 그녀는 생각했다"로 바뀐다. 이러한 시점(어떤 의미에서는 스타일)은 의식 깊이 파고드는 것으로서, 캐릭터의 생각과 감정이 곧장(아무런 매개 없이) 독자의 생각과 감정이 되기를 바란다. 다음과 같은 효과가 생겨날 수 있다.

그녀가 본 게 *항아리*였던가? 아냐, 그녀는 저 꿀 항아리를 만져서는 안 돼! 늙은 의사 차이나는 킬킬거렸다. "루루 보그 너는 구십 파운드를 빼야만 해. 그러지 않으면 가망이 없다고. 먼저 떠나간 네 엄마처럼 말이야. 머지않은 어느 날 아침, 너는 침대 위에 똑바로 앉아 있을 거야. 그리고 그러느라 머리는 하얗게 세어버릴 테지. 그러고는 *딱*." 의사는 손가락을 튕겨 소리를 냈다. 한 달 동안 거위 간과 흰 빵을 먹어도 전혀 살이 찔 것 같지 않은 앙상한 갈색 손가락이었다.

삼인칭 주격 시점은 나름의 쓰임새를 지니지만 한계 또한 지니고 있으므로 그것이 지배적인 시점이 된다는 것은 뭔가가 잘못되었다는 뜻이다. 최근 몇 년간 미국의 경우가 그러하듯이 말이다. 앞서 (3장에서) 이미 언급한 결점들 외에도, 그것은 캐릭터의 마음이 얼마나 제한된 것이건 간에 독자를 그 캐릭터의 마음속에(헨리 제임스의 "의식의 중심" 기법—해설자로서의 화자를 등장시키는 기법—보다 훨씬 더 심하게) 가둬버린다는 결점을 지닌다. 따라서 그 캐릭터의 판단이 잘못되었거나 부적절할 때, 무엇이 더 옳은 판단인지를 아는 독자는 냉담한 마음으로 물러설 수밖에 없다. 비판적인 소설의 경우, 그리고 어떤 이유에선지 대부분의 삼인칭 주격 시점 소설들이 그러한데, 작가는 오로지 아이러니에만 전념한다. 그는 그저 인간의 멍청함만을 폭로할 뿐이다. 그리고 독자는, 자신이 논점을 놓치는 경우를 제외하면, 스토리 속 사건으로부터 멀찍이 떨어진 채 파티에 온 심술쟁이 노인이라도 되는 양 비판적으로 바라본다. 물론 다른 테크닉을 사용했을 때도 동일한 염세적 효과를 얻을 수 있긴 하다. 이를테면 캐서린 앤 포터Catherine Anne Porter 소설에 등장하는 괴팍한 전지적 화자나 『사기꾼The Confidence Man』의 예에서 나타나듯 멜빌이 종종 선호하는 어둡고 아이러니한 목소리의 사용을 통해서도 말이다. 반면에 작가가 자신의 캐릭터들을 즐기고 찬양하기 위해, 즉 자신이 적어도 어느 정도는 영웅이라고 생각하는 사람에 대해 쓰기 위해 삼인칭 주격 시점을 사용하는 일도 물론 가능하다. 하지만 호의적인 소설의 경우라 해도 삼인칭 주격 시점으로 얻을 수 있는 고상함은 매우 적다. 삼인칭 주격 시점은 친밀함이나 가십gossip 같은 것들을 즐긴다. 그것은 열쇠 구멍을 통해 훔쳐보지, 절대 드넓은 들판을 거닐지 않는다.

심지어 이보다 덜 고상한 시점으로 삼인칭 객관objective 시점이 있다. 이 시점은 화자가 자신에 대해 절대 어떤 말도 하지 않을뿐더러 그 어떤 캐릭터의 마음속으로도 들어가길 거부한다는 점만 제외하면 삼인칭 주격 시점과 동일하다. 이에 따른 결과로 주어지는 것은 얼음처럼 차가운 카메라의 시선으로 이루어진 기록물이다. 우리는 사건들을 보고 대화를 듣고 배경을 관찰하고 캐릭터들이 하는 생각을 추측한다. 이러한 시점은 정말 짧은 소설에서 빛을 발할 수 있다. 그것이 지닌 한계는 명확하다.

이자크 디넨센과 레오 톨스토이 같은 가장 뛰어난 작가들은 전지적 작가 시점을 통해 삼인칭 주격 시점이 지닌 하찮음과 꼴사나운 익숙함을 뛰어넘고, 삼인칭 객관 시점이 지닌 야만적인 빈약함을 피해간다. 전지적 작가 시점에서 작가는 사실상 신과 같은 목소리로 말한다. 그는 모든 캐릭터들의 마음과 정신을 꿰뚫어 보고 모든 입장들을 정의롭고 무심하게 보여주며 때로는 삼인칭 주격 시점을 사용해 왜 캐릭터가 지금 그런 기분을 느끼는지를 독자가 곧장 느낄 수 있게 해주지만 그에 대해 판단할 권리는 스스로 유보한다(그는 그 권리를 아껴가며 사용한다). 보통 그는 도덕성에 대해 간단히 암시적으로만 언급함으로써 사건에 판단을 내린다.『부활』에서 톨스토이가 그랬듯이 작가가 고압적인 도덕성을 들이대며 작품에 침범

소설의 기술

할 때 그 결과는 끔찍한 것이 될 가능성이 크다. 전지적 작가 시점을 통해 독자는 제한된 견해 속으로 밀어넣어졌을 때 느낄지도 모를 폐소 공포증으로부터 벗어난다. 그는 보고 축하하고 무언가로부터 자유로워지거나 다양한 의견들을 비난한다. 그리고 그는 자신이 똑똑하고 사려 깊은 화자에게 속임이나 배신을 당하지 않을 거란 확신을 가지고서 확실하게 앞으로 나아간다. 패는 이미 드러나 있다.

한동안 전지적 작가 시점—수 세기에 걸친 이 분야의 지배자—의 지위가 떨어지게 된 것은 적어도 지식인들 사이에서 신의 존재에 대한 의문이 널리 퍼졌기 때문이며 "진리가 무엇이오?"라는 빌라도의 성가신 질문에 점점 더 많은 이들이 매혹되었기 때문이다. 찰스 디킨스, 조지프 콘래드, 헨리 제임스, 스티븐 크레인Stephen Crane을 포함한 많은 작가들은 전지적 목소리를 대체할 매우 유용한 대안들—이중에는 다양한 시점을 통해 들려주는 스토리, 콘래드의 말로˙처럼 신뢰할 수 없을지도 모를 화자들을 통해 들려주는 스토리, 어떤 시적인 목소리 혹은 진짜 목소리, 심지어 공동체 전체의 상상의 목소리를 통해 들려주는 스토리 등이 있다—을 만들어냈다. 이제 여러모로 신경쓰이게 하던 신학적이고 형이상학적인 질문들은 예전의 보편적 호소력을 잃어버렸으므로 도널드 바셀미, 조이스 캐럴 오츠, 윌리엄 개스 같은 작가들은 신의 존재 유무와 그와 관련한 사항들에 더이상 방해받지 않고서 얼마든지 전지적 작

• 찰스 말로Charles Marlow는 폴란드 출생의 영국 소설가 조지프 콘래드(Joseph Conrad, 1857~1924)의 대표작 『어둠의 심연Heart of Darkness』의 주인공으로, 작가의 다른 작품인 『로드 짐Lord Jim』, 『기회Chance』, 「청춘Youth」 등에도 등장한다.

가 시점을 사용할 수 있다. 그들에게 전지적 작가 시점에서의 화자란 자신들이 글에서 사용하는 비절내종飛節內腫에 걸린 늙은 팔로미노 말이나 철사를 두른 부엌 의자와 마찬가지로 허구에 불과한 것(혹은 절박한 함의를 지니지 않은 문학적 전통)이다. 그들은 난삽한 것들을 헤쳐나가며 오로지 소설적으로 진실한 것만을―전통적인 전지적 화자의 목소리로―말할 뿐이다. 그들은 망토를 두르고서 클로디어스왕을 연기하듯 신을 연기한다.

초보자가 전지적 작가 시점을 사용하면서 맞닥뜨리게 될 문제들 중 하나는 어떻게 하면 그것을 처음부터 자리잡게 해서 스토리 내내 캐릭터들의 마음속으로 자연스럽게 흘러들게 할 것인가 하는 점이다. 서술의 초반에 시점을 확립하려면 작가는 곧장 다양한 마음들 속으로 깊이 뛰어들면서 규칙을 정해야만 한다. 즉 작가는 자신이 원할 때 하나의 의식에서 다른 의식으로 옮겨갈 것이라는 사실을 우리가 예상할 수 있게 만들어야 한다. 삼인칭 주격 시점으로 옮겨가려면 심리적 거리를 능숙히 다룰 줄 알아야 한다. (심리적 거리에 관한 내용은 179쪽 이하를 참조하라.)

또다른 가능한 시점은 소위 '전지적 에세이스트essayist omniscient' 시점이다. 그것은 전지적 작가 시점과 대조해봤을 때 가장 쉽게 설명된다. 전지적 작가 시점의 목소리가 내는 언어는 전통적이며 중립적이다. 차분하고 근엄하며 합리적인 사람이라면 누구나가 그렇게 말하듯이, 작가는 위엄을 갖춘 채 올바른 문법을 사용하며 말한다. "행복한 가족들은 모두가 비슷하다" 혹은 "지난 세기의 일사분기 동안 해변 리조트는, 심지어 그때까지 바다를 악마와 같은 것, 대대로 내려오는 인류의 차갑고도 게걸스러운 적으로 여겼던 북유럽 국가의 사람들에게조차 유행이 되었다"라고. 모든 전지적 작가 시점이 지닌 목소리들은 비슷하게 들린다. 전지적 에세이스트 시점의 목소리는 전지적 작가 시점의 그것과 거의 동일한 신적 권위를 지니고 있음에도 보다 더 개인적이다. 비록 화자의 이름과 직업은 알 수 없지만 우리는 그 목소리의 주인이 늙었는지 젊은지, 남성인지 여성인지, (찰스 존슨Charles Johnson의 『신념과 행운 Faith and the Good Thing』에서처럼) 흑인인지 백인인지를 즉각적으로 알아차린다. 전지적 작가 시점을 택한 작가는 톨스토이 같은 작가를 따라 하기만 하면 되는 반면, 전지적 에세이스트의 목소리를 내는 작가는 우선 특정한 사고방식과 특정한 화법을 지닌 캐릭터를 창조해내야만 한다. 톨스토이와 디네센은 둘이 가진 관심거리와 주제를 제외하고 나면 구분이 불가능하다. 둘 중 어느 누구도 교활하거나 고약해질 자유를 누리진 못한다. 목소리는 단순히 사건을 진술하고 공정한 것으로 여겨지는 판단을 내릴 뿐이다. 반면 제인 오스틴은, 그것이 흥미로우며 이미 정해진 개인적 목소리에 어울리는 것인 한, 하고 싶은 말은 무엇이든 할 수 있다. 최근까지 에세이스트의 목소리를 사용한 대부분의 작가들은 하나의 독특한 목소리를 개발한 후, 그것을 책마다 계속 사용해왔다(에드거 앨런 포, 마크 트웨인, 윌리엄 포크너). 동시대의 작가들은 복화술을 더 자주 사용하는 경향을 보인다. 그리하여 종종 어떤 작가의 어떤 책은 그 작가가 쓴 다른 책과 매우 다른 목소리를 지닌다.

지연

모든 좋은 소설에는 서스펜스가 포함되어 있으며, 소설은 그 종류에 따라 각기 다른 종류의 서스펜스를 가진다. 우선 가장 간단한 경우부터 살펴보자.

누구나 "총성이 울렸다"나 "저기 울드리지 부인의 시체가 놓여 있다" 같은 문장을 쓸 수 있다. 더 어려운 것은 그러한 클라이맥스까지 이어지는 순간을 써내는 일이다. 글이 성공적인 경우에 독자는 클라이맥스가 다가오고 있다는 것을 감지하고 그 부분으로 곧장 넘어가고 싶은 강한 충동을 느끼지만 당장에 읽고 있는 구절들로부터 쉽게 벗어나지 못한다. 이상적으로 봤을 때, 도입부의 모든 요소들은 적절한 방해를 통해 독자의 기대를 고조시켜야만 하며, 동시에 그것 자체로도 흥미를 끌면서—글자 그대로의 언어 혹은 상징적인 언어의 풍요로움을 통해, 놀랄 만한 인식의 정확성을 통해, 혹은 이전의 중요한 순간들을 상기시킴으로써 일어나는 주제적, 정서적 효과의 심화를 통해—독자를 붙잡아두어야 한다.

심지어 우리 시대의 그나마 나은 대중 소설가들의 작품에서도 이러한 문제는 보통 손쉽게 해결되어버리곤 한다. 그 한 예로, 캐릭터가 느끼는 서스펜스가 독자에게도 옮겨가길 바라는 마음에서, 작가가 일인칭 혹은 삼인칭 시점으로 서스펜스로 가득찬 캐릭터의 생각에 개입해버리는 경우를 들 수 있다. 또다른 더욱 일반적인 예로는, 다음 경우와 같은 부적절한 방해 irrelevant distraction를 들 수 있다. "나는 파커의 집으로 걸어가던 중 흉내지빠귀가 노래하는 소리를 들었다. 그건 위층에서—덧문 너머 어딘가에서—들려오는 것 같았는데, 그 안에 흉내지빠귀가 있을 리 없다는 걸 내가 알고 있었음에도 그랬다. 나는—소리 없이 대문을 향해 다가가다가—배스 할아버지가 내게 흉내지빠귀에 대해 말해주시곤 하던 걸 떠올렸다. 그는 '사무엘'이라고 말하곤 했다……" 부적절한 방해는, 그것이 미약하게나마 효과를 낼지라도 독자로 하여금 조종당하고 있다는 느낌이 들게 만든다. 물론 문장의 짜임새(배스 할아버지라는 이름과 흉내지빠귀)로 실수를 숨길 수 있는 것도 사실이며, 부적절한 방해와 적절한 방해 중간쯤에 해당하는 구절은 괜찮을 수도 있다는 것 또한 사실이다. 위 구절들에 나타난 흉내지빠귀에 대한 디테일한 생각은, 그것이 서스펜스로 가득한 순간을 강화하는 연상물로서 앞선 내용들을 상기시키는 한 부적절한 방해가 아니다. 배스 할아버지는 의문의 죽음을 맞았을 수도 있고 흉내지빠귀의 노래를 불길한 사건의 전조로 믿었을 수도 있다.

우리는 모두가 서스펜스 영화의 상투적인 순간들, 이를테면 여자가 위험한 문을 여는 순간들에 익숙하다. 그녀는 귀를 기울이기 위해 멈춰 선 채 눈썹을 치켜세운다. 좋은 영화라면 그녀를 신경쓰게 했던 소리는 우리가 예전에 들었던 소리일 것이다(비록 그녀는 아마도 듣지 못했을 테지만). 우리 또한 처음에는 신경이 쓰였지만, 결국엔 펌프 주둥이에 매달린 채 바람에 흔들리고 있는 양철 컵이 내는 소리였음을 알게 된 바로 그 소리 말이다. 혹은 거슬리는 소리가 이와는 완전히 다른 장면을 떠올리게 할 수도 있다. 가령 지금은 불길하게도 사라져버린 꼬맹이 린더가 고용된 남자의 고양이와 행복하게 놀며 그것에게 마실 것을 주던 장면. 여자는 다시 앞으로 나아간다. 그녀의 두려움은 사그라졌고, 그녀는 우리가 열지 않았으면 하고 바라는 문을 향해 조심스레 다가간다. 들려오는 또다른 소리! 그녀는 멈춰 선다. 그녀는 두려움과 짜증이 섞인 표정―아마도 그녀 자신의 소심함에 대한 짜증일 테지만 그럼에도 우리가 우리 자신의 짜증을 얼마든지 투영할 수 있는 그러한 표정―을 짓는다. (서스펜스로 가득한 지연은 쾌락을 준다. 하지만 그러한 방해가 곧 다가올 클라이맥스의 의미를 더욱 강화해준다고는 해도 우리가 당나귀처럼 조금씩 끌려가고 있다는 사실을 잊을 정도로 바보는 아니다. 독자를 가상의 꿈에서 깨어나지 않게 하기 위해서는 독자의 감정을 예상하고 그 감정을 다시 스토리로 향하게 하는 것이 좋다.)

또다른 종류의 지연이 스타일상의 병치를 통해 이루어질 수도 있다. 앞서 얘기했던 「내 아버지가 우시는 모습들」에서, 도널드 바셀미는 그전까지는 앞을 향해 잘 흘러가던 내러티브에 초현실주의적 요소들―이 경우에는 시간의 흐름 바깥의 이미지들―을 도입한다. 우리는 침대에 앉아 우는 죽은 아버지의 이상한 이미지가 어디서 나타난 것인지, 그다음에는 그가 털실뭉치를 던지는 이미지, 그다음에는 그가 컵케이크를 짓이기는 이미지가 어디서 나타난 것인지를 의아해하며 잠시 혼란에 빠진다. 그 해답을 알아내기도 전에 우리는 다시 예전의 흐름 속으로 복귀하게 되지만 겨우 한두 페이지 정도 지난 후에 다시 등장한 초현실주의에 갑자기 또 멈춰 서게 된다. 그 효과는, 비록 이편이 더 미묘하고 지적이긴 하지만, 스릴러 소설에서 작가가 어떤 캐릭터와 일련의 사건들을 놓아두고서 이와는 직접적으로 무관해 보이는 다른 캐릭터와 사건들로 이동하지만 나중에는 결국 이 둘을 만나게 할 때의 효과와 약간 비슷하다. 가령 작가는 호감이 가는 미국인 가족 관광객들이 홍콩에 도착하는 장면에서 시작한 다음, 위험한 국제 음모자들의 무리로 넘어갈 수도 있다. 앞으로 있을 일들을 상상하면서, 독자는 관광객들이 겪을 고난을 예상하고 서스펜스의 짜릿함이 시작되는 것을 느낀다. 바셀미에서의 경우와 마찬가지로, 여기서도 서스펜스는 부분적으로 우리가 우리의 상황을 분명히 알지 못한다는 것과 미래를 어떻게 예측해야 할지 분명히 알 수 없다는 데서 생겨난다.

진지한 소설의 경우, 가장 높은 수준의 서스펜스는 사르트르적Sartrian 선택의 고통을 수반한다. 즉 서스펜스로 가득한 우리의 염려는 단지 무슨 일이 생길지에만 국한되는 게 아니라 행위가 지닌 도덕적 함의에 대한 염려까지를 포함한다. 두 가지 가능한 선택이 주어졌으며, 둘 다 승인될 만한 목표에 그 기반을 두고 있다고 해보자. 우리는 책을 읽어나가며 캐릭터가 어떤 선택을 내릴지, 현실의 성격을 감안했을 때 어떤 결과가 생겨날지를 염려한다.

최근의 몇몇 소설들, 특히 사뮈엘 베케트의 소설과 종종 도널드 바셀미의 소설에서, 작가는 지연이라는 소설적 관습을 아이러니적으로 사용한다. 그는 독자로 하여금 어떤 가능한 결과들을 기대하게 만든 다음, 그쪽을 향해 조금도 나아가려 들질 않는다. 『고도를 기다리며』에서 우리는 고도—그게 누가 됐든—를 기다리기 위해 어느 황량한 땅으로 왔다는 두 명의 떠돌이 이야기를 듣는다. 떠돌이들은 대화를 나누며 반복되는 행동들—아무 의미 없는 일상적 일들—을 한다. 그러면서 시간은 흘러가고 어떤 의미에서 (비록 순차적이지는 않지만) 사건들이 발생한다. 거의 죽은 것이나 다름없는 나무의 가지에서 마지막 남은 이파리가 떨어진다. 하지만 고도는 오지 않는다. 우리의 관습적 기대 덕분에 베케트는 자신이 강조하는 정체 상태stasis를 더 잘 표현할 수 있게 된다. 베케트의 희곡 『행복한 날들Happy Days』에서도 우리는 거의 같은 경험을 한다. 쓰레기 더미 속에 파묻힌 둘 중 한 명의 캐릭터는 장act이 넘어갈수록 더 깊이 파묻히게 되고, 3장에서 그녀는 목까지 파묻히게 된다. 하지만 시간이 흐르고 있다는 이러한 증거에도 불구하고 캐릭터들은 아무것도 배우지 못하며 어떠한 진전도 이루지 못한다. 바셀미의 경우에 작품은 목적에 도달할지도 모르겠지만, 만일 그렇다 치더라도 그것은 「유리산」이나 『죽은 아버지』의 경우에서처럼 어떤 바보 같은 농담—탐구해볼 아무런 가치도 없는 농담—따위로 밝혀질 뿐이다. 이러한 작품들에서 지연은 그 자체로 목적이 되며—만일 여기에 어떤 가치가 존재한다면 그 가치는 도착이 아닌 여행 자체에 존재한다—어떤 선택도 만족을 가져다주지는 않는 까닭에 선택의 고통은 멍청이의 망상으로 밝혀진다. 이러한 소설의 기술은, 갈 곳 따윈 아무데도 없다는 걸 작가가 처음부터 알고 있음에도 불구하고 독자들을 계속 읽게 만드는 데 있다. 이러한 글쓰기가 지니는 도덕적 가치는 분명 미심쩍다. 비록—작가가 자신의 의심스러운 의견을 제시할 때의 도덕적 진지함을 강조한다거나, 우리가 캐릭터들에 대해 느끼는 진정한 연민(그저 동정이나 아이러니한 무심함이 아니라)이 얼마나 대단한지를 (만일 그게 가능하다면) 지적한다거나, 혹은 웃으면서 우리는 그러한 장치를 받아들이자마자 즉시 거부한다고 끝까지 주장한다거나 하는 방식으로—논란이 있을 수는 있겠지만 말이다. 우리는 한심한 농담을 들었을 때와 마찬가지로 어떻게 작가가 그렇게 터무니없는 말을 할 수 있는지를 이해하면서 그것을 받아들인다. 또 우리는 인간이 작가가 나타낸 것처럼 무력하고 우스꽝스러운 존재라는 사실을 비웃음을 통해 부정한다. 그리고 우리는 그 의심이 옳건 그르건 간에, 작가가 은밀히 우리에게 동조할 거라는 사실을 의심한다—그렇지 않다면 캐릭터들을 왜 그토록 우스꽝스러운 것으로 만들겠나? 사뮈엘 베케트 자신은 진지하다는 사실, 혹은 그가 그렇다고 하는 말은 우리를 놀라게 하겠지만 그렇다고 우리의 반응이 변하는 것은 아니다. 베케트나 바셀미를 흠모해서 모방하길 바라는 작가에게 내가 해줄 수 있는 충고는 이것뿐이다. 당신의 작품 속에서 반복되는 일상들을 반드시 당신의 모델들 작품 속의 그것만큼이나 흥미로운 것으로 만들어라.

스타일

스타일에 관해서는 적게 말할수록 더 좋다. 스타일의 독특함을 의식적으로 추구하는 것보다 더 신속하게 기만으로 이어지는 것도 없다. 하지만 그런 반면에, 야망 있는 젊은 작가에게는 자신만의 목소리와 영역을 찾기 위해 노력함으로써 자신이 다른 모든 작가들과 다르다는 것을 증명해야 한다는 사실보다 더 자연스러운 것도 없다. 그러한 젊은 작가는 어느 누구의 조언도 듣지 않을 가능성이 크고, 비록 그러한 사실이 글쓰기 강사를 몹시 화나게 하겠지만, 현명한 강사는 그것이 썩 훌륭한 조짐이라는 사실을 알고서 그가 하고 싶은 대로 하도록 놓아둔다. 학생을 계속 정직하게 만들어줄 정도로만 그의 스타일상의 모순에 이론을 제기하고 그것에 대해 비평하면서 말이다.

젊은 스타일리스트에게 유용할 몇 가지 의견들을 말해볼 수 있겠다. 첫째, 대부분의 소설이 지닌 스타일은 전통적이다―가령 이야기나 설화체 문학, 삼인칭 전지적 작가 시점의 리얼리즘적 소설이 지닌 통상적인 스타일을 떠올려보라. 많은 작가들은 그러한 스타일들 중 하나만을 마스터한 후, 자신만의 독특한 경험과 개성에 의지해 그 스타일을 자기 것으로 만들어 평생 써먹는다. 그러한 행위가 옳은 것이긴 하지만, 유일하게 가능한 선택지인 것만은 아니다. 작가들 각자의 관심사와 성격은 필연적으로 그들의 스타일을 바꿔놓을 수밖에 없다. 직업적으로 하는 설거지나 식료품점의 점원 일을 세심히 관찰한 디테일로써 멋지게 써내는 작가, 자신의 소재를 삼인칭 주격 시점의 평범한 스타일을 지닌 리얼리즘적 소설로 표현해내는 작가는, 동일한 기본 스타일로 작업하면서 서커스 일이나 고문 기술자들의 삶에 대해 쓰는 다른 작가와 필연적으로 다른 목소리를 낼 수밖에 없다. 스타일은 종종 저절로 해결된다.

이는 하나의 관습적인 스타일만이 아닌 여러 종류의 스타일에 정통한 작가에게도 똑같이 해당되는 말이다. 각각의 스토리를 자신이 지난번에 사용했던 스타일과는 다른 스타일로 쓰는 작가든, 자신이 직관적으로 만족하고 스토리 전체에서 봤을 때 정당화가 가능한 방식으로 해당 스토리 내에서 여러 스타일을 뒤섞는 작가든 말이다.

하지만 자신만의 새로운 스타일을 만들어야 한다고 주장하는 작가들은 반드시 늘 있게 마련이다. 조이스와 포크너, 윌리엄 개스가 그러했듯이 말이다. 그러한 작가들에게 해줄 수 있는 말은 이게 전부다. 어서 시작하시라. 그로 인한 위험 요소들은 명확하다. 스타일에 모든 게 과도하게 집중될 것이다. 스타일이 매너리즘적으로 보일 것이다. 작가가 자신을 자유롭게 표현할 수 있게 되기보다는, 자신이 할 수 있는 말의 수와 종류를 제한하게 될 것이다. (우리는 헤밍웨이가 초기에 터프가이의 고지식함으로 시도했던 삼인칭 객관 시점의 실험에서 그러한 제한을 보게 된다.) 훌륭한 비평이 도움이 될 것이다. 만일 작가가 그것을 이해할 수 있으며 받아들일 용의가 있다면 말이다. 그게 안 된다면 아마도 시간이 스타일의 과잉을 누그러뜨려줄 것이다.

7장

플롯 짜기

지속적 흐름을 지니는 플롯을 짤 때, 작가는 세 가지 방법중 하나로 작업하거나 때로는 동시에 두 가지 이상의 방법으로 작업한다는 것을 이미 말했다. 즉 그는 어떤 전통적인 스토리 혹은 실제 사건을 차용하거나, 클라이맥스로부터 거슬러올라가는 방식으로 작업하거나, 최초의 상황으로부터 앞으로 나아가는 방식으로 작업한다. 이 장에서는 이미 얘기된 것은 건너뛰고서 이 세 방법이 단편, 중편, 장편의 플롯을 짜는 데 어떻게 적용되는지를 알아보고, '플롯이 없는plotless' 소설을 포함한 또다른 종류의 소설들의 플롯을 짜는 방법 또한 알아볼 것이다. 이 논의가 완전한 것이 될 수는 없겠지만, 그래도 초보 작가에게 작가가 하는 일들 중 가장 어려운 이 작업에 대한 약간의 실질적인 길잡이는 제시해줄 것이다.

비록 인과적인 시퀀스가 가장 훌륭한 (가장 명백한) 지속적 흐름을 만들어내기는 하지만 그것이 필연적인 결말을 위한 유일한 수단은 아니다. 스토리나 장편소설은 논쟁적인 전개를 통해 독자를 매 지점에서 어떤 결론에 이르게 만들 수 있다. 이러한 경우, 사건들은 나중 사건들의 정당화를 위해서가 아니라 논리적 선후관계의 극화를 위해 발생한다. 따라서 사건 a는 사건 b의 원인이 되지는 않지만 그것과 모종의 논리적 관계를 지닌다. 그러므로 작가는, 가령 헤라클레스의 열두 가지 과업—또는 실제 삶에서 가져온 사건이나 가상의 사건—에 (다른 흥미로운 논의들이 그러한 것처럼) 우리가 책을 계속 읽어나갈 수 있게 만들 논리적 시퀀스를 부여할 것이다. 작가는 극화된 구체적인 상황들을 통해, 이를테면 "a로 안 되면 b를 시도해보라. b로도 안 되면 c를 시도해보라"—그런 방식으로 계속해서 열두 가지의 가능한 사건의 양태들 또는 가능한 가치들을 시도해보라—고 주장한다. 좀더 구체적으로 말해서, 작가는 관대한 행동으로 맞서려다 실패해버리고, 그런 후에는 이기적인 행동으로 맞서려다 또다시 실패해버려서, 관대한 동시에 이기적인 교활함으로 맞서려다가 결국에는 모든 선택권을 소진해버리고 마는 중심 캐릭터의 모습을 보여줄 것이다. 그러한 스토리나 장편은 재미있을 수도 있고 심지어 훌륭할 수도 있다. 하지만 그것은 에네르게이아적 사건이 지닌 힘에는 절대 도달할 수 없다. 사건의 통제가 머리로만 이루어질 뿐, 사건의 본질로부터 저절로 생겨나지는 않기 때문이다. 그것은 강연자의 방식으로 현실을 논할 뿐(비록 그편이 더 생생하긴 하겠지만), 사건들의 양상을 드러내지는 못한다. 그것에는 과정이 누락되어 있다.

이와 유사한 종류의 지속적 흐름을 지닌 꾸며낸 스토리와 전통적 혹은 실제 삶의 스토리 모두를 조직화할 수 있는 플롯으로는 스트레이트straight하거나 수정된modified 피카레스크 플롯이 있다. 전통적이거나 순수한 형식의 피카레스크 플롯의 서술은 흔히 똑똑한 악당으로 등장하는 어떤 캐릭터를 따라서 사회의 여러 계층들을 방문하며 우리에게 각각이 지닌 결점과 부조리를 보여준다. 작가는 오래된 공식에 새 생명을 불어넣기 위해 자신이 원하는 어떠한 변형도 가할 수 있다. 그는 관습적인 피카레스크식 영웅 대신에 늪지대의 괴물—이를테면 『베오울프』의 괴물 그렌델—을 이용할 수도 있으며, 사회의 각 계층들을 관습적으로 오가는 대신에 서구 문명의 위대한 관념들(사랑, 영웅주의, 예술적 이상, 경건함 등등)을 오가며 그 관념들 하나하나마다 회의적인 괴물을 등장시킬 수도 있다. 이러한 구조의 플롯 짜기는 일련의 사건들이 캐릭터의 복리welfare와 (괴물의 회의주의에 점점 더 압력을 가할 수도 있을) 각각의 가치들에 대해 의문을 제기하는 정도에 따라 더욱 흥미로워질 가능성이 크며, 혹은 그 정도에 덜 의존적이게 될 가능성 또한 크다. 관념들을 다루는 일련의 사건들이 모종의 위험을 만들어내는 한, 독자는 잘 짜인 에네르게이아적 플롯을 읽으며 느끼는 몰입에 필적할 만큼의 깊은 몰입감을 느낄 수도 있다. 비록 결정적인 에너지, 즉 거침없는 과정에서 발생하는 힘은 빠져 있겠지만 말이다.

플롯은 또한 상징적 병치로 짜일 수도 있다. 앞서 논의한 서사시 『베오울프』는 이런 방식으로 작동한다. 모든, 혹은 거의 모든 중세 기사의 모험quest 이야기는 이러한 구조를 가지고

소설의 기술

있다.

결론적으로 말해서, 본질적으로 지적인 구조가, 우리의 지성과 우리의 섬세한 능력들—우리의 가장 내밀한 감정(동정심과 공감력)과 현실의 작동 원리에 대한 우리의 직감—에 동시에 호소하는 구조와 동일한 힘과 미학적 타당성을 갖기란 불가능해 보인다(다른 모든 것들은 동일하다고 하더라도). 그럼에도 지적인 구조가 강력한 에네르게이아적 플롯보다 만들어내기 쉽다는 것만은 사실이다. 지적인 구조를 사용하는 작가는 자신이 어디 있으며 어디로 가고 있는지를 확실히 알고 있다. 비록 독자는 실마리를 알아내기 전까지 몹시 당황해하겠지만. 만일 작가가 뼈대에 살을 입히는 일에 몹시 능숙해서 삶이나 문학에서 가져온 생생한 디테일들로 뒤덮는다면 독자가처음에 느꼈던 당혹감은 소설이 모종의 질서를 가진다는 직감과 만나 작품에 대한 최초의 과대평가로—그리고 나중에 알게 됐을 때의 실망감으로—이어질 수도 있다. 우리는 카프카의 「시골 의사」에서 즉각적으로 어떤 신비한 논리를 감지하며, 일단은 이런 신비한 논리 정연함이 사물의 본질에 대한 천재적인 통찰력에서 생겨난 것으로 여기고 싶어한다. 하지만 일단 이 스토리가 엄연히 알레고리적이며 수학이나 7대 죄악에 대한 설교만큼이나 깔끔하다는 사실을 알고 나면 우리는 그것이 너무 얄팍하고 지나칠 정도로 인위적이라고 여기게 될 수도 있다. 이 모든 논의들이 부질없을 수도 있는데, 그렇다고 해서 우리가 위대한 중세 시인으로서의 단테의 지위를 부정하는 것은 분명 아니기 때문이다. 하지만 누구보다도 우리에게 깊은 감동을 주었던 작가들—가령 호메로스, 셰익스피어, 톨스토이—이 지적이지만 에네르게이아적이지는 않은 구조를 사용한 대가들—단테, 스펜서^{Spenser}, 스위프트^{Swift} 같은 작가들—과 오직 성향에서 차이를 보였을 뿐이지, 수준에서 차이가 났던 건 아니었다는 사실은 지적 구조를 선호하는 이 시대에 숙고해볼 만한 가치가 있는 생각이다.

그러니까 내가 마지막으로 한번 더 던지고 싶은 질문은 이 것이다. 처음부터 작가에 의해 조작된 주장이 작가가 삶에 대한 직관에 따라 자연히 하게 된 주장과 동일한 정서적, 지적 힘을 발휘할 수 있는가? 끔찍하지만 유익한 비유를 들어보자. 『걸리버 여행기』가 아무리 멋들어지게 구성되어 있다고 한들 『리어왕』 같은 희곡의 옷깃 하나라도 건드릴 수 있겠는가? 혹은 『아이네이스』가 『일리아스』보다 명백히 열등한 것은 무엇 때문인가?

플롯 짜기에 대한 지금까지의 전반적인 논의를 통해, 직접적으로 드러나지 않는 법칙들에 의거해 사건이 발생하는—가령 문신을 한 서커스 단원이 엉뚱한 대화를 나누던 중, 자신의 가슴에 지금 자신을 바라보고 있는 소녀의 문신이 새겨져 있으며 자신은 그녀를 한 번도 본 적이 없음을 털어놓는다거나, 혹은 디네센의 작품에서처럼 나이 든 점잖은 수녀가 갑자기 원숭이로 변해버린다거나 하는—'현대적인' 플롯조차도 모종의 합리적이고 시적으로 설득력을 지닌 근거를 가지고 있다는 사실이 분명해졌을 것이다. 우리가 바로 알아챌 수는 없어도 느낄 수는 있는 어떤 비밀스러운 논리를 지닌 스토리를 즐길 수는 있다. 하지만 그러한 지속적 흐름이 단지 광기 어린 변덕에 기반한 것이라는 의심이 들기 시작하면 우리는 의문과 의

소설의 기술

심과 당혹감, 그리고 스토리가 아무짝에도 소용이 없다는 느낌 때문에 가상의 꿈에서 멀어지기 시작한다. '광기 어린' 스토리—초현실주의자, 표현주의자, 혹은 그 누구의 작품이 됐건—의 플롯은 인과적인 사건으로 진행되는 스토리의 플롯만큼이나 세심하게 짜여야 한다.

그러한 소설의 플롯은 다양한 방식으로 짜일 수 있다. 가장 흔한 방법은 기본적인 철학적 대립항들을 세운 다음 그것들을 위장하는 것이다. 즉 관념을 그에 어울리는 캐릭터들로 바꾸어 놓고, 옛 알레고리스트들이 하던 방식대로 각각의 사건이 신비롭고도 명확한 방식으로 중심 생각들을 드러내도록 만들어내는 방법이다. 따라서, 가령 물질주의와 영성spirituality에 대해 이야기하고자 한다면 뚱뚱한 은행원과 비둘기를 알레고리적 '중심 캐릭터들'로 삼아볼 수 있다. 그리고 육신은 영혼 없이 살 수 있으며 영혼은 육신 없이 살 수 없음을 이야기하고자 한다면 늙은 비둘기는 은행원이 시가를 피우는 도중에 먹는 오레오 쿠키에서 떨어진 부스러기를 먹는 것으로 원기를 유지하고, 은행원은 이따금씩 비둘기를 들락거리게 해주기 위해 창문을 열어야 하기 때문에 시가 연기에 질식사하지 않게 되는 상황을 만들어볼 수 있다. 이를 두드러지게 하기 위해, 우리는 바로 옆 사무실에서 똑같이 뚱뚱한 은행원이 비둘기 없이 지내는 상황과, 똑같은 비둘기이지만 빗물밖에는 먹고 살 게 없는 상황을 만들어볼 수도 있다. (은행원과 비둘기를 필두로 한) 이 모든 이미지들이 그것들이 지닌 전형적emblematic 의미와 고유의 재미 둘 다를 이유로 선택되었음은 말할 것도 없다. (내가 '전형'적이라고 할 때는 오직 하나의 의미만을 가진 이미지를 뜻한다. 은행원은 물질주의라는 의미 외에 다른 의미를 가지지 않는다. 그리고 내가 '상징symbol'적이라고 할 때는 여러 의미를 지닐 수도 있는 이미지를 뜻한다.) 그리고 스토리 안의 모든 것들—배경, 대화 등등—은 이와 동일한 원칙, 즉 즉각적인 흥미와 전형적인 흥미 모두를 원칙으로 선택되어야만 한다.

우리는 종종 초서가 그러하듯 알레고리적 기법과는 정반대되는 방식으로 작업할 수도 있다. 우리는 전통적인 알레고리적 전형들(장미, 양, 왕관, 성배)을 택한 다음 그것들을 유사 – 현실적인 방식으로 탐구할 수 있다. 따라서, 가령 무미건조하고 실리적인 철학자—가정용품 발명가, 또는 고객 상담실 관리자—는 자신이 죽어가는 '어부왕'•과 함께라는 사실을 알게 될 수도 있다. 기본적인 알레고리적 방법들 중 그 어떤 것을 택하든, 작가는 우선 자신이 대체적으로 말하고자 하는 바를 생각해내야 하고, 그런 다음 자신의 생각들을 사람, 장소, 대상, 사건 들로 변형해야 하며, 그런 다음 글쓰기의 과정을 통해 자신의 스토리에 생겨나는 것들, 아마도 처음 하려 했던 것보다 더 많은 것들을 말해주게 될 연상suggestion들을 따라가야 한다.

표현주의적 소설과 초현실주의 소설은 겉으로는 알레고리처럼 보이지만, 그 의미가 외부에서 주어지는 알레고리와는

• 어부왕(漁夫王, Fisher King)은 아서왕 전설에서 대대로 성배聖杯를 지키던 가계의 마지막 인물이다. 보통 다리나 사타구니에 심한 상처를 입은 불임 상태로 그려지며, 그의 왕국 또한 황무지 상태로 그려진다. 어부왕이라는 명칭은 그가 자신을 치유해줄 사람을 기다리며 성 옆에서 낚시를 하기 때문에 붙여진 것인데, 판본에 따라 퍼시빌 또는 갤러해드가 그런 치유자의 역할로 등장한다.

소설의 기술

달리 훨씬 더 내재적인 의미를 지닌다. 표현주의자는 모종의 기본적인 심리적 현실을 실재actuality로 바꾸어놓는다. 그레고르 잠자는 갑충처럼 변하는 것이 아니라 갑충이 되며, 스토리는 그 시점에서부터 현실적으로 진개된다. 초현실주의 소설에서 작가는 자신의 스토리를 마치 마음이 꿈을 만들어내듯 전개하며 심리적 사건들의 시퀀스를 통째로 바꾸어놓는다. 이 모든 방식들에서 스토리의 플롯을 짠다는 것은 본질적으로 작품을 리얼하게 만드는 플롯을 짜는 것이다. 작가는 우리가 스토리를 클라이맥스까지 따라가기 위해 (그 방식 내에서) 알아야 할 모든 것들을 극적으로 보여준다. 그는 그저 그것들에 대해 말해주는 대신, 클라이맥스에 대한 우리의 믿음에 결정적으로 작용하는 모든 것들을 극화한다.

앞서 우리는 작가가 클라이맥스(헬레나가 느낀 놀라움)를 의미 있고 설득력 있는 것으로 만들려면 어떤 소재들을 극화해야만 하는지를 알아내기 위해 클라이맥스로부터 거슬러올라가는 방식으로 작업하는 것에 대해 살펴보았다. 트로이아의 헬레나 스토리의 경우, (트로이아인은 어떠했으며 아카이오이족은 어떠했는지에 대한) 어느 정도의 기본적 사실들이 전설과 고고학적 증거들을 통해 주어져 있으며 작가는 그런 사실들에 어느 정도는 얽매여 있다. 만일 그가 스토리에 너무 두드러진 변화를 준다면 독자는 작가가 자신의 편의를 위해 모든 걸 너무 쉽게 만들어버렸다고—로버트 프로스트가 라임 없는 시에 대해 한 말을 빌리자면 "네트 없이 테니스를 치고 있다고"—느낄 것이다. 잘 알려진 전통적 스토리나 신문에서 발견할 수 있는 소재로 작업하는 작가는 그가 흥미로운 스토리와 동시에 우리가 이미 알고 있는 사실들에 대한 해석—계속해서 우리의 흥미를 유지시키려면 반드시 우리를 납득시켜야만 하는 해석—을 들려주리라는 기대를 자동적으로 품게 만든다. 이론상 작가가 이 원칙을 어길 수 있긴 하다. 그는 자신이 스토리를 우화처럼 다루고 있다는 사실을—물론 그는 어느 때건 이러한 입장을 철회할 수 있다—어조와 스타일을 통해 즉각적으로 규정할 수도 있다. 공룡의 시대 끝 무렵의 삶에 대한 희극적 이야기인 이탈로 칼비노의 「공룡The Dinosaurs」은 잘 알려진 사건을 재해석한 경우 중에서도 특별한 경우에 속한다. 칼비노가 스토리를 풀어나가는 방식 때문에—그리고 또한 돌연변이가 주제의 일부이기 때문에—화자인 공룡이 다음과 같이 놀라운 방식으로 이야기를 결론지을 때 우리는 충격이 아닌 희열을 느낀다. "나는 언덕과 평원을 지나왔다. 나는 역으로 와 첫차를 타고서는 군중 속으로 사라져버렸다." 비록 이 법칙이 확고한 것은 아닐지라도 달리 말해진 옛이야기들이 가지는 재미는 작가의 해석이 우리에게 주는 기쁨에서 온다는 것은 대체로 사실이다.

작가가 완전히 만들어진 스토리의 클라이맥스에서부터 거슬러 올라가면서 플롯을 짤 때의 작업 방식을 살펴보기로 하자. 작가에게 깜짝 놀랄 만하고 호기심을 끌며 재미로 가득하다고 느껴지는 사건이라면 무엇이든 그가 작업할 스토리의 클라이맥스가 될 수 있다. 두 가지 예를 들어보자. 첫째는 도로변 노점 픽업트럭이 대륙 횡단 견인차에 들이받히는 사건, 둘째는 거리의 신호수flagman를 한 여자가 고의로 차로 친 사건. 작가가 사건을 얼마나 복잡하게 바라보느냐에 따라서—즉 우리

　　　　　　　　　　　소설의 기술

가 사건을 이해하는 데 얼마나 많은 배경 지식이 요구될지에 대한 작가의 판단에 따라서―클라이맥스는 단편이나 중편, 혹은 장편의 절정을 이룬다. 보통 플롯 짜기란 성급한 과정이 아니라 작가가 계속해서 숙고하고 고심해보는 것으로서, 이렇게도 시도해보고 저렇게도 시도해보고 어딜 가든 끊임없이 생각하고 잠자리에 들 때도 무심결에 생각하는 것이기에, 작가는 종종 단편을 위한 아이디어가 중편, 심지어 장편을 위한 아이디어로 발전하는 것을 경험하기도 한다. 하지만 여기서는 편의를 위해 내가 방금 언급한 두 경우의 클라이맥스―도로변 노점 픽업트럭 사고와 신호수를 공격하는 여자―를 단편에 해당될 아이디어로 다루어보기로 하자.

도로변 노점 픽업트럭이 대륙 횡단 견인차에 들이받힌다. 노점상이 스토리의 중심 캐릭터라고 해보자. 중심 캐릭터가 다른 무엇(다른 캐릭터, 어떤 동물, 혹은 거의 비인격적인 힘)과 충돌하는 작품의 경우, 클라이맥스에서의 조우는 언제나 양자의 이해와 자유의지, 또는 중요한 사건을 통해 이루어진다(중요하지 않은 사건은 따분하다). 견인차 운전수는 픽업트럭을 고의로 들이받았을 수도 있고, 사고로 들이받았을 수도 있으며, 혹은 그의 생각을 알려주지 않기에 우리가 알 수 없는 어떤 이유로 들이받았을 수도 있다. 만일 견인차 운전수가 픽업트럭을 고의로 들이받았다면 클라이맥스에서부터 거꾸로 거슬러올라 작업하는 작가는 논리상 앞선 장면들에서 (1)두 중심인물들이 어떤 사람들인지, (2)왜 견인차 운전수는 노점상의 픽업트럭을 들이받았는지 등을 극적으로 보여주어야만 한다. (아마도 작가는 (1)과 (2) 모두를 다루되 노점상이 어떤 사람인지만을 알려줄 수도 있다. 하지만 스토리에 갑자기 악의적인 견인차 운전수를 등장시킴으로써 클라이맥스에 도달하는 것은 현대 소설에서 이미 클리셰^{cliché}가 되어버려서 거의 아무런 쓸모가 없다.) (1)과 (2)의 내용을 담은 스토리는 상대적으로 생각해내기 쉽고 쓰기도 쉬운데, 그렇다고 해서 그게 잘 쓰더라도 멋진 스토리가 되기는 어려울 것이란 뜻은 아니다. 불화를 다루는 관례적인 스토리의 가치는 해소할 수 없는 갈등을 겪고 있는 매우 설득력 있는 캐릭터들을, 어느 정도는 양측 모두에게 공감이 가도록—즉 양측 모두가 배타적이되 진정한 가치를 추구하는 것으로—만들어내는 작가의 능력에 늘 달려 있다. 클라이맥스가 설득력을 지니려면 왜 각 캐릭터가 자신들의 행동에 확신을 갖고 있으며 왜 각각은 상대방의 가치에 공감하지 못하는지가 우리에게 극적으로 보여야만 한다. 또한 현실에서는 호랑이들조차도 보통 서로를 피하는데, 왜 이 불화하는 캐릭터들은 서로를 그냥 피해버리지 않는 것인지, 혹은 피하지 못하는 것인지가 우리에게 극적으로 보여야만 한다. 클라이맥스가 설득력을 지닌 동시에 흥미로우려면 그것은 반드시 불가피하면서도 놀라워 보이는 방식으로 발생해야만 한다. (불화를 다루는 스토리처럼 관례적인 형식인 경우, 이 마지막 사항은 매우 중요하다.) 말할 것도 없겠으나, 우연에 기댄 놀라움은 어떤 경우라도 설득력을 지니지 못할 것이다. 그 우연이 아무리 삶에서 흔히 발생하는 것이라 할지라도 말이다.

만일 견인차 운전수가 픽업트럭을 사고로 들이받았다거나 우리가 절대 모르는 어떤 이유로 들이받았다면 미학적으로 타당한 스토리를 만들어내는 일은 더욱 어렵게 된다. 스토리를 나아가게 하는 가치의 충돌은 온전히 중심 캐릭터와 그가 처한 상황에서 비롯되어야만 하기 때문이다. 이러한 경우에 견인차 운전수는 비인격적인 힘으로서 기능할 수밖에 없으며, 오로지 도로변 노점상이 그에게 투영한 의미밖에는 가질 수 없다. 달리 말해서 견인차 운전수는 노점상에게 하나의 상징이 될 수밖에 없다. 노점상에게 대륙 횡단 트럭은 힘과 자유를 상징하는 것이라고, 자신의 갑갑하고 불만족스러운 삶과는 상징적으로 대조를 이루는 것이라고 해보자. 그렇다면 픽업트럭의 사고는 잔인한 아이러니가 되어버릴 것이다. 여기까지 생각해본 후, 우리는 스토리가 그럴싸해지기 시작했음을 알게 된다. 가장 큰 압박감에서 가장 적은 압박감—견인차가 픽업트럭을 들이받았을 때의 돌연한 반전으로 생겨나는 새로운 국면—으로의 움직임이 아마도 이 스토리가 가지는 지속적 흐름의 원칙이 될 것이다.

도로변 노점상이 저지대의 시골뜨기 농부로, 미주리 남부나 일리노이 남부 혹은 켄터키의 붉은 땅에서 멜론과 호박류, 덩굴제비콩, 참마, 토마토 등을 기르는 피그토Pigtoe라는 이름의 남자라고 해보자. (이 플롯은 작가 레이 윌슨Leigh Wilson의 버전을 차용한 것이다.) 적어도 본인의 관점에서는 나라와 정부, 그리고 최근 자유화된 침례교회에 배신당한 남자, 어쩌면 다른 방식으로도 삶에 배신당한 이런 남자를 압박할 요소들은 찾기 쉽다. 그의 부인인 앨리스는 지치고 여위고 병약하지만 그의 이웃인 펑키 헌즈 같은 다른 남자들에게는 건강하고 힘센 부인과 훌륭한 일꾼 들이 있다. 그리고 피그토의 아이들은 너무 많은데다가(혹은 너무 적을 수도 있는데, 둘 중 한쪽을 택하라) 반항적이다.

작가는 상대적으로 짧지만 구성상 풍요로우며 어쨌거나 적당히 남부의 고딕적인 분위기를 풍기는 세 장면을 통해 클라이맥스에 도달할 수 있다. 첫번째 장면은 아이들이 바깥에서 트럭에 짐을 싣는 동안 피그토가 부인과 이야기를 나누며 아침을 먹고 있는 장면이다. 작가는 삶에 압박감을 느끼는 피그토의 감정—교회, 학교, 흑인, 자신의 아이들과 이웃, 세금, 날씨 등에 대한 그의 감정—을 빠르고도 쉽게 드러낼 수 있다. 하지만 그의 가족이 불만스럽게도 늘 농장에 붙어 있어야 하는 반면, 적어도 피그토는 고속도로에 픽업트럭을 몰고 나가 장사를 하면서 더 큰 세상을 보고 낯선 이들을 만나는 등 그로부터 약간은 벗어날 수가 있다. 이 장면은 아이들이 부주의하게 짐 싣는 일을 끝마치는 걸 바라보는 피그토의 모습과 함께 끝이 난다.

본격적으로 다음 장면으로 이어지기 전의 짧은 이행 장면 transitional scene은 피그토가 라입스 리지 로드(혹은 무슨 길이든)를 달리며 주립 고속도로와 주간 고속도로의 교차로를 향해 가는 모습을 보여줄 것이다. 우리는 피그토가 하는 생각을 조금 알게 되고, 그가 트럭을 모는 선명한 이미지들, 그리고 무엇보다도 한 세계에서 또다른 세계로의 이동이 극적으로 표현되는 것을 본다. 그런 다음 세번째 장면은 피그토가 두세 명의 중요 고객들—가령 교외에 사는 깔끔한 주부나 피그토에게는 '히피'들로 보일 대학생 커플(그들은 피그토의 "시골스러운" 삶을 부러워할지도 모른다), 또 어쩌면 새로 산 쉐보레를 타고

소설의 기술

있는 부유한 흑인 가족—과 함께 있는 모습을 보여줄 것이다. 우리는 이 모든 것들로부터, 그리고 스토리의 시작에서부터 미묘하게나마 피그토가 주변 사람들에 대해 가진 감정을 알게 된다. 그가 느끼는 모욕감과 비통함, 그리고 속박 상태를 벗어나서 대형 트레일러 트럭을 모는 사람들에 대한 존경에 가까운 질투의 감정 같은 것들을. 이제 클라이맥스가 마련되었다.

（결말에서) 상황을 어떻게 가져가야 할지는 아마 작가 스스로가 스토리를 쓰면서, 그리고 계속 수정해나가면서 발견해내야만 할 것이다. 피그토는 살해당할 수도 있고, 허니듀 멜론과 호박이 오클라호마로 이어진 고속도로 위로 뒹구는 가운데 뒤집힌 픽업트럭을 망연자실하게 바라보도록 남겨질 수도 있다. 반대로 견인차 운전수가 멈출 수도 있고(그는 지극히 자유로운 존재일 거라는 피그토의 상상과는 전혀 다를 수도 있다), 피그토는 화가 난 나머지 픽업트럭에서 오래된 붉은색 가스통을 꺼내 들고는 대형 트레일러 트럭을 태워버리려는—성공적인, 혹은 비참할 만큼 어리석은—시도를 할 수도 있다. 또는 수많은 다른 일들이 발생할 수 있다. 모든 것은 스토리 내에서 결말을 발견해내는 작가 스스로의 결정에 달려 있다.

우리가 간단히 개요를 짜본 이 스토리가 안고 있는 위험은 명백하다. 좋은 작가라면 시작 전에 그것들에 대해 신중히 생각해볼 것이다. 가장 큰 위험은 물론 이 스토리의 남부 고딕 스타일이 유행에 뒤떨어진 것으로 보이리란 점이다. 하지만 보편적인 유형의 스토리라고 해서 사용하지 못할 이유는 없다. 모든 소설은 파생적^{derivative}인데, 작가는 이러한 사실을 최대한 활용할 수 있다. 그는 독자의 기대를 최대한 활용하는 동시에 오래된 관습을 비틀어서 기대를 예상치 못한 방식으로 채워줄 수 있다. 자신의 소재가 너무나도 명백히 남부 고딕적 요소를 지니고 있기 때문에, 작가는 그러한 소설에서는 일반적으로 사용하지 않는 스타일, 즉 플래너리 오코너Flannery O'Connor, 유도라 웰티Eudora Welty, 윌리엄 포크너의 스타일과는 최대한 다른 스타일을 택할 것이다. 하지만 작가는 무엇보다도 남부 생활에 대한 자신의 경험을 바탕으로 소재를 새로운 시각에서 바라보아야만 하고, 다른 작가들은 알아채지 못했거나 어쨌든 강조하지는 않은 디테일을 선택함으로써 고딕적 관습이 현실과 지니는 차이만큼이나 고딕적 관습과 동떨어진 현실을 만들어내야 한다.

우리가 다룰 두번째 스토리의 상황은 한 여자가 고의로 신호수를 차로 친 경우다. 이는 피그토 스토리와는 정반대되는 것인데, 여기서는 중심 캐릭터가 (피그토 스토리의 결말부에서와 같이) 피해자가 아니라 가해자이기 때문이다. 클라이맥스를 정당화하기 위해 작가가 반드시 생각해내야 하는 것은 (1)대체 어떤 성격의 여자가 건널목 신호수를 칠 것인지, 하는 것과 (2)바로 그 이유다. 그녀는 신호수를 알고 그에게 개인적인 원한을 지니고 있을 수도 있고, 그를 알지 못하지만 그를 어떤 상징—이를테면 남성 우월주의자—으로 봤을 수도 있다. 편의를 위해 여자가 신호수를 사고로 친 경우는 제외하자. 그럴 경우 우리는 십중팔구 피해자의 스토리를 떠안아야 할 부담을 지게 되기 때문이다. 클라이맥스에 선행하는 것은 필연적으로 여자의 부주의를 해명하는 일련의 성가신 사건들이 되고 말 것이다. 추상적인 층위에서 봤을 때, 이 스토리는 기껏해야 우리가 다룬 피그토 스토리의 반복에 그칠 가능성이 크다. 즉 그것은 일련의 사건을 통해 자신이 믿는 어떤 것—즉 어떤 특정한 태도와 행동 방식이 효과적이라는 믿음—이 틀렸음을 알게 되는 한 여자의 스토리가 될 것이다.

임의적으로(비록 해당 작가의 선택은 임의적인 것이 아니라 어떤 것이 좋은 스토리를 만들지에 대한 직관에 따른 것일 테지만) 여자가 신호수를 모른다고 해보자. 우리는 누구를 중심 캐릭터로 선택해야 하는 걸까—이를테면 곤경에 처한 불행한 주부, 강인한 여성 간부, 혹은 스트리퍼를? 누구를 선택하든 훌륭한 스토리가 되겠지만 우선 스트리퍼를 선택해보자. 이러한 선택은 최소한 지금 우리의 사회적 의식 수준 때문이라도 해당 작가의 관심을 끌게 될 것이다. 바로 지금 이 순간 이전에는 어떤 작가도 스트리퍼를 우리가 보는 방식대로 보지 못했을 것이다. 클라이맥스에서의 사건을 설명하기 위해 우리는 스트리퍼에게 어떤 압박을 줄 수 있을까?

스트리퍼인 패니는 서른여섯 살이고 나이에 비해 젊어 보이며 심지어 아름답기까지 하지만 새로운 유형의 젊은 스트리퍼들과 경쟁하느라 몹시 힘들어하고 있다고 해보자. 그녀는 남성 관객들을 도발하며 길들이기라도 하듯이 놀리고 조롱하는 스타일의 구식 스트리퍼다. 이것은 고전적인 연기인데(그녀는 수년간 스타였다), 이제는 그녀의 연기도 몸도 예전 같지가 않다. 그녀의 연기는 매우 세련된 종류에 속한다. 그녀는 상대방이 못 견뎌 할 정도로 천천히, 예술적인 스타일로 옷을 벗는다. 그러니까 그녀는 그동안 자신이 벗는 옷 한 벌 한 벌이 하늘로 날아가는 흰 비둘기가 되도록 훈련해왔다고 할 수 있다.

그녀가 차지한 정상의 자리를 넘보기 시작한 젊은 스트리퍼들은 새로운 유형의 스트리퍼들이다. 노출은 그들에게 아무 의미도 없으며—그들은 나무가 잎사귀를 떨구듯 무심히 옷을 벗는다—그들이 쉽고도 자유롭게 성을 표현하는 까닭에 그들의 연기는 고상한 기교와 세련미를 필요로 하지 않는다. 패니가 텍사스의 엄격한 남부 침례교 가문에서 자랐으며 힘겨운 저항 속에 죄책감을 느끼면서도 뻔뻔하게 스트립쇼로 도망친 반면, 새로운 스트리퍼들은 샌프란시스코 같은 도시에서 자랐으며 전혀 그런 내적 갈등을 겪지 않는다.

스토리에 대한 이와 같은 일반적 접근법을 생각해낸 작가는 이제 장면들에 대해 생각할 수 있게 된다. 그는 고상함과 효율성의 법칙에 따라 가능한 한 적은 수의 장면들—아마도 세 장면—을 선택할 것이다. 첫번째 장면으로, 작가는 패니가 두려워하면서도 화난 모습으로 젊은 스트리퍼의 리허설을 지켜보는 장면을 집어넣을 수 있다. 비록 그 연기가 그녀의 연기에 비해 테크닉적으로 조악하긴 하지만, 그녀는 그 리허설을 보면서 그 연기가 주역의 자리를 대비한 것이며, 그것이 아마도 자신을 순위에서 밀어내버릴 것임을 알 수 있다. 다음 장면에서 패니는 매니저나 감독과 대면하고 그로부터 그녀의 의심이 충분한 근거를 지니고 있다는 사실을 알게 된다. 그녀는 격분한다. 이 장면의 절정에서 그녀는 감독의 뺨을 때릴 수도 있고, 놀랍고 충격적이게도 그 또한 그녀의 뺨을 때릴 수도 있으며 심지어 그녀를 해고해버릴 수도 있다. 차를 몰고서 신호수 쪽을 향해 달려가다가 불행히도 그녀에게 약간 음탕한 미소를 보내는 그의 모습을 패니가 본 순간, 스토리는 클라이맥스에 이른다. 이후에 무슨 일이 일어나는지—이 스토리의 결말 혹은 마무리—는 작가가 이것을 직접 써볼 때만 알 수 있을 것이다. (어떤 작가들은 자신들이 소설을 쓰기 전에 이미 마지막 구절들을 알고 있다고 주장한다. 나는 보통 이것을 터무니없는 생각이라 여기는데, 이러한 생각은 미묘하게 강제적이거나 기계적인 소설을 만들어내기 때문이다.)

가능한 스토리에 대한 지금까지의 짧은 대강의 스케치는 매우 중요한 문제—대부분의 진지한 작가에게는 '중단되지 않는 가상의 꿈'의 개념만큼이나 근본적인 문제—를 제기한다. 우리가 지금까지 작업해온 개요를 통해 도달한 것—그리고 많은 훌륭한 소설가들이 절대 넘어서지 못하는 것—은 계획된 소설 작품으로, 이는 잘 쓰인다 하더라도 현실의 설득력 있는 모방 수준을 넘어서지는 못한다. 그것은 사건들이 벌어지는 모습을 보여주며 어떤 가치를 담고 있을 수도 있겠으나 사건들의 의미를 응시하지는 않는다. 그것에는 진정한 주제라 할 만한 것이 없다. 이는 이류 소설이 보이는 흔한 한계이며, 때로는 심지어 유도라 웰티의 장편 『승산 없는 싸움Losing Battles』처럼 매우 강렬한 소설의 특징이 되기도 한다. 우리는 가족상을 당할 때 어떤 기분이 드는지, 남편과 아이들을 떠나 '자유로운' 인생을 시작한다는 것은 어떤 기분인지, 부정행위로 고소당하거나 선거에서 졌을 때는 어떤 기분이 드는지를 정확하고도 완전히 설득력 있는 방식으로 이해한다. 하지만 우리는 어떤 깊이 있는 생각에 대한 자세한 고찰은 체험하지 못한다. 달리 말해 작가는 모든 면에서 진지한 소설의 첫번째 소임을 마쳤지만—즉 설득력 있고 이해를 돕는 사건들의 시퀀스를 만들어냈지만—두번째 소임은 마치지 못했다. 그것은 멜빌이 "더 깊이 파라!"라고 말한 것으로, 캐릭터의 관심사를 통해 제기되는 주된 질문이나 주제를 중심으로 현실에 대한 모방을 구성함으로써 사건의 근본적 의미를 파헤치는 일이다.

스트리퍼인 패니에 대한 우리의 스토리는 물론 남성 우월주의를 주제로 삼을 수 있으며, 또는 예술 대 인생(혹은 본성), 또는 모든 방식의 벌거벗음을 주제로 삼을 수도 있다. 작가에 의해, 또한 어느 정도는 패니에 의해 선택되는 주제는 디테일과 스타일 등에 대한 작가의 선택과 구성에 영향을 끼칠 것이다. 가령 만일 작가가 봤을 때 패니의 투쟁에서 가장 중요한 것이 예술과 본성 간의 대비라면 그는 패니의 연기와 젊은 여자들의 연기의 차이에 조심스럽게 집중하면서 자신이 집중하는 부분을 미묘하게 강조하는 이미지 등을 가져올 것이다. 그는 아름답게 세공되었고 오랜 역사를 지녔으며 패니 자신에게 특별한 의미를 지니는 그녀의 거울에 세심한 주의를 기울일 수도 있다. 그리고 신호수의—태만하고 무기교적인, 혹은 거만하고 신중한—작업 방식은 클라이맥스와 관련을 맺을 것이다. 만일 작가가 주제로 벌거벗음을 택한다면 그는 마음속에 품고 발전시킬 다른 디테일들—이를테면 탈의실 벽의 벗겨지는 페인트칠, 어떤 캐릭터의 심리적으로 벌거벗은 상태, 패니의 행복에 무관심하다는 걸 굳이 감추거나 속이려 들지 않는 매니저의 태도, 그리고 그럴 경우, 그녀가 대변하는 모든 것들에 나타날 그의 혐오 등—을 선택하게 될 것이다. 이것을 주제로 정한 작가는 작품 속에 지나칠 정도로 예의를 차리느라 자신의 모든 기분을 꽁꽁 감싸버리고 날씨가 어떻든지 간에 스

소설의 기술

웨터 두 벌과 코트 한 벌만을 입는 나이 든 점잖은 관리인을 집어넣을 수도 있다. 이것들은 소위 작가의 생각에 '반대되는 짝counter'을 이룬다. 이것들은 작가가 의미하고자 하는 바를 발견하고 정확히 표현하는 데 도움이 된다.

주제는 스토리에 부여되는 것이 아니라 스토리 내부에서 생겨나는 것이라는 점에 주의해야 한다—물론 그것이 처음에는 직관의 영역에 속하더라도 최종적으로는 작가의 지성적 행위를 거치는 것이지만. 작가는 스토리의 아이디어에 대해 생각하면서 그것의 어떤 부분이 자신을 매혹했으며 왜 그것이 이야기할 만한 가치가 있는 것으로 느껴졌는지 곰곰이 따져본다. 자신의 흥미를 끄는 것이—그리고 주요 캐릭터가 주로 관심을 가지는 것이—(육체적, 정신적, 어쩌면 영적) 벌거벗음에 대한 생각이라고 결정한 후, 작가는 다양한 스토리텔링 방식에 대해 생각해보고, 이전에 (이를테면 전통 그리스도교와 이교도 신화에서) 벌거벗음에 대해 어떤 것들이 말해졌는지를 떠올려보고, 자신에게 떠오르는 모든 이미지들을 곰곰이 생각해보고 또 생각해보면서, 머리를 짜내고, 관련되어 있는 것들을 탐색하면서 자신이 정말로 생각하는 것이 무엇인지—쓰기 전에도, 쓰는 동안에도, 그리고 계속되는 수정 과정 속에서도—알아내려 한다. (우리는 얼마나 벌거벗어야 하고 어디까지 벌거벗을 수 있는가? 개방성과 취약함은 미덕인가, 결함인가? 어디까지 허용해야 하며 어떤 중요한 조건이 있어야 하는가?) 그는 원초적인 벌거벗음을 상기시키는 이미지에 근거해서 흑인 스트리퍼, 어쩌면 인도인 스트리퍼도 생각해보는 등 여러 생각들을 이어나가게 된다. 이런 방식으로 스토리에 대해 신중히 생각할 때라야만 작가는 단지 대안적 현실이나 느슨한 자연의 모방이 아닌 진정하고 확고한 예술―진심으로서의 소설―에 도달할 수 있다.

나는 작가가 최초의 상황으로부터 앞으로 나아가는 방식을 통해 소설의 플롯을 짤 수도 있다고 말했다. 그가 다음과 같은 약간 괴상한 생각을 품고 있다고 해보자. 샌프란시스코의 젊은 중국인 고등학교 영어 강사가 중국인 갱단에게 납치된다. 그들이 몹시도 자랑스러워하는 자신들의 이야기를 그가 써주길 바라기 때문이다. 소설을 피해자 스토리victim story로 만들지 않으려면(그래서 그것을 쓸모없는 것으로 만들어버리지 않으려면) 모종의 갈등을 조성해낼 필요가 있다. 강사는 자신을 억류한 자들과는 반대되는 자신만의 의지와 목적을 지녀야만 한다. 다시 말해 그는 절대 그들의 이야기를 쓰지 않겠다는 마음을―필사적이고도 진지한 방식으로―먹어야만 한다. 이야기를 조금씩 읽어나가던 우리에게 질문이 떠오른다. 강사는 대체 왜 위험을 무릅쓰고서도 갱단의 위업을 써주길 거부해 그들을 화나게 하는 것인가? 어쩌면 그의 머릿속은 몽골의 무법자 전설로 가득차 있는지도 모르고, 어쩌면 그는 단지 강사가 아니라 중국의 시와 산문 전통에 푹 빠진, 무척이나 열정적이고 야심만만한 젊은 시인일지도 모른다. 그럴 경우, 이따금씩 저축 대부 조합이나 터는 것 이상의 원대한 일은 벌이지 않는 한심한 갱단 이야기는 그의 삶과 예술에 대한 의식에 너무나도 반하는 것이어서, 그는 그것에 손 하나 대고 싶지 않을 수도 있다. 만일 그가 반항한다고 해서 갱단이 그냥 쏘아버린다면 모든 건 끝이다. 즉 어떤 스토리도 생겨나지 않게 되는 것

소설의 기술

이다. 어떻게 하면 그를 살려둬서 이야기가 계속 되도록 할 수 있을까? 어쩌면 그는 그들이 쓰라는 대로 쓰면서도, 자신을 납치한 자들의 옹졸한 탈선 행위를 위대한 몽골 무법자들의 위업과 정당히 대조해서 모욕을 주는 글을 쓸 수도 있다. 그의 억류자들이 그를 통해 더 멋진 종류의 강도짓이 있다는 걸 알고서, 정말로 그 몽골 무법자들처럼 되어야겠다고 설득되기만 한다면―그들이 일말의 자존심이라도 갖고 있지 않았다면 강사를 납치하지도, 글을 쓰라고 시키지도 않았을 것이다―그들은 마지못해하며 그를 용서해줄 수도 있다. 그리하여 마침내 그들은 샌프란시스코 시내의 러시아워 교통 혼잡을 이용해 은행을 턴 다음, 몽골 무법자들처럼 말에라도 오른 듯한 모습으로 도망칠 수도 있다. 그렇게 그 장면은 전통적인 복장을 한 채 금문교를 따가닥따가닥 지나가는 현대적 몽골 무법자들의 우스꽝스럽고도 영웅적인 이미지로 이어질 수도 있다.

작가가 최초의 상황에서 앞으로 나아가려 할 때 겪는 기본적인 문제들은 그가 클라이맥스에서부터 거슬러올라갈 때 겪는 문제들과 본질적으로 동일하다. 플롯의 구성이 구체화되고 자신의 클라이맥스 또는 일련의 클라이맥스가 어떤 것이 되어야 하는지를 점차 알아가는 동안, 작가는 클라이맥스를 의미 있고 설득력 있는 것으로 만들려면 극중에서 무엇을 보여주어야 하는지를 생각해내야만 한다. 그는 자신의 주제―이 경우에는 분명 예술과 인생의 관계, 그리고 예술가의 도덕적 책임―를 생각해내야만 한다. 그는 캐릭터를 만드는 과정에 필요한 주요 디테일들을 만들어내야만 하고, 주요 이미지들이 품은 함의(즉 그것들이 상징으로서 기능할 수 있는 정도)

를 생각해내야만 한다. 또한 스토리의 자연스러운 길이와 리듬을 생각해내야만 하고, 적절한 스타일을 결정해야만 한다.

　지금까지 우리는 주로 단편소설의 플롯 짜기에 대해서만 이야기해왔다. 이제는 더 긴 형식인 중편과 장편소설의 경우를 살펴보자. 나는 에네르게이아적 플롯들만을 상세히 다룰 것이다. 긴 작품에서 가장 성공할 확률이 큰 것은 바로 그러한 플롯이기 때문이다.

　중편소설은 장편소설보다는 짧고(대부분의 중편은 3만 단어에서 5만 단어 사이의 분량이다) 단편소설보다는 길면서도 더 에피소드적인 소설로만 정의할 수 있다. 여기서 "에피소드적 episodic"이라는 말은 대략적인 의미로만 사용한 것으로, 그것은 보통 중편소설이 일련의 클라이맥스를 지니고 있고 각각의 에피소드는 모두 앞선 에피소드보다 강렬해야 하지만, 그럼에도 모든 에피소드들은 하나의 연속적인 사건으로 구성되어 있을 수 있다는 것—어쩌면 반드시 그렇게 구성되어야만 한다는 것—을 의미한다. 윌리엄 개스의 「페데르센 꼬마The Pedersen Kid」는 이런 형식의 거의 완벽한 예다. 이 작품은 중심 사건이 시작되기 전의 빅 한스Big Hans(고용인), 파Pa, 마Ma가 어떤 상태였는지, 그리고 그들이 어떻게 해서 지금의 상태가 되었는지에 대한 짧은 플래시백은 무시한 채 일련의 클라이맥스들을 거치며 진행되는 연속적인 흐름으로서의 사건만을 제시하며, 그러는 동안 단 한 명의 캐릭터, 즉 어린 호르헤Jorge에게만 집중한다. 스토리는 다음과 같이 진행된다. 배경은 엄동설한의 어느 황량한 시골(아마도 노스다코타주나 위스콘신주). 이

웃집 아이인 페데르센 꼬마는 호르헤의 아버지네 헛간 근처에 도착한 후 거의 얼어 죽을 듯한 상태로 발견된다. 집안에 들여져 다시 살아났을 때, 그는 자신의 집에 있던 노란 장갑을 낀 살인자에 대해 이야기한다. 빅 한스와 파는 어린 호르헤를 데리고 그곳에 가보기로 결심한다. 그들이 그곳에 도착했을 때, 헛간에서 집으로 달려가던 호르헤는 총성을 듣는다. 빅 한스와 파는 아무래도 살해당한 것 같고—호르헤는 확신하지 못한다—호르헤는 집안으로 들어가 지하실에 숨는다. 그는 소설이 끝났을 때도 거기서 계속 기다리고 있다. 사건의 흐름은 최초의 상황(일련의 사건들의 원인, 즉 페데르센 꼬마가 이상한 이야기를 들고 나타나 빅 한스와 파의 용기와 인간애를 시험하게 한 것)에서 최후의 사건, 즉 자신은 해야 할 일을 했으며 약속을 지켰고, 따라서 정체성 또는 인간으로서의 자격을 획득했다는 호르헤의 인식에 이르기까지 완벽하며 끊기지 않는다. 하지만 그럼에도 계속되는 흐름은 점점 진행이 되면 될수록 더욱 강력한 클라이맥스를 보여준다. 또한 각각의 클라이맥스를 자세히 살펴보면 그것들이 모두 상징적이고 제의적일 뿐 아니라 단순한 사건의 층위에서 봤을 때도 강렬한 것들임을 알 수 있다. 달리 말해 작가는 한 무리의 장면들, 혹은 장면들로 결합된 부분들, 즉 대략적인 의미에서의 '에피소드들'로 연속적인 사건을 구성했다.

개스의 이 중편소설의 흐름을 끊는 요소들로는 다음과 같은 것들이 제시될 수 있다.

페데르센 꼬마는 도착해서 부엌으로 옮겨지며 그곳에서 호르헤의 어머니에 의해 몸을 녹이거나 "부활"한다. (소설 전체를 통틀어 그러하듯, 여기서도 신비로운 의례의 분위기가 넘쳐난다. 마는 마치 빵을 구울 때처럼 꽁꽁 언 페데르센 꼬마의 몸을 녹인다. 소년의 창백함은 호르헤에게 밀가루를 떠올리게 하고, 마는 보통 빵반죽을 올려놓고 주무르던 부엌 식탁 위에 그를 올려두고는 그를 살리기 위해 그의 몸을 주무른다. 그런데 이 모든 것들이 그것들이 지닌 상징적 무게에도 불구하고 철저히 현실적이라는 점에 주목하라. 이 장면의 디테일들은 에드워드 웨스턴Edward Weston의 사진이나 사실주의적 회화처럼 매우 선명하다. 그럼에도 거의 모든 디테일은 그것 자체인 동시에 상징적으로 기능하고 있다.)

소년의 몸을 녹이기 위해 마는 파의 위스키(성찬식의 빵—페데르센 꼬마의 '죽은' 육신—과 짝을 이루는 포도주의 아이러니적 치환)를 조금 필요로 한다. 그리고 우리는 술주정뱅이 파가 얼마나 위험하고 야비한 인물인지를 알게 된다. 그가 자기 요강에 담긴 것을 빅 한스의 머리 위로 쏟아버릴 정도로 잔인한 동시에 정신적으로 천박한 뱀 같은 사람이란 사실을 말이다. 이 장면은 넘치는 긴장감으로 시작해(가족 전체가 다들 조금씩 미쳐 있는데, 마는 파가 두려워 몸을 부르르 떨고, 호르헤는 눈 속에서 발견된 소년의 몸을 녹여주는 일을 거의 정신병적으로 거부한다) 급박하게 작품의 첫번째 클라이맥스, 즉 파에 대한 빅 한스의 도전과 페데르센의 집으로 가 노란 장갑을 낀 남자를 찾아보자는 그들의 결정에 이른다.

실제로 그렇게 하기로 맹세한 후, 파와 빅 한스, 호르헤는 무장을 한 채 서로를 몹시도 괴롭히며 길을 떠난다. 그리고 그들은 페데르센의 집으로 가던 중 살인자의 죽은 말이 거의 눈 속

소설의 기술

에 파묻혀 있는 것을 발견한다. (작품 내내 '눈 속의 매장'과 '봄의 부활'은 중요한 개념으로 작용한다.) 그들이 말을 발견한 일—그리고 파가 위스키를 잃어버린 일—은 두번째 클라이맥스를 불러온다. 페데르센의 집에 가겠다고 말한 것은 그들 자신이며, 다시 발길을 돌리기에는 너무도 완고한 자들이므로, 파와 빅 한스는 자신들의 결심을 따른다. 그들은 페데르센의 집에 도착하고 호르헤는 집의 벽 쪽을 향해 다가간다. 그리고 (작품의 세번째 클라이맥스에 이르러) 파와 빅 한스는 집안의 누군가에게 총을 맞고 쓰러진다. 어쨌거나 자신이 살해당하리란 걸 알고 있는 호르헤는 얼어 죽기보다는 집안으로 들어가는 쪽을 택한다. 작품의 마지막 클라이맥스는 자신이 무엇을 얻었는지에 대한 호르헤의 인식이다. 그가 살아남아서 그것이 무엇인지 말해줄 수 있을지는 알 수 없지만 말이다.

이미 말했다시피 「페데르센 꼬마」는 중편소설 형식—하나의 캐릭터에 집중되어 있으며, 진행될수록 점점 더 강렬해지는 일련의 클라이맥스를 지닌 사건의 단일한 흐름—의 거의 완벽한 예다. 우리는 헨리 제임스의 여러 중편들—이를테면 「나사의 회전」, 「졸리 코너」—에서 동일한 구조를 발견하며, 다른 여러 작가들의 작품들, 이를테면 플로베르의 「순박한 마음」, 지드의 「테세우스」와 「전원 교향곡」, 윌리엄 포크너의 「곰」, 그리고 토마스 만의 몇몇 중편소설들 속에서도 동일한 구조를 발견한다. 비록 이러한 중편소설의 형식이 가장 우아하고 효과적인 것이긴 하지만 그것만이 유일하게 가능한 형식은 아니다. 어떤 중편소설 작가들은 사실상 경장편소설baby novel을 쓴다. 그들은 시점(혹은 중심 캐릭터)을 바꿔가고, 사건의 연이은 흐름 대신 중간중간 시간이 끊어지는 진짜 에피소드 형식을 사용한다. D. H. 로런스는 그의 중편소설 「여우 The Fox」에서 이러한 보다 복잡한 형식을 사용하여 어느 정도 성공을 거두고 있다. 이러한 선택은 그로 하여금 보통의 중편소설에서보다 더 긴 시간의 범위를 다룰 수 있게 해주며, 또한 스타일상 큰 자유를 준다. 이러한 이점들을 원하는 작가는 개스와 포크너가 이루어낸 사건의 급박한 진행은 포기할 수밖에 없다. 물론 그들 작품은 그 간결함 때문에 긴 길이의 훌륭한 장편이 보통 마지막에 얻게 되는 매우 강력한 효과는 얻을 수 없게 되긴 하지만 말이다.

가능한 또다른 구조로는 소설적 점묘법fictional pointillism을 들 수 있다. 이는 로버트 쿠버의 「헨젤과 그레텔」에서 흥미롭게 사용되었으며, 지금까지 윌리엄 개스가 쓴 최고작일 「깊고 깊은 시골에서」에서 능수능란하게 사용되고 있다. 이 형식을 사용하는 작가는 자신의 스토리를 부스러기 '파편crot'들처럼 조금씩 내놓으면서 마치 무작위로 그러는 것처럼 한 지점에서 또다른 지점으로 이동한다. 그러면서 그는 유사-에네르게이아적 사건을 이룰 요소들을, 그것이 표면적인 것이든 상징적인 것이든지 간에, 서서히 모아나간다. 작가가 천재적인 산문시인이어야 한다는 것을 제외하면 이러한 작품의 구성에는 그 어떤 법칙도 필요치 않다. 그가 자신의 파편들을 배치하는 일종의 지적인 체계를 갖추고 있다 할지라도 그것들을 하나로 묶는 기본원칙은 어디까지나 감정이다. 그는 자신의 작품을 가장 감동적으로 표현해내기 위해 파편들을 섞고 또 뒤섞으며, 선형적 구조의 소설에서처럼 중요한 사건들을 뭉쳐

소설의 기술

서 클라이맥스에 도달하는 것이 아니라 시적인 힘을 통해 클라이맥스에 도달한다. 이처럼 짜임새에 매우 크게 의존하는—(사건들이 인과적으로 연결되어 있으며 거의 순서대로 제시되는) 전통적 의미에서의 구조를 포기한—방식은 지나칠 우려가 있다. 작가를 너무 밀어붙여서 감상적인 결과를 만들어내게 할 수 있다는 말이다. 반면에 이러한 방식이 지니는 큰 이점으로는 이미지에 대한 필연적인 집중을 들 수 있다. 그를 통해 반복된 이미지들은 점점 더 큰 심리적, 상징적 힘을 축적하게 된다.

훌륭한 중편소설은, 그 구조가 어떻든지 간에 음악에서의 음시tone poem•와 유사한 효과를 낸다. 반면에 훌륭한 장편은 베토벤의 교향곡과도 같은 효과를 낸다. 이 비유를 좀더 명확히 설명해보자.

중편소설의 가장 큰 아름다움은 거의 동양적인 순수함, 그리고 그것이 따르는 감정선emotional line의 우아함에 있다. 단편소설은 조이스가 말했듯이 '에피퍼니epiphany'를 향해—즉 중요 캐릭터의 입장에서, 아니면 적어도 독자의 입장에서 인식이나 이해를 얻게 되는 클라이맥스의 순간을 향해—나아가는 것이다. 단편소설은 설득력 있는 배경을 통해 클라이맥스적 사건 혹은 순간을 충분히 정당화시킴으로써 단편의 효과를 얻는다. 반면에 중편소설은 일련의 작은 에피퍼니 혹은 부차적 클라이맥스 들을 통해 더 확고한 결론으로 나아간다. 가능한 한 적은 수단을 통해서—장편소설에서 작동하는 수많은 힘들의 집적이 아닌 단 하나의 생각만을 끝까지 따라감으

• 시적 내용을 음악화한 곡.

로써—중편소설은 결국에 세상이, 적어도 주요 캐릭터가 보기에는 근본적으로 변화하는 결말에 다다른다. 만일 호르헤가 살아서 집으로 돌아온다면 그는 이전과는 다른 젊은이가 되어 있을 것이다. 그는 살아남았고 통과 의례를 무사히 마쳤으며 성인으로서의 정체성을 얻었다. D. H. 로런스의 중편소설의 결말에서 "여우"는 자신의 여자를 얻게 되고 적을 살해하게 된다. 포크너의 중편소설의 결말에서 곰은 떠나가고 아이크 맥캐슬린은 완전히 변해버린다. 그 어떤 것도 훌륭한 중편소설보다 완벽하거나 완전할 순 없다. 장편소설이 그와 동일한 매끄러운 완벽함에 도달할 때—플로베르의 『보바리 부인』에서처럼—우리는 그것을 불만족스럽게 여기거나 진실이 아닌 것으로 여기게 되기 쉽다. '완벽한' 장편소설에는 최고의 긴 소설들 특유의 풍부함이나 들쑥날쑥함이 결여되어 있다. 그것의 이유를 더 자세히 알아볼 필요는 없겠으나, 중편소설은 보통 하나의 캐릭터와 그 캐릭터의 인생에서 일어난 하나의 중요한 사건을 다루는 것으로, 전체에서 깔끔하게 잘라낸 일부분을 다루는 깔끔한 구성에 집중하기에 적합한 것임을 알아둘 필요는 있다. 반면에 장편소설은 세상을 최대한 복잡한 방식으로 모방하려는 척이라도 한다. 장편소설에서 우리는 다양한 캐릭터들을 자세히 살펴볼 뿐만 아니라 먼 곳의 전쟁이나 결혼에 대한 소문들을 듣고, 지하철에 탄 사람들이 그러하듯 우리가 다시는 못 볼 캐릭터들을 잠깐 쳐다보기도 한다. 결과적으로 장편소설에서의 지나친 깔끔함은 근본적인 효과를 없애버린다. 디킨스의 몇몇 작품이나 대중적인 미스터리 스릴러물에서 거의 늘 보게 되다시피 장편소설 속 모든 끈들이 끝부분에 지나치게 깔끔히 매듭지어져 있는 경우, 우리는 그 작품이 현실과는 다르다고 느낀다. 장편소설이란 정의상, 적어도 어느 정도는—헨리 제임스가 톨스토이의 장편소설들을 폄하하면서 짜증 섞인 목소리로 말했듯이—"고삐 풀린 축 늘어진 괴물" 같은 것이다. 그것은 너무 마음대로여서도 안 되고, 너무 축 늘어지거나 너무 괴물 같아서만도 안 된다. 하지만 찻잔만큼이나 예쁘게 만들어진 장편소설은 별 쓸모가 없다.

장편소설이란 마지막 악장에서 지난 모든 장면들이 메아리쳐 울리는 교향곡 같은 것이다. 이런 일은 중편에서는 드물다. 이런 효과는 너무 많은 시간과 너무 많은 분량을 필요로 하기 때문이다. 장편소설이 끝나갈 즈음, 작가는 앞서 등장했던 이미지, 캐릭터, 사건, 지적 모티프 들을—직접적으로, 혹은 캐릭터들의 회상이라는 형식을 통해서— 다시 떠오르게 만든다. 그를 통해 예상치 못했던 연관성들이 고개를 들기 시작하고 숨어 있던 원인들이 표면 위로 드러난다. 삶은 짧고 불안정하게나마 체계화되고, 우주는 단 한 순간이나마 냉혹할 정도로 윤리적인 면모를 드러낸다. 여러 캐릭터들의 사건들이 마침내 결과를 드러내고, 우리는 자유의지에 따르는 책임을 목도하게 된다. 종장에서의 이 통합이야말로 장편소설이 존재하는 이유다. 이론상 어떤 훌륭한 이유에서건 이러한 끝맺음이 마련되지 않는다면 우리는 사기당한 기분이 되어 불만족스럽게 책을 덮어버리게 된다. 이것은 물론 장르로서의 장편소설이 고유의 형이상학을 지니고 있다고 말하는 것이나 마찬가지인데, 아닌 게 아니라 정말로 그러하다. 형이상학을 인정하지 않는 작가는 절대 장편소설을 쓸 수 없다. 그는 베케트나 바셀미가 그러하듯 고작 그것으로 장난이나 치면서, 장편소설의 전통적인 요소들을 눈에 띄게 전복하는 것으로써 자신의 효과를 얻을 따름이다. 스스로 무너지는 조각을 만드는 조각가나 피아노를 폭발시키는 작곡가의 작업이 그러한 것처럼 말이다. 물론 내가 예술가는 우리를 속여야만 한다고 말하고 있는 것은 아니다. 나는 다만 반소설가antinovelist는 결국 그에 대한 우리의 불신으로 인해 적어도 상대적인 실패에 처하게 될 운명이라고 말하고 있을 뿐이다. 우리가 호메로스, 셰익스피어, 멜빌에 깊이 감동하는 것은 우리가 그들의 소설들이 구현하는 형이상학적 가정들―도덕적 책임감을 요구하는 질서 있는 세계―을 믿고 *싶어서*가 아니라 그 가정들을 실제로 믿기 때문이다. 우리가 호메로스와 베케트를 둘 다 믿는 일은―아주 미묘한 방식을 제외하면―불가능하다.

장편소설 분량의 성공적인 소설은 여러 방식들로 구성될 수 있다. 즉 그것은 인과적으로 연결된 사건들의 시퀀스를 통해 에네르게이아적으로 구성될 수 있다. 또한 그것은 병렬적으로 구성될 수도 있다. 이는 장편소설의 부분들이 상징적이거나 주제적 연관성을 지니고 있지만 전체적 흐름이 인과를 통해 발전되지는 않을 경우다. 그리고 그것은 어떤 본질적으로 음악적인 원칙에 따라―이를테면 마르셀 프루스트나 버지니아 울프의 장편들을 떠올려볼 수 있겠다―서정시적으로 구성될 수도 있다.

서정시 같은 장편소설은 논의하기 가장 난해한 소설이다. 독자를 앞으로 나아가게 하는 것은 기본적으로 플롯이 아닌―비록 그것이 인과적으로 연결된 사건들의 시퀀스를 숨겨

　　　　　　　　　　　　　　　소설의 기술

진 방식으로 포함하고 있을 수는 있지만—어떤 형태의 리듬적 반복이다. 여기서 반복되는 것들은 어떤 중심 이미지 또는 이미지들의 무리(바다, 그네와 미끄럼틀이 달린 기구에 대한 어린 시절 기억, 봉우리가 눈으로 뒤덮인 산, 숲), 또는 작가가 계속해서 돌아왔다가 다시 그것들이 지닌 의미의 심화와 재정의를 위해 떠나가는 중심 사건 또는 사건들의 모임, 또는 어떤 중심 아이디어나 아이디어들의 집적이다. 이러한 형식은 방랑하거나 꿈꾸는 마음(특히 한 번 이상의 몹시 충격적인 경험으로 인해 고통받는 마음)의 놀이를 모방하는 심리적인 내러티브에 적합하다. 그리고 이러한 장편소설의 형식을 따르는 대부분의 작가들은 꿈과 같은 특성을 현저하게 드러내는 작품들을 만들어낸다. 가장 대표적인 예가 『피네간의 경야』다. 좀 더 수월한 예로는 존 호크스의 강력하고도 신비로운 초기작인 『딱정벌레 다리The Beetle-Leg』를 꼽아볼 수 있다. 이 작품에서는 내러티브가 점점 더 빨라지는 속도와 커가는 압박감으로 몇 가지 중심 이미지들—댐의 벽에 난 딱정벌레 다리 사이즈의 금, 모터사이클 갱단 등등—을 옮겨다니는 악몽 같은 스토리가 펼쳐진다.

장편소설의 형식들 중 가장 흔한 것은 에네르게이아적 형식이다. 이는 쓰기에 가장 간단하면서도 가장 어려운—가장 필연적이며 스스로 추동되는 형식이라는 점에서 가장 간단하고, 꾸며내기에 단연코 가장 어려운 형식이라는 점에서 가장 어려운—종류의 장편소설이다. 이미 말했듯이, 아리스토텔레스의 조어인 *에네르게이아*energeia는 '캐릭터와 상황에 내재되어 있는 가능태의 현실화'를 뜻한다. (아리스토텔레스가 그리스 비극에 관해 말하며 이 말을 사용했다는 사실이 우리의 논의를 방해하지는 않을 것이다. 장편소설에 대해 알았더라도 그는 대체로 똑같은 말을 했을 테니까.) 에네르게이아적 장편소설은 논리상 세 부분, 즉 아리스토텔레스적인 의미에서의 '처음, 가운데, 끝'으로 나뉜다. 이 셋은 대략 비슷한 분량을 지니며 각각이 설명exposition, 전개, 결말의 패턴에 해당하는 것으로 여겨질 수 있다. 물론 소설가가 미치지 않고서야 실제로 전체 분량의 삼분의 일을 설명에, 그다음 삼분의 일을 전개에, 그리고 마지막 삼분의 일을 결말에 바치는 일은 없을 것이다. 계속되는 설명이 지겨워 독자가 다섯 페이지나 열 페이지쯤 읽다가 관두어버릴 거라는 이유에서라도 말이다. 바로 이런 이유에서 아리스토텔레스는 작가에게 "모든 것들의 가운데에서" 시작한 다음, 가능한 만큼의 설명을 집어넣을 것을 권장한 것이다. 하지만 논의를 위해서는 이 세 구성 요소들을 하나씩 별도로 다뤄보는 게 좋을 것 같다.

작가는 설명 부분에서 독자가 캐릭터와 상황에 대해 알아야 할 모든 것, 즉 '현실화'될 수 있는 가능태를 제시한다. 그가 전개 부분에 어떤 일들이 포함될지에 대한 명확한 생각 없이, 그리고 결말에서 어떤 일이 일어날지에 대한 최소한의 어렴풋한 짐작도 없이 설명 부분을 계획할 수 없음은 물론이다. 장편에서 독자는 단편과 중편에서와 마찬가지로 뒤따르는 사건을 믿고 이해하기 위해 알아야 할 필요가 있는 것은 모두 알아야 하기 때문이다. 만일 플롯이 엉성하거나 비효율적이 아니라 우아한 것이 되려면 독자는 뒤따르는 사건들의 이해에 필요한 모든 종류의 원인을 알아야 하며 (기본적으로) 그것들 이외의 것들은 알 필요가 없다. 즉 설명 부분에 나오는 어떤 중요한 정보도 뒤따르는 사건과 무관해서는 안 된다. 그리고 이 경우, 더 짧은 형식들의 경우와 마찬가지로, 독자가 설명 부분에서 알게 되는 것은 극적인 사건을 통해 드러나는 것이어야 하지, 들은 것이어서는 안 된다. (작가에게서 캐릭터가 믿을 수 없을 만큼 잔인하다는 말을 듣는 것만으로는 부족하다. 우리는 그가 아기의 목을 따는 것을 직접 봐야만 한다.) 마지막으로, 최초의 상황과 캐릭터의 성격 묘사로부터 무언가 발생하려면 설명 부분에서 제시된 문제나 상황이 왠지 불안정한 것이어야만 한다. 어떤 이유에서인지 캐릭터는 어떤 변화를 가져올 행동을 해야 할 것만 같이 느껴야 하고, 그는 반드시 그런 행동을 할 수 있는 캐릭터로 그려져야만 한다.

이는 사실상 캐릭터와 상황이 모종의 갈등 관계에 놓여야만 한다는 것을 의미한다. 캐릭터의 내부와 외부에 존재하는 힘들이 그를 사건의 흐름 속으로 떠미는 한편, 내부와 외부의 또 다른 힘들이 그 사건의 흐름에 강한 반대 압력을 행사해야만 하는 것이다. 이 두 종류의 압력은 캐릭터의 외부에서뿐만 아니라 내부에서도 발생하는 것이어야 한다. 그렇지 않다면 갈등은 어떤 의혹이나 도덕적 선택도 수반하지 않게 될 것이고, 결과적으로 어떤 심오한 의미도 가지지 못하게 될 것이기 때문이다. (최고의 소설에서 모든 의미는―포크너가 말했듯이―스스로와 갈등하는 마음으로부터 생겨난다. 앞서 우리는 모든 진정한 서스펜스는 도덕적 선택으로 인해 생겨나는 괴로움의 극적 재현임을 말했다.) 유명한 피히테 곡선Fichtean curve은 사실상 이러한 갈등 상황을 다이어그램으로 나타낸 것이다.

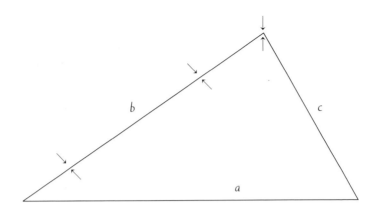

직선 a는 '평범한normal' 사건의 흐름을 나타낸다고 해보자. 즉 a는 캐릭터가 안전과 안정만을 추구할 경우, 변화를 가져오려는 희망을 품고서 어렵거나 불가능한 일들을 하기 위해 자신의 독립적 의지를 행사하지 않을 경우에 택할 흐름이다. 직선 b는 역경에 맞서 싸우고 갈등에 용감히 대항하는 캐릭터가 취하는 일련의 사건의 흐름을 나타낸다고 해보자. 아래로 향한 화살표(↓)는 캐릭터의 의지에 반하는 힘(적, 관습, 자연법칙)을 나타내고, 위로 향한 화살표(↑)는 그의 모험 정신을 지지해주는 힘을 나타낸다. 상승하는 직선(b)의 정점은 장편소설의 클라이맥스적 순간을 나타낸다. 그리고 직선 c는 그 이후에 따르는 모든 것들—즉 결말—을 나타낸다. c에서는 중심 캐릭터의 의지가 제압되었거나 혹은 그의 승리로 인해 상황이 다시 안정되었기 때문에 갈등은 이제 해결되었거나 해결되는 과정에 놓이게 된다. 그렇다면 장편소설의 정서적 발전(소설을 읽어나가면서 우리가 느끼는 서스펜스, 매혹, 불안)은 피히테 곡선으로 나타낼 수 있다. 상승하는 사건 b는 사실상 매끄러운 것이 아니라 점점 더 강렬해지는 일련의 클라이맥스들

소설의 기술

(장편소설의 에피소드적 리듬)을 통과하는 것이므로 엄밀한
형태의 피히테 곡선은 다음과 같을 것이다.

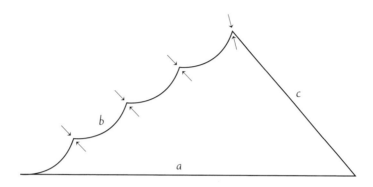

　누구였는지 생각은 안 나는데, 오래전에 누군가가 쓰고 있
다던 장편소설의 플롯 이야기를 들은 적이 있다. 그리고 그 플
롯은 이 모든 것들의 완벽한 실례를 보여주고 있었다. 중심 캐
릭터는 명민한 기지를 지닌 강인한 젊은 아파치족 인디언으
로—그를 짐이라고 부르기로 하자—그는 어린 시절을 인디
언 보호 구역에서 보냈으나 지금은 캘리포니아 버클리 대학에
서 미국 인류학 학위를 취득한 자다. 그의 어머니는 늙었으며
그의 경제적 도움을 필요로 하고 있다. 그의 어린 남동생은 대
학에 갈 돈이 필요하다(가령 그는 감리교 목사가 되고 싶어한
다고 해보자). 우리의 주인공이 속해 있는 분야는 일자리가 매
우 드물지만, 그는 전에 교육대학이었던 오하이오의 한 작은
대학—트윈 옥스라고 부르기로 하자—에서 면접도 없이 일
자리를 얻어내는 데 성공한다. 트윈 옥스에는 마침 연방정부
보조금으로 인디언 연구 프로그램이 개설되었다. 짐은 자신
의 얼마 안 되는 짐을 할리 데이비슨에 싣고서 오하이오를 향

해 출발한다. 그러나 나중에 그는 그곳에서 끔찍한 실수가 있었다는 걸 알게 된다. 트윈 옥스 대학에서 채용했던 사람은 *아시아* 인디언(인도인―옮긴이) 연구의 전문가였다. 아직 누구도 짐이 아파치족이며 미국 인디언―그것도 도시의 미국 인디언―전문가라는 걸 알지 못한다. 어떻게 해야 할까? '평범한' 사건의 흐름이라면 그는 버클리로 돌아가 다시 일자리를 찾으려 할 것이다. 더 대담한 사건의 흐름은 그가 자신이 아시아 인디언인 척하고 가장을 시도하는 것이다. 그는 터번을 하나 구한다. 이제 작가가 할 일은 자신의 주인공에게 압박을 가하고, 한편에는 그에게 용기를 주거나 그를 부추기는 사람들의 목록을, 또 한편에는 그를 방해하는 사람들의 목록을 만들어내는 것이다. 우리는 이제 전개 부분이라고 부를 수 있을 순간에 이르렀다.

작가는 자신의 주인공을 위해 일련의 위기 상황들을 배치한다. 또다른 아파치족이 강의를 위해 나타나거나 진짜 아시아 인디언이 나타날 수도 있다. 교수진 중 한 명이 우리의 주인공을 몹시 못마땅하게 생각해서 파면을 목적으로 그를 몰래 염탐할 수도 있다. 어떤 학생들이 점점 더 의혹을 키우게 될 수도 있다. 아니면 지나치게 독실한 그의 동생이 그를 찾아올 수도 있다. 또는 그와 잠자리를 함께하는 여자가 그가 잠꼬대하는 소리를 듣고서 그의 비밀을 의심하게 될 수도 있다. 이와 동시에 작가는 주인공의 편에 서는 힘들―우호적인 학생들과 동료 선생들, (그의 어머니가 골반을 다쳐서 돈이 아주 많이 필요하다는 등) 그가 관둘 수 없게 만드는 집에서의 계속되는 압박 등등―또한 배치한다. 마침내 장편소설의 가장 큰 클라이맥스가 도래하고 갈등은 어떤 식으로든 해결돼 작품을 결말로 향하게 한다. (여기서 그림은 약간의 오해를 불러올 소지가 있다. 결말은 사건이 서서히 종료되어 원래의 휴식 상태로 돌아가는 것일 수도 있고, 혹은 승리로 종결되거나 끔찍하고 어두운 방식으로—예를 들어 우리의 주인공은 대학을 불태우고 많은 사람들이 죽게 된다—종결되는 경우처럼 매우 강렬한 것일 수도 있다. 어떤 식이든지 간에 갈등은 해결된다. 우리의 최초의 관심거리였던 비밀을 지키는 일은 무언가 다른 것—비밀이 밝혀짐으로 인해 생겨난 결과—으로 변한다.)

전개 부분에서 무슨 일이 일어나는지를 알고 그것이 철학적(주제적)으로 무엇을 의미하는지를 안다면 작가는 이제 설명 부분의 디테일들을 작업할 준비가 된 셈이다. 만일 사건이 짐으로 하여금 폭력적인 경향을 띨 것을 요구한다면 우리는 이러한 폭력적 경향이 어떻게 전개되는지를 극적인 형태로 보아야만 한다. 만일 그가 둘 다 코넷cornet을 연주한다는 이유로 학과장들 중 한 명과 친분을 쌓게 된다면 우리는 짐이 어디서 어떻게 코넷을 배우게 되었는지에 대해 들어야만 한다. 또는 통상적으로 말해, 작가는 우리에게 짐의 성격과 관련해 중요한 모든 것, 그의 상황과 관련해 중요한 모든 것을 보여주어야만 한다. 이는 주로 트윈 옥스 대학에서 그를 지지하거나 반대하는 모든 캐릭터들, 그들의 정치적 관계도와 성향들, 사건과 모종의 관련을 맺고 있을 수도 있을 그들에 관한 모든 것을 의미한다.

우리가 말했다시피 이러한 설명은 책의 서두에서 전부 다 한꺼번에 이루어질 수 없다. 만일 스토리가 부드럽게 흘러가려면 사건은 거의 즉각적으로 시작되어야만 한다. 그리고 작가는 가능할 때 설명을 끼워 넣어야만 한다. 피히테 곡선의 정상에 다다를 무렵에는 어떠한 설명도 제시되지 않아야 한다는 조건 아래 말이다. 적절한 방식으로 마련된 장편소설의 결말은 눈사태처럼 닥쳐오며, 이때 작가의 주요 업무는 그것이 어떻게 닥쳐오는지를 돌멩이 하나하나씩 설명하는 일이다. 설명과 전개 부분에서 무엇을 제시해야만 하는지를 생각해낸 작가는 플롯 짜기에서 가장 난해한 부분, 즉 중세 수사학자들이 *배열*dispositio이라고 부른 문제에 직면하게 된다. 작가는 이제 자신이 선택한 다양한 소재들을 배열하고 조직해내야만 한다.

이론상 작가는 사건의 시작점을 어디로든 정할 수 있지만 실제로 그의 선택지는 제한적이다. 만일 그가 사건을 너무 먼 옛날에서(이를테면 짐이 대학 일학년일 때) 시작한다면 소설은 너무 늦게 시작될 것이고 아마도 분명히 지루해지고 말 것이다. 또한 그가 사건을 거의 끝에 가서야—이를테면 작품의 극적인 마지막 사건과 함께—시작한다면 속임수에 가깝거나 이기적인 것으로 보이는 결과를 얻고 말 것이다. 매너리즘이나 무신경함 같은 실수들을 피하고자 하는 작가라면 사건이 실제로 어디서 시작하는지—아마도 짐이 트윈 옥스에 도착했을 때—를 파악한 다음, 거기서 시작해야 할 것이다. (그러므로 호메로스는—숭고함의 순간으로 이동하기 위해—트로이아 전쟁의 발발에서 시작하지 않고, 심지어 아가멤논이 브리세이스를 납치하는 장면에서 시작하지도 않는다. 대신 그는 아킬레스와 아가멤논의 논쟁에서 시작하면서 아가멤논의 냉소주의와 아킬레스의 극단적인 이상주의의 대비를 보여준다.

이 논쟁은 아킬레스를 전쟁에서 퇴각하게 하고 궁극적으로는 그의 머리 위에 비극을 가져다주는 것이 된다.) 어디서 시작할지 결정한 작가는 리드미컬한 클라이맥스들을 계획한다. 그런 다음 그는 꼭 필요한 설명을 어디에 포함할지를 세세하게 생각해낸다. 작가는 작품의 모든 단계에서 자신의 이전 계획을 수정해야 할지도 모른다. 가령 그는 2장에서 설명이 좀더 필요하다는 것을 발견하고는 그곳에 새로운 작은 클라이맥스를 삽입한 다음, 그 클라이맥스의 양옆에 골을 파놓아 자신이 필요한 공간을 좀더 확보할 수도 있다.

에네르게이아적 장편소설의 거대한 짝인 소위 건축학적 장편소설, 즉 유사한 에네르게이아적 플롯이 두 가지 이상이며 그 각각의 플롯이 중심 캐릭터나 일군의 캐릭터들에게 집중되어 있는 장편소설의 플롯을 짜는 방법은 독자의 몫으로 남겨두겠다. (이는 빅토리아 시대의 작가들이 선호했던 형식이다. 톨스토이는 말할 것도 없으며, 윌리엄 개디스William Gaddis 가 『제이알JR』에서 입증하기도 했듯이 지금도 여전히 사용될 수 있는 형식이다.) 모든 플롯은 철학적으로 연결되어 있어야만 한다. 가령 『안나 카레니나』의 두 가지 주요 플롯을 떠올려보라. 여기서 하나는 안나의 상징적 파멸―중얼거리는 목소리들과 갑작스럽고도 이상한 빛 속에서의 그녀의 자살―로 이르고, 나머지 하나는 레빈의 상징적이고도 실제적인 구원에 이른다. 플롯을 짜는 과정은 기본적으로 단순한 에네르게이아적 장편소설의 경우와 동일한데, 다만 그보다 더 어려우며 많은 위험 부담을 지게 될 뿐이다. 유사한 플롯들 간의 관계가 지나치게 깔끔하면 작품을 부자연스러운 것으로 만들 수 있으며,

의지가 너무 박약하면 통제에서 벗어난 것처럼 제멋대로 뻗어나가게 만들 수 있기 때문이다. 전기의 형태를 모방하는 장편소설(이를테면 『데이비드 코퍼필드』)을 작업할 때의 문제 또한 독자의 몫으로 남겨두겠다. 이 경우, 적어도 장기적으로 봤을 때는 에네르게이아적 성격의 플롯이 요구된다. 하지만 작품은 주인공의 인생의 다양한 주기들에 따라 큰 에피소드들로 나뉘며 (가능한 한 다른 에피소드들과 대조를 이루는) 이러한 에피소드들의 선택은 주제를 따른다. 이것이 지는 위험 부담 또한 자명하다. 만일 다양한 에피소드들 간의 주제적 연결이 너무 깔끔하게 맞아떨어진다면 작품은 부자연스럽고 삶과 괴리된 것으로 보일 것이다. 그리고 연결이 너무 모호하다면 작품은 집중력을 잃고 말 것이다.

어떤 종류의 플롯을 선택하든 작가는 대체로 자신의 스토리의 주인이라기보다는 하인에 가깝다. 중요한 디테일들을 오직 일회적으로만 사용하는 것은 거의 불가능하다. 그것들은 늘 반복을 요구한다. 가령 작가가 주인공에게 악몽을 안겨줬는데 그 악몽이 (당연히 그래야만 하듯이) 너무나도 훌륭해서 독자가 캐릭터의 고통을 매우 절실히 느낀다고 해보자. 작가—그리고 그를 따르는 독자—는 이후에 또다른 악몽이 필요하다고 느끼게 될 것이다. 혹은 그것의 확실한 대응물로서 작품 전체에 걸쳐 또다른 요소를 부르는 어떤 요소, 또다른 형식을 요구하는 어떤 형식이 필요하다고 말이다. 애정 장면을 집어넣은 작가는 이후에 그 장면을 발전시켜나가는 데 전념한다. 그리고 사소한 캐릭터에 매우 자세히 집중했던 작가는 기억의 방식으로라도 그 캐릭터를 다시 돌아오게 하는 데 전념한다.

장편소설의 바로 이러한 특성, 즉 다시 돌아와 반복해야만 하는 내재적 필요성이야말로 장편소설의 가장 큰 영예와 결말에서의 깊은 울림을 만들어내는 물리적 기반이 되는 것이다. (그것은 장편소설을 부자연스러워 보이게 만들 위험 요소가 되기도 한다.) 그렇다고 해서 장편소설의 끝에서 공명하며 울려 퍼지는 것이 단지 물리적인 것만은 아니다. 우리는 단지 재현부recapitulation 혹은 소환의 형식을 띠는 캐릭터, 이미지, 사건 들 때문에 감동을 받는 것이 아니다. 우리는 모든 것이 점차 더 연결되기 때문에, 궁극적으로는 가치들이 서로 연결되기 때문에 감동을 받는다. 콜리지는 점점 더 복잡해지는 연상 체계가 문학 작품에 일정 부분 힘을 실어준다고 지적했는데, 이러한 견해는 하틀리David Hartley 심리학에 대한 그의 관심에서 촉발된 것이다. 하틀리는 우리가 긴밀히 연관된 두 가지 대상을 접할 경우, 하나의 대상으로부터 나머지 하나를 떠올려내는 경향이 있다는 점에 주목했다. 따라서 만일 누가 드러그스토어에 서서 처음으로 셸리Shelly를 읽었다면 그는 다음번에 드러그스토어에 갈 때 셸리를 떠올리게 될 것이고, 다음번에 셸리의 시를 접할 때 희미한 비누 냄새나 배스 솔트bathsalts 냄새를 떠올리게 될 것이다. 똑같은 일이 우리가 장편소설을 읽을 때도 일어난다. 만일 우리의 주인공이 어떤 캐릭터를 만난 장소가 묘지라면 다음번에 그 캐릭터가 등장할 때 그에게는 모종의 묘지 분위기가 남아 있게 될 것이다.

그 효과는 대강 이런 식으로 그려볼 수 있다. a는 피 묻은 신발 한 켤레를 가리키며, 그것이 처음 목격된 곳은 버드나무 (b) 아래였다고 해보자. c는 고아원에 해당하며, 그것이 맨 처

음 등장한 것이 폭풍우(d) 속이었다고 해보자. 또한 e는 여자
가 열차(f) 안에서 한 키스를 가리킨다고 해보자. 만일 a(피 묻
은 신발 한 켤레)가 이후에 스토리에서 언급된다면 그것은 버
드나무(대괄호 속의 b)에 대한 기억을 불러일으킬 것이다. 마
찬가지로 c는 [d]의 울림을 만들어내고, e는 [f]를 만들어낸다.
아래 직선의 가장 윗부분이 내러티브의 시작이고 가장 아랫부
분이 끝이라고 한다면 작가는 아마도 다음과 같은 연상 패턴
을 전개해나갈 것이다.

실제로 소설에서 일어나는 일과 비교했을 때 이 다이어그램
은 극히 간단하고 조잡한 것이지만 이것만으로도 내 주장을
충분히 나타낼 수 있을 것 같다. 이미지, 사건, 캐릭터 들의 체
계적인 귀환은 심지어 단편소설의 끝에서도 상당한 힘을 발휘

a	*b*
[*b*]	*a*
c	*d*
[*d*] *c*	*b* [*a*]
e	*f*
[*a*] *b*	*c* [*d*]
[*f*] *e*	*a* [*b*] [*d*]
[*e*] *f*	*a c* [*b*] [*d*]

소설의 기술

한다. 조이스의 「죽은 사람들」을 생각해보라. 장편소설의 결말에서라면 그 효과는 압도적인 것이 될 수도 있다.

물론 지금 우리가 단지 상투적인 이미지들의 귀환 따위에 대해 이야기하는 것은 아니다. 「죽은 사람들」의 끝에서 각자 줄줄이 연상을 이끌어내며 한데 모이는 이미지들은 모두 죽음의 이미지들이다. 『율리시스Ulysses』의 '몰리 블룸의 독백' 부분에서 한데 모이는 이미지와 경험 들은 이와 똑같이 상징적이면서도 훨씬 더 복잡한 생각과 감정을 만들어낸다. 여기서는 연상적으로 떠올려지는, 역경에 맞서는 애정 어린 긍정이 일관성의 원칙으로 작용한다. 연결사적인 외침으로서의 "네yes"는 외부로 확대되어 심지어 죽음까지도 포함한 전 우주의 신비로운 긍정이 되기에 이른다. 그러한 효과를 얻으려면 작가는 자신의 물리적 플롯을 뛰어넘어 플롯의 모든 요소들, 그리고 표현할 수 없는 것들까지를 포함한 그것들 간의 모든 관계를 이해해야만 한다. 달리 말해 장편소설의 결말이란 단순히 스토리의 끝이 아닌 스토리의 완수fulfillment인 것이다. 마침내 거기에 이르러서야 독자는 모든 것들을 이해하고 모든 것들이 상징적이라는 사실을 지성적으로까지는 아니더라도 감성적으로 이해한다. 작가가 독자에게 이런 이해를 보여주려면 자신이 먼저 그 이해에 도달해야만 하는데, 그것은 장편소설의 계획 단계에서는 도저히 예측할 수 없는 것이다. 그것은 현실에 대해 신중히 고민하면서 처음부터 계획했거나 혹은 설득력을 쌓아나가는 작업 도중에 끼어든 모든 이미지와 사건, 단어 들에 대해 심사숙고한 작가에게 일종의 보상으로 주어지는 것이다. 진정한 결말의 효과에 대해서 말하는 것은 가능하지만, 유감스럽게도 훌륭한 결말을 쓰는 법을 가르치는 것은 불가능하다. 오직 그에 대한 힌트와 경고만을 줄 수 있을 뿐. 아마도 가장 유용한 힌트는 이것일 것이다. 즉 미묘한 의미들, 연결 고리들, 우연한 반복들, 심리적 의의 등을 주의깊게 살펴보면서 작품을 적어도 백 번—말 그대로—은 읽어보라는 것. 그 어떤 것도—아주 사소한 디테일일지라도—검토되지 않은 상태로 남겨둬서는 안 된다. 그러다가 어떤 이미지나 사건이 가진 함의들이 발견되면 그것들을 표면을 향해 살짝 끌어올려라. 이는 다양한 방식을 통해 이루어질 수 있다. 우선 그 이미지를 미묘하게 반복적으로 등장시킴으로써 독자의 관심을 부지불식간에 사로잡는 방법이 있다. 또한 당신은 그 이미지 속에서 당신이 발견한 의미를 확정 짓고 그것을 명확히 하기 위해 그 이미지를 슬쩍 비유로 만들 수도 있다. 혹은 그 이미지(혹은 사건, 아니면 다른 그 무엇이든)를 그것과 관련된 상징들과 매우 가까운 곳에 위치시킬 수도 있다. 경고와 관련해서는 다음의 두 가지 사항이 매우 중요하다. 우선 결말이 너무 지나쳐서는 안 된다. 너무 맹렬히 몰아붙이면 독자는 가상의 꿈에서 멀어지게 되고 내러티브는 지나치게 의식적이고 부자연스러운 것, 혹은 '실습 작품' 같은 것이 되고 말 것이다. 반면에 (감상주의나 너무 뻔해지는 것에 대한 두려움 때문에) 너무 미묘하거나 소심하게 써서도 안 된다. 그러면 그 누구도, 심지어 지붕 위에서 날개를 펄럭이는 천사들조차도 그 울림을 들을 수 없게 될 테니 말이다.

소설의 기술

연습문제

글쓰기를 배우는 최고의 방법들 중 하나는 연습하는 것이다. 아래의 그룹별 연습문제와 개인별 연습문제는 내가 유용하다고 여기는 것들이다. 하지만 어떤 강사나 학생이라도 이 정도에 준하는 훌륭한 다른 연습문제들을 생각해낼 수 있을 것이다. 나는 이 연습문제들을 이후에 참고할 수 있도록 공책(낱장이나 바인더)에 적어서 보관할 것을 추천한다. 어쩌면 작가에게 도움이 될 만한 다른 것들—스토리 아이디어, 인상, 단편적 대화, 신문 스크랩—도 함께 말이다. 당연히 어떤 작가들은 이런 것들을 다른 이들보다 더 유용하게 사용한다. 어떤 이들은 각각의 스토리를 휘갈겨 쓰는 것으로 시작해 모든 것을 만들어내는 반면, 또 어떤 이들은 자신이 읽은 것, 잡지 기사 같은 것들 속의 단편들에 크게 의존해—도스토옙스키가 그랬듯이—그들보다 더욱 천천히 쌓아나간다.

I. 그룹별 연습문제와 토론을 위한 질문들

아래 II부에 있는 개인별 연습문제의 대부분은 강의 시간에 써
보고 (자발적으로) 소리 내어 읽어보고 논의해보아도 괜찮은
것들이다. 연습문제들을 이런 식으로 활용하는 것의 첫번째
이점은 학생들이 자신들이 얼마나 뛰어난지를 알게 된다는 것
인데, 이는 전혀 사소한 문제가 아니다. 일단 학급의 학생들이
이것이 매우 훌륭한 방식이라는 것을 깨닫고 나면(대부분의
학생들은 어떤 제한적이고 명확히 정해진 문제를 다룰 때 놀
라울 정도로 훌륭한 결과물을 낸다) 수업은 활기를 띤다. (내
경험상, 강의 시간에 글을 쓰는 시간은 15분에서 20분 정도면
충분하고, 초보 단계를 훨씬 뛰어넘은 작가들에게는 5분 정도
면 충분하다.) 개인별 연습문제를 강의 시간에 함께 다루는 것
의 두번째 이점은 거기서 이루어지는 비평이 작가에게 가장
도움이 되는 것일 확률이 크다는 것이다. 특히 강의가 개설된
지 얼마 되지 않았을 때 더욱 그러하다. 그 누구도 15분 안에
뚝딱 해치운 연습문제를 지나치게 진지하게 대하지는 않을 것
이다. 몇몇 실수와 부적절함은 충분히 예상되는 일이다. 따라
서 논의 또한 그러한 방식에 맞추어야 한다. 그것은 작은 실수
들을 지적해내되 그것들을 너무 대수로운 것으로 여기진 않으
며, 대신 미덕과 가능성에 집중한다. 세번째 이점은 당연하게
도 즉각적인 피드백이다.

모든 산문 픽션 강의에서 다루어져야만 할 어떤 요소들은
오로지 강의실에서의 그룹 활동을 통해서만 효율적으로 다루
어질 수 있다. 이러한 종류의 연습문제들은 계속해서 이어지

소설의 기술

는 것이다. 그것들을 한 번의 강의로 모두 끝낼 수는 없다. 그리고 일단 기본적인 사항을 모두 다루고 난 후라면 강사와 그의 학생들은 강의중에 할 수 있는 가장 중요한 일이 학생들이 쓴 창작소설을 읽고 비평하는 것이라는 사실을 명심해야 한다. 연습문제에 대해 생각해보는 일은 때로 앉아서 연습문제를 써보는 것만큼이나 중요할 수 있다. 대개는 특정한 종류의 연습문제들—특히 플롯 짜기를 포함한 것들—을 학기 내내 해보는 것이 좋다. 이 연습문제들을 통해 발전되는 기술들은 하루아침에 얻을 수 있는 것들이 아니기 때문이다. 훈련을 통해 그룹과 그룹의 멤버들은 자신들의 과제를 더 빨리, 더 훌륭히 해낼 수 있게 된다. 여기 있는 대부분의 연습문제들은 칠판 기록 담당자와 심판의 역할을 해줄 사람으로 강사나 그룹의 어떤 멤버가 필요하다. 학생들은 심판의 판단을 최종으로 받아들여야만 한다. 가령 만들고 있는 캐릭터의 이름과 나이와 관련된 논쟁 같은 것들을 해결해줄 공인된 사람이 없다면 그룹별 연습문제들은 혼란에 빠져 지루해지고 말 것이다. 이들 연습문제들 중 어떤 것들은 종종 그룹 토론이 아니라 작가가 노트에 써보는 에세이 혹은 생각해볼 거리를 위해 사용될 수도 있다는 것은 두말할 나위도 없다.

1. 서로 구두口頭로 협력하여 유령 스토리에 적합한 두 캐릭터—하나는 희생자(겁에 질리거나 피해를 보는 사람), 하나는 유령—를 만들어보라. 이 캐릭터들의 이름, 나이, 개인적 배경, 심리적 기질, 겉모습, 가족관계, 가장 가까운 친구들의 무리, 직업, 적절한 배경, 그 외 중요하게 여겨질 만한 것은 무엇

이든 만들어보라. 이 훈련과 관련된 모든 것들에 지나치게 머리를 굴릴 필요는 없다─이를테면 두 캐릭터로 개와 도마뱀을 골라도 된다. 빈틈을 보이지 않고자 지나치게 노력하는 일은 간단한 문제들이 풀리기도 전에 복잡한 문제들을 만들어내어 이 훈련의 의도를 망치고 만다.

2. 서로 구두로 협력하며 고딕 소설의 패러디 작품 혹은 진지한 고딕 소설의 도입부(배경 묘사)를 써보라.

3. 서로 구두로 협력하며 희극적인 설화체 문학의 도입부(가난하고 멍청하며 잘 속는 화자의 입장에서 이루어지는 이야기 속 이야기꾼에 대한 묘사)를 써보라. 전통적인 설화체 문학 속 이야기꾼(남부 촌사람 또는 뉴잉글랜드인)이 아닌 약삭빠른 할머니, 흑인, 이민 1세대 중국계 미국인 등의 흥미롭게 변형된 형태의 이야기꾼을 생각해보라.

4. 고딕 로맨스, 살인 미스터리, 설화체 문학, TV 시트콤, 웨스턴, 혹은 전체 그룹이 익숙하게 여기는 다른 대중 장르들 중 하나 이상을 골라 그것이 지니는 관습적 요소들을 서로 협력하여 나열해보라. 각 요소들이 지니는 철학적 함의는 무엇인가? 가령 전통적인 유령 스토리에는 무엇보다도 낡고 외딴 건물, 특징적인 날씨(특히 바람, 추위, 습도)의 강조, 가만히 있지 못하는 동물(개, 늑대, 부엉이, 박쥐)이 등장한다. 이러한 요소들이 심리학적으로 무엇을 의미하는 것처럼 보이는가? 유령의 귀환이 지닐 수 있는 상징적 의미들로는 어떤 것들이 있는가?

　　　　　　　소설의 기술

위에서 언급된 장르들은 모두 '대중적인' 것들로서, 이것들은 보통 모험물 또는 오락물로서의 매력만을 지닌다. 이것들 중 하나 이상을 택해 어떻게 하면 그것(들)을 진지한 소설로 격상시킬 수 있을지 방법을 제시해보라. 가령 유령 스토리의 관습들은 독립적이고 지배적인 어머니와 위축된 딸의 관계를 탐구하는 데 어떻게 이용될 수 있는가?

5. 현실적인 단편 스토리의 플롯을 짜되 클라이맥스로부터 시작해 거꾸로 작업해보라. 클라이맥스를 위해서는 어떤 캐릭터들이 필요하며, 그들은 어떤 자들이어야 하는가? (위의 연습문제 1을 참고하라.) 클라이맥스를 설득력 있게 만들려면 어떤 극화가 필요한가? 클라이맥스에 도달하기 위해서는 몇 개의 장면이 필요한가?

6. 연습문제 5에서 작업한 스토리 속 장면들을 그룹 멤버들끼리 나눠서 써본 다음, 소리 내어 읽어보고 토론하라.

7. 현실적인 스토리의 플롯을 짜되 최초의 상황에서 앞으로 나아가는 방식으로 작업해보라.

8. 어떤 전설에 기반한 스토리의 플롯을 짜보라.

9. 희극적이거나 진지한 우화의 플롯을 짜보라. 우화 형식의 예로는 이솝Aesop이나 제임스 서버James Thurber를 참고하라.

10. 아이디어 혹은 '메시지'에서 시작해 사람, 장소, 사물 들로 옮겨가는 알레고리적 소설의 플롯을 짜보라.

11. 초현실적 단편소설과 표현주의적 단편소설의 플롯을 짜보라.

12. 이야기의 플롯을 짜보라.

13. 현실적이거나 우화적인 단편소설의 플롯을 짜되 우선 세 가지 기본 상징들(이를테면 도끼, 달, 황금 틀니)을 생각해보라. 플롯을 짜기 전에 상징들이 지닐 수 있을 의미들에 대해 토론하라. 내가 여기서 말하는 '우화적' 스토리란 실재하지 않는 존재들 혹은 상상의 환상적인 장소들이 등장하지만 이러한 특이성에도 불구하고 스토리 자체는 현실적으로 작동하는 스토리를 의미한다. 즉 시적인 인과관계가 아닌 보통의 인과관계를 통해 작동하는 스토리다.

14. 현실적이거나 우화적인 스토리의 플롯을 짜되 우선 주제나 철학적 소재(가령 순수함의 상실, 소유하려 드는 사랑과 이타적인 사랑의 대결, 여러 종류의 용기와 비겁함)에 대해 생각해보라.

15. 인과적으로 연결된 사건들 없이도 소설에 지속적인 흐름(앞으로 나아가는 성질)을 줄 수 있는 방법에 대해 논해보라. 그러한 스토리의 플롯을 짜보라.

소설의 기술

16. 우선 어떤 스타일을 사용할지를 결정한 후에 스토리의 플롯을 짜보라. 어떤 식으로든 특이하거나 드문 스타일—이를테면 아주 긴 문장들을 주로 사용하는 스타일, 혹은 사실상 사용하기 곤란한 이인칭 시점을 사용하는 스타일—을 선택해보라.

17. 중편소설의 플롯을 짜보라.

18. 장편소설의 플롯을 짜보라.

19. 진부한 주제를 가진 흥미로운 장편소설의 플롯을 짜보라. 이를테면 서커스, 사라진 골짜기, 금광, 부정한 아내, 파멸된 행성, 첫사랑 등을 주제로.

20. 건축학적인 (혹은 다중 플롯을 지닌) 장편소설의 플롯을 짜보라. 전기 형식을 모방하는 장편소설(이를테면 『데이비드 코퍼필드』)의 플롯을 짜보라.

II. 테크닉 개발을 위한 개인별 연습문제

초보 작가가 이 연습문제들에 모두 도전할 필요는 없다—혹은 전혀 도전하지 않아도 좋다. 학생이 이 연습문제들을 한 학기에 모두 해치운다는 것은 불가능할뿐더러 헛된 일이 되고 말 것이다. 이 연습문제들이 실제로 단편소설, 이야기, 우화,

설화체 문학, 촌극, 중편소설, 장편소설을 쓰는 일을 대체해서는 안 되기 때문이다. 작가에게는 소설적으로 완성된 형식 자체가 주는 느낌을 가져보는 것이 가장 중요한 배움 중 하나가 될 수 있다. 따라서 학생은 강의 초반 몇 주 동안만 연습문제로 연습을 하고 그다음부터는 시간이 날 때마다 소설을 완성하기 위해 모든 힘을 쏟아야 한다. 가급적 처음에는 짧은 형식에서 시작해 긴 형식들로 늘려가는 것이 좋다.

테크닉 연습이 중요한 이유는 다음과 같다. 대부분의 견습 작가들은 예술가가 되는 것의 어려움을 과소평가한다. 그들은 보통 위대한 작가들이, 콘서트 피아니스트들과 마찬가지로 작업을 할 때 매사에 여러 방식을 적용할 줄 안다는 사실을 이해하지 못하거나 믿으려 들지 않는다. 물론 지식이 천재성을 대신하지는 못한다. 하지만 다양한 테크닉의 도움을 받는 천재는 문학적 장인으로 거듭난다. 특히 출판 경쟁이 어느 때보다도 심한 지금 같은 시대에 작가가 테크닉을 안다는 것은 유용한 일이다.

적어도 이 연습문제들 중 일부에 성실히 도전해 좋은 결과를 낸 견습 작가가, 예를 들어 연습문제 20번쯤에 이르렀을 때 다시 초반의 연습문제들을 본다면 자신이 그것들을 훨씬 더 쉽게 해낼 수 있게 되었다는 것을 알게 될 것이다. 또한 성실히 수행한 모든 연습문제들이 그에게 단편이나 장편소설 모두에 도움이 될 테크닉을 가르쳐줄 것이다. 이 연습문제들에 열심히 도전한 작가는 단편이 됐든 장편이 됐든 자신이 쓰는 소설 순간순간마다 선택할 수 있는 다양한 가능성들이 있다는 것을 알게 될 것이다. 그리고 그는 최고를 택할 수 있는—혹은 새로운 무언가를 만들어낼 수 있는—더 나은 위치에 서게 될 것이다.

그렇다면 이 연습문제들은 매우 진지하게 접근해야 하는 것들이다. 심지어 자기 자신에게조차 숨기려 할 테지만, 모든 견습 작가들은 명백히 오직 하나의 중대한 목표만을 가지고 있다. 그것은 바로 영예다. 보잘것없는 작가는 오직 출판만을 원한다. 그는 글을 쓰는 데 하루에 열두 시간에서 열네 시간을 기꺼이 바치는 사람—아주 많은 사람들이 이렇게 한다—이라면 거의 누구라도 결국 자신의 작품을 출간하게 되리라는 사실을 깨닫지 못한다. 하지만 결국 살아남는 것은, 작가란 당연히도 대단히 정직한 존재이며 적어도 글에서만은 항상 제정신이라고 생각하는 그런 위대한 작가—자신의 일의 성격을 완전히 이해하고 기꺼이 시간과 불가피한 위험을 감내하려는 작가—뿐이다.

작가가 제정신이라는 말의 의미는 단지 이것뿐이다. 즉 사생활에서는 얼마나 멍청하든지 간에 글에서만은 절대 속임수를 쓰지 않는 것. 그는 자신의 관객이 적어도 이상적으로는 자기 자신만큼이나(혹은 그보다 더) 고귀하고 관대하며 관용적이라는 사실을 잊지 않는다. 그리고 그는 자신이 사람들에 대해 쓰고 있으므로 캐릭터들을 만화영화처럼 바꿔놓는 것, 자신의 캐릭터들을 본질적으로 자신보다 열등한 존재들로 대하는 것, 그들이 거기 왜 있는지에 대한 이유를 망각하는 것, 그들을 짐승처럼 다루는 것 등은 좋은 예술이 아니라는 사실을 잊지 않는다. 작가가 제정신이란 말은 또한 그의 심미안을 포함한다. 진정한 작가는 대다수의 사람들보다 유리한 위치에 선다. 그는 사회개혁은 말할 것도 없고 도덕, 종교, 정치의 최첨단을 늘 차지해왔던 위대한 문학 전통을 안다. 그는 과거의 위대한 문학적 정신들이라면 어떤 것을 자랑스러운 마음으로 할 것이며 어떤 것에 비굴하게 고개 숙이지 않을지 안다. 그리고 그의 지식은 그의 실천의 바탕을 이룬다. 그는 가장 존경하고 즐기는 자들을 곁에 둔다. 이를테면 호메로스, 베르길리우스, 단테, 셰익스피어 등의 작가들을 말이다. 그 작가들의 기준은 어느 정도 그 자신의 기준이 된다. 하찮음, 상스러움, 나쁜 취향은 그에게서 자동으로 떨어져나간다. 그리고 그는 나쁜 작가들을 읽을 때 그들에게는 심미안이 없다는 사실을 곧장 알아차린다. 상태가 최고조일 때의 그는 셰익스피어라면 실수로 놓쳐서가 아니라 단지 사소한 것으로 여겨 깊이 생각하지 않았을 것을 나쁜 작가들은 깊이 생각하고 있다는 것을 안다. (새로운 테크닉의 실험이나 개인적 친분 때문이 아니라면 어떠한 진지한 견습 작가도 절대 이류 작가들을 연구해서는 안 될 것이다.)

가장 고차원적인 의미에서의 솜씨 좋은 글을 쓴다는 말은, 자신의 작품을 읽을 백 명의 독자들 중 한 명은 죽어가고 있다거나 혹은 자신이 사랑하는 사람이 죽어가고 있다는 가정하에 쓴다는 것을 뜻한다. 그리하여 자신의 글을 읽은 사람은 누구라도 자살을 하지 않게 되고 누구라도 절망하지 않게 되도록. 셰익스피어도 썼듯이, 그 글을 읽은 사람들이 이해하고 공감하며 고통의 보편성을 알게 됨으로써, 곧장 살아갈 힘을 얻게 되진 못한다 하더라도 어느 정도의 위안은 얻을 수 있게 되도록. 물론 이 말이 고통이나 두려움에 대한 개인적 경험이 없는 작가는 절대 고통과 두려움에 대해 쓰려 해서는 안 된다거나 혹은 가볍고 유머러스하게 써서는 안 된다는 말은 아니다. 내 말은 모든 작가가 자신의 작품이 절망에 빠진 사람에게 읽힐 수도 있고, 혹은 그것을 읽은 사람이 죽으려는 마음을 품거나 살려는 마음을 품게 될 수도 있다는 사실을 알고 있어야 한다는 말이다. 그렇다고 해서 작가가 전도사들처럼 도덕적으로 글을 써야 한다는 것도 아니다. 작가는 남을 속여야 한다는 말은 더더욱 아니다. 내 말은 작가들이 자신도 모르게 어떤 피해를 끼칠 수 있을지를 늘 생각해야만 하고, 피해를 끼치지 말아야 한다는 것뿐이다. 만일 해서 좋은 말이 있다면 작가는 반드시 그것을 말해야만 한다. 만일 해서 안 좋은 말이 있다면 작가는 그것을 말하되, 비록 우리가 악을 볼지언정 우리는 산 자들 틈에서 살아가길 택한다는 진실을 반영하는 방식으로 말해야만 한다. 진정한 예술가는 자신만의 상상의 세계에 빠져 진짜 세상을 잊는 법이 절대 없다. 십대들은 으레 그러하듯 고뇌하고, 삼사십대들은 이혼을 하기도 하고, 칠십대는 외로움과 가난, 자기 연민, 때로는 분노에 빠지게 되는 이 진짜 세상 말이다. 진정한 예술가는 절대 돌팔이 외과의가 되려 하지 않는다. 그가 느끼는 예술의 가치와 영예는 예술이—심지어 나쁜 예술도—힘이 세다는 확신에서 온다.

다음의 연습문제들에 도전하면서 천박하고 뻔하고 진부한 글은 쓰지 말라. 이를테면 연습문제 3번의 경우, 거의 전체가 형용사로 이루어진 문장은 피하라. 다시 말해 시간 낭비는 하지 말라.

1. 소설에서 시체가 발견되기 직전에 등장하는 구절을 써보라. 아마도 캐릭터가 자신이 발견하게 될 시체에 접근하는 모습, 혹은 그 장소, 아니면 그 둘 다를 묘사하게 될 것이다. 이 훈련의 목표는 독자를 이 구절에 빠져들게 함으로써 얼른 다음 장면을 보고 싶어하도록 만드는 테크닉과, 이 구절 자체가 지닌 흥미로 인해 그를 지금 이 구절에 붙들어놓는 테크닉을 동시에 익히는 것이다. 이러한 전희foreplay적 구절을 쓸 능력이 없다면 절대 진정한 서스펜스를 만들어낼 수 없다.

2. 사소한 사건 하나를 택해보라. 가령 한 남자가 버스에서 내리면서 발을 헛디디고, 당황해서 주위를 둘러보다가 웃고 있는 한 여자를 보는 사건. (레몽 크노Raymond Queneau의 『스타일 연습Exercices du style』과 비교해보라.) 이 사건을 동일한 캐릭터와 동일한 배경 요소들을 사용하여 *다섯 개*의 완전히 다른 방법(스타일, 어조, 문장 구조, 목소리, 심리적 거리 등의 변화)으로 서술해보라. 스타일을 *철저히* 다르게 해야 한다는 것을 명심하라. 그러지 않으면 이 훈련은 쓸모없는 것이 되고 만다.

3. 효과적인 긴 문장 세 개를 써보라. 각각이 적어도 페이지 하나를 가득 채울 정도(혹은 250단어)는 되어야 하며, 각각이 다른 정서(이를테면 분노, 수심, 슬픔, 기쁨)를 담고 있어야 한다. 이 훈련의 목적은 하나의 복문complex sentence 속에서 어조를 통제하는 법을 익히는 것이다.

4a. 역겹고 혐오스러운 남편을 막 저세상으로 떠나보낸 할

머니가 바라보는 풍경을 묘사해보라. 남편이나 죽음에 대해서는 언급하지 말 것.

4b. 방금 막 살인을 저지른 젊은이가 바라보는 호수를 묘사해보라. 살인에 대해서는 언급하지 말 것.

4c. 새가 바라보는 풍경을 묘사해보라. 새에 대해서는 언급하지 말 것.

4d. 아들을 전쟁에서 막 잃게 된 남자가 바라보는 건물을 묘사해보라. 아들, 전쟁, 죽음, 혹은 건물을 바라보고 있는 노인은 언급하지 말 것. 그런 다음 동일한 시간, 동일한 날씨 속에서 행복한 연인들이 바라보는 동일한 건물을 묘사해보라. 사랑이나 연인에 대해서는 언급하지 말 것.

5. 전지적 작가 시점으로 된 장편소설의 도입부를 써보라. 한 명 이상의 캐릭터의 목소리를 결정한 후, 그(들)의 마음속으로 들어감으로써 전지적 작가 시점이 분명히 드러나도록 하라. 소재로는 여행 또는 낯선 자의 등장(모종의 질서의 붕괴—장편소설의 흔한 출발점)을 사용하라.

6. 아무것이나 소재로 삼아서 삼인칭 객관 시점으로 된 장편소설의 도입부를 써보라. 동일한 시점으로 단편소설의 도입부를 써보라.

7. 최소한 세 페이지 분량의 독백monologue을 써보라. 독백을 방해하는 요소들(휴지pause, 제스처, 묘사 등)은 모두 분명하고 설득력 있게 서술되어야만 하며, 독백에서 몸짓이나 무대를 건드리는 모습(캐릭터가 어떤 물건을 만지거나 창밖을 바라볼 때)으로 이동할 때의 리듬은 어색해서는 안 된다. 이 훈련의 목적은 캐릭터의 긴 대사가 지겹거나 부자연스러워 보이지 않도록 하는 법을 익히는 것이다.

8. 비밀을 가진 두 캐릭터 사이의 대화를 써보라. 비밀을 밝히지 않고서 독자가 그것을 직관적으로 느낄 수 있게 하라. 가령 최근에 직업을 잃었으나 그것을 말할 용기가 없는 남편과 침실에 정부를 숨기고 있는 부인 간의 대화를 써볼 수 있다. 이 훈련의 목적은 두 캐릭터에게 각자 개성 있는 화법을 부여하고 대화가 직접적으로는 드러나지 않지만 은연중에 풍겨나는 느낌으로 가득하도록 만드는 것이다. 대화에서는 보통 모든 휴지가 어떤 식으로든, 즉 내레이션을 통해서든(가령 "그녀는 멈췄다"), 몸짓이나 휴지를 나타내는 어떤 중단을 통해서든 반드시 표현되어야 한다는 사실을 명심하라. 또한 몸짓은 모든 실제 대화의 일부임을 명심하라. 가령 우리는 때로 대답 대신 먼 곳을 바라본다.

9. 캐릭터를 개략적으로 묘사하는 두 페이지(혹은 더 긴) 분량의 글을 써보라. 독자로 하여금 캐릭터가 어떤 사람인지를 분명히 알게 하기 위해 사물, 풍경, 날씨 등을 이용하라. 직유(가령 "그녀는 …… 같았다")는 사용하지 마라. 이 훈련의 목

소설의 기술

적은 지성 이상의 것, 즉 의식과 무의식을 모두 사용하여 그럴듯한 캐릭터를 만들어내는 것이다.

10. 두 페이지(혹은 더 긴) 분량의 (스토리의 일부를 이루는) 극적인 부분을 써보라. 두 캐릭터를 더 강렬히 나타내기 위해 사물, 풍경, 날씨 등과 그들 사이의 관계 또한 이용하라. 이 훈련의 목적은 연습문제 9와 동일하지만, 이번에는 동일한 무대의 배경 등이 하나 이상의 기능을 하도록 만들어라. 가령 간이식당에 있는 두 캐릭터 중에서 한 명은 식당 안의 어떤 물건들을 바라보고 있을 수 있고, 다른 한 명은 다른 물건들을 바라보거나 창밖을 바라보고 있을 수 있다.

11. 연습문제 10을 단편소설로 발전시켜보라.

12. 간단한 동작(이를테면 연필 깎기, 묘비에 글씨 새기기, 쥐를 쏘아 죽이기)을 묘사하고 재현해보라^evoke.

13. 전지적 에세이스트 시점으로 짧게 묘사하는 글을 써보라.

14. 용인될 수 있을 수준의 화려한 산문—즉 대상^subject, 패러디적 목적, 목소리 등의 측면에서 용인될 수 있을 자의식 과잉의 예술가다운 산문—을 세 개 써보라.

15. 상투적인 소재(여행, 풍경, 성적 경험)로 짧은 구절을 써보되 처음에는 긴 장편소설의 리듬으로, 그다음에는 굉장히

짧은 단편소설의 리듬으로 써보라.

16. (a)부모 중 한 명, (b)신화 속 짐승, (c)유령, 에 대해 정직하고도 세심하게 묘사하는 글(혹은 촌극)을 써보라.

17. 거의 장모음("moan"에서의 *o*, "see"에서의 *e*)과 연음(*l, m, n, sh* 등등)만을 사용하여 어떤 캐릭터를 묘사하는 짧은 구절(한두 페이지 분량)을 써보라. 그런 다음, 동일한 캐릭터를 거의 단모음("sit"의 *i*)과 경음(*k, t, p, gg* 등등)만을 사용하여 묘사해보라.

18. 라임을 효과적이고도 두드러지게 사용하는 산문 구절을 써보라.

19. 이야기의 첫 세 페이지를 써보라.

20. 다음 장르들 각각의 플롯을 짜보라. 손바닥 소설short-short story, 설화체 문학, 우화, 촌극, 이야기, 단편소설, 에네르게이아적 장편소설, 건축학적 장편소설, 에피소드들이 서로 인과적으로 연결되지 않은 장편소설(이를테면 알레고리적 장편소설이나 서정시적 구조의 장편소설), 라디오극, 오페라, 영화 이외의 장르로는 표현이 불가능한 영화.

21. 완성된 독백(연습문제 7 참조)을 통해 선호하는 철학적 명제를 표현해보되, 어떤 캐릭터나 맥락을 통해 표현해보라.

이러한 수단들은 명제 자체를 변형하거나 그 기반을 약화하는 효과를 가져올 것이다.

22. 전지적 작가 시점에서 삼인칭 주관 시점으로 갑작스럽고도 과격하게 이동하는 구절을 써보라.

23a. 고도로 패러디적 형식(가령 셰익스피어가 『햄릿』에서 복수의 비극을 진지하게 패러디했던 방식)으로 다음 중 하나의 플롯을 짜보라. 고딕, 미스터리, SF, 웨스턴, 드러그스토어 로맨스.

23b. 23a에서 짠 플롯으로 장편소설의 처음 세 페이지를 써보라. 시시한 작품[trash] 형식을 진지한 소설의 기반으로 사용해보라.

24. 어떤 사람이 (a)화장실로 들어가 (b)토하고 (c)한 아이를 살해하는 장면, 등을 전적으로 본인의 취향에 따라 묘사해보라.

25. 운문과 산문 스타일을 섞어 단편소설을 써보라.

26. 어떤 캐릭터가 자신을 감동적으로 변호해내는 이야기를 비꼬는 느낌 없이 써보라.

27. 아는 모든 것들을 동원해서 한 마리 동물─이를테면

소—에 대한 단편소설을 써보라.

28. 잘 알려진 전설적인 인물에 대한 단편소설을 써보라.

29. 필요한 것은 뭐든지 동원해서 실화true story를 써보라.

30. 필요한 것은 뭐든지 동원해서 우화적 스토리를 써보라.

소설을 처음 써보려는 이들을 괴롭히는 가장 큰 문제는 이것이다. '나에게 과연 그럴 만한 재능이 있을까?'라는 질문으로 끊임없이 자신을 학대하는 것. 『소설의 기술』의 저자 존 가드너는 그런 이들을 갉아먹는 '재능은 배울 수 있는 성질의 것이 아니다'라는 비관적 탄식을 열렬히 반대한다. 그에 따르면, 소설은 충분히 배울 수 있다.

저자는 "글쓰기를 배우는 것이 시간은 물론 엄청난 인내를 요하는 일임에는 틀림이 없으나 세상의 일반적인 기준에 부합하는 글을 쓰게 되기까지는 딱히 어려울 게 없다"라고 잘라 말한다. 이렇게나 자신만만하게 말한 뒤 뒤따르는 문장을 보라. "솔직히 말해 우리가 드러그스토어drugstore나 슈퍼마켓, 심지어 소도시의 공공 도서관에서 흔히 보는 책들은 전혀 잘 쓴 책들이 아니다. 똑똑한 침팬지 한 마리에게 썩 괜찮은 문예 창작 강사를 하나 붙여줬더라면, 그리고 그 침팬지에게 죽치고 앉아 타자기를 두들겨대는 데 탁월한 취미가 있었더라면 침팬지는 그보다 훨씬 흥미롭고 우아한 책들을 잔뜩 써낼 수 있었으리라."

좀 대단하지 않은가? 나는 출판사로부터 번역 의뢰를 받고 이 책을 검토하던 중 이 부분을 읽다 그만 실소를 터뜨리고 말았다. 동시에, 소설을 쓰는 사람은 아니지만, 소설을 좋아하는 한 사람으로서 이 정도의 기개를 내뿜는 소설가의 작법서를 번역해보고 싶다는 욕심도 생겼다. 당신도 솔직히 고백해보라. '침팬지'보다도 못한 소설가의 소설을 읽느라 질릴 대로 질린 적이 있었다는 것을. 그리고 한번 떠올려보라. 내가 차라리 더 잘 쓸 수 있을 것 같다는 용기를 갖게 하던 그 소설을 말이다. 가드너가 건드리는 부분이 바로 이 지점이다. 자신감! 우선 자신감을 가지라는 것. 소설가가 뭐 별거냐. 대부분은 침팬지보다도 못한 족속들이 아니었던가.

그러니까 자신감을 가질 것. 가드너가 소설을 처음 쓰려는 당신에게 가장 먼저 주문하는 덕목이다. 그다음에는 자신의 사적인 이야기 중심이 아니라 자신에게 맞는 '장르'를 중심으로 쓸 것(구체적인 지침은 본문에 상세히 나와 있다)을 주문한다. 그러고는 끊임없이 다시 고쳐 써야 한다고 가드너는 말한다. 아직은 한창 작가의 꿈을 키워나가던 시절의 레이먼드 카버는 치코 주립대학에서 가드너에게 처음으로 소설쓰기를 배웠는데, 한 학기 동안의 과제라고는 단편 한 편 또는 장편의 한 장章을 완성하는 것이 전부였다고 한다. 너무 적은 거 아니냐고? 아직 이야기는 끝나지 않았다. 카버의 말에 따르면, 그는 학생들이 써온 그 작품을 학기 내내 고치고 또 고치게 했다. 심지어 열 번까지.

그렇게 가드너가 살아생전 여러 대학의 문예 창작과를 전전하며 사용한 교재, 그의 친구 강사들이 수년간 빌려 사용했던 그 교재의 최종본이 바로 이『소설의 기술』이다. 결과적으로 가드너는 영문학 최초의 서사시『베오울프』를 괴물 그렌델의 관점에서 새로 쓴 소설『그렌델』의 저자보다는 소설 작법서인 이『소설의 기술』의 저자로 훨씬 더 유명해졌다. 영미권에서 소설을 쓰거나 가르치려 하는 이들 가운데 이 책을 모르는 사람은 없다(역자가 개인적으로 만나본 모든 영미권 작가들이 이 책을 높이 샀다). 그러니까 이 분야의 고전이라는 말이다. 입장이나 취향에 따라 호불호는 갈릴지언정 영어권에서 '진지한' 소설을 쓰려는 사람들 중 이 책을 외면할 용기가 있는 사람은 거의 없다고 봐도 무방하다.

『소설의 기술』은 존 가드너가 오토바이 사고로 갑작스레 세상을 뜬 해인 1982년 다음해에『장편소설가 되기』와 함께 나란히 출간되었다. 가드너는 소설가이자 시인, 동화작가, 비평가, 중세문학 연구자이기도 했지만, 동시에 평생 동안 문예 창작론을 가르친 유명 강사이기도 했다. 이 책은 그런 그가 평생 생각하고 가르쳐온 것들의 집대성이나 다름없다.

서문의 첫 문장이 말해주다시피, 이 책은 "진지한 작가 지망생들에게 소설의 기술을 가르치기 위해 쓰인" 책이다. 나라면 이 문장에서 '진지한'이라는 형용사에 강조점을 찍었을 것이다. 왜냐하면 이 형용사 하나가『소설의 기술』의 성격을 모두 말해주고 있기 때문이다. 존 가드너는 진지한 작가 지망생을 위해 이 책을 썼다. 그러니까 그저 '킬링타임'용 소설을 쓰고자 하는 이들이 아니라 호메로스나 베르길리우스, 단테, 셰익스피어의 옆에 나란히 서고자 하는 야심만만한 이들을 대상으로 썼다는 말이다. 바로 이 점 때문에 『소설의 기술』은 일부 '장르 소설' 지망생들로부터 다소 부당한 비난을 받아오기도 했다. 하지만 오해는 마시길. 가드너가 얕잡아본 '장르 소설'이란 우리가 아는 장르 소설이 아니라 싸구려 로맨스, 스릴러, 포르노물 등, 한국의 독자들은 구경도 해보지 못했을 '쓰레기 책'들을 가리키는 것이다(역자는 한때 출판저작권 에이전시에서 일하며 외국 에이전시로부터 이런 쓰레기 책들을 무수히 받아본 경험이 있는데, 표지만 봐도 그 내용이 뻔히 보이는 이런 책들은 보통 도착하자마자 창고로 직행하곤 했다). 가드너는 훌륭한 장르 소설은 경애했다. 이를테면 그는 로저 젤라즈니의 SF 작품이나 존 르 카레의 스릴러 작품, 심지어 『스파이더맨』 같은 그래픽노블이 대학에서 강사들이 다루는 웬만한 문학작품보다 훨씬 더 매력적이라고 말하기도 하는 사람이다.

또한 이 책은 흥미롭고도 매력적인 읽을거리로서의 덕목도 갖췄다. 작법서 특유의 기계적인 서술로 충만한 나머지 독서의 흥미를 해치는 책이 아니라는 말이다. '철학적 소설가'로 불렸던 가드너답게, 책 전반에 걸쳐 자신의 생각을 자유롭고도 광범위하게 들려주고 있으며, 그때마다 울려 퍼지는 그의 목소리는 생생하고도 인간적이다. 그러니까 『소설의 기술』은 단지 소설 작법서가 아니라 소설 전반에 관심을 가진 독자에게도 그와 관련해 뭔가 생각의 여지를 던져줄 수 있는 책이라 할 수 있겠다.

1부에는 소설 및 예술과 관련된 전반적인 이론이, 2부에는 플롯을 짜는 방법 등 구체적인 테크닉에 대한 지침이 담겨 있다. 그리고 책의 말미에는 부록처럼 '연습 문제'가 수록되어 있다. 영어권 독자를 대상으로 쓴 작법서이다보니 당연히 한국의 현실과 맞지 않는 부분도 있다. 한국어와 영어는 엄연히 다른, 매우 상이한 통사 구조를 지닌 언어이기 때문이다. 이를테면, 2부에 등장하는 '시적 리듬'에 대한 부분들이 그러하겠다. 이런 전문적이고도 특수한 항목들은 건너뛰어도 무방하겠으나, 또 누가 알겠나, 어떤 독자들은 이로부터 상상력의 자극을 받을지. 원래 작품이란 전혀 쓸모없어 보이던 순간을 계기로 문득 시작될 수도 있으니 말이다.

언제나 가장 좋은 작법서는 이미 시중에 나와 있는 소설들일 것이다. 하지만 그것만으로는 앞이 막막한 사람들, 당최 어디서부터 시작해야 좋을지 모를 사람들이 있게 마련이다. 물론 작법서가 아무리 훌륭하다고 해도 그것을 보고 바로 당장 소설을 쓸 수 있게 될 리는 만무하다. 그러나 가드너는 장담한다. "나는 이 책을 사용하는 작가 지망생이, 만일 자신이 원하기만 한다면 성공적인 작가가 될 수 있을 거라는 사실을 처음부터 믿어 의심치 않는다. 내가 알아온 이들 중 작가가 되고자 했던 대부분의 사람들이 이 책을 통해 작가가 된다는 게 무슨 의미인지를 이해하고서 *실제*로 작가가 되었기 때문이다."

역자가 『소설의 기술』의 저자로 만난 존 가드너는 진지한 작가이고, 노련한 선생이며, 무엇보다도 소설을 사랑하는 사람이었다. 나는 가드너가 쓴 모든 문장에서 소설에 대한 그의 무모하고도 순수한, 걷잡을 수 없이 깊은 순정을 느낄 수 있었고, 그 순정은 나를 감동시켰다. 그런 순정으로 사기를 칠 수는 없는 법이다. 그러니 그의 말을 믿었으면 좋겠다.

여차저차 이 책을 번역하고 출간하기까지 일 년이 더 걸렸다. 이로써 출간되기 훨씬 전부터 어둠의 경로를 통해 '검은 책'이라는 이름으로 작가 지망생들 사이에서 탐독되었던 이 책이 35년이 흘러 드디어 한국에서도 읽힐 수 있게 되었다. 이 책이 소설가를 꿈꾸는 이들에게 어떤 조그만 단서나 영감이라도 제공해서 소설을 시작하게 한다면, 소설을 좋아하긴 하지만 딱히 그 장르에 대해 깊은 생각은 해보지 않았던 독자들에게 소설을 더 향유하는 방법을 알려준다면 역자로서 그보다 더 큰 기쁨이 없겠다. 역자인 나로서는 이 책이 욕을 먹기보다는 사랑받기를, 나아가 작가 지망생들이 작품을 써나가는 데 작은 도움이라도 되기를 바라는 마음이 간절하다. 아는 사람들은 알겠지만, 작품에서 작은 도움이란 언제나 결코 작은 것이 아니다.

소설의 기술
젊은 작가들을 위한 창작 노트

1판 1쇄 인쇄 2018년 12월 3일
1판 2쇄 발행 2021년 6월 1일

지은이 존 가드너 | 옮긴이 황유원 | 펴낸이 신정민

편집 신정민 황도옥 | 디자인 엄자영 | 저작권 김지영 이영은 김하림
마케팅 정민호 김경환 | 홍보 김희숙 김상만 함유지 김현지 이소정 이미희 박지원
모니터링 박세연 이희연 양은희 | 제작 강신은 김동욱 임현식 | 제작처 영신사

펴낸곳 (주)교유당
출판등록 2019년 5월 24일 제406-2019-000052호

주소 10881 경기도 파주시 회동길 210
문의전화 031) 955-8891(마케팅), 031) 955-3583(편집)
팩스 031) 955-8855
전자우편 gyoyudang@munhak.com

ISBN 978-89-546-5376-3 03800

* 교유서가는 (주)교유당의 인문 브랜드입니다.
  이 책의 판권은 지은이와 (주)교유당에 있습니다.
  이 책 내용의 전부 또는 일부를 재사용하려면 반드시 양측의 서면 동의를 받아야 합니다.
* 이 도서의 국립중앙도서관 출판예정도서목록(CIP)은 서지정보유통지원시스템 홈페이지
  (http://seoji.nl.go.kr)와 국가자료공동목록시스템(http://www.nl.go.kr/kolisnet)
  에서 이용하실 수 있습니다. (CIP제어번호: CIP2018036678)